浪迹丛谈 续谈 三谈

〔清〕梁章钜 撰　吴蒙 校点

图书在版编目(CIP)数据

浪迹丛谈 续谈 三谈 /（清）梁章钜撰；吴蒙
校点. —上海：上海古籍出版社，2012.12(2023.8 重印)
（历代笔记小说大观）
ISBN 978-7-5325-6355-5

Ⅰ.①浪… Ⅱ.①梁… ②吴… Ⅲ.①笔记小说—小
说集—中国—清代 Ⅳ.①I242.1

中国版本图书馆 CIP 数据核字(2012)第 045027 号

历代笔记小说大观

浪迹丛谈 续谈 三谈

［清］梁章钜 撰

吴 蒙 校点

上海古籍出版社出版发行

（上海市闵行区号景路 159 弄 1-5 号 A 座 5F 邮政编码 201101）

（1）网址：www.guji.com.cn

（2）E-mail：guji1@guji.com.cn

（3）易文网网址：www.ewen.co

常熟文化印刷有限公司印刷

开本 635×965 1/16 印张 23.5 插页 2 字数 320,000

2012 年 12 月第 1 版 2023 年 8 月第 2 次印刷

印数：2,101—3,200

ISBN 978-7-5325-6355-5

Ⅰ·2509 定价：58.00 元

如有质量问题，请与承印公司联系

校 点 说 明

　　《浪迹丛谈》、《浪迹续谈》、《浪迹三谈》,清梁章钜著。梁章钜 (1775—1849),字闳中、茝林、茝邻,号退庵,福建长乐人。乾隆五十九年(1794)举人,嘉庆七年(1802)进士,道光二十二年(1842)称疾致仕,终官江苏巡抚兼理两江总督。平生宦历遍及京师、山东、河北、甘肃、江浙、湖广各地。梁氏于学无所不窥,著述宏富,达 77 种之多。《浪迹丛谈》、《续谈》、《三谈》为其卒前四年间陆续"纪时事,述旧闻"而成的杂记,也是他最后的三部著作。

　　作者"纪时事",包括时局风云,人物交游,本朝典章、制度、掌故,苏州、杭州、扬州、温州、雁荡等地的游踪胜览等,翔实丰赡,言之有物,颇有可采。如"请铸大钱"、"淮盐情形"、"披山洋盗"、"收铜器议"等条记行政,《丛谈》卷四记职官,均具史料或实录价值。梁氏曾与陈化成共御英国侵略者,为鸦片战争亲历者,书中《鸦片》、《英夷》、《颜柳桥》数则,及有关林则徐、阮元、许乃济的零星记述,尤能丰富读者的历史认识。而纪游中对胜迹的沿革兴衰详考穷搜,娓娓谈来,亦每每一新耳目。至于"述旧闻",则广涉名物、史事、轶闻、典故,举凡艺文、小学、金石、碑版、书画、方技、博弈、医药、饮馔、物产,知见所及,无所不录,考订辨误,详晰精当,显示了作者非凡的腹笥。如《续谈》卷二、四论小说、戏曲,《三谈》卷一录棋事,卷二考历代年号等,均为后人所重视。此外,书中还收有梁氏这一时期的纪游诗、友人唱和及相关的诗话,亦颇清隽可诵。时人谓全书"可以稽典故,可以广闻见,可以证讹谬,可以膏笔端",洵为实言。

此次标点,《浪迹丛谈》取道光丁未(1847)亦东园刊本,《续谈》取道光戊申(1848)亦东园刊本,《三谈》取咸丰七年(1857)杭县郑氏小琳琅馆刊本,其中前两种为梁氏家刻本,后一种为梁氏的校刻本。而以宣统三年(1911)扫叶山房石印本《梁氏笔记》为参校本。书中明显的误刻径行改正,不出校记。

目　　录

浪迹丛谈卷一

浪　　迹

余于道光丙午由浦城挈家过岭，将薄游吴会间。客有诵杜老“近侍即今难浪迹，此身那得更无家”之句以相质者，余应之曰：“我以疆臣引退，本与近侍殊科。现因随地养疴，儿孙侍游，更非无家可比。惟有家而不能归，不得已而近于浪迹。”或买舟，或赁庑，流行坎止，仍无日不与铅椠相亲。忆年来有《归田琐记》之刻，同人皆以为可助谈资。兹虽地异境迁，而纪时事，述旧闻，间以韵语张之，亦复逐日有作。岁月既积，楮墨遂多。未可仍用“归田”之名，致与此书之例不相应，因自题为《浪迹丛谈》。“浪迹”存其实，“丛谈”则犹之琐记云尔。

别 北 东 园 诗

侨居浦城，四载有余矣。北东园中，草木日长，半亩塘中，游鱼亦渐大，甚可闭户自娱。而浦中风俗日偷，省中时局亦顿异，所闻所见，多非意料所期。儿辈每劝余远游以避之。适浙中许芍友太守^{惇书}书来，招游西湖，因于仲春之吉，幡然出门，挈恭儿眷属过岭。濒行，成《别北东园》四律以纪，不知者尚以为西笑也。诗云：“浪迹原非计，怀居岂谓贤。本来同寄庑，何事不归田。去住无安土，_{吴棣华廉访旧赠句。}穷通总乐天。_{鼓咏茇副宪旧赠句。}莫疑云出岫，漫学地行仙。”“耸身泉岭上，_{仙霞岭，即古之泉岭。}洗眼越溪行。且快鸥凫性，都忘燕雀声。烟霞三竺丽，花柳六桥明。老尚耽游事，无人会我情。”“妇孺竞追随，浮家亦自宜。_{时恭儿偕妇携两孙往扬州归宁，余亦藉访竹圃亲家也。}分无羁旅感，真慰友朋思。浙中许芍友、云间练笠人太守、邗上但云湖都转，皆渴欲相见。已过悬车限，何烦运罢疑。时有谓余以舟车习劳，将为重出计者。烟波凭所适，那有北山移。"

"东园不能住，何况北东园。时事难高枕，吾生惯出门。栖栖竟忘老，耿耿未酬恩。且复添诗料，珍留雪爪痕。"

西湖纪游诗

此番出门，以游西湖为主名。既小住武林，得许芍友连日导游，游事亦颇畅。此平生第一胜践，佥谓不可无诗。而余正以游事之忙，不暇为诗，且老而倦吟，成诗实亦不易。惟于事后追忆，成五古二百四十言，不过有韵之游记云尔。其词云："西湖我曾到，一别三十年。中间屡经过，人事多牵缠。今兹挈家来，尽将俗虑捐。佳游非草草，莫嗤老来颠。吾徒许太守，分日排吟笺。吾友杨与甘，杨飞泉太守鹤书，甘小苍邑侯鸿。供帐随所便。张郎善导游，张仲甫中翰应昌。胜践开必先。金王两尊宿，金亚伯廷尉应麟，玉兰沚观察有壬。急急招湖舫。南山达北山，往还若飞仙。外湖溯里湖，六桥如梭穿。韬光最高顶，目极东海壖。更矜腰脚健，直蹑丹台巅。下山有余兴，齐寻古玉泉。纤鳞如不隔，濠上真悠然。煌煌表忠观，屹立长堤边。摩挲碑碣壮，照耀湖山偏。凡兹所历区，恰能补从前。况复侪辈惬，少长杂群贤。逢、恭二儿皆侍游。岳云方再兴，邂逅萍波圆。郑仁圃太守瑞麒，适北上过浙同游。白头不期遇，犹记霓裳翩。堤上遇张静轩同年鉴，时已七十九岁。山川古来美，时事难巧连。自非脱缰锁，那能恣蹁跹？天教迟算身，酬此登眺缘。作诗聊纪实，非期后人传。"按余之初游西湖，在乾隆五十九年。彼时诗胆甚粗，立成五言绝二十首杂纪之。至都门，伊墨卿先生知余新游西湖，索观近作，即录以应。先生不加批点，还之，且曰："我生平不敢轻作纪游诗。君此后游事正盛，西湖当不止此一游，慎勿再作五言绝句也。"余为之愧赧者累日。此后屡过西湖，遂不敢再拈一字。惟此作藉以记事，本亦不敢言诗。回忆五十年前，有道箴规，今老矣，而工夫不加进，曷胜悚然。记得《癸辛杂识》中载：江西有张秀才者，未始至杭州，胡存斋携之而来。一日泛湖，问之曰："西湖好否？"曰："甚好。"曰："何谓好？"曰："青山四围，中涵绿水，金碧楼台相间，全似著色山水。独东偏无山，乃有鳞鳞万瓦，此天造地设好处也。"语虽粗浅，然能道西湖面目形势，为可喜云云。今人为诗，少能似此之质而韵、简而该者，则转不如存拙矣。

钱　　塘

钱塘令甘小苍问余曰："某以首县，衙参辄居首坐。而外间率称仁、钱，京师之仁钱会馆其名亦已久。不知何故？"余曰："前明郡县旧志，并先仁和，次钱塘，不知当时何所依据。伏查我朝《大清会典》及《一统志》、《皇舆表》，皆以钱塘居首，自应谨遵。且考《史记·秦本纪》：三十七年，过丹阳，至钱唐，临浙江。《越绝书》：秦始皇造通陵道，到由拳；治陵水，到钱唐。《咸淳临安志》云：秦会稽郡，为县二十六，钱唐居其一。'唐'字本不从土。旧志引《诗》'中唐有甓'，释云：'唐，途也。'迨唐时始加土，后遂因之。至仁和之为县，始于宋太平兴国三年，见《元丰九域志》。《资治通鉴》注亦云，宋初始改钱江曰仁和，其不应列钱塘之前审矣。"忆余巡抚粤西时，有杭人呈递履历者，偶书钱塘为钱唐。有某太史斥其误，某员力辨非误，而某太史愈怒，至相诟厉，时两讥之。

西 湖 船 名

杭州特鉴堂将军特依慎，儒将风流而怀抱深稳。当道光壬寅，英夷犯东浙，公以参赞与扬威将军相抗，扬威甚龃龉之，而朝廷素知其忠勇，故扬威蹶而公独全也。公本吾闽驻防，相遇于杭，叙乡谊甚笃。暇日尝招同杨飞泉、甘小苍及恭儿饮于西湖朱庄，竟日泛舟而归，各赋诗纪之。余得一律云："郊垌小队碧波湾，画里楼台一再攀。三日前甫游此。邂逅客星依上将，招邀循吏话乡关。杨、甘皆吾闽人。雄谈不觉花皆舞，纵饮浑忘鬓已斑。漫说镜中缘偶聚，天教此会重湖山。"湖舫中小扁"镜中缘"三字，将军所题也。将军询余：湖舫旧扁名目，可得闻乎？余举《曝书亭集》中一则示之曰："西湖船制不一。以色名者为游红，申屠仲权诗'红船撑入水中去'，释道原诗'水口红船是妾家'是也。以形名者为龙头，白乐天诗'小航船亦画龙头'是也。为鹿头，杨廉夫诗'鹿头湖船唱赧郎'是也。有形色杂者，中为百花十样锦，钱复亭诗'又上西湖十锦船'是也。有以姓名者，如黄船、董船、刘船，见吴自牧《梦粱录》。大者谓之车船，盖贾秋壑所造，棚上无人撑驾，但用车轮脚踏而行，其速如飞。小者谓之瓜皮船，欧阳彦诗'瓜皮船子送琵琶'，张大本诗'瓜皮船小歌竹枝'，周正道诗'瓜皮船小水中央'是也。今时最著者为总宜船，盖取东坡居士'淡妆浓抹总相宜'之语，李宗表诗'总宜船中载酒波'，凌彦翀诗'几度涌金门外望，居民犹说总宜船'是也。"按此朱竹垞先生自录所见所闻，嗣厉樊榭先生又增广为《湖船录》。今则名目愈多，殆难究诘矣。

金　衙　庄

杭州城中园林之胜，以金衙庄为最，初属章桐门阁老，后为严小农河帅所得。余与河帅同官南河时，熟闻河帅盛称此园之美，谓"我若保得三年安澜，定当乞身归去，营此菟裘"。后果符其愿。闻初归里时，益加崇饰，蔚成巨观。余初与严帅有约，他日过杭，必信宿园中为快。及余果得引疾过访，值严帅迤暑湖庄，但从门外遥望芙蕖一片而已。严帅归道山后，闻此园又将出售，而皆嫌其屋后大池与城濠相通，夜间颇难防守。而余则正爱其一水盈盈，有浩淼之观，非寻常园林所易得也。时余方在城中相宅，有为此园塞修者，谓但得二千缗之价便可赁居。余谓二千缗价本不昂，但修理之费亦非二千缗不办，非力所能任，因置之。回思章阁老、严河帅皆有德于余，华屋山丘之感，曷其有极！漫成一律，以记鸿泥云："杭州第一好园林，我到纷来感旧心。相府潭潭兼旷奥，侯门鼎鼎半萧森。天成夏木千章绕，地接城濠一水深。三十年来重易主，可堪回首痛人琴。"按此园为前明金省吾中丞学曾别业，故至今尚称金衙庄。入本朝为皋园，归少司农严颢亭先生沆，今归严帅。城中又有庚园，顺治中为沈香岩绍姬所构，今归沈莲叔醛使拱辰。皋园前后皆归严姓，庚园前后皆归沈姓，亦杭城一故实也。莲叔之哲嗣小莲孝廉，觞余于庚园，导观所谓玉玲珑石。按厉樊榭《东城杂记》云："玉玲珑，宋宣和花纲石也。上有字纪岁月。苍润嵌空，叩之声如杂佩。本包涵所灵隐山庄旧物，沈氏用百夫牵挽之力，致之庚园。"又沈香岩《玉玲珑》诗自注云："石名玉玲珑，灵隐包园中物也。高数丈，大十围，数百人挽之，历两月余始达庚园。"合二说观之，则此石似非其旧矣。

<h2 style="text-align:center">慕园雅集诗画册</h2>

舟泊吴门，董琴南观察招同朱兰坡同年、杨芸士明经、高复堂观察集饮慕园。兰坡叠前唱和韵成二律，余与同人皆有继声。琴南复属其哲嗣幼琴作为画册，而和者益多，将成巨观矣。兰坡诗云："胥台我欲掩柴荆，旧侣神驰本性情。感事难禁增首疾，吟诗渐懒斗心兵。幼安避地知匆遽，元亮归田免觫惊。目觊前缘能续否？相逢不意盖先倾。""仙霞岭外牡丹林，惜别虹桥直到今。五载光阴何迅速，千秋著述肯销沉。梗萍莫慰安家愿，葵藿终殷望阙忱。幸得西湖移宅近，<small>闻将赁居杭州。</small>扁舟访戴约登临。"同时和作者，如琴南句云："宦途退比风中鹢，儿戏忧深霸上兵。小圃茶瓜留客易，故侯车马避人惊。<small>中丞小住胥江，往来屏谢驺从。</small>"复堂句云："蒿目横流随去住，抚膺硕画付浮沉。率真聊遣联吟兴，论世仍殷报称忱。"芸士句云："意外忽教重捧袂，尊前且喜暂休兵。湖山胜处居堪卜，烽火销余梦不惊。"语皆沈着。此外和题者尚十余家，如彭咏莪副宪句云："谁信山中无乐土，空闻海上久销兵。"吴西穀京兆句云："此日禽鱼还识客，当年草木尽疑兵。"李石梧督部句云："重寻鸿雪痕如昨，偶忆鲸波骨尚惊。"潘功甫中翰句云："窃思勇退诸公早，尝答升平一疏沉。"皆蕴畜宏深，足增斯册之重。附录余和韵云："横流何地设柴荆，垂老奔波岂性情。到处栖迟思寄庑，无端块垒便谈兵。邮签深愧频烦报，<small>吴中余旧治，至今往来，尚烦邮吏探报。</small>园户多嫌剥啄惊。难得五君继高咏，襟期都向酒杯倾。""第一名园翰墨林，<small>慕园佳胜，甲于吴中各官宅。</small>主人知古又知今。欣闻梨枣新编富，<small>兰坡所辑《国朝文钞》，卷帙甚巨，近正开雕。</small>肯听丹铅旧学沉。<small>琴南以吴江新刻王</small>

西庄《蛾术编》见赠，中有拙序。软语依然谈艺乐，狂歌同此济时忧。灵岩清旷穷窿奥，拟其秋来一再临。席中有秋后游山之约。"

虎丘寺周鼎

道光庚寅，余在苏州藩任，曾偕程春海祭酒、钱梅溪参军访虎丘云岩寺中周王子吴鼎，顾伊人《虎丘志》所称大香炉也。闻此物曾数转入人家，乾隆间始复还寺。今寺僧十八房，轮月守之，未尝轻出示人。余就僧房观之，尚实灰于鼎腹。因与程、钱二君详加审视，且诘且吟，并制楮刻铭，付寺僧郑重守之。时吴中耆旧，同赋诗以纪，侈为盛事，期与焦山南仲鼎并传不朽，实江南第一吉金也。今岁重游吴门，忽闻此鼎已失去，不胜疑惑，而又未得其详。惜行程匆促，尚须回棹时细按之。

张皋文编修

过毗陵时，访张皋文编修之后人，不得见。访皋文之甥董晋卿后人，亦不得见。晋卿为黎襄勤公所赏识，余官淮海监司时，与相契重，每藉以询皋文梗概。皋文所著《茗柯文编》，闻其名而未得读其书，惟阅恽子居《大云山房文稿》中所载一条，不胜钦慕，惜此时无此人，亦不闻有此言也。子居之言曰："皋文前后七试礼部，而后遇散馆，已以部属用。朱文正公特奏，改授为编修。文正屡进达之，而皋文斯斯以善相诤、文正言天子当以宽大得民；皋文言国家承平百余年，至仁涵育，远出汉、唐、宋之上，吏民习于宽大，奸孽萌芽其间，宜大伸罚，以肃内外之政。文正言天子当优容有过之大臣；皋文言庸猥之辈幸致通显，复敢坏朝廷法纪，惜全之何用。文正喜进淹雅之士；皋文言当进内能治官府、外能治疆场者。皆詹詹大言，救时药石。"皋文与曼云先兄同成进士，同入翰林，余曾于庶常馆数晤接，承其青睐，而不知其伟抱如此。彼时亦不知皋文工篆书，未及索其片纸数字，至今过其故里，时为惋然。

刘 芙 初 编 修

过阳湖时,访刘芙初同年宅,不能见其后人,求《尚絅堂集》亦不可得。忆在京师,与芙初结宣南诗社,芙初本惊才绝艳,而近作大不如前,同人比之江郎才尽。芙初以病出京家居,尤贫瘁,晚患风痹,闻每饭尚烦其母太夫人手哺之。才人末路至此,甚可伤也。或问才尽之说,于古果有征乎?余考史称江文通在禅灵寺梦张景阳索去匹锦,宿冶亭又梦郭景纯索还五色笔,自尔才尽,此事自非子虚。惟前人论才尽者,以宋魏了翁之说为最正,然是讲学家言,未可以概古今之才士。若文通之才尽,则信有可稽。文通杂拟诗三十首,载在《文选》,最为著名,后人多效为之。然如《陈思王赠友》云:"日夕望青阁。"以青楼为青阁,岂非凑韵。《谢临川游山》云:"石壁映初晰。"以初晰为初阳,亦是趁韵。《刘文学感遇》云:"橘柚在南园,因君为羽翼。"以羽翼说橘柚,亦无解于就韵。《潘黄门述哀》云:"徘徊泣松铭。"松是松楸,铭是志铭,二字连用,未免牵强。《郭弘农游仙》云:"隐沧驻精魄。"此用《江赋》"纳隐沧之列真,挺异人之精魄",即郭语也,而合成一句,亦未免乖隔。《孙廷尉杂述》云:"凭轩咏尧老。"谓尧及老子,则不伦。又云:"南山有绮皓。"谓四皓中之绮里季,则偏举。又云:"传火乃薪草。"此用《庄子》"为薪火传"之语,而草字凑韵可笑。《颜特进侍宴》云:"瑶光正神县。"赤县神州,岂可摘用神县二字?又云:"山云备卿霭,池卉具灵变。"以卿霭为卿云,已属生造,以灵变为灵芝,更奇。《袁大尉从驾》云:"云旆象汉徙。"谓如天汉之转;《谢光禄郊游》云:"烟驾可辞金。"谓置身烟景而金印不足羡:则又成何语乎!凡此,似皆可以才尽例之也。

金 　 山

余不到金山,已十六年。今夏舟至丹徒,为守风不能渡江,又贪看都天庙会,泊京口者三日。乘暇率恭儿偕其妇婉蕙,挈佳年、俦年两孙,坐红船游金山。适丹徒县官饬纪纲,就山中设午餐,遂憩而饮焉。婉蕙喜谈诗,席间问余曰:"金山寺诗,自以唐张祜一首为绝唱,此外果无人不阁笔乎?"余曰:"记得孙鲂亦有诗云:'万古江心寺,金山名日新。天多剩得月,地少不生尘。橹过妨僧定,涛惊溅佛身。谁言张处士,题后更无人?'可谓夸矣,而实不及张之自然。乃李翱亦有诗云:'山载江心寺,鱼龙是四邻。楼台悬倒影,钟磬隔嚣尘。过橹妨僧梦,惊湍溅佛身。谁言题韵处,流响更无人。'后四句全袭孙意,不知何故。三人皆唐人也。郎仁宝谓明人莆田黄谦者,乃次张韵而又不及,尤为可笑。余谓袭前人名作不可,次名作之韵尤难,然亦视其人之才力何如耳。在京师时,尝与吴兰雪谈诗。兰雪极笑黄仲则《黄鹤楼》诗,'必次崔颢韵为胆大气粗,且悠韵如何押得妥。虽以仲则之才,我断其必不能佳耳'。适架上有《两当轩诗钞》,余因检示之。兰雪读至'坐来云我共悠悠',乃拍案叫绝,曰:'不料云字下但添一我字,便压倒此韵。信乎天才不可及矣!'"饮次,有导佳年等观郭璞墓者。婉蕙问曰:"窃闻郭璞善葬,而必择此地,其理何居?"余无以判其说,但谓此是历来相传,究竟无碑碣可据。因举《金山寺志》中所载前明日本使臣中天叟诗,告之云:"遗音寂寂锁龙门,此日青囊竟不闻。水底有天行日月,墓前无地拜儿孙。后尚有四句,忘不能举其词。"又有沈石田一诗云:"气散风冲岂可居,先生埋骨理何如? 日中数莫逃兵解,世上人犹信葬书。"如扣晨钟,寐者可以深省。然不如"墓前无地拜儿孙"七字深切而有味也。

焦　　山

初到邗上,知好即欲招游焦山。忆官苏藩时,以开坝催漕诸役,盖无岁不登金焦,又于乙未年曾偕逢儿、映儿信宿焦山松寥阁,备领山中胜事,辄为神往。或言焦山古名樵山,因汉处士焦光隐此,故名。罗茗香曰:"闻之江郑堂藩,言樵字当作谯,不知其义何居?"余曰:"杜佑《通典》载京口有谯山戍,《太平寰宇记》亦以谯山为戍海口之山。《嘉定镇江府志》云:'江淹《焦山》诗旧本作"谯山"。'是皆郑堂所据。

知北宋以前,尚名谯山。谯有望远之义,故戍楼名谯楼,戍山亦名谯山也。宋以后始以焦孝然之事附会之。孝然避兵娶妇于扬州,见《三国志》注。彼时孝然年尚幼,未必即有隐焦山、被三诏之事。且孝然为魏以后人,蔡伯喈卒于汉末,在孝然之前。焦君之赞,当别是一焦君,似蔡亦无为孝然作赞之事。但因孝然而名山,相传已久,而古字之从谯,似我辈不可不知耳。"茗香甚以为然。焦山水晶庵中,有长沙陈恪勤手书一联,云:"山月不随江水去,天风时送海涛来。"跋云:"此山中旧联,不知为何人所作。今久无存,山僧数为吟诵,余甚爱之。以属对不甚工,或亦传述之讹,因以'江月'易作'山月','流水'易作'江水'"云云。而自然庵中林少穆尚书亦书此联,作"江月不随流水去,天风直送海涛来。"跋云:"此朱文公句,陈恪勤不审所出,易'江月'为'山月'、'流水'为'江水',又误以'直'作'时'。今重书以正之。"按陈恪勤固以意轻改旧句,而少穆亦偶未审也。此宋赵忠定公汝愚同林择之、姚宏甫游吾乡鼓山诗句,朱子喜之,为摘"天风海涛"四字大书磨厓于𡽫崱峰顶,后人又为建"天风海涛"亭。今亭久圮,而摩厓字犹存,此句亦长在人口,不知者遂误以为朱子诗。今赵诗载《鼓山志》,厉樊榭《宋诗纪事》亦录之。此联以题鼓山固佳,今若移题焦山,则情景尤真切,故乐为辨之。记得水晶庵壁又有"入室果同水晶域,开门正对石公山"一联,殊工雅,忘却何人所题。石公山即象山,正与焦山相对也。又记得丁未夏,余游焦山时,借庵诗僧犹健在。前一年是其八十诞辰,借庵索余补赠联句。时从游者已停桡相待,乃手挥十四字与之云:"山中鹤寿不知纪,世上诗声早似雷。"句虽未工,而意颇切,借庵称谢不绝口。而余则久忘之。今此联尚悬海西庵壁,阅之如同隔世矣。

云台师唱和诗

余以五月廿日卸装邗城,廿一日走谒阮云台师相。时吾师年八十有三,阔别五年,虽语言步履稍不逮前,而精神兴致极好。廿五日即承折柬招余同毕韫斋茂才泛舟湖上,饮于长春桥畔之邗上农桑,吾师所修复别业也。归舆率成一律奉谢,云:"溯洄邗上旧农桑,雅爱清游寂寞乡。二客恰宜伴坡老，一湖早已属知章。舫中画本资欣赏，适携旧藏书画数事，于舟中共观，极为吾师所欣赏。市外盘飧许饱尝。我本公门杂桃李，长春花柳共成行。师于门外湖塘新栽花树甚夥。"三十日复承招同诗人王望湖、阮慎斋、孟玉生、僧小支游双树庵看竹，叠前韵一律云："洗眼精篮话宿桑，相逢都在水云乡。寻花乍入长春地，看竹还歌有斐章。古调闲中欣静契，时听僧树庵弹琴。清斋午后快同尝。是日蔬食茶话，并不设酒。穀人往矣伊人渺，珍重笼纱墨数行。寺中有吴穀人、伊墨卿二先生遗墨。"前诗正在录呈，而吾师适以诗飞示，云："偶过双树听琴韵，不向红桥问玉箫。平仲古阴浓盖竹，辛夷新叶绿于蕉。悟开梧月灯窗夜，拟待荷花池露宵。同是随时爱光景，惜无覃老共今朝。"注云："中丞适以苏斋谈诗画册索题。册名《灯窗梧竹图》。"余复次韵奉呈云："梧竹诗情久寂寥，钧天复与振风箫。苔痕恰好连双树，孟玉生与双树庵僧并号树庵。茶话何烦配一蕉。谢绝春游过僻地，直须云卧到深宵。笏庵近在安家巷，画理真堪永夕朝。"适吴笏庵京兆以《邗江寓居画卷》属题，卷中布景正连及虹桥以西双树庵一带，故及之。吾师近以老眼模糊，懒于作字，有以书画求题者，辄草草应之。与人来往小简，往往狂草错互，有须以意会通者。惟有求擘窠榜书者则无不应盖，不甚费目力，且易于纵腕力也。然亦极有斟酌。近有新庶常以匾式求大书，乞作"绍衣堂"三字，吾师应之。越日，将原纸送回，并加一小笺云："此三字不难一挥，惟有人问所据何书，我不敢以《康诰》之言对也。"其矜慎有如此者。

眉　寿　说

云台师尝与余对坐良久，熟视而言曰："君眉间有二长毫，此寿征也。经典中屡言眉寿，如'绥我眉寿'、'以介眉寿'、'眉寿无有害'、'眉寿保鲁'、'眉寿万年'。《仪礼·士冠》《少牢》皆有此语。钟鼎文字中言眉寿尤多，其文象形为𪛃，直是画出寿眉之面。前数年嘉兴老友张朱未来相见，其眉间亦有毫长出寸许。时朱未年已七十有六，余曾作《眉寿说》贻之。今君眉与朱未同，益足证经典中眉寿之象。惟眉寿古多而今少，岂今人固不如古人哉？"按吾师今年八十有三，眉却无毫。或曰：有寿而不必长眉者，未有长眉而不寿者。然细察吾师，耳间有长毫数茎，而余耳际亦微有毫。记得相书中云："眉毫不如耳毫，耳毫不如项下绦。"今眉毫、耳毫皆有征，惟项下绦则尚未详辨耳。

红　　船

今大江来往之船，以云台师巡抚江西时所制红船为最稳，且最速。嘉庆十八九年间，始创为于滕王阁下，后各处皆仿造，人以为利。今湖北、安徽以迄大江南北，吾师所制之船，随在而有。船中小扁，多师所手题，有沧江虹、木兰身、曲江舫、宗舫诸号。数十年来利济行人，快如奔马，开物成务之功伟矣。吾师尝为余述：在江右时，偶以事遣家丁回扬州，恰值风水顺利，朝发南昌，暮抵瓜州，若非红船，断不能如此快速也。因制一联悬于舟中云："扬子江头万里浪，滕王阁下一帆风。"

相府新旧门联

云台师旧宅在旧城之公道巷，自回禄后，始迁居新城南河下康山草堂之右。余于数年前初到扬州，即谒师于旧宅。巷口有石牌楼，大书"福寿庭"三字，大门口贴八字大联云："三朝阁老，一代伟人。"时观者多以为疑，谓师之枚卜在道光年间，何以有三朝阁老之称？不知师于乾隆六十年九月，已授内阁学士兼礼部侍郎，则阁老之称，由来已久。或又疑"一代伟人"四字，颇嫌自夸。余初亦无以应之，后读《雷塘庵主弟子记》，乃知师于嘉庆五年在浙江巡抚任内，奏陈筹海捕盗等因，曾奉有"显亲扬名，为国宣力，成一代伟人"之谕，此是敬录天语，并非自夸也。后吾师亦微闻人言，遂于新宅大门改书云："三朝阁老，九省疆臣。"则更不招拟议矣。按王兰泉先生《湖海诗传》中吾师诗下小传，有"年华正盛，向用方殷。加之以开物成务之功，进之以诚意正心之学，泂一代伟人"云云，似亦敬本褒嘉之语。而吾师究以为涉于自炫，故改书之。老臣谦抑之盛心，可以风矣。

太　傅　衔

云台师以今年丙午乡试重宴鹿鸣，大吏奏入，得优旨晋加太傅衔，并有三赴鹿鸣之望，荣宠极矣。按吾师本以太子太保原衔，越加七级而至太傅，如斯旷典，前此所未闻也。谨考本朝满汉大臣，生前以太傅加衔者，如金文通之俊、洪文襄承畴、范文肃文程、鄂文端尔泰、曹文正振镛、长文襄龄，不过六人。余如马文穆齐、佟端纯国维、佟忠勇国纲、奉文勤宽、谢清义升、杨敏壮捷、顾文端八代、王文恭项龄、张文端英、朱文端轼、钱文端陈群、蔡文恭新、董文恭诰，皆由身后赠太傅衔。其由太子太保越赠太傅者，则惟刘文正统勋一人。若吾师之躬逢其盛，真稽古之殊荣，科名之旷遇，宜邗江大夫士欢欣鼓舞，啧啧以为美谈矣。余客居无以为贺，献一联云："异数超七阶，帝眷东山谢太傅；嘉宾仁三肆，天留南国鲁灵光。"但求切，不求工也。是年江南副考官黄徵三通副赞汤为吾师门下士，由金陵闱中寄联相贺云："鸾诏亲褒，历相三朝贤太傅；鹿鸣重宴，同年一榜。小门生。"亦工不足而切有余也。又山西平定州张石洲穆以集杜句贺云台师重宴鹿鸣加太傅衔楹帖云："从来谢太傅，只似鲁诸生。"师甚赏其巧切，而外人多不以为工。按杜诗《奉观严郑公厅事岷山沱江画图》诗末联云："从来谢太傅，丘壑道难忘。"又《奉送郭中丞兼太仆卿充陇右节度使》诗中一联云："耻为齐说客，只似鲁诸生。"不稽其出典，不知其浑成也。云台师有老妾刘恭人，即嫡配江大人之媵也。师两次断弦，得其内助力为多。生子祜，登道光癸卯乡荐，现官刑部山西司郎中。刘得四品恭人封典。女适吴刺史公谨，崧圃阁老子妇也。今岁七十寿辰，师诇同人为之制锦称觞。余亦制一联往祝，句云："鹿宴沐恩浓，正及臣门膺旷典；翟衣襄政久，更看子舍策清名。"翼日师亲来谢步，并曰："此番同人所赠联轴颇多，惟阁下及右原所撰句最佳。"右原句云："温温恭人，母以子贵；潭潭相府，日引春长。"先是右原以酒筵献，吾师以手简谢云："此席恰为暖寿而来，暖者温也，所谓'温温恭人'是矣。"右原即因此制成联句，庄重浑成，真可入余《联话》也欤！

浪迹丛谈卷二

广　　厦

　　壬寅年因避海警到扬州，借居流芳巷张松厓郡丞容园中者三阅月。水木之胜，甲于邗江。今岁重至扬州，则松厓已赴官袁浦，许小琴为卜居南河下之支氏空宅中。宅无园囿，而高梁广厦，亦是邗江第一家。于逭暑为宜，而家人犹有苦热者。因口占一律示之云："借人广厦乐栖迟，随分都忘故土思。但舍高官何必隐，弗耽佳句易成诗。纵横铅椠家人笑，脱略衣冠过客疑。只惜万方同苦热，清凉心地有何裨。"尝录呈云台师，谓末联别出一意，必如此诗方非空作。适修林少穆中丞信，亦附呈此诗，中丞回信云："读寄诗，甚羡甚愧。末二句尤觉深人无浅语耳。"此宅前厅最崇敞，壁星泉制军、梁楚香抚军过访，皆讶余财力之雄，而不知其为借居也。星泉曰："虽是借居，然不可无一题扁，以纪一时鸿爪。"余拟题为"随安室"，属许珊林太守篆之。后进有大楼，儿辈亦请题扁。余笑曰："可署为'见一楼'乎？"或请其说。余曰："'相逢尽道休官去，林下何曾见一人？'拟戏摘二字耳。"或曰："此句究出何典？"余曰："此唐人诗也。韦丹《寄灵彻》云：'王事纷纷无暇日，浮生冉冉只如云。已为平子归田计，五老岩前必共闻。'灵彻酬云：'年老身闲无外事，麻衣草坐亦容身。相逢尽道休官去，_{或作好。}林下何曾见一人？'"客曰："既有扁矣，可无联乎？"余复戏集唐宋人句云："即知远客虽多事，将谓偷闲学少年。"客为辴然。

棣　　园

　　扬城中园林之美，甲于南中。近多芜废，惟南河下包氏棣园为最完好。国初属陈氏，号"小方壶"；继归黄中翰，为"驻春园"；最后归洪钤庵殿撰,名"小盘洲";今属包氏,改称"棣园"。与余所居支氏宅,仅一墙之隔。园主人包松溪运同,风雅宜人,见余如旧相识,屡招余饮园中。尝以《棣园图》属题,卷中名作如林,皆和刘澄斋先生锡五原韵。故余亦次旧韵,率成一首云:"人生适意在丘壑,底用豪名慕卫霍。有山可垒池可凿,闭户观书殊卓荦。何况耽耽盛楼阁,满眼金迷复彩错。二分明月此一角,南河名胜画舫拓。《画舫录》中所未载。永叔荷花魏公药,千载风流春有脚。卸装我忆寄庑昨,隔墙先听鸣皋鹤。名园果冠绿杨郭,闲居永昼舆轩乐。何必缁尘涴京洛?因依幸许芳邻托,日日从君泥杯杓。"园中有二鹤,适生一鹤雏,逾月遂大如老鹤。余为扁其前轩曰"育鹤"。松溪问余曰:"凤闻鹤为胎禽,而此乃卵生,何也?"余曰:"鲍明远《舞鹤赋》云:'伟胎化之仙禽。'明言胎化而始为仙禽也。《相鹤经》云:'千六百年形定,饮而不食,与鸾鹤同群,脱化而产为仙人之骐骥。'《博物志》云:'鸿鹄千岁皆胎生。'鹤、鹄古今字。然则未千岁以前,固依然卵生矣。"

小 玲 珑 山 馆

邗上旧迹,以小玲珑山馆为最著。余曾两度往探其胜,寻所谓玲珑石者,皆所见不逮所闻。地先属马氏,今归黄氏,即黄右原家,右原之兄绍原太守主之。余曾检《扬州郡志》及《画舫录》,皆不得其详,遂固向右原索颠末。右原为录示梗概云:康熙、雍正间,扬城鹾商中有三通人,皆有名园。其一在南河下,即康山,为江鹤亭方伯所居。其园最晚出而最有名,乾隆间翠华临幸,亲御丹毫。鹤亭身后因欠帑,园入官,今仪征太傅领买官房即康山正宅,园在其侧,已荒废不可收拾,终年键户,为游踪所不到。盖康山以康对山来游得名,扬郡无石山,仅三土山:平山、浮山及康山是也。康山若再过数年,无人兴修,故迹必愈湮,恐无有能指其处者,而不知当日楼台金粉、箫管烟花。蒋心余先生尝主其园中之秋声馆,所撰《九种曲》内,《空谷香》《四弦秋》皆朝拈斑管,夕登氍毹,一时觞宴之盛,与汪蛟门之百尺梧桐阁、马半槎之小玲珑山馆,后先媲美,鼎峙而三。汪、马之旧迹,皆在东关大街。汪、马、江三公皆鹾商，而汪、马二公又皆应词科。汪氏懋麟，江都人，由丁未进士授中书，以荐试康熙鸿博，为渔洋山人高足弟子。园中有百尺梧桐、千年枸杞，今枸杞尚存，而老梧已萎，所苫孙枝，无复曩时亭苕百尺矣。此园屡易其主，现为运司房科孙姓所有。至小玲珑山馆，因吴门先有玲珑馆，故此以小名。玲珑石即太湖石，不加追琢，备透、绉、瘦三字之奇。马氏两兄弟，兄名曰琯，字嶰谷，一字秋玉；弟名曰璐，字半槎，皆荐试乾隆鸿博科。开四库馆时，马氏藏书甲一郡，以献书多，遂拜《图书集成》之赐，此《丛书楼书目》所由作也。然丛书楼转不在园。园之胜处，为"街南书屋"、"觅句廊"、"透风透月"、"两明轩"、"藤花庵"诸题额。主其家者，为杭大宗、厉樊榭、全谢山、陈授衣、闵莲峰，皆名下士，有《邗江雅集九日行庵文宴图》问世。辗转十数年，园归汪氏雪礓。汪氏为康山门客，能诗善画，今园门石碣题"诗人旧径"者，犹雪礓笔也。园之玲珑石，高出檐表。邻人惑于形家言，嫌其与风水有碍，而惮鸿博名高，隐忍不敢较。鸿博既逝，园为他人所据，邻人得以伸其说，遂有瘗石之事。故汪氏初得此园，其石已无可踪迹，不得已以他石代之。后金梭亭国博过园中觞咏，询及老园丁，知石埋土中某处。其时雪礓声光藉甚，而邻人已非复当年倔强，遂决计诹吉，集百余人起此石复立焉。惜石之孔窍为土所塞，搜剔不得法，石忽中断。今之玲珑石岿然而独存者，较旧时石质不过十之五耳。汪氏后人又不能守，归蒋氏，亦运司房科。又从而扩充之，朱栏碧甃，烂漫极矣，而转失其本色，且将马氏旧额悉易新名。今归黄氏，始渐复其旧云。

二　十　四　桥

扬州二十四桥之名，熟在人口，而皆不能道其详。宋王象之《舆地纪胜》云：二十四桥，隋置，并以城门坊市为名。后韩令坤者省筑州城，分布阡陌，别立桥梁，所谓二十四桥者或存或亡，不可得而考。或谓二十四桥只是一桥，即在今孟玉生山人毓森所居宅旁。玉生尝导余步行往观。桥榜上有陶文毅公题"二十四桥"大字，询之左近建隆寺、双树庵僧人,俱未敢以为信。按杜牧之《樊川集》云:扬州,胜地也,每重城向夕,倡楼之上,常有绛纱灯万数,辉罗耀列空中;九里三十步街中,珠翠填咽,邈若仙境云云。则所谓"二十四桥明月夜"者,自必罗布于九里三十步中,不得以一桥当之。沈括《补笔谈》亦云:扬州在唐时最为富盛,旧城南北十五里一百五十步,东西七里三十步,与《樊川集》微有不同。所可纪者有二十四桥。最西浊沔茶园桥,次东大明桥,原注:今大明寺前。入西水门有九曲桥,原注:今建隆寺前。次东正当帅牙南门,有下马桥,又东作坊桥,桥东河转向南有洗马桥,次南桥,原注:见在今州城北门外。又南河师桥、周家桥、原注:今此处为城北门。小市桥、原注:今存。广济桥、原注:今存。新桥、开明桥、原注:今存。顾家桥、太平桥、利园桥,出南水门有万岁桥、原注:今存。青园桥,自驿桥北河流东出,有参佐桥,原注:今开元寺前。次东水门原注:今有新桥,非古迹也。东出,有山光桥,原注:现在今山光寺前。又自衙门下马桥直南,有北三桥、中三桥、南三桥号九桥,不通船,不在二十四桥之数。然则即沈括所纪,除九桥外,亦止有二十桥,所谓二十四桥者,究竟无由凿指其地。适玉生以《二十四桥画卷》索题,余漫应之云:"我居扬州不识路,二十四桥定何处?桥头忽逢贤主人,手捧画图索题句。或云此桥是陈迹,或云廿四此其一。二分明月非古时,一片彩虹岂畴昔。招提近接建隆龛,胜迹遥连双树庵。诗禅画髓琴心并,我欲扶筇过再三。"跋云:"双树庵僧工琴,建隆寺僧工诗,玉生则诗画并工。竹西精华萃于此地,则以二十四桥之名专属之也固宜。"玉生亦自号树庵,盖二十四桥侧有古大银杏一株,士人呼为晋树,树中空处,恰可筑室。得余诗,甚喜,越日即成《树庵图》,兼次余韵云:"蜀冈山下隋堤路,旧有樊川高咏处。秋风凉夜渺余怀,时倚红阑老觅句。题桥片石久无迹,'烟花夜月'四字今不知所在。桥是桥非名则一。古人风雅地因传,安见今人不如昔。诗人何日来同龛,花为四壁树为庵。于此间得少佳趣,举杯月与先生三。"玉生曾受业于方茶山先生,故其诗笔迥不犹人。近拟于晋树前添筑草堂三间,符南樵为作《募资小启》,词藻甚美,迄无应者,余濒行时曾述之但云湖都转及许小琴分司襄成其事,亦竹西一美谈也。

建　隆　寺

建隆寺本后周李招讨重进旧宅，宋师入城招讨，力不能支，合室自焚，因敕建为寺，即以建隆年号为名。近僧小支手辑《建隆寺志》，并绘《建隆寺图》，征名流题咏。余次云台师韵云："竹西讲忠义，似梅香破腊。古寺抱冬心，千载不萧飒。支公爱神骏，怀古如响答。冷缘与俗判，胜践招我踏。阐幽合名流，好事仗老衲。咄哉淮海浊，鄙词委尘劫。《姜白石》有淮海浊乐府，即咏李招讨事。宋臣之言，自应尔也。珍兹图志传，敬仁香火接。隔邻梅花岭，贞风共猎猎。"时小支欲于寺中西偏募建李招讨祠龛，征余楹柱之语。余集唐刘兼、陆龟蒙诗句应之云："万叠云山供远恨，一家烟雨是元功。"近但云湖都转亦题一联云："宋史何妨称叛宋，周亲毕竟欲存周。"亦有味也。

桃花庵三贤祠

扬州名胜以平山堂为最著，平山堂诗以王荆公"一堂高视两三州"一律为最佳，平山堂楹联以伊墨卿太守"隔江诸山"十字为最壮。余于壬寅夏初来游，亦曾撰一联云："高视两三州，何论二分月色；旷观八百载，难忘六一风流。"谢椒石同年嘲之曰："联句实佳，然二十二字中，用数目字多至七八，非古人所讥'卜算子'乎？"余笑置之。丙午年重至邗上，游桃花庵，登三贤祠堂，与黄右原比部、罗茗香茂才商撰楹帖。右原为杂举《东坡志林》、《墨庄漫录》、《避暑录》事，为合拟一联云："四朵兆金瓯，是二千石美谈，不因五色书云，谁识名流皆五马；万花停玉局，惟六一堂如旧，若溯三贤谥典，合将祠额署三忠。"时罗茗香亦拟一联云："胜地景芳徽，卅载三贤俱典郡；同龛昭祀典，两文一献共称忠。"按韩忠献之守扬，在庆历六年，欧阳文忠则在庆历八年，距苏文忠之元丰守扬时，恰三十余年。此前后两联俱见典雅，非不学人所能办，当不让李兰卿独步于前矣。李兰卿旧联有"谥并称忠"语，故即具意而衍之。因用前联署余名，以后联署恭儿名，悬之壁间，而疏其缘起于此。越日，茗香又拟一联，云："杨柳拂堤塍，追溯前徽，于宋历仁神两世；桃花遍祠宇，传来美谥，至今合文献三忠。"亦佳制也。

真　一　坛

中秋后一日，罗茗香招同黄右原、巫小咸在真一坛看桂花，并观吴道子画轴、赵松雪行书卷，徐问松道士所宝也。吴道子所画，系真武帝法身，气象极庄严。此外，各道教皇篆画像不下百十轴，末皆题"崇祯十年右都督田弘遇同妻一品夫人吴氏造"。按弘遇之女即田妃，以崇祯元年册为礼妃，旋加贵妃，弘遇以女贵。继妻吴氏有才艺，妃似之。居扬州新城田家巷，东起东关大街，西至缺口门大街。吴梅村集中《永和宫词》所谓"扬州明月杜陵花"，即咏其事。崇祯十年，正田氏贵盛之日，然此醮篆多轴，亦非田氏夫妻所能创为。盖道教盛于嘉靖，京师道藏殿观必多传流。田氏所奉最夥，后载回扬州，又经流落各处，今问松道士陆续收回，故成此大观，遂为邗城一巨迹也。是日小咸为余写真，庭前有三鹤迭鸣迭舞，坐桂香馥郁中，观游人如织，因得一律云："暂辞阛阓入烟萝，欲界仙都足浩歌。怪伟丹青吴道子，纤妍翰墨赵鸥波。尘容愧写头陀老，香味浑忘鼻观和。坐听庭阶声一一，明心虽迥待如何。"云台师曰："结句别有寄托，可谓情深于文。"按吴道子画迹，生平所未见，此会实关眼福，故特纪以诗。适问松索书楹联，因即以诗中"怪伟丹青"十四字应之。

水　仓

扬州城内街巷，多设水仓，其法甚善，他郡县所宜仿行也。相传乾隆五十九年四月，新城多子街一带不戒于火，每延烧彻昼夜。有余观德者，人颇豪侠，视而悯之，因创设水仓。其地在人烟稠密距河稍远之区，买屋基一所，前设门楗，中为大院，置水缸百十只，满贮以水，复置水桶百十只，兼设水龙一二具，扬州俗语谓之水炮。设有左近报火者，汲桶可以立集，炮夫可以即行。孙春洲为作门联云："事有备以无患，门虽设而常观。"余尝过皮市街，见有广济水仓，门上勒石扁，字极佳，询之，则鲍崇城所作也。字体极得诚悬法，因增其名入《随安室书录》中。罗茗香云：水仓门联原本出句系"井用汲以受福"，后始改"事有备以无患"。余又改为"事前定则不跲"，又别拟一联云："玉瓒何烦神灶让，金莲永免祝融灾。"近日各衢路增设愈多，章程愈密，可谓法良意美。

喜雨唱和诗

扬州今年之热，倍于往年。正在郁蒸不可解间，闻但云湖都转设坛祈雨，甫下令而浓云倏布，旋沛甘霖，彻三日始止，喜之不胜。因口占四截句简云湖，并约同人和作，云："广陵使者久宜民，牲璧关心果有神。侧耳灌坛才肃令，阿香早已走飙轮。""三日为霖信不差，滂沱声里杂欢哗。南河庑客犹飞舞，何况芜城十万家。""但快祛炎见尚低，三农从此洽群黎。放晴待上平山望，何处新秧不插齐。""游宦何如听雨眠，陆成翁句。三家村里好相怜。荷衣云阵真堪恃，亟献新诗祝有年。"扬州人以云台师相、饴原总宪及余为南河三老，以同居南河下街故耳，故末首有"三家村"语。饴原总宪和诗云："只合相公成二老，我惭诸葛大名齐。"云湖都转和诗云："共传邗上耆英会，夏气先清三老家。"皆答此句意也。吴笏庵京兆和云："扬州民本是公民，催雨诗成笔有神。公自不居归使者，非关使者始随轮。""应是龙行点不差，天瓢夜半泻声哗。扬州万户连云起，此雨偏宜是小家。""晓起油然势尚低，望云心果慰民黎。丰年岂独占淮楚，一熟还应及鲁齐。""洗足关门听雨眠，东坡句。独家村里自相怜。公诗以'三家村'自比三老，故即以'独家村'为比。遥知三老风流剧，定说予今尚少年。"此外和韵者尚十余家，而此四诗最脍炙人口云。

下河舟中杂诗

余与杨竹圃亲家别已五年，今夏挈眷属来扬州，本拟即可把晤。

乃竹圃于今春抱重恙，虽已痊愈，而气体虚羸，惮于远涉，且时方酷暑，只宜养疴于安丰场署中。余因渴欲相见，遂于初秋四日，买舟径为东淘之游。住署斋者十日，时竹园已健胜如常，复挐舟同游海陵，访魏笛生观察。又盘桓三日，始分手归舟。时竹圃年七十一，余年七十二，笛生则年七十五，皆轻健无龙钟态，海陵城中观者啧啧，以为老人星聚，殆不虚也。余有《下河舟中杂诗》十二首纪之，他日或可编入方志乎。诗云："席帽山头秋气清，扁舟飞出绿杨城。揭来已厌筝琶耳，要作听风听水行。""闽江邗水路三千，风泊鸾飘又几年。谁信抟沙仍得聚，好风吹到月华圆。""宦海前尘不倦谈，家常情话转喃喃。助君儿女团圞趣，记取当年老退庵。_{时三子妇亦挈小孙归宁。}""借人官阁避尘嚣，豆架瓜棚亦足豪。绕座素兰如客淡，倚墙红蓼比人高。""不妨终夜听滂沱，欹枕喧传屋漏多。我正归舟要新水，东淘涨接海陵波。""官舍融融子舍春，不嫌地僻不忧贫。累君小试调羹手，一醉饕翁动浃旬。_{谓雪峰世讲。}""承明旧侣猛回头，海角天涯一聚沤。樽酒匆匆快谈艺，便将三日抵千秋。_{谓笛生观察。}""连日欢筵杂醉醒，三人二百十余龄。海城童叟齐骧首，信有天边小聚星。""此间刺史旧同官，助我清游续古欢。爱读剑南碑记好，碧云香雨一庭宽。_{张东甫州牧招游光孝寺。寺建于晋义熙，南宋奉敕改今名，陆放翁为碑记。香雨楼在大殿后，方丈额'碧云'二字，为宋宁宗所书。}""圌关形势实嶙峋，往事迷离付浩叹。眼底胸中今了了，何人真措泰山安。_{登泰山墩，望见圌山关，即当年英夷由海入江之路。山因州为名，山顶有岳忠武庙，盖忠武尝知泰州也。圌，市缘切，音遄；又为切，音垂，皆古音，并见《唐韵》及《集韵》。今江南皆呼圌山为徐山，则因垂音而转耳。}""归海归江路不明，桑麻井里总关情。须知得守真须守，两害相衡但取轻。_{近闻运河各坝齐开，所过下河低田未免淹浸，为之慨然。}""茱萸湾外最喧豗，壁虎桥边听溯洄。旧日布帆无恙在，兼旬访戴已归来。_{初由湾头进下河，即茱萸湾也。归途仍坐去时原舟，由壁虎桥出运河，以避湾头闸之险浪。}"附录竹圃和作云："滨海衙斋冷，长年无客临。径生荒草满，门掩白云深。忽见故人刺，如传空谷音。_{七月初六日，阍人走报公来。始以为误也，既见名柬乃信。}趋迎真倒屣，狂喜自难禁。""语笑分明是，相逢岂梦中。何期居僻地，竟得挹清风。话旧供鸡黍，称觞荐韭菘。_{是日为公诞辰。}更怜娇弱女，随侍省衰翁。""已下悬陈榻，还乘访戴舟。_{公在安}

丰住十日,复偕公同往泰州访魏笛生观察。高情方外约,遗迹箧中搜。张东甫招饮光孝寺,时公方有《师友文钞》之刻,笛生为搜罗丛残附益之。童叟各青眼,主宾皆白头。古欢只三日,良会足千秋。""同是他乡客,他乡又别离。十九日,公即由泰州回扬州,余亦归安丰。一江分去路,两地系相思。泥雪飞鸿迹,蒹葭白露诗。论文重剪烛,尊酒更何时?"

重　阳

今年重阳,初拟步游平山堂,因阻雨不能出,遂闭门与家人煮酒持螯以遣之。适佳年孙背诵杜老《重阳》诗,余因戏借杜老诗句为发端,得七截二首云:"重阳独酌又何妨,苦忆横冈第一堂。满拟扶藤微步上,满城风雨正迷茫。""老去悲秋别有因,支离早是挂冠身。茱萸酒熟霜螯美,何必相寻落帽人。"回忆仕宦中外数十年,遇重阳日,无有不出游者。或作宾,或作主,或盛集,或独游,或有诗,或无诗。惟在京师戊寅重阳日,与顾南雅、龚季思二同年登西山上戒坛之游为最奇绝,曾有句纪之云:"谁能重九辰,真造大千表。"此外游事皆平平无奇耳。其有故而不出者,则扈跸辽沈时,以寒疾兀坐行帐中;又前数年提兵上海时,以军务倥偬不暇出;及此次邗上阻雨而三云。重阳多晴,此雨亦数十年来所未见,故不可不记。吾乡黄莘田先生诗云:"谁能令节都无负。"信然。

喜雪唱和诗

邗江一冬无雪,农民望泽孔棘,粮艘需水尤殷。乃于立春前数日,祥霙广布,厚至一尺有余。喜舞之余,漫成四截句以纪之。云:"一冬望眼忽眉轩,乱舞横飞肃不喧。'乱舞横飞岂有涯',宋文公咏雪句也。千尺遗蝗万家麦,欢声早已浃郊原。""坐看名园玉戏奇,是日张松厓郡丞招同陆梦坡藩伯饮容园中。红灯绿酒照霜髭。琼思瑶想吾何有,漫与当场喜雪诗。""闻说联樯督罢难,京江定许助银澜。同云漠漠连朝合,更盼天膏万里宽。""居然盈尺表年丰,脉脉惟归造物功。几辈裹头作吟事,先应挑动笏庵翁。谓吴西毂山长。”时以诗呈云台师，师即命驾过访，并袖和诗见示。中一首云：“一冬无雪麦苗干，况复多藏逼岁残。赖有丰年先表瑞，老夫拂袖不知寒。”盖日内正有票盐验赏之役，邗城积金至千余万，甫于日前散出，而瑞雪旋来，此吾师所以喜中加喜也。翼日吴笏庵山长和诗云：“亦知喜雪共凭轩，早有诗人笑语喧。却道清游更多兴，不辞一片踏寒原。”“我亦思吟句未奇，空教撚断数茎髭。儿童为报缄函到，说是先生又送诗。”“素怯尖叉和句难，东坡借雪每生澜。公今幸未来相斗，差喜拈时韵脚宽。”“也如喜雨庆歌丰，公前有喜雨诗。应是诗催笔有功。后辈敢争前辈句？笏庵终让退庵翁。”又叠韵云：“虚皇昨夜降瑶轩，下界无闻鸟鹊喧。侍从都教骑白凤，纷纷齐过乐游原。”“曼衍鱼龙戏自奇烂银点额玉垂髭。若教剖出冯夷蚌，更得明珠缀入诗。”“莽莽沉沉欲视难，太阴昼合海翻澜。不因滕六能施逞，粉本何由得范宽。”“见来姑射已占丰，捧出黄人与献功。试为举头应更喜，白漫漫作碧翁翁。”余亦叠韵和答云：“欣闻陋巷迓高轩，又报诗筒往复喧。一雪顿关飞动兴，更思躞屟走寒原。”“敢学尖叉斗韵奇，几人同我撚吟髭。从今好约延陵叟，但遇佳题莫负诗。”“咄咄盐赏聚敛难，漫藏真怕起狂澜。用云台师诗意。朱提甫散祥霙至，且喜财源万里宽。”“身闲但祝屡绥丰，诗退还余酒有功。喜雨未几旋喜雪，长年惟学信天翁。”腊雪未消，集同人作坡公生日，再叠前韵答笏庵云：“时晴佳想共轩轩，乐事良辰笑语喧。客子光阴真率会，不妨高宴续平原。”“行藏异趣各矜奇，满座华貂照雪髭。坡诞饱看坡字画，是日以坡公《定惠院月夜偶书》诗册并墨梅轴示客。可无数字打油诗？”“寓公那复识时难，有客能翻舌本澜。笏庵诗云：‘千万商银聚不难，堆银天更助添澜。若教捏得都成铤，我欲先开笑口宽。’玉戏天公果成铤，底须崇论问桓宽？”“老去衰颜借酒丰，闲中铅椠亦论功。联华素发成诗话，王荆公《咏雪》诗：‘素发联华惊老大。’便署扬州十一翁。笏庵诗云：‘八三太傅貌犹丰，刻镂无妨摄养功。翁少阮翁年十一，我还十一小于翁。’故戏答其意。”或问：“近年京师祈雪之事频烦，外直省亦间有之。此礼于古有考否？”余曰：“祈雪之典起于北宋，《宋史》祈报礼曰：‘凡旱、蝗、水潦、无雪，皆崇祷焉。’其见于本纪者，自乾德元年十二月，始命近臣祈雪，直至绍圣元年十二月，终北宋之世，祈雪祷雪事凡十五见。《周礼》中虽无祈雪之文,而《左氏传》昭公元年明载子产之言曰:'雪霜风雨之不时,于时乎崇之。'此即三代祈雪之明证。今《文献通考》只有祈雨、祈晴,并无祈雪,则马氏之疏耳。"

师　友　集

余撰《师友集》十卷,凡二百六十余人。脱稿于道光壬寅冬月,嗣为儿辈匆匆付梓,未及细加校勘,错误不免,挂漏尤多。今冬始以刻本呈云台师鉴定,吾师遽宠以序云:"丙午岁除前,梁茝邻大中丞送到《师友集》,读之竟日不倦。古人云'老见异书犹眼明',夫以日接红纸细书之函,老目更昏,对此安得不顿明也? 历数六十年间举世交游,有一人能诗能笔、议论又皆公允如此者乎? 胜于良史,胜于佳集,此他日必传之作也。因喜而缀言于简端。道光二十六年,颐性老人阮元识。"按此书至扬州始分布,尚有沈鼎甫侍郎、程晴峰中丞、彭咏莪副宪、但云湖都转、吴红生大守、黄右原比部各题词,拟汇刊卷首,以志雅谊云。

少穆尚书赠联

三儿恭辰五上公车,依然故我,近缘福州旧宅不能安居,奉余出游,并悉索敝赋纳赀作郡大夫,指省浙江,以便迎养,非得已也。时陕甘捐输之事,少穆尚书主之。余作手函恳其照拂,捐事已成,少穆复书相贺,中有"哲嗣以二千石浡登通显,台端以八十翁就养湖山"云云,余谢不敢当。而心艳其语,嘱少穆就此演成长联,将悬挂于武林寓斋,以为光宠。甫逾月,少穆果手制二十八字长联见寄,并缀以长跋,词翰双美,感愧交并。时方辑录《楹联余话》,得此又增一美谈,不禁眉飞色舞也。句云:"曾从二千石起家,衣钵新传贤子弟;难得八十翁就养,湖山旧识老诗人。"跋云:"茝林中丞老前辈大人,自出守至开府,常往来吴越间。今哲嗣敬叔太守,又以一麾莅浙,迎养公于西泠。公游兴仍豪,吟情更健,此行真与湖山重缔凤缘矣。昨书来索楹帖,以则徐前书有'二千石'、'八十翁'对语,嘱广其意为长联,并欲识其缘起。忆公昔历封圻,距守郡时才一纪耳。今悬车数载后,复以儿郎作郡,就养于六桥三竺间,此福几生修得！若他日再见封圻之历,承此衣钵之传,岂不更为盛事。敬叔勉乎哉！道光丁未人日,同里馆侍生林则徐识于青门节署,时年六十有三。"少穆由西域赐环后,先权陕甘总制,旋抚关中,绥辑番民,管理捐务,公私具举,欢颂载途。而不知其三年塞上开垦屯田,厥功尤伟。以逐臣而犹为民为国,岂复是寻常报称之情！近虽因病陈情,行将感激复出,且闻已饬哲嗣梓之编修还朝供职,其为心存君国,实远迩所同钦。适承公以长联寄赠,不揣固陋,亦勉成数语报之。虽不足以揄扬盛美,而情往似赠,兴来如答,亦聊纪一时翰墨缘也。句云:"麟阁待劳臣,最难西域生还,万顷开荒成伟绩;凤池诒令子,喜听东山复起,一门济美报清时。"按此联书就,缄寄关中,适公已擢移滇黔总制,未知得达与否。而公所惠寄之联,则早已装治完美,悬诸杭州三桥址新宅中,众目快瞻,且脍炙人口矣。

焦 山 纪 游

扬州同人盛称钟立斋太守_{大志}洲宅之美,拟于花时往游。清明前一日,立斋遂招同邹公眉观察、程柏华别驾_{光治}先为焦山之游,由钞关门登小舟出大江,换坐红船。是日东风甚大,兼有微雨,顺流逆风,用满帆折数十戗始抵焦山。别已十余年,山中风景不殊,而不无今昔之感。晚饭后,看秋嵓、松明对弈。忆乙未年夏,与逢儿、映儿信宿松寮阁,亦看二僧对弈,其一即秋嵓也。是夜宿水晶庵中。明晨散步山门外,观对岸石公山形势,_{即象山}。登三诏洞,手剔陆放翁、米海岳磨厓字,凡山中诸胜迹扪历略遍。复回水晶庵,向寺僧索观戊子岁所交藏杨文襄公玉带并诗画卷。玉带如旧,而匣边已裂;诗画卷为披阅者多,装池尤损。因与柏华商另制匣并重装卷,柏华慨然任之。是日饭后,仍坐红船,不数里即达翠屏洲,登岸入立斋宅。洲旧为江中浩淼之区,相传观音大士卓锡所成,故名佛感洲,后为诗人王柳村_豫居之,改名翠屏洲。立斋卜宅于此,已数十年,柴门临水,杂树环之,亭榭参差，溪流映带。时桃花盛开，一重一掩，迤逦可数百步，想武陵源不过如是也。是夜宿江村读书处，明晨饭后用肩舆约廿余里达扬城，途中桃花尚十余里不断，高柳间之，古人所谓"别有天地非人间"者，信有之矣。山中得诗四首，时《焦山还带诗画卷》题者已满，柏华为装第二卷，因即录诗于卷端，以志缘起云："朅来屡游地，自别十三年。江海镇如此，风云防未然。吉金剩周汉，旧雨杳齐钱。谓齐梅麓、钱梅溪。玉带还山久，重来缔夙缘。""灵山一回棹，便入翠屏洲。宅以诗家重，名仍佛子留。福人宜福地，良日况良俦。谁信芜城外，江村事事幽。""为践寻芳约，游山复看花。绕身习池水，泼眼武陵霞。荷沼还成约，绕屋皆荷塘，主人有花时重来之约。桃庵那足夸。平山堂下之桃花庵，花事逊此远矣。竹西富园馆，让此野人家。""难得苔岑合，还饶翰墨缘。寻诗浑似梦，读画莫非禅。郑重新书好，李兰卿所修《焦山新志》，板闻在苏州某家，住持僧□□恳余理还之。沈吟长物编。钱梅溪曾约余同撰《焦山长物志》。更须铭瑞室，惜少笔如椽。立斋乞题斋扁，因用六朝钟记室语应之。"

颜　柳　桥

道光二十二年六月初七日，英夷兵船闯入圌山关，将犯扬州，周子瑜观察札委余东场盐大使颜柳桥崇礼驰往招抚。颜有胆略，素喜任事，遂与办事商人包恪庄计议，禀商但云湖都转，许即相机办理。颜即于初八日随带羊酒鸡豚等物赴瓜洲，渡江至象山纤道瞭望。值夷船飞帆驶进，势甚凶猛。象山与焦山紧对，颜伺其抵焦山马头，以礼招呼，效郑商人弦高故事，头顶说帖，跪献江干，因得上夷船，见其头目郭士利，引与郭酋相见。词色慷慨，晓以敬天心保民命诸语，郭漫应之。次日，复带金币等物，以婉词导之。时夷人已将瓜洲民房占踞，并遍树赤帜，将江路全行堵截，无一民船往来，而火轮船及三板船已有七八十只，尽拦入金山、北固之麓。颜探闻郭酋主战，嘆酋主和，正在设法谋见嘆酋，而镇江已破。传闻驻防海都统闭城锢民，尽遭屠戮，颜心胆俱碎，即欲为脱身计。而包以扬城危在旦夕，力怂恿之，颜亦以扬州若失则夷船必溯江而上，金陵、皖江一带俱不可问，遂激于义愤，幡然复出，因吗利逊见噗酋。吗能通汉语，颜晓以战争之害、和议之利，转述于于噗酋，始有献银百万、不入扬城之议。归复于包，包为转请于都转。时城中人人危惧，移徙者十之七八，颜复上夷船，嘱吗酋与噗酋，允为减银数，往复数四，议给洋银五十万元，每元作银七钱一分。遂面与噗酋定约，旋即分次送给，而扬城安保无恙，居民亦旋定安辑矣。余初闻颜柳桥之名，住扬州半载，未见其人，故无由详其通款之事。后遍询同人，得包松溪、程柏华所述，柏华复嘱颜来谒，因悉其颠末而叙次之如此。是役固由但都转、周观察主持，而颜与包之功亦不可没。包现为总商，家门鼎盛，颜亦得运同衔，其子某孝廉且以郡守候选矣。

云 台 师 寿 联

英夷之不犯扬州，京师士大夫以云台阁老之居邗江，比汉郑康成之居高密，而以英夷比黄巾之保郑公乡也。逾年，值八十寿辰，恭蒙赐寿，彭春农学士以楹联寄贺云："新恩又见临裴野，近事争传保郑乡。"即指此事。

但 都 转 寿 联

英夷初犯京江，扬郡人家已纷纷逃窜。赖但云湖都转竭力防堵，加意抚循，不一月，即各安其居。扬人甚德之。值都转九月诞辰，各制楹帖以致其颂祷之忱，然语或过当，甚有以郭汾阳、李西平为比者，则拟于不伦矣。惟云台师撰七字联云："菊花潭里人同寿，扬子江头海不波。"落落大方，恰如身份，不能不推为大手笔也。

浪迹丛谈卷三

许周生驾部

过武林时，访许周生驾部之后人。惟其第六子子双茂才延彀在家，承以《鉴止水斋集》见赠，并屡承招饮，助余相宅甚殷。周生与曼云先兄同成进士，余曾相见于京师。迟久，始得读其诗文集。窃谓己未科人才最盛，时论以当康熙己未、乾隆丙辰之大科，然籍籍人口者，惟鲍双梧、吴山尊、张皋文、陈恭甫、王伯申诸太史，而鲜及周生者。周生颖悟非常，博通坟典，自经、史、诗、文外，如小学、算术、医方、释典，靡不涉猎，其视翰苑诸君子，皆有过之无不及者。其论学也，谓经义中之大者，不过数十事，前人聚讼数千年未了，今日岂能复了之？就令自谓能了，亦万不能见信当时，取必后世云云。其论政也，谓两汉功曹掾史，皆择邑之高望者补之，六朝时令史犹重。至明，而吏始与士分途，天下有以操守称官者，未闻以操守称吏也。无高名之可慕，无厚禄之可耽，则彼所夙夜用心以治事者，安得不惟利是图乎？今欲吏不为奸，则莫若高其品，使士人为之，士人为吏，习知政务，无迂懦不晓事之患，其于治道必有所裨云云。最为明通之论，皆非诸贤所能见及。又云：西士弥纳和为余言，近三十年，测得五星外尚有一星，形小而行迟，在赤道规上，约八十余年可一周天。然此非一人一世所能测候，故自来星官家皆未言及，即西人亦今始知之。余偶读《大集经》云：大星宿，其数有八，所谓岁星、荧惑、镇星、太白星、辰星、日星、月星、荷逻侯星。则西土所测，其荷逻星欤？此条亦足以广异闻，录之以谂言天文者。

吴槐江督部

过苏州时，寻当日问梅诗社诸老，如韩桂舲尚书、石竹堂、吴棣华二廉访,彭苇间太守,尤春樊中翰,皆早经凋谢。惟董琴南观察及寓公中朱兰坡、杨芸士二君健在而已。过平桥里,访吴槐江督部,门庭尤阒寂。询其孤,不可得见。督部系先资政公戊子同年,复与先叔父太常公同登己丑中正榜。余以子弟礼晋谒,问政采风,最叨教益。余将以疾引退,公遽昌言于众曰:"如此好藩伯,而为上台所挤,不能安其位,如地方何!"盖误闻人言,以与程梓庭抚部不协之故。虽非事实,亦足见其期待之殷矣。公家居,久不亲笔墨,独喜余修沧浪亭,为作五古长篇纪之。又尝与余诊缕枢廷遗事,娓娓不倦,多余内直时所未闻。余曾撰入《国朝臣工言行录》中,书多,一时未能付梓,先附著其逸事于此云。公举顺天戊子乡试,出编修秦公承恩之门。时尚书父学士推公星命,讶曰:"师为假总督,弟乃真总督耶?"后秦公果以吏部尚书署直督,而公历楚督、直督,以两广总督终。公由中书入枢直,洊历台谏,擢通政司参议。时和珅为枢长,即欲令公出直,曰:"通参班厕大九卿,应退出军机。"阿文成故善公,争之曰:"故事,副宪及通正、通副、理正、理少不得直军机,通参阶止五品,不在此例。且前此给事亦官五品,并未出直也。"和珅益衔之。嘉庆初元,纯庙以训政忧勤,丙夜即起视事。召军机大臣,皆未到;旋召章京,惟公与戴衢亨二人已上直,入对称旨。少顷,和珅入,上曰:"军机事繁,吴熊光甚明干,可在军机大臣上行走。"和珅谓:"吴某官才五品,与体制未符。"上即命加吴三品衔。和又奏曰:"吴某家贫,大臣例应乘轿,恐力不办。"上命赏户部饭银一千两。和珅与公共事,每多龃龉,欲私拔一人以抗之。以日前吴与戴本同被召,奏曰:"戴衢亨由状元出身,已官学士,在军机日久。用吴不如用戴。"上哂曰:"此岂殿试耶?"和珅语塞。未几,戴卒与公同加三品衔入直,而班次仍居公下。公以忠直为上所知,屡欲简畀封圻,商之和珅。和奏曰:"适有直隶布政使缺,可补也。"上从之。后悟外省布政阶资远出军机大臣下,以让和珅,和奏曰:"吴某以三品顶戴骤易红顶,已被深恩矣。"上颔之。旋授河南巡抚。公在楚督时,有劾公擅作威福,下行文檄,语气竟与上谕相同。上笑曰:"吴熊光在军机年久,每日拟写谕旨,手笔已熟,故外任亦不觉信手直书。此后宜痛自检点,毋得颠顸干咎。"寄谕饬之。公初赴楚督任,未出豫境,有协防陕西兵赵士福等二百余人,以缺饷两月,逃回本营,而陕省咨会亦至。公命集讯。或言是皆应死法，公非豫抚，可无理此。公曰：
"察其情形，苦累缺饷，必矣。协防非临阵，回本营非逃匿山海，岂可同
论哉！"遂杖首谋者二人，余悉分拨豫边防堵，诸镇将给与口粮。公由楚
督调直督，引对时，上曰："教匪净尽，天下自此太平矣。"公奏曰："督抚
率郡县加意抚循，提镇率将弁加意训练，使百姓有恩可怀，有威可畏，太
平自不难致。若稍形松懈，则伏戎于莽，吴起所谓舟中皆敌国也。"上韪
之。嘉庆十年，东巡盛京，旋跸驻夷齐庙，公与董文恭、戴文端同起引
对。上曰："外人言不可听。此次有言道路崎岖，风景略无可观者。今
到彼道路甚平，风景甚好，人言岂尽信哉？"公越次对曰："皇上此行，欲
面稽祖宗创业艰难之迹，以为万世子孙法，岂宜问道路风景耶？"上曰：
"卿，苏州人也，朕少扈跸过苏州，风景诚无匹矣。"公曰："皇上前所见，
剪彩为花，一望之顷耳。苏州城外，惟虎丘称名胜，实则一坟堆之大者。
城中街皆临河，河道逼仄，粪船络绎而行，午后臭不可耐，何足言风景
乎！"上曰："如若言，皇考何为六度至彼耶？"公对曰："先朝至孝冒天下，
臣从前曾侍皇上进谒，亲奉圣谕曰：'朕临御天下六十年，并无失德，惟
六次南巡，劳民伤财，实为作无益害有益。将来皇帝如南巡，而汝不阻
止，汝系朕特简之大臣，必无以对朕。'仁圣之所悔，言犹在耳也。"上动
容纳之。公尝语人曰："刑赏者，国家之大权，而寄于封圻大吏。若徒以
有司援例求免斥驳之术处之，失其旨矣。例有一定，情有万端，故遇事
必当详审而后行。赏一人而有裨于吏治，有益于民生，虽不符例，赏所
必加也。刑一人而有裨于世道，有益于人心，虽不符例，刑所必及也。
虽不得请，亦必再三力争之，乃为不负。若忧嫌畏讥，随波逐流，其咎岂
但溺职已哉！"

李 秬 轩 廉 访

　　余过杭州时，小住月余日，城中大吏皆来握晤。惟家楚香中丞宝
常为山左旧属，特鉴堂将军为吾闽驻防，素有相知之雅，余皆新交也。
李秬轩廉访崙通，为高阳李石渠中丞殿图之子。中丞抚闽时，欲招余
入节署课读，已送关书订入馆矣，而中丞旋量移江右去，遂不果，其学

徒即今廉访也。廉访晤谈时，每自惜无缘侍教，然当年署斋课艺，常屡荷批削，至今尚敬存箧衍中，盖缘叶莒汀庶常送来者。莒汀即其授读师，因须赴京散馆，故荐余以代，而余则久忘之矣。闻楚香中丞言：浙中同寅，最结实可恃者，惟廉访一人。且闻廉访由两淮都转擢浙臬，其在扬州任内，一尘不染，诸务肃然，足以空前绝后。去任时，鹾商例有重贶，悉却之。今秋闻其在浙物故，为之气短，本拟俟其灵榇过邗时登舟一吊，适余有海陵之游，彼此相左。并传闻扬州鹾商仍以前却之贶致送其闱中，仍却不受，谓遗教如此，不敢不遵，众无不啧啧嗟异之。然则廉访之清操，不但化及家人，而且行之身后，可谓难矣。诗云"刑于寡妻"，廉访有焉。呜乎，可以风矣！

许 小 琴 分 司

余此次出门，西湖之清游发于许芍友太守，邗江之寄庑成于许小琴分司悼诗。芍友与小琴为同怀兄弟，并余门下士，师友之谊甚笃，而意趣各不同。论者以为两人有冰炭之分，谓芍友清而小琴热，又谓芍友视天下无易事，小琴视天下无难事。盖芍友遇事必熟思审处，计出万全而后行，小琴遇事则挺身直前，期于必成而后已，皆通才可倚恃而肝胆照人者也。小琴得余抵杭信，即于扬城预为相宅。初以张氏容园为可居，既知其大费修理，乃借南河下支氏一空宅，整门户、庀器具以待余，而先以诗相迎云："老去清游亦壮哉，西湖丽景本天开。门生却被桃花笑，未向蓝舆问讯来。""香山诗句昨称觞，写入鸾笺十六行。前已和吾师《七十自寿》诗，兹又次《乙巳初度自述》韵。八秩今年开及二，愈多佳境蔗甘尝。""邗江近与曲江连，旧部讴歌政绩贤。多少名花灿金带，待公来预魏公筵。""一丘一壑纵无奇，张子野家宜赋诗。谓张松厓司马容园暂可停骖。比似小玲珑馆好，扫苔先慰鹤猿思。"

童 石 塘 郡 丞

扬州耆旧如晨星，提唱风雅者绝无人，而鉴藏书画之风亦久阒寂。余初至邗江，邹公眉观察_{锡淳}告余城中收藏家惟童石塘郡丞_{濂一}人，屡约余同往其斋中纵观佳迹，以旱热懒出门，迁延未果。既得快雨于夏至日，石塘偕谢默卿郡丞_淮，招同邹公眉及吴红生太守_{葆晋}、钟湜云郡丞_{承露}、许小琴分司暨恭儿，集东园畅饮一日。石塘为淮北监掣，默卿为淮南监掣，两宫如骖之靳；石塘专好书画，默卿专工诗词，两人之雅尚，亦嵯宦中铮铮者也。是日余于归舆中得一诗云："朅来三度入陈芳，_{余游东园，至此凡三度矣。}俯仰流光逝水忙。旧雨恰逢新雨快，忘年齐乐小年长。_{是日夏至。}盛堪寄庑容羁客，_{座客多劝余移寓此中避暑者。}终惜浮家异故乡。_{余福州小园亦名东园。}多少诗禅兼画髓，深谈尚拟坐华堂。"默卿官署驻仪征，每数旬甫得来扬一次。而石塘寓廨近在同城，此后读画评书，遂来往无虚日矣。是会默卿和韵诗最为蕴藉，附录于此，云："偶缘消夏惜余芳，又见新莺乳燕忙。杖履重陪人愈健，园亭三到日方长。漫言贡市通殊域，应念林泉阻乐乡。_{公家福州以英夷通市，不得安其居。淮家松滋，亦有三国时陆抗所筑乐乡城也。}幸得群公同话旧，不须瑶草赠青堂。"

陈 颂 南 给 谏

吾乡陈颂南给谏_{庆镛}以一疏劾三贵人，九重为之动容，天下想望风采。旋以事左迁，解组归里，舟过扬州。余与君初未觌面，忽得把臂畅叙，如旧相识，快不可言。翼日罗茗香设馔，招同黄右原、刘孟瞻_{文淇}、杨季子_亮暨恭儿，同饮于天宁门外之玉清宫。一时名流，不期而会，洵胜缘也。玉清宫之右即史阁部祠，饭后复偕同人入祠谒墓。忆余往返扬州，凡二十余度，不知梅花岭在何处，耿耿不释者垂五十年。至是始获伸瞻仰之情，深以为幸。其端实由给谏开之，此会可不朽矣。是日右原有诗，余亦口占二截句纪之云："天教主客画图开，名士名臣杂沓来。愧我老衰无所似，呼儿但覆掌中杯。""五十年来一瓣香，梅花岭路耿难忘。欲题楹柱无椽笔，拱手文山与武乡。"同人属余撰楹联，余谢不敏。盖堂中先有严问樵_{保庸}一联，以文信国、武乡侯相比，_{联语见下本第十一卷。}殆无人不为阁笔矣。余在浦城，即闻给谏抗疏劾前扬威将军诸人不应起用等,因得旨嘉奖,中外啧啧,传播以为美谈,实未见其疏稿也。既相遇于扬州,乃得索阅原疏,因节录如左,庶使读者廉顽起懦,各有同心焉。其词曰:"臣某奏:为刑赏失措,无以服民,竭沥愚忱,仰祈圣鉴事:窃惟行政之要,莫大于刑赏,刑赏之权,操之于上而喻之于民,所以示天下之大公也。《大学》论平天下之道,在于絜矩。矩者何? 民之好恶是也。民何好何恶? 好贤而恶不善耳。倘见贤而不能举,举而不能先,见不善而不能退,退而不能远,其端不过优悠寡断,而其后遂贻害于国家,经意深微,不可不察也。逆夷滋事以来,自总督将军以至州县丞倅,禽骇兽奔,纷纷藉藉,惟知船炮之足惊,谁复典刑之是惧。去年秋后,夷船退出大江,烽烟稍静。我皇上赫然震怒,于失律之罪,法有难宽,始命沿海置臣,将一切败将逃官,详查确核,交部治罪。于是最辱国之靖逆将军奕山、扬威将军奕经、参赞大臣文蔚、两江总督牛鉴、浙江提督余步云,后先就逮,部臣按律,问拟斩候。余步云情节较重,即于十二月二十四日正法。凡有血气之伦,莫不抃掌称快,金谓国法前虽未伸于琦善,今犹伸于余步云。而今而后,前车之鉴凛然,谁复肯蹈必然之诛,而不求生于一战哉! 乃二十六日,即奉上谕,起用琦善为叶尔羌帮办大臣。邸报哄传,人情震骇。既而徐徐解曰:古圣王之待罪人也,有'投之四裔,以御魑魅'之法,今之琦善毋乃类是? 未几,且以三品顶戴为热河都统矣。旋且用奕经为叶尔羌帮办大臣,文蔚为古城领队大臣矣。夫逆夷之敢于猖獗,沿海兵将之敢于逃窜,驯至今日,海水群飞,鲸鲵跋浪,逞其所欲,莫敢谁何者,实由琦善于逆夷入寇之始,首示以弱,惰我军心,助彼毒焰,令海内糜烂至于此极。即罢斥琦善,终身不齿,犹恐不足以作士气而餍民心,何况鞶带再加,脱俘囚而薰沐之乎! 至奕经之罪,虽较之琦善少减,文蔚之罪,较之奕经又可少减,然我皇上命将出师,若何慎重,奕经乃夜郎自大,深居简出,顿兵半载,并未身历行间。骋其虚憍之气,志盈意满,期于一鼓而复三城,卒之机事不密,贻笑敌人,杀将覆军,一败不振。此不待别科,其骚扰供亿、招权纳贿之事,而罪已不胜诛矣。臣亦知奕经为天潢贵胄,我皇上笃念亲亲,必不忍遽加显戮。窃意即幸邀宽典,亦应圈禁终身,销除册档,以无贻宗室之羞。岂图收禁未及三月,辄已弃瑕录用！且此数人者,我皇上特未知其见恶于民之深耳。倘俯采舆论,谁不切齿于琦善,而以为罪魁？谁不疾首于奕经、奕山、文蔚、牛鉴诸人,而以为投畀之不容缓？直道犹存,公论可畏,非臣一人之私言也。侧闻琦善意侈体汰,跋扈如常,叶尔羌之行,本属怏怏。今果未及出关,即蒙召还为热河都统,密迩神畿,有识无识之徒,无不抚膺太息,以为我皇上向用琦善之意,尚不止此,万一有事,则荧惑宸聪者,必仍系此人。履霜坚冰,深足惧也。顷者御试翰詹,以烹阿封即墨命题,凡百臣工,能无惕息？而今兹刑赏若此,臣之愚昧,未审皇上所谓阿者何人,所谓即墨者何人。假如圣意高深,偶或差忒,而以即墨为阿、以阿为即墨,将无誉者毁者,有以淆乱是非耶！所望皇上力奋天威,收还成命,体《大学》絜矩之旨,鉴盈廷毁誉之真,国法稍伸,舆情可慰。臣不胜激切屏营之至。”

沈鼎甫侍郎

　　嘉庆壬戌春榜同余成进士者,凡二百五十余人。今官于朝者,惟卓海帆阁老一人,此外龚季思尚书、沈鼎甫侍郎,皆已引退而尚未出京,其各直省生存者,则安徽朱兰坡侍读、浙江张静轩通政、朱椿年邑侯、四川王六泉太守、福建林鉴塘编修及余。回忆四十五年来,落落晨星,今海内只此九人而已。今岁余薄游江浙,于杭州晤静轩,于苏州晤兰坡,小住扬州,而鼎甫由京挈家来,忽得相见,尤堪惊喜。因留畅叙数日,并招同邹公眉、程柏华、熊竹村饮宴流连,各赠诗以纪。鼎甫少余三岁,而健谈健饮有余所不及者。余以旧刻《师友集》示之,离合之感,各为黯然。鼎甫屡掌文衡,余询其门下士最显者何人。对曰:“一为林少穆,一为陈颂南,皆君同乡也。”余曰:“只此两人,已足为门墙之光,其余不问可矣。”鼎甫喜读宋儒书,濒行,余以《名臣言行录》两函赠之,以备舟中消遣。鼎甫喜之不胜,留诗为别云:“海内称诗伯,吾曹仰伟人。晨星同客路,旧雨见天真。谁砥中流柱,凭扶大雅轮。廿年离合绪,往事付前尘。”“开径招三益,谓邹公眉观察,程柏华、熊竹村两世讲。延宾话一尊。载披《师友集》,洞见性情原。北宋名贤汇,东莱史例存。《兼承吕东莱大事记》之赠。读书赖攻错,感极欲忘言。"

吴退旃尚书

吴退旃尚书,壬戌同年中至好也。自乙未年在杭州城中一夕之谈,遂成死别。今秋其灵榇过扬州,适余有海陵之游,不获登舟一哭。逾月,其孤昌照以行状来,读之黯然以伤。余在京日,尝与同年言:退旃生平有四反:体极羸弱,而豪饮之气,辟易万夫,一也;不喜谈文章,而屡司文枋,二也;家居极俭约,而推财济物,毫无所吝,三也;贰司空时以不谙工作为歉,而督办浙江海塘,将数十年未修之工同时竣事,四也。其平生最得意者,道光己丑科,以光禄寺卿与朱咏斋、李芝龄二同年同日被命为会试副考官,礼部凡题请会试考官,光禄卿例不列衔,此数十年来异数也。行状言体弱畏寒,冬必着皮衣五层。或言此琐事,行状中似不必及,余初亦以为疑。后晤沈鼎甫,始知此事实达天听,屡承垂询及之,则亦不可不载也。鼎甫又言退旃每严冬必着夹裤、棉裤、皮裤三层,京中戏称之为"三库大臣",则聊资谈柄可矣。

俞陶泉都转

闲与两淮鹾商谈历任都转之贤,以李秬轩为第一。邹公眉观察曰:"秬轩之清操亮节,诚不可阶,然有守而兼有为者,终推平罗俞陶泉德渊一人而已。"忆陶文毅公整理淮鹾之始,都转屡不得其人,手书令余切实举荐,余即以陶泉应。盖陶泉令长洲,守苏州,实心实政,皆余所目击心仪者也。时陶泉方守金陵,闻信力辞,文毅以余手书示之,陶泉语塞。闻陶泉初到扬时,运库并无余积,次年遂有三百万之储。此席拥东南财赋之雄,冠盖往来,每多觖望,谤议丛兴。自陶泉莅任后,改弦更张,洗手奉职,而衰多益寡,称物平施,亦无不各得分愿者。惜其用心太苦,精力骤衰,位不称才,年不副德,论者伤之。余在兰州藩署,忽接陶泉之讣,为之涕如缏縻。适其孤以急信恳余转递平罗，余手挥一联寄挽之云："殚心力以报所知，一代长才出甘陇；处脂膏而不自润，千秋遗爱满邗江。"素闻耦贺庚督部言："陶泉无所不知，无所不能，不谓边陲乃有此人物。"又言："陶泉若长管淮鹾，可称得人，惜地方上少一好手耳。"此联正橐括其意。今年在扬州，闻公眉观察亦有一联云："敬以持己，恕以接物，一息尚存，此志不容少懈；生不交利，死不属子，九京可作，舍公其谁与归。"出语本《朱子》，对语本《檀弓》，则真足以传陶泉矣。

陈 玉 方 侍 御

陈敦之郡丞延恩，前侍御玉方先生之子。文采书名，克继前武，而才气通达，则有跨灶之称，不似侍御之古执也。相传侍御在刑曹时，一日司厅门外车夫喧斗，究主名者，咸指是江西陈老爷所役使。拘至堂中，交侍御自行处置。侍御熟视半响，曰："此人我所不识。"车夫曰："小人伺候主人多年，何不识也？"侍御不得已，令转其背视之，曰："诚然。"一时传为笑柄。按《名臣言行录》中，载魏国王文正公宅中有控马卒，岁满辞去。公问："汝控马几时？"曰："五年矣。"公曰："吾不省有汝。"既去，复呼回曰："汝乃某人乎？"于是厚赠之。乃是逐日控马，但见其背，未尝视其面，因去，见其背方省耳。然则今之玉方先生，亦暗合古名臣风味，未可厚非矣。

庄 虞 山 总 戎

武臣以不惜死为要义，言语小节，在所轻也。余同乡庄虞山总戎芳机，曾为京口参将，有遗爱。余今年过镇江，尚有询其近况，及闻总戎已物故，并有含涕吁嗟者。武员之得民心如此！忆任参将时，与余同官，值入觐回，告余曰："我此行几误事。入见时，上问：'汝自江南来时，可见过蒋攸铦？'我对曰：'没有。'三问三对如前，上变色曰：'汝太湖涂！岂有江南武官来京，而不向江南总督辞行者乎？'我急对曰：'有有有。'上容稍霁。数语毕即出，而浑身汗透矣。"余诘其故，庄曰：

"我只晓得江南总督或蒋中堂，他从来没有名帖拜我，我又未尝请他写过一联一扇，那知甚么蒋攸先蒋攸后乎？"余笑曰："此自君之疏失，然无碍于理。主上宽仁，断不汝罪也。"庄颔之。未几，即升广东总戎去。余初次引疾旋里时，卢敏肃公正为两广总督，一日见庄，曰："汝识梁茝邻否？"曰："同乡旧好也。"卢曰："茝邻近作神仙，汝知之乎？"庄大惊曰："作何处神仙？"卢笑曰："已引疾归田矣。"庄始悟。此亦总戎回闽时向余面述者。记得乾隆间有南省某总戎入觐者，时值南河漫口，奏至，上问："汝过清江浦时，情形若何？"对曰："浩浩怀山襄陵。"上首肯，曰："然则百姓光景如何？"对曰："百姓如丧考妣。"上斥出之，翼日即有嗣后凡武臣引对，不准通文之谕。此则无理取闹矣。按宋臣高琼，尝从宋主幸澶渊。琼请幸河北，曰："陛下不登北城，百姓如丧考妣。"上乃幸北城。虏退后，命寇准戒琼曰："卿本武臣，勿强学儒士作书语也。"语载《名臣言行录》。古今人事暗合有如此者。

浪迹丛谈卷四

翰 林 院 缘 起

我朝天聪三年,始设文馆于盛京。十年,改文馆为内三院。一曰内国史院,掌记注、诏令、编纂史书及撰拟诸表章之属。一曰内秘书院,掌撰外国往来书状及敕谕、祭文之属。一曰内弘文院,掌注释历代行事善恶、劝讲御前、侍讲皇子并教诸亲王之属。各设大学士掌之。顺治二年,以翰林院官分隶内三院,称内翰林国史院、内翰林秘书院、内翰林弘文院。十五年,改内三院为内阁。十八年,复改内阁为内三院,裁翰林院。康熙九年,仍改内阁,另设翰林院,至今用之。

大 学 士 缘 起

顺治初年,设满、汉大学士,不备官,兼各部尚书衔。十五年,定以大学士分兼殿阁,称中和殿大学士、保和殿大学士、文华殿大学士、武英殿大学士、文渊阁大学士、东阁大学士。雍正七年,以礼部尚书陈元龙、左都御史尹泰年近八旬,精力尚健,特加恩授为额外大学士,盖即今之协办大学士也。乾隆十三年,谕曰:"《大清会典》开载'内阁满、汉大学士员缺无定,出自简任'等语,本朝由内三院改设内阁大学士,未有定数,自是官不必备,惟其人之意。而康熙年间满、汉大学士率用四员,至雍正年间以来多用至六员,更或增置一二人协办。朕思内阁居六卿之首,满、汉大学士应有定员,方合体制。嗣后著定为满、汉各二员,其协办,满、汉或一员或二员,因人酌派。又大学士官衔仍兼殿阁,《会典》所载中和、保和、文华、武英四殿,文渊、东阁二阁,未为画一,其中和殿名从未有用者,即不必开载,著增入体仁阁名,则三殿三阁,较为整齐。再大学士缺出,定例请旨开列,亦有迟至一月后始行请旨者。朕思大学士职司赞襄,如其宣力有年,遇有告休病故,不忍遽行开缺,应俟至一月以后,乃国家眷念旧臣、加恩辅弼之意。若缘事降革,则机务重地,未容久旷,自应即行开列,不必请旨。"又五十八年谕以大学士职居正一品,无庸复兼从一品之尚书虚衔。皆载在《会典》,永著为例。

学　士　缘　起

今人率称中书为舍人,其实古之中书舍人,尊于今之中书远甚。国初自大学士以下,又设满、汉学士及侍读学士。顺治十六年裁满、汉学士,其满洲侍读学士以下,俱改为中书舍人,照现在品级加卿寺衔,则亦非今中书所得比也。十八年,始仍设学士及侍读学士。康熙十年,始定满、汉学士兼礼部侍郎衔。

谥　　法

定例:一品官以上应否予谥,请旨定夺。二品以下无谥,其有予谥者,系奉特旨,或效职勤劳,或没身行阵,或以文学,或以武功,均得邀逾格茂典。而乾隆十七年韩菼以工制义追谥文懿,三十年王士祯以工诗追谥文简,尤为稽古殊荣。

追　　谥

有因其子孙奏请而追谥者。康熙六十一年十一月,西安副都统阿鲁疏奏:"臣父济世哈,因军前效力,擢用至正红旗都统、刑部尚书、三等男,于康熙元年八月内病故。未蒙谥典,伏乞皇上加恩赐谥。"允之,得谥勇壮。此尤为盛朝旷典,此后未有踵而行之者。

夺　　谥

有生前得谥而身后削夺者。和硕端重亲王博洛于顺治九年三月得谥定,十六年十月追降贝勒,夺谥。又礼部侍郎加尚书衔沈德潜于乾隆三十四年十月得谥文悫,四年三月夺谥。又云贵总督下三元于康熙三十六年闰三月得谥恪敏,乾隆四十六年二月夺谥。以劝忠励绩之事,仍严黜陟予夺之权,亦视其人之自取而已。

谥　文

凡由词臣出身者,谥法例准以"文"字冠首。惟乾隆二十一年兵部尚书、参赞大臣鄂容安以阵前捐躯请谥,内阁撰"文刚"、"文烈"二谥奏进。上去两"文"字,赐谥刚烈,此异数也。又雍正七年,赐吏部侍郎、署直隶总督、赠礼部尚书何世璂谥端简,何亦词臣,而不用"文"字,莫详其故。询之馆阁老辈,亦不能答。

谥　文　正

凡臣工谥法,古以文正为最荣。今人亦踵其说,而不知所自始。按《梁溪漫志》云:"谥之美者,极于文正,司马温公尝言之而身得之。国朝以来得此谥者,惟公与王沂公、范希文而已。若李司空_昉、王太尉_旦,皆谥文贞,后以犯仁宗嫌名,世遂呼为文正,其实非本谥也。如张文节、夏文庄始皆欲以文正易名,而朝论迄不可。此谥不易得如此。"此宋人之说也。《野获编》云:"刘瑾欲中伤杨邃庵_{一清},李西涯_{东阳}力救乃免。及西涯病笃,杨慰之曰:'国朝以来,文臣无有谥文正者,如有不讳,请以谥公。'西涯顿首称谢。卒后,果谥文正。有人改宋人《讥京镗》诗云:'文正从来谥范王,如今文正却难当。大风吹上梧桐树,自有旁人说短长。'"此明人之说也。及恭考我朝鸿称册中所载群臣得用之谥,以"忠"为第一字,_{肫诚翊赞曰忠,危身奉上曰忠。}而"文"为第五字,_{道德博闻曰文,修治班制曰文,勤学好问曰文,锡民爵位曰文。}"正"为第四十一字,_{守道不移曰正,心无偏曲曰正。}则竟以文正为佳谥之首称,亦似无所据矣。按晋太康中范子安_平,东吴时临海太守,后谢病还家,屡召不起,年六十九卒,有诏追谥文正先生。此盖谥文正之最先者,见《钱塘先贤传赞》。我朝之得谥文正者，百余年来亦不过数人，如睢州之汤，诸城之刘，大兴之朱，皆足媲美前修。道光以来，则惟歙县曹太傅而已。相传吾闽安溪李公，初拟谥文正，后以在学政任内夺情事，改谥文贞。信乎此谥之难能而可贵也。

封　爵

《文献通考》极言封建之不可行，自是通论。顾封建之法不可行，而封爵之制不可废。我朝折衷成法，封而不建，实万世不易之良规。惟今人遇公、侯、伯，辄称为五等之封，此但沿前古之称，而于我朝封爵之制实未之考也。成周以来，列爵惟五。秦汉时爵二十级，并非世职，其世袭者只有侯爵，分县侯、乡侯、亭侯三等。惟唐、宋悉依周制。我朝则公、侯、伯之下，并未立子、男之爵，而别立五等之世职，则共为八等。彼时尚未定汉文之名，乾隆元年，始奏准以精奇尼哈番为子职，阿思哈尼哈番为男职，各分三等，以阿达哈哈番为轻车都尉，亦各分三等，拜他拉布勒哈番为骑都尉，拖沙喇哈番为云骑尉。凡公、侯、伯，无论一、二、三等，俱列超品。一、二、三等子为正一品，一、二、三等男为正二品，一、二、三等轻车都尉为正三品，骑都尉为正四品，云骑尉为正五品，恩骑尉为正六品。

武　阶

本朝官制：文职以大学士为第一官，以光禄大夫为第一阶。此士大夫所熟知，而询以武职，率多茫然。前明郎仁宝《七修类稿》首卷备载当时文官品级阶资，而不及武官，非必重文而轻武，亦由闻见所习然耳。谨按，我朝八旗武职，以领侍卫内大臣为第一品，内大臣、步军统领、各旗都统、各省驻防将军、都统为从一品。绿营武职无正一品，以各省提督为从一品。其武职封阶，旧例正、从一品俱封荣禄大夫，正二品至从五品俱封将军，后移荣禄大夫为文职，从一品之封，改封武职正一品为建威大夫，从一品为振威大夫。乾隆五十一年，复改定正一品封建威将军，从一品封振威将军，正二品封武显将军，从二品封武功将军，三、四品俱封都尉，五、六品俱封骑尉，八、九品俱封校尉，又定公、侯、伯并封建威将军。余官江南时，总督为任城孙寄圃先生，将军为普恭。普盛气凌人，每与总督争仪注，常以将军职分较大为言，孙亦怡然听之。谨按，乾隆二十七年定例，总督未加衔者，将军衔大，班次在总督前；若加衔者，其班次即当照衔序定。此例尚在将军未改从一品之前，此普所不知也。但旧例各省驻防将军本列正二品，乾隆三十二年因总督系从一品，将军亦当为从一品，使外任文武统率大员品制相当。奏准改将军为从一品，则将军并不能大于总督，此则普所宜知也。无何，寄圃先生晋揆席，笑谓普曰："大学士班次想不在将军之后乎？"普为爽然。

绿营武阶

国初绿营提督、总兵带有左都督、右都督衔者，正一品；带都督同知衔者，从一品；带都督金事、署都督事衔者，正三品。至乾隆十八年，省去都督等衔，始定提督为从一品，总兵为正二品；游击初制正三品，后改从三品；都司初亦正三品，后改从三品，今改正四品；守备初列正四品，后改正五品；河营守备初照千总品级，后定为从五品；守御所千总初列正五品，后升为从四品，今改从五品；卫千总初列从五品，今改从六品。其七品以下，旧制未设官阶，其经制外委千总、经制外委把总及额外外委，亦向无品级。于乾隆五十一年，定以经制外委千总为正八品，经制外委把总为正九品，额外外委为从九品。合计绿营武职，一品无正，七、八品无从，实共十四阶，与文职稍殊。

武 职 回 避

武职有与文职异者二事。文职皆回避本省，武职则于乾隆十二年议定：副将、参将无论水师陆路，均回避本省；游击、都司、守备准于五百里外及隔府别营题补；至千总末属微员发往他省，不免俯仰拮据之虑，仍留本省题补，不必回避。又河营参将员缺，如果无籍隶他省、熟谙河务之人，亦准于本省人员内保题补用。又议准水师与陆路不同，若必尽用他省之人，恐一时不能熟练情形，转于水师无益，嗣后水师副将毋庸回避本省。又文职遇丁忧，毋论大小，皆令离任，而武职初制则凡遇亲丧者，皆令在任守制二十七月，照常供职，不准回籍。康熙间，定副将以上皆准回籍终丧，参将以下皆在任守制，其遇军机调遣者，不在此例。凡有亲丧各官，二十七月之内，遇朝贺、祭祀一应庆典，免其行礼；未满服制之前，停其升转。

伞　　盖

《大清律例》载："职官伞盖，一品、二品，银葫芦，杏黄罗表，红里；三品、四品，红葫芦，杏黄罗表，红里；以上皆三檐。五品，红葫芦，蓝罗表，红里；六品以下八品以上，惟用蓝绢，皆重檐。庶民不得用罗绢凉伞，许用油纸雨伞。"又《礼部则例》载："总督以下至知府，用杏黄伞；府佐贰以下至县丞、教官，用蓝伞；其杂职以下，无伞。又武官自提督以下至都司，用杏黄伞；守备不用'肃静'、'回避'牌，余视都司。"今文官府佐贰皆用红伞，武官千总亦然，不自知其僭矣。

世　　职

向来八旗世职，于袭次应完之后，有赏给恩骑尉承袭罔替之例，而绿营世职则无之。乾隆三十二年，因吾乡海澄公黄芳度合门殉节，曾准袭公爵十二次，念其忠荩，准照八旗之例，于袭次完后仍赏给恩骑尉，世袭罔替。同时如将军张勇、赵良栋、王进宝，提督孙思克、陈福、豆斌，总兵高大喜等，皆照此推办。嗣又覆查，得殉节阵亡之张国彦等十七员，军功较著之惠应诏等十四员，亦一体加恩。此后绿营武职，始有承袭罔替之例。

鼓　噪

道光三年冬，南河中军副将裴安邦操练兵丁，过于严刻，不服而哗，其声彻于帅署。裴因以鼓噪禀请究办，将成大狱，大拂河帅之意，龃龉者旬余日。值制府孙公苾浦，询裴曰："是日演武场中，只人语喧哗乎？抑有击鼓者乎？"裴曰："只一片人声，并无鼓声。"公笑曰："鼓者，伐鼓渊渊；噪者，人声嘈杂。必兼之者，乃为鼓噪。此殆非也。"其狱顿息。河帅甚喜，河上同官皆啧啧称孙公之明决。余以淮海道承问此狱，时河帅已病入膏肓，不忍再激其怒，遂亦将就了之。按《会典》中载：康熙十年，题淮官弁给饷稽迟，侵扣暴虐，以致营兵哗噪者，革职，该管上司及提镇皆降二级调用。又河营兵哗噪，提督徇情不参及参劾不实者，降二级调用。又若该管官唆使哗噪者，革职提问。是功令中只有哗噪之目，并无鼓声人声之分。孙公亦因例议綦严，又河帅适病困，肝火易炎，权辞以解此狱，非遂可为典要也。

武　生　武　举

文秀才称生员，武秀才则只称武生；文科中式者称举人，武科则只称武举；文称鹿鸣宴，武称鹰扬宴：人皆知之。文进士称恩荣宴，而武进士称会武宴，则罕有知者。又世俗称武职一级管一级，谓都司可棍责守备，守备可棍责千总，此无稽之谈也。康熙三十八年，奏准武职上司将所属末弁，如有事故，并不揭参，任意笞辱者，罚俸一年；笞辱守备以上者，降二级调用。此亦武职所应知也。

虚　衔

国家引年之典，有赏给虚衔者，即古人所谓赐板也。《魏书·肃宗纪》："熙平二年，诏京尹所统百年以上赐大郡板，九十以上赐小郡板。"亦有称给板者，神龟元年，诏京畿百年以上给大郡板，九十以上给小郡板,八十以上给大县板,七十以上给小县板,诸州百姓百岁以上给小郡板,九十以上给上县板,八十以上给中县板。亦有称板假者,《孝静纪》:"天平三年,遣使者板假老人官,百岁以下各有差。"亦有称板赠者,《吴悉达传》:"刺史以悉达兄弟行著乡闾,板赠悉达父勃海太守。"又有作扳授者,武定八年《太公庙碑》阴所列"板授巨鹿太守、扳授顿丘太守以下二十余人"皆是。"扳"与"板"字盖通用。

仰

缪莲仙曰:仰者,下瞻上、卑望尊之词,如仰观、仰赖之类是也。今官文自上行下多用仰字者,或谓前明往往以台辅重臣谪居末秩,上官不敢轻易指使,故寓借重之意曰仰。不知君于臣亦有用此者。宋太宗遣中使以茶药等物与希夷,"仰所属守令以安车软轮迎先生",则仰字之为下行,由来旧矣。

改　　元

宋代改元最多,其说最不一。《铁围山丛谈》云:"太上即位之明年,改元建中靖国者,盖垂帘之际,患熙、丰、元祐之臣为党,故曰'建中靖国',实兄弟为继,故踵大平兴国之故事也。明年亲政,则改元崇宁,'崇宁'者,崇熙宁也。崇宁至五年正月,彗出,乃改明年为大观,'大观'者,取《易》'大观在上',但美名也。大观全四年夏五月,彗出,因又改明年为政和,'政和'者,取'庶政惟和'之义也。政和尽八年时,方士援汉武故事,谓黄帝得宝鼎神策,是岁己酉朔旦冬至,为得天之纪;而汉武但辛巳朔旦冬至,然今岁乃己酉朔旦冬至,真得天之纪矣。又太宗皇帝以在位二十年,因大赦天下,是时上在位已十有九年,明年当二十年。举是二者,乃下赦,改十一月冬至朔旦为重和元年,'重和'者,谓和之又和也。改号未几,会左丞范致虚言犯北朝年号,盖北先有重熙年号,时后主名禧,其国中因避重熙,凡称重熙则为重和,朝廷不乐。是年三月,遽改重和二年为宣和元年,'宣和'者,上自以常所处殿名其年，然实欲掩前误也自号宣和，人又谓一家有二日为不祥。及方腊起，连陷二浙数郡，上意弥欲易之，独难得美名，会寇甫平而止。七年冬遂内禅云。"大抵名年既不应袭用前代，又当是时多忌讳，以是为难合。而古人已多穿凿征兆，有自来矣。至仁庙初始垂帘，儒臣迎合时事，年号"天圣"为二人圣，"明道"为日月，故后人咸祖述之。至若"元"字，谓神宗、哲宗以"元符"、"元丰"登遐，且本朝火德，不宜用水若"治"字，又谓英庙"治平"不克久。凡十数义，或出于宦官女子之常谈，皆不足据也。又王得臣《麈史》云："中书许冲元尝对客言：熙宁末年神宗欲改元，近臣拟'美成'、'丰亨'二名以进。上指'美成'曰：'羊大带戈，不可用。'又指'亨'字曰：'为子不成，可去亨而加元。'遂以'元丰'纪年云。"

永　　嘉

钱竹汀先生《养新录》载："史绳祖《学斋占毕》，记淳熙二年邛州蒲江县上乘院僧筑殿辟地，得古甓，其封石作两阙状，有文云'永憙元年二月十二日，蜀郡临邛汉安县安定里公乘、校官椽王幽字珍儒'，凡二十九字。绳祖之大父勤斋先生子坚跋云：'永憙之号，不见于史。'按冲帝即位改元，史传相承以为永嘉。憙之与嘉，文字易混乱。一年而改，见于他文者几希，非此刻出于今日，孰知汉冲帝永嘉之应为永憙乎？"按此竹汀先生所录如此，然又安知非上乘院古甓石之偶讹其字乎？存此以广异闻可矣。

保　　大

江南保大中浚秦淮，得石志。案其刻，有"大宋乾德四年"凡六字，他皆磨灭不可识。令诸儒参验，乃辅公祐反江东时年号。太祖受命号宋，改元乾德，江左始衰，岂非威灵—作棱。将及而符谶先著邪？又刘贡父《诗话》云："太祖欲改元，须古来所未有者。宰相以'乾德'为请，且言前代所无。三年正月平蜀，有宫人入掖庭者，太祖因阅其镜奁,背有'乾德四年',大惊曰:'安得四年所制乎?'宰相不能对。陶穀、窦仪奏对曰:'蜀少主曾有此号。'太祖叹曰:'作宰相须是读书人!'"然二公又不知辅公祐已有此号矣。

日　本

　　日本,古倭奴国,唐咸亨初更号日本,以近日出而名也。其国有官名关白者,犹云宰辅之职,代相更替专国政。国习中华文字,而读以倭音。俗尊佛,尚中国僧,敬祖先,得名花佳果,非敬僧即上祖墓。立法严,人无争斗,有犯法者,事觉即自杀。气候与江浙齐,产金磁器、漆器、金文纸、马,出萨峒马者良。萨峒马即萨摩州也,其地山高水寒,刀最利,故倭人好以为佩。所统属国,北为对马岛,与朝鲜接;南为萨峒马,与琉球接。对马岛与登州直,萨峒马与温台直,长崎与普陀东西对峙,水程四十更。厦门至长崎,北风由五岛入,南风由天堂入,水程七十二更。海道以更计里,一昼夜为十更云。其与中国贸易者,长崎岛为百货所聚,商旅通焉。国尤饶铜,我朝经制,鼓铸所资,滇铜而外,兼市日本铜,谓之洋铜。安徽、江苏、浙江、江西等省,岁额市四百四十三万余斤。商办铜斤,有倭照以为凭信,携带绸缎、丝斤、糖、药等物往日本市铜,分解各省。乾隆二十四年,禁止丝斤出洋,又两广总督请将绸缎绵绢一并禁止。嗣据江苏巡抚奏请,仍许洋商酌量携带,每船皆有定额,非办铜商船不得援以为例,从之。前明关白兴帅蹂躏朝鲜,八道几没。后朝鲜内附本朝,而侵凌始息。崇德四年,日本岛主及对马州太平守平义成致书朝鲜,胁取土产,朝鲜国王惧,以二书来告。然日本究不敢兴兵,则震詟天威之所致也。前明日本使者嗑哩嘛哈上表入贡,明太祖因询其国风俗,奏答五言诗一首云:"国比中原国,人同上古人。衣冠唐制度,礼乐汉君臣。银瓮莒清酒,金刀脍素鳞。年年二三月,桃李自成春。"帝恶其不恭,绝其贡献,示欲征之意。考日本疆域分八道、六十六州、一百二十三郡、八十八浦,宜其不知汉大而云"国比中原国"也。然其人多寿,就国王论,如神武天皇一百二十七岁,孝灵天皇一百十五岁,孝元天皇一百十七岁,昭孝天皇一百十八岁,孝昭天皇一百三十七岁,开化天皇一百十五岁,崇神天皇一百二十岁,垂仁天皇一百四十岁,景行天皇一百有六岁,成务天皇一百有七岁,神功天皇百岁,应神天皇、仁德天皇俱百有十岁,雄略天皇百有四岁。降年之永,中土所希,所云"人同上古人",盖言虽大而非夸矣。

浪迹丛谈卷五

请 铸 大 钱

近日银贵钱贱，官民交困，群思补救之方计，惟有请铸大钱，尚是通变宜民之一法。余前在广西抚任，即经切实上陈，为户部议格不行。复缘江苏抚任引疾得请，附谢恩折内上陈，则留中未发。近闻京中台谏亦有请铸大钱之折，上曾向枢廷索取余原折呈览。又闻此事已交各直省督抚悉心妥议，而迄未见有切实敷陈者。昨安徽王晓林中丞填向吴红生太守索余两次疏稿，余以第二疏即系申明前疏未尽之意，且系留中之件，未便宣布，而第一疏已经部议，各省周知，因即录副与之。而索阅者愈多，遂钞付手民如左以应之。其词云："窃谓今日银价之贵，固由银少，亦由钱多。钱非能真多也，由于私铸之钱充斥，遂至银、钱两不得其平。臣窃以为今日变通之计，莫如筹钱之有余，以补银之不足。银之产有限，铜之产无穷。考《禹贡》'惟金三品'，铜实与金、银并重，当王者贵，其贵贱之权亦操之自上耳。上之权可以顷刻变人之贵贱，独不可以顷刻变物之贵贱乎！古者泉刀之设，皆取资于铜。周时圜法，轻重铢两虽不可考，然观其遗制，有径尺者，有数寸者，可知当千、当百，自有等差，而历代值钱法之穷，因之有大钱之制，所谓'穷则变、变则通'也。现在江、浙、闽、广东南数省，习用洋钱，即外国之大钱也，不过取其轻利便于交易耳。今若铸为大钱，其利用即与洋钱无异，与其用外国之大钱，何如用中国之大钱？惟利之所在，私铸在所必防。然防大钱之私铸，较之防小钱为易，但须轮廓分明，刻画工致，磨洗淳净，多用清、汉文以经纬其间，品愈贵者，其制愈精，则伪造者不难立辨。即如今日洋钱有洋铸、土铸之分，民间一目了然，则大钱之官铸、私铸，又何难了如指掌？且钱质精好，工本不轻，私铸者无从获利，即可不禁而自止。然后将民间旧有私铸之小钱，随地设局收买，以备改铸大钱之用。其大钱之等差，或酌用当十、当五十，及当百、当五百、当千，分为五品，仍令与制钱相辅而行。查现在一钱之重，不过一钱二分，惟当十大钱不必用十钱之铜，当百大钱不必用百钱之铜，制造虽精而工本不致过费，铜亦日见有余。此法一行，将民间旧积之私钱并外国所来之洋钱，皆当自废。查新疆钱法，旧以五十普儿为一腾格，今定以百普儿为一腾格，每腾格直银一两，即合于古者当十之大钱。当日定制，似即因银少之故，迄今行之，并无格碍难通，则内地又何妨仿照办理。臣愚昧之见，所论似骇听闻，然于古有据，于今为宜。诚使大钱之法一行，则天下之铜皆将与银同贵，可使旬日一月之间财源骤裕，何虑而不出此？或谓大钱之行，后必有弊，此则全视乎行法之人。即如捐例之开，亦孰敢保其无弊？应请饬下亲信重臣，会同部臣，博考旧章，从长计议。凡立法不能无弊，而理财全在用人。得其人则弊自轻而利自重，否则如广东之六百万银，徒以资寇而毫不见功，岂不重可惜哉！"

请 行 钞 法

昨闻有请以人家赤金济银之不足，并申金器首饰之禁者，尚未知部议如何。余谓银虽不足，而金则如故，若并此而括索之，藏富于民之谓何！且今日之漏卮，病在通银于夷，然其事未尝不繁重难行。若变为通金于夷，则简便莫过于此，其势将有莫之能御者矣。于是又有以开矿为生财之源者，又有以行贝为助银之用者，而非常之原，黎民惧焉无已，则不如请行钞法之为便。行大钱有利而不能无弊，行钞法亦有利而不能无弊，而集事之易，钞法较胜于大钱。忆余官京师时，闻蔡生甫学士以奏请行钞镌秩，尝惜其不知本朝故事。伏查皇朝《三通》中，备载顺治八年曾造钞十二万有奇，至十八年因国用充裕而止。学士不知考此，而但泛引明制，于议实疏然。即前明十便之说，未始不犁然有当于人心。一曰造之之本省，二曰行之之途广，三曰赍之也轻，四曰藏之也简，五曰无成色之好丑，六曰无称兑之轻重，七曰无工匠之奸偷，八曰无盗贼之窥伺，九曰不用钱用钞，则铜悉可以铸军器，十曰钞法行则民间贸易不用银，天下之银可尽入内库。真乃十全善法，何不可行？语云："穷则变，变则通。"或变为大钱，或变为钞法，实为今日之亟务，皆足以充财用而致富强。若长守而不变，则不但不能通，且恐不知所届矣。近在江南，读王亮生学博所撰《钱币刍言》，至详且确，谢默卿郡丞又臠括为《钞贯说》，至简而明，皆可坐而言、起而行者。成书具在，毋庸赘述。惟近许辛木农部又著《钞币论》以辟之，则不过斗妍骋巧于文字间，不得谓后起者胜矣。

开　矿　议

矿利之兴古矣，《周礼》有卝人之职，卝即矿也。掌金、玉、锡、石之地，而为之厉禁以守。若以时取之，则物其地图而授之，巡其禁令。此即后代厂税之始。《汉书·地理志》言朱提山、益州山皆出银；后魏延昌中，有司奏长安骊山有银矿，又恒州白登山有银矿；唐贞观初，侍御权万纪奏宣、饶二州银大发，采之岁可得数百万；后汉刘承钧国用日削，五台山僧继颙募民凿山，取矿烹银以输，刘氏赖以足用。宋太宗至道末，天下岁入银十四万余两；真宗天禧末，天下岁入银八十八万余两；神宗元丰初元，冶银二十一万余两。金世宗大定间，许民采银，二十分取一为税。明洪武间，陕西商县有凤凰山银坑八所，福建尤溪县有银屏山坑冶八所，浙江温、处等属有银场。永乐间，福建浦城县有马鞍等银坑三所，贵州有葛溪银场，云南大理银冶。万历间，岁有进矿税银二百余万两。今人无不言开矿有害者，大都鉴于前明之用宦官监收矿税耳，不知委用宦官，则凡事皆有害，何独开矿？我朝康熙五十二年，大学士、九卿议禁开矿，上谕曰："天地自然之利，当与民共之，不当以无用弃之。要在地方处置得宜，毋致生事。"又乾隆四年，两广总督奏英德县铜坑炼出银，该县洪礤矿出银过多，请封闭。上谕曰："银亦天地间自然之利，可以便民，何必封禁。"煌煌圣谕，仁义并行，固不欲兴利以扰民，亦未尝闭地而塞利。嘉庆年间，英煦斋师亦尝抗疏云："中国银有日减，无日增，安得不短绌？则莫如取诸矿厂，或官为经理，或任富商经理，即使官吏难保侵渔，富商或饱囊橐，总系取弃置之物，以济生民之用。且可养赡穷民，虽聚集多人，而多人即藉以谋生，未始无益。"皆通达政体之言，非迂儒所能识。斯固筹国用者所宜体察而施行也。

行　贝　议

行贝之议，尤骇听闻，特齐民狃于目前习而不察耳。今民间贵重之物，皆曰"货"、"寶"，贸易之事，皆曰"買"、"賣"，其字无不从"贝"，可见古时通行之物，至今尚不能没其名。考职贝之贡，自夏时已然。《仪礼》之"江贝"，郑氏注云："贝，古以为货。"桓宽《盐铁论》云："夏时以元贝。"谓夏以贝为币也。《汉书·食货志》："大贝四寸八分以上，壮贝三寸六分以上，幺贝二寸四分以上，小贝寸二分以上，不盈寸二分者不得为朋。"又分贝货为五品：大贝以二枚为一朋，直二百一十六；壮贝以二枚为一朋，直五十；幺贝以二枚为一朋，直三十；小贝以二枚为一朋，直十；不盈寸二分不得为朋，率枚直钱三。是谓"货贝五品"。至秦始废贝用钱，汉时犹钱贝并用，晋以后遂不行至今。窃谓物之贵贱，视乎人之所尚。若果行贝，则上以是令，下以是听，即与银同。近人有用贝五美之说。其一曰遵圣，赞曰：贝之为物，载于圣经。今日用之，先民是程。二曰复古，赞曰：贝之为物，中古所宝。今日用之，行古之道。三曰有文，赞曰：银曰纹银，贝曰文贝。美在其中，采发于外。四曰无伪，赞曰：钞之难行，人为易伪。贝出于水，实生于地。五曰便民，赞曰：钱重银轻，可以致远。贝亦如银，便于流转。数语尽之矣。

唉　夷

唉夷初至中国，未尝不驯谨，自道光二十年以后始逐渐骄肆，名为恭顺，实全无恭顺之心。尝与云台师谈及往事，师深为扼腕，曰："尚记得嘉庆二十二年，我为两广总督时，首以严驭夷商、洋商为务。盖洋商受唉夷之利益，唉夷即仗洋商之庇护，因此愈加傲黠不驯。我每遇事裁抑之。时唉船在黄埔与民人争水，用鸟枪击死民人，我严饬洋商,必得凶犯方登船,而此犯即拔刀自刎死。又咈嚽哂国夷人打死民妇,我立获凶犯,照例绞决抵罪。道光初,嘆夷有护货之兵船,在伶仃山用枪击死小民二人,我饬洋商向嘆国大班勒取凶手,大班诡言:'只能管贸易事务,兵船有兵头,职分较大,我令不能行于彼。'我旋饬传谕兵头,兵头复诡称夷人亦有被民伤重欲死者多人,欲以相抵。我察其诡诈,传谕大班,如不献出凶手,即封舱停止贸易。大班又称实不能献出凶手,无可如何,情愿停贸易。时兵船已诡避在外洋,将匝月,我持之益坚,大班乃率各夷人全下黄埔大船,禀称无可如何,只好全帮回国,不做买卖。我发印谕,言尔愿回即回,天朝并不重尔等货税。于是嘆国大货船二十余号,收拾篷桅,作为出口之势,仍上禀云:'大人既许回国,何以炮台上又设兵炮?'我又加印谕,言虎门炮台本是终年常设,并非此时待尔等出口欲加轰击,且天朝示人以大公,岂有许尔等回国复行追击之事?于是各船不得已而出口,复又旋转在外洋校椅湾,停泊多时,而其兵船遂真远遁矣。未几,大班又禀'兵船不知何时远遁,我等实愧无能。大人如准入口贸易,固是恩典,否则亦只好回国'等语,而洋商亦代为禀求,并令大班寄禀回国,告知国王,下次货船来粤,定将凶犯缚来,方准入口,否则不准。大班亦同此禀求,我始应允。直至三年春,始照旧开舱通货。此事冬末春初,凡夷商人等皆惶惶,言关税必由此大缺,且恐别滋事端,城中各官亦有为缓颊者。我一人力持,以谓国体为重,货税为轻,索凶理长,断不可受其欺胁。并饬其以后兵船不许复来,非是护货,适以害货等印谕。及四、五年货船来粤,禀称前此犯事兵船不敢回国,委不知向何处逃散,无从寻获,而四、五、六年间此种兵船亦实不复至。我对众曰:'此所谓可欺以其方也。'自我去粤后,兵船复来,门人卢厚山亦仿我之意行之,时有褒嘉之旨云:'玩则惩之,服则舍之,尚合机宜,不失国体也。'闻此后惟林少穆督部亦守此法,而情事顿殊,为之慨然而已!"

鸦　　片

近日嘆夷就抚而鸦片之禁渐弛,漏卮之弊愈不可稽。于是留心国计者佥议,请令各直省普种罂粟花,使中原之鸦片益蕃,则外洋自无可居奇之货,且罂粟浆之成鸦片,其毒究不如乌土、白皮之甚,则吸烟者之害亦不甚深,可以逐渐挽救。其用心可谓苦矣,其设想亦可谓周矣,然究非政体之所宜,即陈奏,亦恐难邀俞允。愚谓为今之计,则不如仍用前许青士太常所奏,甚可行也。按道光十六年四月,太常寺少卿许乃济一折,奉旨交广东大吏会同妥议,不知彼时如何覆奏,未见施行。今节录其原折如左,以备采择云:"为鸦片例禁愈严,流弊愈大,应请变通办理事。窃照鸦片烟本属药材,其性能提神、止泄、辟瘴,见于李时珍《本草纲目》。本名阿芙蓉。惟吸食必应其时,谓之上瘾,则废时失业,莫此为甚。甚者气弱中干,面灰齿黑,有明知其害而不能自已者,诚不可不严加厉禁,以杜恶习也。查鸦片烟之品有三,一曰乌土,一曰白皮,一曰红皮,皆嘆咭唎属国所出。乾隆以前,海关则例列入药材项下,每百斤税银三两。其后遂入例禁。嘉庆初年食鸦片者,罪以枷杖,今递加至徒、流、绞候各重典,而食者愈多,几遍天下。乾隆以前鸦片入关税后,交付洋行兑换茶叶等项,今以功令森严,不敢公然易货,皆用银私售,嘉庆年间每岁约来数百箱,近竟多至二万余箱。乌土为上,每箱约洋银八百元;白皮次之,约洋银六百元;红皮又次之,约洋银四百元。岁售银一千数百万元,以库平纹银七钱计算,岁耗银总在一千万两以上,由是洋银有出无入矣。夫以中国易尽之藏,填海外无穷之壑,日增月益,贻害将不可言。或欲绝夷人之互市,为拔本塞源之计,在中朝原不惜捐此百余万两之税银,然西洋诸国通市者千有余年,贩鸦片者惟嘆咭唎耳,乃因嘆咭唎而概绝诸国之互市,则濒海数十万众恃通商为生计者,将何以处之?且夷船在大洋外,随地可以择岛成廛,内洋商船皆得转致,又从何而绝之?比岁夷船周历闽、浙、江南、山东、天津、奉天各海口,其意即在销售鸦片,虽经各地方官随时驱逐,然闻私售之数亦已不少。是但绝粤海之互市,而不能止私货之不来。且法令者,胥役棍徒之所藉以为利,法愈峻,则胥役之贿赂愈丰,棍徒之计谋愈巧。道光元年,两广督臣阮元,曾严办澳门屯户叶恒澍夷商一案;继任督臣卢坤,亦曾拿获梁昌荣一案,起出烟泥一万四千余个,格杀生擒者共数十人,并将窑口匪徒姚

九、区宽等籍产入官。查办非不认真，而此害终不能戢，盖匪徒之畏法不如其鹜利，逞其鬼蜮伎俩，法令亦有时而穷。更有内外匪徒冒充官差，以搜查鸦片为名，乘机抢夺，良民受累不堪。此等流弊，皆起自严禁以后。究之食鸦片者，率皆浮惰无志、不足轻重之辈，亦有逾耆艾而食此者，不尽促人寿命。海内生齿日繁，断无减耗户口之虞，而岁竭中国之脂膏，则不可不早为之计。闭关不可，徒法不行，计惟仍用旧例，准夷商将鸦片照药材纳税，入关后只准以货易货，不得用银购买。夷人纳税之费，轻于行贿，谅彼亦必乐从。洋银应照纹银一体禁其出洋，有犯被获者，鸦片销毁，银两充公。至文武员弁、士子兵丁，或效职趋公，或储材待用，岂可听其沾染恶习，至蹈废时失业之愆。惟用法过严，转恐互相容隐，如有官员、士子、兵丁私食者，应请立即斥革，免其罪名，宽之正所以严之也。该管上司及统辖各官，有知而故纵者，仍分别查议。其民间贩卖吸食者，一概勿论。或疑弛禁于政体有关，不知觞酒、衽席，皆可戕生，附子、乌头，岂无毒性，从未闻有禁之者。且弛禁仅属愚贱无事之流，若官员、士子、兵丁，仍不在此数，似无伤于政体。而以货易货，每年可省中原千万余金之偷漏，孰得孰失，其事了然。倘复瞻顾迟回，徒循虚事，诚恐鸦片终难禁绝，必待日久民穷财匮而始转计，则已悔不可追。谨以上闻，伏乞密饬粤省督抚及海关监督，确查以上各情节，如果属实，速议变通办理章程，以杜漏卮而裕国计。臣不胜惶悚待命之至。"

水　雷

粤东近传咪唎喹国夷官创造水雷之法，遣善泅水者潜至敌人船底，藉水激火，迅发如雷，虽极坚厚之船，罔不破碎。粤省洋商潘姓者如法制造，凡九阅月而成。曾经将水雷器具二十副赍京，恭呈御览。于道光二十三年八月，奉旨交直隶总督、天津总兵会同演试，旋据覆奏，于九月在天津大沽海口会同演试，用径八寸长丈六杉木四层扎成木筏，安于海面，坠定锚缆，将吃药一百二十斤水雷送至筏底，系定引绳，拔塞后待时四分许，轰然一声，激起半空，将木筏击散，碎木随烟飞起,其海面水势亦围圆激动,洵为火攻利器云云。并纂成《火雷图说》,进呈刊布。窃谓此器甚好,非夷人之巧心莫能创造,非洋商之厚力亦莫能仿成。惟是大海茫茫,波涛汹涌,此器如何能恰到敌船之底,又恰能使敌船浑然罔觉,坐待轰击,则皆非瞀儒浅识之所敢知矣。

炮　考

《归田琐记》中有《说炮》一条,颇中今日情弊。而礟之缘起,未之详也,或以为问。余乃摭拾所见各书,告之曰:“礟”字俗作“砲”,潘安仁《闲居赋》“炮石雷骇”,其最先见者矣。李注:“礟石,今之抛石也。”然《说文》无“礟”字,“礮”字注云:“建大木置石其上,发机以礮敌。”是许氏以礮为炮。《唐书·李密传》:“以机发石为攻城械,号将军炮。”自后人有火炮之制,俗遂从火作“炮”字,非也。火炮之用,始见于宋杨万里《海鳅船赋》,序云:“宋绍兴三十一年,金兵欲济江,虞允文伏舟七宝山,舟中发一霹雳坠炮,坠水中。硫磺得水,火自跳出,纸裂而石灰散为烟霞,眯其人马之目。金兵大败。”然此乃纸炮,用石灰以眯目,非以炮子为攻击之具也。炮之用铁始于金,名曰震天雷。以火炮攻城,始于元世祖得回回所献新炮,以攻破襄阳,名曰襄阳炮。明永乐间平交阯,始得神机枪炮法。至嘉靖二年,佛郎机寇广州,指挥柯荣御之,贼败遁,官军获其二舟,得其炮,即名为佛郎机,详见《明史纪》。又《兵志》云:“佛郎机炮式,以铜为之,长五六尺,大者重千余斤,小者数百斤。”炮之用铜,始见于此。至我朝天聪五年,始造红衣大炮,名曰“天佑助威大将军”。崇德八年,又造神威大将军炮。康熙十五年,又造神威无敌大将军炮。康熙二十八年,又造武成永固大将军炮。详见《皇朝礼器图式》。造火药法,《洴澼百金方》中所载颇详,盖硝、磺、炭三者,皆须研得极细,必捣至万杵以外,愈多愈好。炭用柳条,以细如笔管者为妙,必去皮去节,带皮则烟多,有节则易炸也。制好后,必须放手心燃之,药去而手心不觉热者方为合式。余提兵上海时,苏州局员来缴新制火药,余嫌其未净,令以手心试之。委员皆缩手不前,曰:“前缴药时,皆不如是。”余曰:“此试火药定法也,然则前此收药之皆不如法可知矣。"因驳回，令其再捣。再缴时，以白纸铺桌上试之，药去而纸绝不烧，于是众始叹服云。

天　主　教

湖北黄冈吴德芝有《天主教书事》一篇云：西洋国天主教，前未之有也。明季，其国人利玛窦、汤若望、南怀仁先后来中国，人多信之。其术长于推步象纬，使之治历，颇有奇验。又善作奇技淫巧及烧炼金银法，故不耕织而衣食自裕。浸假延蔓，各直省郡邑建立大庙，曰天主堂，宏丽深邃，人不敢窥，而各以一西人主之。细民愿归之者，必先自斧其祖先神主及五祀神位，而后主者受之，名曰"吃教人"。按一名与白银四两，榜其门以赤纸，上画一长圈，中列十字架、刀、锥、钩、槊等器。或曰：其所奉神以磔死，故门画磔器也。每月朔望，男女齐集堂中，阖门诵经，及暮始散。有疾病不得如常医药，必其教中人来施针灸，妇女亦裸体受治。死时主者遣人来殓，尽驱死者血属，无一人在前，方扃门行殓。殓毕，以膏药二纸掩尸目，后裹以红布囊，曰衣胞，纫其项以入棺。或曰：借殓事以剀死人睛，作炼银药，生前与银四两，正为此也。故死时不使闻知。若不听其殓法者，谓之叛教，即令多人至其家，凌辱百计，权四两之子母而索之。穷民惑于此，每堕其术中。而士大夫之嗜利无耻者，皆几其炼术可得，相与尊信之，称之曰西儒。而其主如所在地方，必与其长吏相结，厚馈遗，有事则官长徇庇之，以故其教益张。所刻《口铎》一书，其言谓万物主于天，而天又主于天主，一概圜坛方泽、光岳祀典、宗庙祖考，皆极其唾骂，而惟一心致敬天主。又言自无始以来，倘非有天主操持焉，则天久倾颓，地久翻覆矣。又言天主之神，则生于汉哀帝十四年。其说之狂悖如此。工绘画，虽刻本亦奇绝，一帧中烟云人物，备诸变态，而寻其理，皆世俗横陈图也。又能制物为裸妇人，肌肤、骸骨、耳目、齿舌、阴窍无一不具，初折叠如衣物，以气吹之，则柔软温暖如美人，可拥以交接如人道，其巧而丧心如此。康熙中，黄冈令刘公泽溥深恶之，议毁其庙、逐其人，胥吏有从其教者，惩以重典。不旬日而上官下檄，反责以多事,盖钱可通神也。雍正二年,浙江制府满公上言其恶,朝廷纳之,礼部议覆:奉旨,西洋人除留京办事人员外,其散处直隶各省者,应通行各该督抚转饬各地方官,查明果系精通天文及有技能者,起送至京效用,余俱遣至澳门安插。其从前曾经内务府给有印票者,尽行查送内务府销毁。其所造天主堂,令皆改为公所。凡误入其教者,严为禁谕,令其改行,如有仍前聚众诵经者,从重治罪。地方官若不实心禁饬,或容隐不报,如之。三月,奉通檄尽逐其人,以其堂为义学、公所,百年污秽,一旦洗濯,因喜书其事云云。按此事在雍正初,至今刚逾百年,而其焰复张,甚为可恨。因录旧事,以正告夫当事主持者。

均　　赋

余藩牧吴中时,目击田赋之重,曾有均田之议,旋以引疾归里,未及上陈,附见其说于《退庵随笔》中。盖亦国初人有此议,曾见其书,而忘其姓氏,既而再四思之,此说究有难行。我朝一视同仁,究未便为此抠彼注兹之请,而同辈中亦有窃笑其迂者。近读梁绍壬《秋雨庵随笔》所载一条,较为平允,胪陈原委,亦更详明,因亟录之以资抉择。其略曰:江南之苏、松,浙江之嘉、湖,江西之南昌、袁、瑞等府,赋重于他处,人皆曰此明太祖恶张士诚、陈友谅,因而仇视其民也。而实不尽然。盖其害实起于宋之官田,迨有明中叶,复摊絮官田重赋并于民田,遂贻祸至今。考官田、民田之分,二者本不相同,官田输租,民田纳赋,输租故额重,纳赋故征轻。宣和元年,浙西、平江诸州,积水新退,田多旷业,当时在廷计利诸臣,献议募民耕种,官自收租,谓之官田,厥后加以籍没。蔡京、王黼、韩侂胄等,又充逾限三分之一之田尽属之官,而官田于是乎浸广矣。沿及元世,相沿不革。元末张氏窃据有吴,又并元妃嫔亲王之产入焉。明祖灭张氏,其部下官属田产,遍于苏、松,明祖既怨张氏,又籍其田,并后所籍富民田,悉照租额定赋税。正统时,巡抚周忱奏请减官田额,又奏官田乞同民田起科,部议格不行。嘉靖中,嘉兴知府赵瀛,请以官田重赋摊絮于民田而均之。赵固以官田、民田有同一丘,而税额悬殊,故创并则之议,不知官田自当减赋,民田不可增赋。同时苏、松亦仿其议,奏请允行,自是官田之名尽去,而民田概加以重赋。我朝平定江南,以万历时额赋为准,时已无复有官、民之分,但官田虽减,犹未为轻,民田既增,弥益其重。然则江右南昌、袁、瑞浮粮所以早蒙蠲免者,由官田名额未除;苏、松、嘉、湖浮粮所以难邀蠲除者,以官田名额既去,均于民田之赋,竟指定为正供,不复推求往时摊絜之故。韩世琦、慕天颜先后披陈,卒格不行。雍正二年,特恩除苏州额征银三十万两,松江十五万两。乾隆二年,又除苏州额征银二十万两。民力固可稍舒,然旧额太重,虽屡减仍无益也。如有为民请命者,诚能缕述其所以然之故,知宋不括官田,则无此重赋,明不摊絜民田,则亦无此重赋。为今之计,莫若均赋一法,请即以苏、松邻壤,东接嘉、湖,西连常、镇,相去不出三四百里,其间年岁丰歉,雨旸旱溢,地方物产,人工勤惰,皆相等也,以之较常、镇赋额,则每亩浮加几倍。宜查常、镇之额,按其最重者,定为苏、松、嘉、湖之赋,则用以指陈入告,以普朝廷惠爱东南氓庶之至意,则百世蒙其福矣。

斛　　制

今之官斛规制,口狭底阔,起于宋贾似道。元至元间,中丞崔彧言其式口狭底阔,出入之间盈亏不甚相远,遂行于世,至今沿之不改。盖斛口小,则斛面或浅或满,盈亏固自有限,所以杜作奸者。其法至善,贾虽奸相,而此一物规制,固百世不可易也。

赦　　令

谢梅庄曰:自匡衡、吴汉不愿为赦,其后孔明惜赦,孟光责赦,而文中子乃甚其词曰:"无赦之国,其刑必平。"夫赦者,先王仁政之一,盖愚民当创惩之后,未必无悔悟之心,而人主除已往之愆,亦与民更始之义。但当以数为戒,不必以无为美也。秦皇两世,不闻有赦,唐德宗之季，十年不赦，而陆宣公、阳道州皆死于贬所。此三主者，刑何尝平哉！

科　　目

近日捐输之例，层见叠出，无识者流乃窃窃忧之，以为此风不止，必有碍于科目，且恐将来废科目之说或由此而开，则断断不然。捐输自捐输，科目自科目，不能举一废一。且恐转瞬即有停捐输之事，而终古必无废科目之虞。客不闻乾隆初有废科目之疏乎？乾隆九年，兵部侍郎舒赫德疏云："科举而取，案格而官，已非良法。况积弊已深，侥幸日众。古人询事考言，其所言者，即其居官所当为之职事也；今之时文，徒空言而不适于用，此其不足以得人者一。墨卷房行，辗转抄袭，赝辞诡说，蔓衍支离，以为苟可以取科第而止，此其不足以得人者二。士子各占一经，每经拟题，多者不过百余，少者仅止数十。古人毕生治之而不足，今则数月为之而有余，此其不足以得人者三。表、判可以预拟而得，答策就题敷衍，无所发明，此其不足以得人者四。且人材之盛衰，必于心术之邪正，今之侥幸求售者，弊端百出。探本清源，应将考试条款改移而更张之，别思所以遴拔真才实学之道"云云。奉旨饬议。时鄂文端公为首相，力持议驳云："谨按取士之法，三代以上出于学，汉以后出于郡县吏，魏晋以来出于九品中正，隋唐至今出于科举。科举之法，每代不同，而自明至今，则皆出于时文。三代尚矣，汉法近古而终不能复古，自汉以后，累代变法不一，而及其既也，莫不有弊。九品中正之弊，毁誉出于一人之口，至于贤愚不辨，阀阅相高，刘毅所云'下品无高门，上品无寒士'者是也。科举之弊，诗赋则只尚浮华而全无实用，明经则专事记诵而文义不通，唐赵匡举所谓'习非所用，用非所习，当官少称职吏'者是也。时文之弊，则今舒赫德所陈奏是也。圣人不能使立法之无弊，在乎因时而补救之。苏轼有言：'观人之道，在于知人，知人之道，在于责实。'盖能责实，则虽由今之道，而振作鼓舞，人才自可奋兴；若专务循名，则虽高言复古，而法立弊生，于造士终无所益。今舒赫德所谓时文、经义以及表、判、策、论，皆为空言剿袭而无所用者，此正不责实之过耳。夫凡宣之于口、笔之于书者，皆空言也，何独今之时文为然？且夫时文取士，自明至今殆四百年，人知其弊而守之不变者，非不欲变，诚以变之而未有良法美意以善其后，且就此而责其实，则亦未尝不适于实用，而未可一概訾毁也。盖时文所论，皆孔、孟之绪余，精微之奥旨，未有不深明书理而得称为佳文者。今徒见世之腐烂抄袭，以为无用，不知明之大家如王鏊、唐顺之、瞿景淳、薛应旂等，以及国初诸名人，皆寝食经书，冥搜幽讨，殚智毕精，殆于圣贤之义理心领神会、融洽贯通，然后参之经史子集，以发其光华，范之规矩准绳，以密其法律。而后乃称为文，虽曰小技，而文武干济、英伟特达之才，未尝不出于其中。至于奸邪之人、迂懦之士，本于性成，虽不工文，亦不能免，未可以为时艺咎。若今之抄袭腐烂，乃是积久生弊，不思力挽末流之失，而转咎作法之凉，不已过乎！即经义、表、判、策、论等，苟求其实，亦岂易副？经文虽与《四书》并重，而积习相沿，慢忽既久，士子不肯专心肄习，诚有如舒赫德所云'数月为之而有余'者。今若著为令甲，非工不录，则服习讲求，为益匪浅。表、判、策、论，皆加核实，则必淹洽乎词章，而后可以为表，通晓乎律令，而后可以为判，必有论古之识、断古之才，而后可以为论，必通达古今、明习时务，而后可以为策。凡此诸科，内可以见其本原之学，外可以验其经济之才，何一不切于士人之实用？何一不可见之于施为乎？必变今之法，行古之制，则将治宫室，养游士，百里之内，置官立师，狱讼听于是，军旅谋于是。又将简不率教者，屏之远方，终身不齿，毋乃徒为纷扰而不可行！又况人心不古，上以实求，下以名应。兴孝，则必有割股、庐墓以邀名者矣；兴廉，则必有恶衣菲食、弊车羸马以饰节者矣。相率为伪，其弊尤繁，甚至借此虚名以干进取，及乎苴官之后，尽反所为，至庸人之不若，此尤近日所举孝廉方正中所可指数，又何益乎！若乃无大更改，而仍不过求之语言文字之间，则论、策今所见行，表者赋颂之流，即诗赋亦未尝尽废。至于口问经义，背诵疏文，如古所为帖括者，则又仅可以资诵习，而于文义多致面墙。其余若三传科、史科、名法、书学、算、崇文、弘文生等，或驳杂无纷，或偏长曲技，尤不足以崇圣学而励真才矣。则莫若惩循名之失，求责实之效，由今之道振作补救之为得也。我皇上洞见取士源流，所降谕旨，纤悉毕照，司文衡、职课士者，果能实心仰体，力除积习，杜绝侥幸，将见数年之后，士皆束身诗礼之中，潜心体用之学，文风日盛，真才日出矣。然此亦特就文学而言耳，至于人之贤愚能否，有非文字所能决定者。故立法取士，不过如是，而治乱盛衰，初不由此，无俟更张定制为也。舒赫德所奏，应毋庸议。"奏上，奉旨依议。科目之不废者，鄂文端公之力也。

冗　员

道光十二三年中，各直省皆奉敕裁汰冗员。直隶省自通判以下，共裁去二十余员。广东省裁廉州府同知，肇庆府通判，高、廉两府司狱，南海、番禺两县河泊所大使，长宁、始兴两县训导。江南省裁江苏华亭县主簿一缺，所司水利，改归县丞兼管，镇江府照磨一缺，所司稽查渡江、救生船事，改归镇江府知府兼管，金坛县湖溪巡检无巡防之实，江宁府照磨无专管事宜，扬州府检校无专司之事，均裁去，所有稽查邗沟闸座、督夫启闭事宜，改归扬州府经历兼管。陕甘省裁丞倅等官五员。江西省裁建昌府水利通判一缺，九江府督粮通判一缺，又抚州、袁州、九江三府府磨，又武宁县高坪司巡检、薪淦县樏山司巡检、德兴县白河司巡检三缺。又云贵省奏锦屏县幅员偏小，所有知县、典史、训导，俱着裁汰，地丁钱粮，就近改归开泰县管理，惟锦屏地方民苗杂处，未便乏员，着改设锦屏县丞一员，仍归开泰县管辖，又裁磐石司巡检一缺。又南河裁丹徒县丞、仪征县闸官、如皋县县丞、兴化县县丞。又云南裁曲靖府同知，剑州所属弥沙井盐大使，并曲靖、永昌、大理三照司狱，顺宁府知事。又浙江裁绍兴府北塘通判，衢州府粮捕通判，杭州府属之城北务，钱塘县属之西溪务，湖州、绍兴二府司狱，宁波府属象山、赵磐巡检，严州府属建德县县丞。又长芦裁芦东、沧州运判一缺，归并天津运同，胶、莱运判一缺，归并滨乐运同，兴国场大使一缺，归丰财场兼管，又登宁场大使一缺、信阳场大使一缺，并着邻境寿乐场兼管。又湖南裁岳州同知一缺，永顺、常德两府通判二缺，柳州、道州州判二缺、巡检七缺、训导六缺。又福建裁县丞二缺、司狱六缺、巡检九缺，皆杂见邸报中。所裁已不为少，然此外尚有不实不尽者，惟在各督抚大吏随时察看办理，亦搏节之一端。圣经所谓生财大道，食之者寡，不得谓非当时之急务也。

浪迹丛谈卷六

郑谦止之狱

吾乡黄石斋先生以疏救郑鄤事下狱，祸几不测，而鲜有能详其始末者。惟长洲沈归愚先生曾论之云："前明郑谦止鄤以非辜而被极刑，余初未知其详。见《杂说》所载，谓鄤母吴性酷劣，杀婢者屡，郑因假乩仙语，令其父杖之。及读鄤前后对簿狱词、司寇冯英谳语与宫詹黄石斋及鄤父郑振先揭，而后知《杂说》为讹传。杀鄤者，始终温体仁一人也。鄤初入翰林时，见文震孟指斥魏忠贤疏留中不发，因上书极言留中之弊，始勒归，继削籍，家居十有四年。思陵诏复官，始入都，谒首辅温体仁。体仁问：'南方清议若何？'鄤谓：'人云国家需才，而庙堂未见用才。'体仁谓：'非不用才，天下无才可用。'鄤谓：'用人则才出，不用人则才伏。方今防边、荡寇最急，能如萧相国之识韩淮阴，宗留守之识岳武穆，何患不能成功？'体仁阳谢之，意彼锋铓如刃，必纠弹我，动摇我相位，阴思有以剪除之。甫一月，以惑父披剃、迫父杖母纠鄤，得旨下部严鞫。夫人必选懁无识、祸福萦心，而后可惑于二氏之说。鄤父振先为仪曹时，见中官宰执互相联结，以'中朝第一权奸'劾沈一贯，几蹈不测，中心不悔，则卓然有守可知矣，何所疑惑而披剃为僧乎？鄤母吴以礼教自律，仪曹贬官，万里相随，恬然自乐，胡为有杖妻之事？又鄤以建言被谪，鄤母喜见颜色，曰：'苏文忠母云："儿为范滂，吾胡独不能为范滂母？"吾今始可云有子矣！'鄤何憾于母，而迫父杖之？宜屡鞫而无罪可入也。体仁于是落司寇冯英职，移狱于镇抚司。先是韩不侠从学于鄤，交最厚，不侠女二岁，与鄤次子喆三岁缔婚。后不侠夫妇没，女归为养媳，一载病死，时年一十二岁，此族党周知者。至是体仁以厚赀属奸人许曦，诬以奸媳致死，体仁更纠严刑，终不得实。体仁时以弹劾者众，帝亦心动，放归，然犹必欲杀鄤，属曦与陆完学编造秽亵歌词，使阉寺上闻。上既闻而怒不可回矣,崇祯己卯八月乃磔。死前一月,郑犹成《尚书讲义订正》《苏文忠年谱》《勖子二十余则》。黄石斋先生谓:'正直而遭显戮,文士而蒙恶声,古今无甚于此者。'越五年甲申,明亡。按郑死固冤,然祸止及一家,而思陵之亡国,实由体仁。以体仁阴贼险狠,为孤子,结纳宦官,窥伺上意,冀翻逆案,斥逐正人,使有体有用之士,无一立于君侧,而后其心始快焉。由是斵丧国脉,至于鱼烂瓦解而不能救,则体仁实为魏藻德、马士英、阮大铖之先声,而思陵转以为忠,宜其国之亡也。因论郑郧之狱,而推论及之。郧将死时,语其二子,谓世间杀人者莫如才,吾身自杀者莫如口。知口之为祸而卒致祸也,此才人气盛而不能自抑也。祢衡以口得罪于曹瞒,以才见杀于黄祖,何独不然! 书此并为尚口抱才者诫。"吾乡徐时作曰:"此论面面俱到,然尚有未尽之义。《易》言'同声相应,同气相求',观其人之友,而其人可知。温体仁所交者,刘志选、曹钦程、周延儒、薛国光之徒也;郑谦止所交者,吴中则文文肃震孟、漳浦则黄石斋道周、上虞则倪文正元璐、山阴则刘念台宗周诸公也。君子小人,若冰炭黑白之分矣。使谦止果有秽行,文肃、文正、念台肯为之哭泣于身后,石斋肯为之辨冤于生前,几至自罹其祸哉?"前文未及,因漫识之。

姚 明 山 之 诬

古近名士褒贬人物,笔之于书,彼此传闻失实,使正人被诬,不胜枚举。然无关大节,犹可也;若妄肆讥评,则大为不可。如我朝姜西溟先生,有《姚明山学士拟传辨诬》一篇云:"何元朗称文衡山先生在翰林,大为姚明山、杨方城所窘,时昌言于众:'我翰林不是画院,乃容画匠处此。'二人只会中状元,更无余物,而衡山名长在天壤间。今世岂有道着姚涞、杨维聪者哉? 自钱虞山称快此言,载之《列朝诗选》,而明山之后人未知也。余辛酉年以纂修之命,将北上,姚氏数人持东泉尚书父子传志见示。复出明山存集刻本,中有《送文衡山先生南归序》一篇,又《送衡山先生马上口占绝句》十首,其序大略云:'自唐设科第以笼天下士,而士失自重之节者,几八百余年。然犹幸而有独行之士时出其间，如唐世之元鲁山、司空表圣、陆鲁望，宋之孙明复、陈后山诸人，犹能以学行自立，而足以风厉乎天下。今则惟衡山先生足当之，而先生之秉道谊，立风节，明经术，工文章，尤有高出于数子之上者。其却吏民之赙，以崇孝也；麾宁藩之聘，以保忠也；绝猗顿之游，以励廉也；谢金张之馈，以敦介也；不慑于台鼎之议，以遂其刚志也；不涸于辖襄之诏，以植其坚贞也。天子贤之，擢官翰苑。官仅三载，年方五十余，慨然起南归之兴。吾每谬言晋之不得，竟三疏得请以去。荣出于科目之外，贵加于爵禄之上，罻罗之所不能取，樊笼之所不能收，翻然高翔，如凤凰之过疏圃而饮湍濑，下视啄腐鼠以相吓者，何不侔之甚也！'其言曲尽向往之志，备极赞扬之词。而于诗末章则曰：'岂是先生果忘世，悲歌尽在五噫中。'其知衡山也深矣。钱虞山不考，漫笔之书，近有史官自刻其稿者，复著其说，于拟传不重诬耶！明山可传，不独议礼一节。其居官屡有建白，据古证今，义正辞核，惜其中年凋丧，不竟其志。而何氏谓今世遂无道及者，彼自不识明山，于明山固无损也。复按家传志铭，皆云杨文襄引公同修《明伦大典》，公耻不肯与，同馆皆嫉之。而拟传云'涞虽以议礼受杖，后与修《明伦大典》，不终其节'。余在史馆，疑而请之监修徐公。公命请取《大典》检阅，同修者绝无姚名，遂命删此一段，然其稿犹传播人间也。此是姚公大节所系，彼既罹祸于生前，复被诬于身后，史笔之陷人，岂必在张桂群小下哉！"

三 保 太 监

前明三保太监下西洋，至今滨海之区，熟在人口，不知何以当日能长驾远驭、陆詟水栗如是。按《明史·郑和传》载：郑和，云南人，世所谓三保太监者也。成祖疑惠帝亡海外，欲踪迹之，且欲耀兵异域，示中国富强。永乐三年，命郑和及其侪王景宏等通使西洋，治大舶修四十四丈、广十八丈者六十有二，将士卒二万七千八百余人。自苏州刘家河泛海至福建，复自福建五虎门扬帆，首达占城，以次遍历诸番国，宣天子诏，赍金帛给赐其君长，不服则以武临之。和经事三朝，先后凡七奉使，星槎所历三十余国。第一次在永乐三年六月，命郑和、王景宏等，至五年九月还，诸国使者随和朝见，献所俘三佛齐酋长，戮之。第二次在永乐六年九月，再使往锡兰山，截破其城，禽其王，九年六月献俘于朝，赦不诛，释归国。第三次在永乐十年十一月，再使往苏门答剌，禽其伪王，并俘其妻子，以十三年七月还。第四次在永乐十四年，满剌加、古里等十九国咸遣使朝贡，因命和等往赐其君长，十七年七月还。第五次在永乐十九年春，和等复往，二十年八月还。第六次在永乐二十二年正月，旧港即三佛齐。酋长请袭宣慰使职，又使和赍敕印赐之，冬还，成祖已晏驾。第七次在宣德五年六月，又使和等历往忽鲁谟斯等十七国而还。前后所得珍奇贡物，如真腊国即今之柬埔寨。贡金缕衣、象五十九，阿丹国贡麒麟，苏禄国贡大珠，重七两有奇，忽鲁谟斯国贡麒麟，又贡狮子，麻林国贡麒麟、天马、神鹿之类，不能悉数，而中国之耗费亦不赀矣。自宣德以还，远方时有至者，而和亦老且死。自和后，凡将命海表者，莫不盛称和以夸外番，故俗传三保太监下西洋，为明初盛事云。时通使西番者，有司礼少监侯显。帝闻乌思藏僧尚师哈立麻有道术，善幻化，欲致一见，因通迤西诸番。乃令显赍书币往迓，选壮士健马护行。元年四月，奉使陆行数万里，至四年十二月，始与其僧偕来。十一月春，复奉命赐西番尼八剌、地涌塔二国。尼八剌王沙的新葛遣使随显入朝。十三年七月，帝欲通榜葛剌诸国，复命显率舟师以行。其国即东印度之地，去中国绝远，其王赛佛丁遣使贡麒麟及诸方物。榜葛剌之西有国曰治纳朴见者，地居五印度中，侵榜葛剌。十八年，复命显往宣谕，遂罢兵。宣德二年，复使显赐诸番，遍历乌斯藏、必力工瓦、灵藏、思达藏诸国而还。途遇寇劫，督将士力战，多所斩获，还朝录功升赏者四百六十余人。显有才辨，强力敢任，五使绝域，劳绩与郑和亚。

狮

纪文达师《如是我闻》云："康熙十四年，西洋贡狮，馆阁前辈多有赋咏。相传不久即逸去，其行如风，已刻绝锁，午刻即出嘉峪关。此齐东语也。康熙间南巡，由卫河回銮，尚以船载此狮。先外祖母曹太夫人曾于度帆楼窗罅窥之，其身如黄犬，尾如虎而稍长，面圆如人，不似他兽之狭削。系航头将军柱上，缚一豕饲之，豕在岸犹号叫，近船即噤不出声。狮俯首一嗅，已怖死。临解缆时，忽一震吼，声如无数铜钲陡然合击。外祖家厩马十余，隔垣闻之，皆战栗伏枥下，船去移时，尚不敢动。狮初至时，吏部侍郎阿公礼稗曾橐笔对写一图，笔意精妙。阿公未署名，旧藏博晰斋前辈家。后售于余，尝乞一赏鉴家题其边云'元人狮子真形图'，以元代曾有献狮事也。"余至京，曾以此事询吾师，师即出图见示，则翁覃溪师题字也。并云外间画狮者，其粉本皆从此出。今又五十年矣，不知此图尚在吾师家否也。郑光祖《一斑录》云："狮产西域，土人觅孩狮豢而驯之，自元、明至今，屡入贡。康熙间贡狮二，带往口外打围，遇两罴甚大，莫之敢撄，放狮搏杀之。一罴重一千三百斤，一罴三百斤。老狮力尽亦毙，小狮旋亦逸去。"又云："有小说记前明嘉靖四十四年，有会试举子，倩内监引至虫蚁房看狮。黄色，酷似金毛狗，尾端茸毛大如斗，夷人名狮蛮者豢之。狮居之阱，浑铁作柱，复以铁索二条系其项，左右炼之。若欲放出，则先将大铁桩长可六七尺，围径尺，末有二大圈，以桩钉入地中，止余二圈在上。然后牵狮铁索，出扣于上，两狮蛮左右掣之，不令动。内监命戏彩球，蛮取两球大如斗，五色线结成，蛮先自戏舞，狮伏地注目，若欲起而攫者。乃掷与狮，以两足捧之，玩弄不置。内监令从者取一犬来，未至数十武，犬即仓皇惊仆，溲便俱下。狮亦似有觉者，撤去球，作嗔视状，大吼一声，草木屋瓦皆震动。蛮禀曰：'活生口至矣！'恐触其怒，因毙犬掷与。狮舒两足擎之，吹气一口，犬毛散落，如秋风卷叶，犬亦软如败絮，类无骨者。内监曰：'凡物见狮，骨先自酥，故其食亦连骨。不若虎之食兽，必用舌舐去其毛，而食亦存骨。此狮之所以能食虎豹而为百兽王也。'后不数年，是狮亦死。相传狮粪即苏合香云。"

龙　　神

平生仕宦行役，往往触暑长征，回首犹有余畏。偶阅《柳南随笔》

中,载有龙君赠白云事,神为之往。后复阅《铁槎山房见闻录》,载有龙君送乌云事,常谓此等良缘,往往有之,惜吾生无此奇遇耳。因汇录于此,以志景慕之忱云。《柳南随笔》称:江西贵溪令某,有循声,与龙虎山张真人往来甚熟。一日真人留某饭,有一侍者,貌甚怪丑,腥气迫人,某屡目之。真人曰:"此龙神也。因获罪天曹,谪令山中服役,今将届满,特无人为之声说耳。君居官清正,为天曹所重,若肯代渠一请,必可复登忉利天也。"某曰:"余凡夫,何能为力?"真人曰:"公但首肯,我当代为章奏,公于名下用花押即得矣。"某漫应之。逾数日,再至山中,则前侍者已来叩谢。真人曰:"荷公大力,已准还龙宫矣。"复顾侍者曰:"先生之恩,岂可无物以报?"侍者曰:"自获咎破家后,龙藏已空无所有,无已,则当赠白云一朵耳。"某亦不知白云为何语,姑颔之。后某以行取八都,盛夏北行。途中日有白云一片,护荫其舆,毫无暑气,至京乃散。乃晤即龙神所赠也。此康熙年间事。又《铁槎山房见闻录》称:文登丛少保业以工部尚书为三边总制,初通籍时,亦曾为贵溪令,尝于张真人处遇同乡李龙神,曾求公向真人缓颊,欲回家视母。公为代请,真人曰:"此非不可,但宜遵海滨而行,免伤禾稼耳。"忽霹雳一声,龙神已不见矣。后公每暑日徒行,顶上必有。乌云一块相覆,即龙神之报也。此前明嘉靖年间事。

睢　工　神

小住袁浦日,有一河员来谒,意气轩昂,语言无忌。自言系由衡工投效,得官甚速,并述彼时有一对句云:"捷径不在终南,河水洋洋,大有佳处;补缺何须吏部,睢工衮衮,竞开便门。"且言亲在睢口工次,目击合龙时,实有神助显应,众目共睹,但不知此神何名耳。余记得嘉定初在京,日阅邸抄,是时和珅初伏法,先是拿问入狱时,作诗六韵云:"夜色明如许,嗟予困不伸。百年原是梦,卅载枉劳神。室暗难挨暮,墙高不见春。星辰环冷月,累绁泣孤臣。对景伤前事,怀才误此身。余生料无几,辜负九重仁。"赐尽后,衣带间复得一诗云:"五十年前幻梦真,今朝撒手撇红尘。他时睢口安澜日,记取香烟是后身。"事后刑部奏闻,奉御批云:"小有才,未闻君子之大道也。"然则睢工之神,其即和珅乎? "和珅"音与"河神"同,或其名已为之兆矣。

升　官　图

余有怀潘芸阁河帅诗云:"同舟本前定,一笑晤邢房。"阅者多不得其解。盖余于嘉庆乙亥年,与芸阁同官京师,偶因献岁,共在林少穆斋中赌升官图,余与芸阁适同入河防一路。至道光乙酉,芸阁与余果同从公淮浦,絮谈及之,信是天缘前定,前后刚十年也。或问:"升官图仿于何时?"按此图相传为倪鸿宝所作,前人谓之选格,亦谓之百官铎。所列皆明之官制。其实此戏自唐时即有之,方千里《骰子选格序》云:"开成三年春,子自海上北行,次洞庭之阳,有风甚紧,系船野浦下三日。遇二三子号进士者,以穴骼双双为戏,更投局上,以数多少为进身职官之差。数丰贵而约贱。卒局有为尉掾而止者,有贵为将相者,有连得美名而后不振者,有始甚微而倏然在上位者。大凡得失不系贤不肖,但卜其遇不遇耳。"又《文献通考·经籍门》有《汉官仪新选》一卷,刘敞撰,取西汉之官,而附以列传黜陟可戏笑者杂编之,以为博弈之一助。又《武林旧事》"市肆"记有选官图,列于小经纪内,亦即此戏。余亡友李兰卿曾手创一图,取《明史》中职官,尽入其中,分各途各班,以定进取,极为精核。余曾怂恿其镂板以行。自分手外宦后,此局遂疏,今无从复问矣。

杨　令　公

嘉庆间,余扈跸滦阳,过古北口,见有大庙,土人呼为杨令公祠。嗣阅《明统志》及《密云县志》,皆载之,《丰润县志》亦有令公村,谓宋杨业屯兵拒辽于此,有功,故名。按杨业生平未尝至燕,古北口又在燕东北二百余里,地属契丹久矣,业安得而至? 此顾亭林已辨之。《宋史》杨业,《辽史》作杨继业,辽人称为杨无敌。雍熙三年,大兵北征,业副潘美连拔云、应、寰、朔四州,师次桑干河。会契丹国母萧氏与大臣耶律汉宁等陷寰州，护军王侁令业趋雁门北口，业以为必败，侁逼之。行至狼牙村，恶其名，不进。左右固请乃行，伏四起，中流矢堕马被擒，不食，三日死。业子延昭为保州防御使，昭在边城二十余年，契丹惮之，呼为杨六郎。延昭子文广，字仲容，为定州路副都总管，皆以骁勇闻。此今说部所演，不尽诬也。

赵　普

偶为友人招观剧，余不谙昆曲，而主人不喜秦腔。坐中客多为余左袒者，适呈戏单，余点《访普》一出，盖昆曲与秦腔并有之，曲文初无小异，客谓余之善调停也。或问："此事果有之否？"余谓《名臣言行录》中引《邵氏闻见录》，即有此事。云太祖即位之初，数出微行，以侦伺人情，或过功臣家，不可测。赵普每退朝，不敢脱衣冠。一日大雪，向夜，普谓帝不复出矣。久之，闻叩门声，普趋出，帝立风雪中。普惶惧迎拜，帝曰："已约晋王矣。"已而太宗至，共于普堂中设重裀地坐，炽炭烧肉。普妻行酒，帝以嫂呼之。此与今菊部所演略同，惟短秦王一节耳。

宋　江

《水浒传》之作，亦依傍正史，而事迹不能相符。《宋史·徽宗本纪》："宣和三年二月，淮南盗宋江等犯淮阳军，又犯京东、江北，入楚、海州界，命知州张叔夜招降之。"《侯蒙传》："宋江寇京东，蒙上书，言宋江以三十六人横行齐、魏，官军数万无敢抗者，其才必过人。今青溪盗起，不若赦江，使讨方腊以自赎。"《张叔夜传》："叔夜再知海州。宋江起河朔，转略十郡，官军莫敢婴其锋。声言将至，叔夜使间者觇所向，贼径趋海滨，劫巨舟十余，载卤获。于是募死士，得千人，设伏近城，而出轻兵距海诱之战。先匿壮卒海旁，伺兵合，举火焚其舟。贼闻之皆无斗志，伏兵乘之，擒其副贼，江乃降。"按《侯蒙传》虽有使讨方腊之语，事无可考。宋江以二月降，方腊以四月擒，或借其力；但其时擒腊者，据《徽宗本纪》以为忠州防御使辛兴宗，据《童贯传》以为宣抚制使童贯，据《韩世忠传》则世忠以偏将穷追至青溪峒，问野妇得径，渡险数里，捣其穴，辛兴宗掠其俘，以为己功，皆与宋江无涉也。陆次云《湖壖杂记》谓六和塔下旧有鲁智深像，又言江浒人掘地得石碣，题曰"武松之墓"。当时进征青溪，或用兵于此。稗乘所传不尽诬，惟汪韩门以为杭人附会为之，恐不足信。

张　居　正

近日梨园有演《大红袍》全部者，其丑诋江陵张文忠与奸佞同科，并形容其子懋修等为乱臣贼子之不如，殊为过当。张太岳当前明神宗朝，独持国柄，毁誉迄无定评，要其振作有为之功与威福自擅之罪，俱不能相掩，即其子懋修等，亦并非纨绔下流。考《湖北诗录》，载张懋修字子枢，万历庚辰廷试第一，授修撰，遭文忠家难，冤愤投井，不死，绝粒累日，又不死，手抱遗籍，泪渍纸墨间。天启辛酉，文忠墓忽有白气，如云如烟，越明年奉特旨昭雪，时子枢年八十矣。其《渡江津有感》云："秋色满林皋，霜天雁唳高。野花寒故细，浊酒醉偏豪。白雪知孤调，青山有二毛。从来仲蔚宅，匝地起蓬蒿。"弟允修字建初，荫尚宝司丞，崇祯甲申正月，献贼掠荆州，忧愤不食死。有《绝命词》云："八十空嗟鬓已皤，岂知衰骨碎干戈。纯忠事业承先远，捧日肝肠启后多。今夕敢言能报国，他年漫惜未抡科。愿将心化铮铮铁，万死丛中气不磨。"俱可想见其忠义之气。至文忠之曾孙别山先生<small>同敞</small>，在桂林死事尤著。然则文忠之泽，固久而未斩也。按说部中杂载江陵父丧设祭，所列果品，皆像山形，甘蔗山倒，压死野人观者于其下。既败，杨御史劾之曰："五步一井，以清路尘，十步一庐，以备茶灶。"又云："迎其母赴京，其母畏长江之险，地方官为联舟如岸，俾乘辕以济。及败，其母尚存，衣裳皆自浣焉。"有名下士批驳之云："江陵在江北，其母入都，正可陆行至襄阳，安有渡江之理？"不知江陵本传明云："居正言母老，不能冒炎暑进京，帝令中官，护太夫人以秋日由水道行。"

以所传"五步一井"、"十步一庐"概之,恐是由内河渡江溯淮,陆行入京也。

外 夷 月 日

余在粤西,见粤东有刻本载外夷月日者,姑存之以广异闻云。外夷嘆咭唎、咪唎喫及大小西洋、大小吕宋、咈嘣哂、嚹嘣等国,每岁以冬至后十日为元旦,足三百六十五日为一年。每至四年,于二月内闰一日。自奉耶稣教之年计起,迄今一千八百三十九年,即天朝道光十九年己亥也。今将外夷各月分名色及其日数,开列于左:正月曰然奴阿厘,共三十一日;二月曰飞普阿厘,共二十八日;三月曰吗治,共三十一日;四月曰嚛悖厘尔,共三十日;五月曰咩,共三十一日;六月曰润,共三十日;七月曰如来,共三十一日;八月曰阿兀士,共三十一日,九月曰涉點麻,共三十日;十月曰屋多麻,共三十一日;十一月曰娜民麻,共三十日;十二月曰厘森麻,共三十一日。此各外夷相传之月分名色也。其称我中国各月分,亦别有名色,如正月曰乏士们,二月曰昔鲠们,三月曰塌们,四月曰晻们,五月曰辉色们,六月曰昔士们,七月曰森们,八月曰噎们,九月曰那引们,十月曰鼎们,十一月曰林们,十二月曰都嚛尔们。

平 淡

《张太岳集》中,甚有见道之语。如云:"凡物颜色鲜好、滋味稌厚者,其本质皆平淡。丹砂之根色如水晶,谓之砂床,炼之则极鲜红;花卉含苞率皆青白色,至盛开,乃有彩艳;红花色亦正白,洗之乃红;解盐初出池,其色红白而味淡,虽少食之不咸;茗之初采,其芽皆白。此皆物器之最佳者,故凡人之才性,以平淡为上。"刘孔才《人物志》云:"先求其平淡,而后求其聪明。至于才智勇敢,出群绝伦,皆后来之彩色华艳、滋味酽厚者也。"

巧　　拙

张太岳曰："今吴中制器者，竞为古拙，其耗费财力，类三年而成一橛叶者，是以拙为巧也。今之仕者，以上之恶虚文、责实效，又骛为拙直任事之状，以为善宦之资，是以忠为诈也。呜呼！以巧为巧，其敝犹可救也；以拙为巧，其敝不可救也。以诈为诈，其术犹可窥也；以忠为诈，其术不可窥也。用人者于此又当进一解矣。"按汪稼门尚书督吾闽时，凡遇牧令之披敝衣、着旧靴者，必加青眼，而不知皆被猾吏所欺也。

以　意　命　名

《吴志·孙休传》曰："五年春二月戊子，立子𩅦为太子。"注曰："休诏曰：今为四男作名字，太子名𩅦，𩅦音如湖水湾澳之湾；字莔，莔音如迄今之迄。次子名𩅊，𩅊音如兕觥之觥；字𦙵，𦙵音如元礥首之礥。音元。次子名壾，壾音如草莽之莽；字昷，昷音如举物之举。次子名𡨥，𡨥音如褒衣下宽大之褒；字焚，焚音如有所拥持之拥。此都不与世所用者同，故抄旧文会合作之。"不知其何取乎尔也？

以　五　行　命　名

今人好以五行命名，递及子孙，盖取相生之义。此事盖盛于宋时，如尹源弟洙，源子林，林子焞，洙子构；朱子父松，孙塾、埜、在，曾孙钜、钧、鉴、铎、铨，玄孙渊、洽、潜、济、濬、澄；李焘子垕，玺、塾、岱、壁、𡑞，孙铠、锡；陈源子栎，孙照、勲，曾孙垐、圻、基，玄孙鏊。然《昌黎集》有《王屋县尉韩坰墓志》，其大父名构，父名炕，弟名增，子四人：镐、镮、錴、锐，则唐人已有之。又《唐史》崔铉子沆，裴钧子洙，高铢弟锴，铢子湜，锴子湘、涣，皇甫湜子松，皆同此意也。

恶　名

王渔洋先生《居易录》云："明宗室诸藩生子，例由礼部制名。主者索贿，不满意辄制恶字与之。如崇祯壬午举人朱慈愸，衡府王孙也，字火西，诗文有盛名。愸字盖取'愁人'二字牵合之。"宋赵彦卫《云麓漫钞》云："宗籍凡祖免亲己，上赐名受官，或寓不典之言，如令诛、令鲦等，不可概举。"乃知此风宋人已有之。顷予在都堂阅揭帖，见苗蛮有名阿斩、阿亡者，尤可骇笑。

丑　名

古人以形体命名，如头、眼、耳、鼻、齿、牙、手、足、掌、指、臀、腹、脐、脾之类皆有之。而《庄子·达生篇》有祝肾，《列子·汤问篇》有魏黑卵，《北梦琐言》有孙卵齐，则不知所取何义。至以畜类命名，尤古人所不忌。卫之史狗，与蘧伯玉、史鱼同为君子。卫宣公之臣司马狗，《汉书·人表》列之中中。司马相如初名犬子，南齐有小吏亦名犬子。《南齐·张敬儿传》云："父丑，官至节府参军。始其母梦犬子有角舐之，已而有娠，生敬儿，故初名狗儿。后又生一子，因狗儿之名，复名猪儿。"《辽史》懿祖之后，有小将军狗儿，圣宗第五子；南府宰相名狗儿。又有辽将赤狗儿，见《金史》。又金世宗子郑王永蹈，名石狗儿。又《李英传》有兰州西关堡守将工狗儿。又有都统纥石烈猪狗。《元史》有石抹狗狗，以武功著。郭狗狗、宁猪狗，皆以孝行闻。又有中书参知政事狗儿，则不知何姓。而《北梦琐言》有李蛄蛆、郝牛屎，《辽史·皇族表》有辽西郡王驴粪，《金史·宣宗纪》有四方馆使李瘸驴，《元史·泰定纪》有太尉丑驴，则尤不雅矣。昔欧阳公家小儿有名僧哥者，或戏谓公曰："公素不重佛，安得此名？"公曰："人家小儿，要易于长育，往往以贱物为小名，如狗、羊、犬、马之类。僧哥之名，亦此意耳。"此自是恶谑，亦可见古人所不忌。然亦何至行之仕宦，列之史书，如前所云者，此则真不可解也。

避　讳

古人避讳有绝可笑者。如唐代讳"虎"，以虎为"武"足矣，乃又改虎为"兽"；讳"豫"，以豫章为钟陵足矣，乃又改薯蓣为山药。或避字之外，又避其音，如宋高宗讳"构"，乃并勾、钩、苟皆避之；仁宗讳"祯"，乃并真、贞、征皆避之。至如子孙避祖父之讳，如淮南王父讳"长"，《淮南子》凡言长处悉曰修。苏文忠祖讳"序"，凡苏文中序皆作叙、足矣；乃范蔚宗以父名"泰"，而不拜太子詹事；吕希纯以父名"公著"，而辞著作郎；甚至刘温叟以父名"乐"，而终身不听丝竹，不游嵩岱；徐积以父名"石"，而平生不用石器，遇石不敢践。若夫朱温父名"诚"，以其类"戊"，改戊己为武己，杨行密父名"怤"，以与夫同音，而于御史大夫、光禄大夫，直去夫字，此尤可笑者也。

触　讳

宋殷淑仪卒，谢超宗作诔，奏之，帝大嗟赏，谓谢庄曰："超宗殊有凤毛。"谓灵运有后也。灵运子凤早卒，超宗父也。时右卫将军刘道隆在座，出候超宗，曰："闻君有异物，可见乎？"超宗曰："悬磬之室，复有异物耶？"曰："且侍宴，至尊说君有凤毛。"超宗以触讳，遽还内，道隆谓检觅凤毛，至暗乃去。及超宗候王僧虔，因往东斋诣其子慈。慈正学书，超宗曰："卿书何如虎公？"慈曰："慈书比大人，如鸡比凤。"超宗狼狈而还，呜乎，如超宗者，所谓明于责人而恕于责己者乎！

九　锡

或问古有九锡之名，不知所自始。按《汉书·武帝纪》："诸侯贡士得人者，谓之有功，乃加九锡。"张晏注云："九锡，经无明文，《周礼》以为九命，《春秋说》有之。"臣瓒注云："九锡备物，霸者之盛礼。"《后汉书》章怀注谓九锡本于纬书《礼含文嘉》，云一曰车马、二曰衣服、三

曰乐器、四曰朱户、五曰纳陛、六曰虎贲、七曰斧钺、八曰弓矢、九曰秬
鬯是也。近人宦场中，有戏指知县擢同知、知州为"加九锡"者。时节
相孙公寄圃与余数之，则一为水晶项珠，二为白鹇补服，三为朝珠，四
为红伞，五为红心雨帽，六为红心拜垫，七为马前踢胸，八为大夫诰
轴，而偶忘其一。众思索不得，或曰尚有宜人诰轴一分可以当之。公
大笑曰："所谓有妇人焉，八锡而已。"

浪迹丛谈卷七

巧 对 补 录

前录《巧对》,有未详者,兹复补之云:王禹偁字元之,济州人,擢进士第,事宋太宗、真宗,官至知制诰。年七八已能文,毕文简为郡从事,始知之。问其家,以磨面为生,因令作磨对。元之不思以对云:"但取心中正,无愁眼下迟。"文简大奇之,留于子弟中讲学。一日,太守席上出诗句云:"鹦鹉能言难似凤。"坐客未有对。文简写之屏间,元之书其下云:"蜘蛛虽巧不如蚕。"文简叹息曰:"经纶之才也!"遂加以衣冠,呼为小友。至文简入相,元之已掌书命矣。此事见《邵氏闻见录》及朱子《名臣言行记》。

吾乡宋时陈北山先生,子铧,年十一,器度英伟。朱晦翁过访北山,铧侍侧。晦翁令属对曰:"一行朔雁,避风雨而南来。"铧应声云:"万古阳乌,破烟云而东出。"晦翁大奇之,谓此子气象不凡,异日名位不可量也。后为龙图阁学士。

《韵语阳秋》云:"东坡先生归宜兴,道遇孙仲益,方髫龀。问习何艺?答曰:'方学对句。'先生曰:'衡门稚子璠玙器。'仲益应曰:'翰苑仙人锦绣肠。'先生抚之曰:'真璠玙也。'"

《锡金识小录》云:"郡丞吴及郡判董至无锡,饮红白酒而醉。吴出对云:'红白相兼,醉后不知南北。'董对:'青黄不接,贫来卖了东西。'"又云:"有宴客食鳖,鳖有卵子。或口占云:'雌鳖腹中龙眼蛋。'适王础臣至,指席间应声曰:'雄鸡头上荔支冠。'座客服其工敏。"又云:"王召幼称神童,学使者召至学宫,指鹊巢命对,云:'乌尾鹊巢中展翅,学鹤未能。'王信口应曰:'锦鳞鱼海内扬鬐,化龙立就。'使者惊喜。"又云:"施伯雨幼敏慧,其父遁思携之赏月黄埠墩,宿焉。晨起入山,时重雾未霁,偶遇父友,试以对云:'山径晓行,岚气似烟烟似雾。'

应曰:'江楼夜坐,月光如水水如天。'"又云:"相传华学士鸿山幼时,梦中常有人诵'芭蕉斜卷一封书'之句。后出使朝鲜,其国王出对云:'皂荚倒垂千锭墨。'学士略不思索,即口应云:'芭蕉斜卷一封书。'座皆惊异,敬礼逾等,及归,赠赉倍于寻常。"

黄右原为言:《齐东野语》中《对偶》一门,尚有可采者。如云:"《羲经》六子,艮巽坎兑震离;《周礼》一书,天地春秋冬夏。""龟从筮从卿士从庶民从;人相我相众生相寿者相。""善待问如撞钟,小应小,大应大;措天下若置器,安则安,危则危。""《左氏》、《公羊》、《穀梁》,《春秋》三传;《卦爻》、《系辞》、《彖》、《象》,《大易》一经。""五形之属三千,《小过》、《大过》;一门之聚百指,《家人》、《同人》。""知我《春秋》,罪我《春秋》,谁誉谁毁;待以国士,报以国士,为己为人。""迅雷风烈,烈风雷雨;绝地天通,通天地人。""纪信韩信,假帝假王;仲尼牟尼,大圣大觉。""蝉以翼鸣,不啻若自其口出;龙将角听,谓其不足于耳欤。""司马相如、蔺相如,果相如否;长孙无忌、费无忌,能无忌乎。""人有七情,喜怒哀乐爱恶欲;经存六艺,《诗》、《书》、《礼》、《乐》、《易》、《春秋》。""九州既别,冀兖青徐扬荆豫雍梁;一道相传,尧舜禹汤文武周孔孟。""《正月》、《六月》、《七月》,十月之交;《北风》、《晨风》、《凯风》,终风且暳。""张良借箸前筹,恨不食食其之肉;陈平刻木为女,果能冒冒顿之围。""夫子天尊大士,头上不同;宫妃宦者官人,腰间各别。""调羹止渴,梅全文武之才;学舞贪眠,柳尽悲欢之态。""方丈四方方四丈,南北东西;试场三试试三场,经赋论策。""观音大士,妙音梵音海潮音;诸相如来,人相我相众生相。""龙飞策士,状元龙,省元龙;度宗龙飞榜,陈文龙为廷魁,胡跃龙为省元。虎帐得人,殿帅虎,步帅虎。时范文虎为殿帅,孙虎臣为步帅。"按以上数联,俱可为谈助,而"邹孟子、吴孟子、寺人孟子,一男、一女、一不男不女;周宣王、齐宣王、司马宣王,一君、一臣、一不君不臣",尤为妙合自然,只千古而无偶矣。

右原又言:石成金《联瑜》中载有数联,虽非巧对,而天成格言,似可附录。如:"施恩望报,势且成仇;为善求知,弊将得谤。""每想病时,尘心渐减;常防死日,善念自生。""天最分明,只是性慢;人能算计,其如命何。""浮躁一分,到处便招尤悔;因循二字,从来误尽英雄。""一生在君父恩中,问何报称;凡事看儿孙分上,劝且从容。""话虽来到口边,三思更好;事纵放得心下,再慎何妨。""悟恩是仇种,情是怨根,则往日之爱河得渡;知无学为贫,无骨为贱,则当前之地步颇高。""戒色有神方,惟聋耳瞎眼死心三昧;养生无别法,只寡言少食息怒数般。""处苦况而尚能甘,才是真修之士;当乐境而不知享,毕竟薄福之人。""苦辩争强,赢得也输气力;穷奢极欲,算来何益精神。"

《菜堂节录》云:"客有戏以'梅香春意动'属对者,谓此语意双关,久无人对。予对以'桃叶晚情浓',客喜其工稳。又有以长联请对者:'八斗才人,要中解元会元状元,连中三元,点翰林,压十八学士。'予对曰:'万年天子,必尊爵一齿一德一,达尊归一,宣丹诏,晓亿万生民。'又有以药名属对者曰:'白头翁牵牛过常山,遇滑石跌断牛膝。'予对曰:'黄发女炙草堆熟地,失防风烧成草乌。'又有以字属对者曰:'十口为田四口方,申出上由下甲。'予对曰:'二人成天一人大,未来益夫添丁。'又有以古对属对者曰:'一岁二春双八月,人间两度春秋。'旧已有人对过,但不工细,因为更正上句云:'六旬花甲再周天,世上重逢甲子。'又有属对者曰:'二木成林,二火成炎,二土成圭,木生火,火生土,生生不息。'予对曰:'三瓜为㼌,三水为淼,三石为磊,瓜滴水,水滴石,滴滴归源。'又一属对者曰:'二人合口成吞,口藏天下。''又女变心成怒,心恨奴孤。'又一对曰:'天设奇方,曰雪曰霰曰霜,合来共成三白散。'对曰:'地生良药,名芩名连名柏,煎去都成大黄汤。'以上数对,虽未为精巧,然于初学作对者,亦可开扩其心思焉。"按"梅香春意动",罗茗香旧有对云"杜老壮心衰",亦别调也。旧闻谢椒石言:镇海陆生志道,少工属对,不假思索。尝九岁应童子试,邑侯令其属对曰:"镇海县童生九岁。"应声曰:"大清国天子万年。"侯奇之,携入水阁面试,饮以茶,曰:"入阁饮茶,连步可登麒麟阁。"复应声曰:"临池染翰,何年得到凤凰池。"年十二,补博士弟子员,卒年仅十有五。或谓此儿早慧,宜不永年,然余闻史望之前辈亦九岁应县试,邑侯试之对云:"開看门中月。"史应声云:"思耕心上田。"后史位登正卿,寿逾八秩。何以早慧者又能永年乎?然"思耕心上田"五字极有理致,可称名对,且已为福寿之征矣。

余同年果益亭将军由四品宗室入翰林，自言："四品宗室中，有胸中甚不了了而口才颇佳者，或嘲之曰：'胸中乌黑嘴明白。'余为代对曰：'腰际鹅黄顶暗蓝。'"以鹅黄对乌黑，暗蓝对明白，皆极灵活，众为解颐。近年有因嗫夷之扰，捐输得花翎者，或嘲以楹联云："头上有情影翠羽，胸中无策退红毛。"语含讥讽，亦巧不可阶也。

江南李义贤，字芝庭，熟于唐人诗集，尝著《秀谷集》，集唐诗，气体自然，无异己出。如以张蚧"山晓月初下"对蒋吉"天寒雪未消"；《寒食送别》，以王勃"野烟含夕渚"对王维"疏雨过春城"；《宿东岩寺与僧夜话》，以沈佺期"流涧含轻雨"对姚合"穿山踏乱云"；《客中逢杨巳军》，以孙逖"今日逢新夏"对钱起"前程未夕阳"；《江边闲眺》，以徐牧"惭无下钓处"对孟浩然"徒有羡鱼情"；《宿瓜步》，以徐祐"浅水孤舟泊"对李商隐"残灯独客愁"；《途中》，以温庭筠"门静人归晚"对赵嘏"枝闲鸟下空"；《元旦》，以谭用之"瓮边难负千钟绿"对卢仝"镜里堪惊两鬓霜"；《咏柳》，以刘禹锡"一声玉笛向空尽"对姚合"万架金丝著地娇"；《江口夜泊》，以冷然"岩边树动猿下涧"对罗邺"溪上月沉人罢春"；《悼古诗》，以李商隐"萧何只解追韩信"对李憕"贾谊何须吊屈平"；《游吴氏林亭》，以许浑"山翠万重当槛出"对杜光庭"烟岚一带隔帘浮"；《登江楼》，以罗隐"瓦榼尚携京口酒"对薛据"布衣恐惹洛阳尘"：皆工稳绝伦。

吾师纪文达公尝言：世间书籍中语，无不可成偶者。客举"惟女子与小人为难养也"，公应曰"有寡妇见鳏夫而欲嫁之"。又举"孟子致为臣而归"，公应曰"伯夷非其君不仕"。皆信口拈出，不假思索，自是别才。

记得陈芝楣中丞知余有《巧对录》之辑，亦杂录所集成语寄示，惜寄到在后，书已刻成，而中丞亦倏骑箕去矣。慈垔为补录如左，如："虚室生白，飞阁流丹。《庄子》语及王子安序。""千寻玉海，丈六金身。《梁书》，佛经。""酒香留客住，诗成倩鸟吟。东坡、香山。""酒气和芳杜，诗篇占白蘋。集香山句。""清泉泻万仞，落日衔千峰。同上。""秋草独寻人去后，水云初起雁来初。刘长卿、崔涂。""闲拈蕉叶留题咏，醉折花枝当酒筹。集香山句。""苍藤翠壁初无路，野草闲花各自春。集东坡句。""清露晨流，新桐初引；太华夜碧，大河前横。《世说》、《诗品》。""小窗多明，俯拾即是；《易林》、《诗品》。众山倒影，乘空欲飞。《水经注》。""砥德砺材，道徽高扇；《易林》、唐文。剷诗缉颂，思纬淹通。《文心雕龙》、《世说》。""抱朴守贞，蓄为王宝；论仁议福，完若金城。《易林》、《韩诗外传》。""惟道集虚，人之水镜；《庄子》、《世说》。知足不辱，家有芝兰。《老子》、《易林》。""著手成春，暗与道合；《诗品》、《世说》。用心若镜，清恐人知。《庄子》、《晋书》。""玉壶买春，酒为欢伯；《诗品》、《易林》。琅函吐秘，诗杂仙心。唐文、《文心雕龙》。""春桃生花，黄鸟来叶；明月作昼，白云带山。《易林》、《水经注》。""裁云制霞，一花千叶；《文心雕龙》、《易林》。缨峦带阜，十步九寻。《水经注》、《易林》。"又辑《诗篇》名为对者，如："《大明》，《小弁》。""《思文》，《常武》。""《有驰》，《无羊》。""《遵大路》，《信南山》。""《扬之水》，《殷其靁》。""《皇皇者华》，《渐渐之石》。"

张南山维屏《诗人征信录》云："彭文勤公经进稿，其中多属对工整，典重浑成者，偶录数则于后，亦可为初学开拓心胸之助。如《恭进礼器图式表》云：'天下有三重，议礼制度考文；圣人等百王，夏造殷因周监。'《驾幸天津》云：'王者之治，三十年而后仁；天子所都，五百里曰甸服。'又云：'潴流成池，有淀盖七十二；阻添为界，其址自宋辽金。'《御制节序诗跋》云：'春七日，秋七日，七见来复之心；五重午，九重阳，重叶刚中之德。'《万寿经坛表文》云：'天子所至曰幸，以德为车，以乐为御，以人情为田；大德之致永年，如日之升，如月之恒，如南山之寿。'《万福集成赞跋》云：'咒觚田畯，幽籥之三曰无疆；凤翔吉人，《卷阿》之四曰纯嘏。'《御制诗跋》云：'是谓太平之世，曰雨而雨，曰旸而旸；则知小人之依，先忧而忧，后乐而乐。'又云：'有象之春夏秋冬，孰主张是，孰纲维是，孰居推行是；无形之阴晴雨雪，我润泽之，我渗漉之，我泛布濩之。'《恩赐知过论谢折》云：'心惕若以乾乾，圣原无过，言达之而亹亹，民可使知。'《恩赐鹿肉谢折》云：'承筐肄《宵雅》之三，食苹空愧；受禄颂《天保》之九，戬谷馨宜。'《恩赐鸡雏待饲图墨刻谢折》云：'在治忽，观古人之象，绘作有虞；先稼穑，知小民之依，图成《无逸》。'《恩赐台湾墨刻谢折》云：'十二时不翼而飞，天之所助者顺；千万里如指诸掌，圣不可知谓神。'《请编辑万寿盛典折》云：'奉三无私,圣人之作也,如覆载照;致四必得,昊天其予之,以保佑申。'请诵六章之诗,川至日升月恒山阜冈陵松柏之茂;廑敦九功之叙,利用厚生正德水火金木土谷惟修。'《恩抚江西偏灾谢折》云:'君上补造物,无不接之青黄;父母笃恩勤,有必周之黔赤。'《恩免钱粮谢折》云:'国家丰亨豫大,再筹三十年之通;民户朝饔夕飧,或鲜万千斯之积。''富非藏国,利本因民。''矧当太仓之陈陈相因,何如高廪之多多益善。'《御制诗文十全集进表》云:'不得已而用,师往有功;无所为而为,我战则克。'《恩赐居内城谢折》云:'播晨纶于西苑,得为氓而仁许受釐;曝冬日于南荣,将改岁而恩谋入室。''容身环堵,忆跧江国之牛宫;待漏觚棱,不隔禁城之鱼钥。'《恩赐紫禁城骑马谢折》云:'齿非加长,实维逾格之施;步本不工,弥切殊堂之感。'"

云台师云:"乾隆五十六年,余以大考第一,升少詹事。例应觞客,因邀同衙坊局诸君,在一枝轩看菊。坐中文远皋庶子举一句云:'墙上竹枝书个个。'请诸公对之。余应声云:'盒中枣子叱来来。'宫庶初不以为工,迟日检《汉书》,知为东方朔故实,乃极口称之。"

嘉庆年间大考,翰林有已开坊,因名在三等,改部郎者五人,惟白小山镕得免。内有彭宝臣浚,乃乙丑殿撰,亦改部。王楷堂比部为作一对云:"三等状元苦矣,老彭辞柱下,五人郎署危哉,小白射钩边。"

《随园诗话》云:"诗中用经书成语,有对仗极妙者。前辈卢王岩云:'腹不负公公负腹,头既责余余责头。'近人吴文溥云:'我自注经经注我,人非磨墨墨磨人。'姚念慈云:'野无青草霜飞后,菊有黄花雁到初。'汪韩门云:'白凫去后成衰老,黄雀飞来谢少年。'胡稚威云:'春水绿波芳草色,杂花生树乱莺飞。'朱鹿田得子,云:'我求壮艾三年药,汝似王瓜五月生。'皆用经书、乐府成语也。余亦戏集乐府云:'背画天图,子星历历;东升日影,鸡黄团团。'"

前辑《巧对》,所录缪莲仙、汤春生四书对语,皆浑成可喜。今复阅其《文章游戏二编》,尚多可采者,呕登之如左。二言云:"子路,申枨。""狼戾,虎贲。""疾视,徐行。""王豹,子羔。""徙义,近仁。""效死,舍生。""有李,以桑。""孽子,嬖人。""恶莠,揠苗。""放踵,及肩。""摩顶,服膺。""蹙頞,胁肩。""红紫,玄黄。"三言云:"乐其乐,忧亦忧。"

"行以告,坐而言。""私妻子,危士臣。""无愠色,不疾言。""为营窟,反藁秸。""仁者静,顽夫廉。""勿欺也,何畏焉。""有喜色,无怨言。""强哉矫,恭而安。""武王烈,太甲贤。""何以异,是则同。""疏逾戚,弱役强。""无他技,有余师。""要于路,遇诸涂。""和无寡,德不孤。""文胜质,实若虚。""而强酒,如探汤。""蒲芦也,脍炙哉。""无齿决,不目逃。""衣夫锦,书诸绅。"四言云:"施于四体,执其两端。""原泉混混,维石岩岩。""子曰忠矣,《书》云孝乎。""修其天爵,教以人伦。""言语必信,礼貌未衰。""隐几而卧,逾墙相从。""忽焉在后,毋以从前。""自卫反鲁,由邹之任。""十目所视,四体不勤。""睨而不视,过之必趋。""无见小利,则乱大谋。""屡之相似,毛犹有伦。""磨而不磷,钻之弥坚。""父召无诺,嫂溺不援。""好是懿德,攻乎异端。""内无怨女,下不尤人。""再斯可矣,一以贯之。""乐只君子,舒矣富人。""兵刃既接,弓矢斯张。""以小易大,辞尊居卑。""尧帅诸侯,舜为天子。""则何益矣,在所损乎。""夔夔齐栗,睊睊胥谗。""若保赤子,如见大宾。""友于兄弟,乐尔妻孥。""以吾一日,加我数年。""无目者也,惟耳亦然。""各于其党,不相为谋。""处士横议,隐居放言。""失诸正鹄,见乎蓍龟。""舍馆未定,居处不安。"五言云:"得其心有道,反诸身不诚。""君为来见也,吾其与闻之。""非助我者也,而由人乎哉。""然后知长短,不能成方员。""而后嫁者也,则将搂之乎。""孳孳为善者,郁郁乎文哉。""而皆去其籍,则不如无书。""人病不求耳,女安则为之。""而从心所欲,然后耳有闻。""无以贱害贵,将使卑逾尊。""我不憾焉者,吾何慊乎哉。""不愿乎其外,又顾而之他。""士诚小人也,子绝长者乎。""罪不容于死,爱之欲其生。""其故家遗俗,虽孝子慈孙。""上士倍中士,小贤役大贤。""使已仆仆尔,其心休休然。""鲁人为长府,曾子居武城。""非求益者也,其寡过矣乎。"六言云:"必以告新令尹,此之谓大丈夫。""则吾未之有得,于人何所不容。""小人穷斯滥矣,君子病无能焉。""吾斯未之能信,人皆有所不为。""何为其号泣也,庶几无疾病与。""是闻也非达也,虽得之必失之。""今愿窃有请也,吾未尝无诲焉。""所以别野人也,岂为厉农夫哉。"七言云:"求水火无弗与者,于禽兽又何难焉。""是皆穿窬之类也,则与禽兽奚择哉。"八言云:"民有饥色，野有饿莩；内无怨女，外无旷夫。""故曰尔为尔我为我，信如君不君臣不臣。""非其道也，非其义也；在所损乎，在所益乎。""为君辟土地充府库，抑王兴甲兵危士臣。"九言云："王顺长息则事我者也，管仲晏子犹不足为与。"十言云："安而后能虑，虑而后能得；国之本在家，家之本在身。"

　　前阅汤春生《文章游戏》中有杭州地名集对，以其地其名皆非所习，姑置弗录。年来将卜居杭州，已赁得三桥址一宅，相宅时，周历城厢，闻见颇熟，将来往复衢巷，亦不能不习其名，因择其尤雅驯者，录之如左。二言云："官巷，衙湾。""泥坝，土桥。""湖墅，山墩。""仓巷，棚桥。""古荡，新桥。""马弄，车桥。"三言云："五老巷，三元坊。""黑亭子，红庙儿。""芭蕉弄，葫芦兜。""红门局，白井亭。""草鞋岭，箬帽滩。""珠冠弄，玉带桥。""砚瓦弄，棋盘山。""石屋洞，草桥门。""金钱巷，元宝街。""楚妃巷，越王山。""狮子巷，猫儿桥。""大仓后，小学前。""助圣庙，兴贤坊。""八仙石，三圣桥。""十八涧，六一泉。""佛慧寺，仙灵桥。""浑水埠，清河坊。""凿石巷，打铁关。""里塘巷，后市街。""六克巷，千胜桥。""六和塔，四宜亭。""祖庙巷，宗宫桥。""金门槛，石牌楼。""朱霞弄，青云街。""祥符寺，淳佑桥。""桐枝巷，松毛场。""羊角埂，狗毛滩。""塔儿巷，灞子桥。""小娘弄，高士坊。""十字路，八卦田。""高银巷，文锦坊。""黄泥岭，乌石峰。""梅青院，柳翠桥。""仓基上，饷部前。""萧山弄，余杭塘。""百福巷，万安桥。""猪圈坝，鸡笼山。""威乙巷，拱辰桥。""新塘上，旧府前。""火德庙，水香庵。""八盘岭，九曜山。""同安里，太平桥。""海会寺，江涨桥。""老东岳，赛西湖。""城头巷，湖心亭。""栖霞岭，登云桥。""猪婆弄，鳖子门。""林司后，薛衙前。""扇子巷，靴儿河。""猪头巷，鸭卵兜。""虎跑寺，龙吟庵。""延龄埠，流福沟。""木屐弄，茗帚湾。""夕照寺，初阳台。""三桥址，百井坊。""保叔塔，渡子桥。""蝙蝠洞，螺蛳门。""燕子弄，雀儿营。""白马庙，青龙街。""高丽寺，满州营。""孩儿巷，丈人峰。"四言云："张御史巷，王状元园。""范郎中巷，李博士桥。""胡打箬巷，嵇接骨桥。""城南古社，梅东高桥。""神霄雷院，天汉洲桥。"六言云："二圣庵，三圣庙；十字路，五字桥。""大方井，小方井；南高峰，北高峰。""老龙井,小龙井;新马头,旧马头。""义井巷,义门巷;孝子坊,孝女坊。""多子街,多福弄;旌德观,旌功坊。""严官巷,蔡官巷;成衙营,莫衙营。"

罗茗香云:"向在京师,翁二铭学士以别字对难之,出句云:'孙行杏者挑行形李上太行杭山。'余对云:'服不猛氏穿不本入声借走华不敷注。'又出句云:'午梦未醒春睡足。未字虚实兼用。'余对云:'朝妆莫整宿酲慵。莫字亦虚实兼用。'又有男女人名互对者,如'徐夫人'对'石公子','冯妇'对'王男'之类;又有古今人名相对者,如'公孙丑'对'王伯申','白乙丙'对'朱子庚'之类;又有经书对,如'人涉卬否,人涉卬否;彼留子嗟,彼留子嗟','相鼠有皮,刲羊无血','蔼蔼王多吉人,渺渺予末小子'之类;又有数目巧搭者,如'唐四杰王杨卢骆,宋五子周程张朱','五行金木水火土,七音齿腭舌喉唇','三代夏商周,九赋上中下','四声平上去入,八字年月日时','八音金石丝竹匏土革木,九宫休生伤杜景死惊开'之类,皆未经前人道过者。"茗香读书养亲,其母年逾九十尚康强。茗香有集句联悬于厅事云:"九十日有秋,八千岁为春。"

茗香又云:"扬州有缺口门、湾头镇,旧传一对云:'缺口何尝缺,湾头自有湾。'颇自然。又'无锡锡山山无锡'之句久无属对,朱兰坡先生以'平湖湖水水平湖'对之。又有以节气作对者,句云:'霜降如小雪,春分不大寒。'亦佳。又有一绝对云:'一掌擎天,五指三长二短。'久无人能对者,后为徐青藤所属云:'六和插地,七层四面八方。'"

罗茗香云:"今岁仪征太傅重宴鹿鸣,同时有四佳话。大兴俞恒润为太傅门下士,师生同科重宴,佳话也。浙江嘉庆戊午解元张廷济亦太傅门下士,今科其子庆荣又领解,父子解元,佳话也。两丙午、一戊午,同属午科,佳话也。而张、俞皆同出太傅门下。故余偶成一对句云:'丙象著文明,衣钵相传,同赓鹿野;午科多胜事,箕裘领解,接武蟾宫。'亦纪实之言尔。"

茗香尝自述其所撰地名对,如"道士洑,和尚原","苦水铺,甘泉山","葱岭,蒜山","黄河,青海"之类;又有"木果木,地名。花椒花蔬

名。"，"阴口，《左传》地名。阳肤四书人名。"，"夏小正，书名。魏大中人名。"之
类。又有书名对，如《春秋》对《申子》，《春秋传》对《山海经》，《四元玉
鉴》对《百子金丹》之类。

江南某年五月童试，题系"夫人自称曰小童"。有某生初入泮。
是秋乡试，题系"君子不以言举人"，某生遂连捷。有客戏撰联语赠之
云："端午之前，犹是夫人自称曰；重阳而后，居然君子不以言。"出语
歇后为"小童"，对语歇后为"举人"，可谓巧凑。

俚俗对语有甚可解颐者。近在安丰场署与杨竹圃亲家酒次剧
谈，竹圃云："有一田叟携其子耕作者，值雨至，将释耒而归，命其子属
对曰：'迷濛雨至，难耕南亩之田。'适有一客徘徊田畔，遥对云：'泥泞
途遥，谁作东家之主。'叟因邀其至家避雨，语家人曰：'客已至矣，庭
前整备茶汤。'客对云：'宾既来兮，厨下安排酒席。'叟曰：'不嫌茅屋
小，略坐片时。'客对云：'且喜华堂宽，何妨数日。'既设席，饮至夜深，
叟曰：'谯楼上冬冬冬、铿铿铿，三更三点，正合三杯通大道。'客曰：
'草堂前汝汝汝，我我我，一人一盏，但愿一醉解千愁。'叟请客就寝，
曰：'匡床已设，今宵且可安身。'客曰：'主意甚殷，明日定留早膳。'次
日客先起，叟出，见其磨刀，诘之曰：'借问嘉客，何故操刃而磨？'客
曰：'无故扰东，定当杀身以报。'叟惊曰：'倘死吾家，未免一场官府
事。'客曰：'欲全我命，必须十两烧埋钱。'叟入内，移时捧银进曰：'首
饰凑成十两。'客秤之，曰：'戥头尚短八钱。'因揖别，叟送之门曰：'千
里送君终一别。'客曰：'八钱约我必重来。'叟笑曰：'恶客恶客，快去
快去。'客谢曰：'好东好东，再来再来。'"按此客实恶，而此叟大佳，殊
快人意。竹圃曰："'一醉解千愁'，我熟闻之；'三杯通大道'，究竟语
作何解？"余曰："此李青莲句也，当问之古人。"相与一笑而罢。

杂　谜　续　闻

《归田琐记》中有近人杂谜数十条，所见所闻亦尚未尽。兹小住
邗上，与严问樵、罗茗香剧谈，复有所得，因杂次之，以为酒边茶次一
解颐云尔。

古无谜字，自《鲍照集》始有井字谜。古人但谓之隐语，盖莫古于《左氏传》"麦曲"之语、"庚癸"之呼，降而为《新序》之"狐白羊皮"、《世说》之"黄绢幼妇"，后又衍为离合体，《石林诗话》载孔北海四言一章。已见《琐记》。又《杨升庵集》云："后汉魏伯阳《参同契后序》云：'郐会鄙夫，幽谷朽生；委时去害，依托丘山；修游寥廓，与鬼为邻；百世一下，遨游人间；汤遭厄际，水旱隔屏。'隐'会稽魏伯阳'五字。"皆谜语之权舆也。

《汉书·艺文志》有《隐书》十八篇。《新序》："齐宣王发《隐书》而读之。"皆即今之谜语。《文心雕龙》云："谜者，回互其词，使昏迷也。""魏文、陈思约而密之，高贵乡公又博举品物。"据此，知三国时已有辑之成书者。《七修类稿》云："隐语转而为谜。"至苏、黄而极盛。有编集四册曰《文戏》；金章宗曾为刊本以行，曰《百斛珠》；元至正间，朱士凯编者曰《揆叙万类》；前明贺从善编者曰《千文虎》：今皆不传。

《越绝书》不知何人所作，杨升庵据其书后序云"以去为姓，得衣乃成，厥名有米，覆之心庚"，谓汉人袁康所作。又《越绝篇·外传》云："文字属定，自于邦贤：以口为姓，承之以天，楚相屈原，与之同名。"乃隐"吴平"二字也。黄佐曰："吴平因袁康所录而成书也。"

古乐府"稿砧今何在"，言夫也；"山上复有山"，言出也；"何当大刀头"，言还也；"破镜飞上天"，言月半也。然稿砧之义，究不得其的解。

《青箱杂记》云："徐铉父延休，博物多闻，尝事徐温，为义兴县令。县署后有后汉太尉许馘庙碑文，即许劭撰，碑阴有八字：'谈马砺毕王田数七。'人莫能晓。延休解之曰：'谈马即言午，许字也；砺毕即石卑，碑字也；王田乃千里，重字也；数七是六一，立字也。'"

《三国志》注："曹操初作相国府门，自往观之，题一'活'字，人皆不晓。杨修曰：'门中活，乃阔字也。相国嫌其太大耳。'"

宋陶毂使于南唐，书十二字于驿舍云："西川犬，百姓眼，马包儿，御厨饭。"人皆不解。宋齐丘曰："乃'獨眠孤馆'耳。"

洪迈《旸谷漫录》载俭字谜云："一人立，三人坐，两人小，两人大，其中更有一二口，教我如何过。"或云此谜是王介甫所作。《平江记事》云："元达鲁花赤八剌脱国公，倜傥爽迈，谈吐生风。一日燕集，随口行一令云：'一字有四个口字，一个十字；一字有四个十字，一个口字。不解者罚一巨觥。'坐中皆不能晓，叩之，乃'圖'、'畢'二字。"

王介甫柄国时，有人题相国寺壁云："终岁荒芜湖浦焦，贫女戴笠落柘条。阿农去家京洛遥，惊心寇盗来攻剽。"东坡先生解之云："终岁，十二月也，十二月为青字。荒芜，田有艸也，艸田为苗字。湖浦焦，水去也，水去为法字。女戴笠，为安字。柘落木，剩石字。阿侬是吴言，吴言为误字。去家京洛，为国；寇盗，为贼民。盖言'青苗法安石误国贼民'也。"

《庐陵官下记》云："曹著机辨，有客试之，因作蛙谜云：'一物坐也坐，卧也坐，立也坐，行也坐。'著应声曰：'一物坐也卧，立也卧，行也卧，卧也卧。'客不能解。著曰：'我谜吞得汝谜。'客为之大惭。"

陈亚自为亚字谜云："若教有口便哑，且自无心为恶。中间全没肚肠，外面任生棱角。"按蔡忠惠尝嘲陈亚云："陈亚有心终是恶。"亚答云："蔡襄无口便成衰。"亦巧谑也。

嘉定孙恺似致弥以诗名于世，常熟冯定远班题其集云："蚕吐五采，双双玉童，树覆宝盖，清谈梵宫。"亦仿"黄绢幼妇"之意，谓"绝好宋诗"也。

有作四书谜者，"井田三万六千里"，猜"则是方四十里"。"亼"，猜"有藏仓者阻君，君是以不果来也"。"凭君传语报平安"，猜"言不必信"。"《五木经》"，猜"博学之"。又"走马灯"，猜"明则动"。"二九一十八，不是十八；三八二十四，不是二十四；四七二十八，不是二十八；五六方三，不是三十"，猜"其实皆什一也"。又"缘何惧内"，猜《诗经》一句。"伊威在室"。

有人以"子丑寅卯辰巳午未申酉亥"十一字猜"歲"字，谓止少一戌也。又一人曰："我亦照此式猜一字。"叩之，曰蜀字。谓獨少犬也。皆有思致。

近日吴中多尚《西厢》谜，如"一鞭残照里"，猜"马儿向西"。"连元"二字，猜"又是一个文章魁首"。皆妙。而"周公植璧秉珪，乃告太王、王季、文王"，猜"说哥哥病久"，尤为出人意表。

罗茗香述，扬州有一俗谜云："一片丹心后代传。"猜人事一。拉纤。盖丹字读作当，代字读作带，传字读作船也。

浪迹丛谈卷八

方　药

余禀赋素弱,晚年似转健胜于前,盖常服百岁药酒之力。惟时有目赤牙宣之患,因思昔人言"治目如治民,治齿如治兵",常仿其意行之而不能,竟付之不治也。故每翻旧籍所载及客谈治眼、治齿方,辄试行之,亦颇有效。因杂录之如左,并旁及所闻杂方药。药取易求、方皆简易者,附入《丛谈》之后,亦利济同人之公心也。适阅《旧唐书·孟诜传》,云:"保身养性者,常须善言莫离口,善药莫离手。"窃取其意云尔。

目　疾　虚　实

《医学心悟》云:"目有五轮,合乎五脏:眼眶属脾,为肉轮;红丝属心,为血轮;白色属肺,为气轮;青色属肝,为风轮;瞳人属肾,为水轮。"是知目者,五脏精华之所系也。目疾须辨明虚实为要义。凡暴赤肿痛,畏目羞明,名曰外障,实证也。久痛昏花,细小沉陷,名曰内障,虚证也。实者由于风热,虚者由于血少;实则散风泻火,虚则滋水养阴。然散风之后,必继以养血,经曰:"目得血而能视也。"养阴之中,更加以补气,经曰:"气旺则能生血也。"数语尽其理矣。

天　然　水

凡目疾初起,用洁净开水以洁净茶杯盛之,用洁净玄色绢布乘热淋洗。后水混浊,换水再洗,及洗至水清无垢方止。如此数次即愈。

水内并不用药，故曰天然水也。

皮硝桑叶汤

余偶患目肿，童石塘郡丞濂见之曰："何不用药水洗之？"余曰："我每日早起，必用洗面盆中热水泼眼至一二百下，又常用桑果熬汤洗之，仍有此患，何也？"石塘曰："桑叶水须加皮硝，一同浓煎洗之，方有效。"如法果愈。因忆余向来洗眼方中，独少皮硝一味，适阅《良方集录》中，乃知皮硝六钱拣净。桑白皮二两洗净，生者更佳。二味本系洗眼仙方，法用二药入新沙礶中，河水煎透，倾出澄清，温凉洗之。少顷又洗。每月止洗一日，须自早至晚洗十余次。洗期以正月初五、二月初二、三月初三、四月初九、五月初五、六月初四、七月初三、八月初十、九月十二、十月十二、十一月初四、十二月初四，每清晨起，斋戒焚香，向东洗之。一年，患轻者已可见效，老年患重者，三十六个月定能复明如初。此系光明吉日，不可错误。按此方曾经翁覃溪师面授，日期相同，云系得之异人所传，洗之已四十年。时吾师已年逾八十，自云中年尝仿文待诏故事，每岁元旦用瓜子仁书坡公"金殿当头柴阁重"绝句一首，六旬后，又以胡麻十粒黏于红纸上，每粒作"天下太平"四字。至戊寅岁元旦，书至第七粒，目倦不能成书，始叹曰："吾其衰矣！"果于是年正月二十七日归道山云。

冰黄散

童石塘曰："古方中有冰黄散，以治牙痛最灵。用牙硝三钱、硼砂三钱、明雄黄二钱、冰片一分五厘、麝香五厘，合共为末，每用少许擦牙，有神效。"

揩牙方

《云烟过眼录》中有一方云："生地黄、细辛、白芷、皂角各一两，去黑皮并子，入藏，瓶用黄泥封固，以炭火五六个煅，令炭尽，入白僵蚕一分、甘草二钱，合为细末。早晚用揩齿牙，方令坚固，并治齿血动摇等患。"按擦牙杂方极多，惟择其经试有验者录之。如川椒、细辛各一两，草乌、筚拨各五分，共研末，以擦欲落之牙，可使复固。又有用枯矾、松香、青盐各等分研末者，亦有效。然均不如支筠庵观察方廉所传一方，云："生大黄一两、杜仲五钱、熟石膏八钱、青盐一两，合研为末。"值余牙痛颇剧，用此方顿瘥，则真擦牙之第一善方也。按世传牙痛方，尚有用细辛、芫花、川椒、小麦各五钱煎汤漱口者，亦效，但不可咽下。或用好烧酒漱口，亦可。或用桂圆一个，开入食盐令满，烧透存性，擦之。或用番瓜蒂焙研擦之，亦效。

固 齿 仙 方

《玉壶清话》载："莲花峰有断碑，读之乃《治齿乌须药歌》一首，修制以用，其效响应。歌曰：'猪牙皂角及生姜，西国升麻蜀地黄。木律旱莲槐角子，细辛槐叶要相当。青盐等分同烧毁，研末将来使最良。揩齿牢牙须鬓黑，谁知世上有仙方。'"

物 入 肺 管

《一斑录》云："常昭城中有巨姓子，甫七八岁，于四月食鲜蚕豆，以最大一粒弄于口，不料气吸而入于肺管。即时委顿发喘，医皆束手，自薄暮至夜半，竟死。其家只此一子，母悲悼不已，未久亦亡。惜其时未有喻其理者：但捉儿两足使倒悬，则所入之豆，一咳即出，本非药可治，何用延医？三十年前，珍门庙有小儿食海蛳，误吸其壳入肺管；又七八年前，有家仆之子十岁，亦吸海蛳壳入肺管，并延至月余日而死。皆不知治法而贻误也。"又云："小儿以豆误塞鼻管而不能出，但将此儿两耳与口掩紧，不使通气，乃以笔管吹其无豆鼻孔，则豆必自出，去之甚易矣。"

小儿脱肛不收

用不落水猪腰破一缺如荷包,中入升麻,湿纸厚包煨熟后,去升麻。令儿吃腰子,俟药性到后,以温水洗肛自收。

产妇胎衣不下

鲜荷叶刬碎,浓煎服,即下。又一方:用日用酒瓶口一吹,即下。

接 骨 仙 方

五加皮四两,雄鸡一只,黑者更妙。去毛,连皮、骨、血合五加皮捣烂敷患处,用布包裹,一周时揭去。不可太过时,内自完好。再用五加皮五两,用酒浓煎,尽量饮醉,熟睡为妙。

祛 邪 灵 药

于莲亭《闻见录》云:"有客言人被邪蛊惑者,但用鳖甲和苍术烧之,其邪自退,试之屡验。"

蛇 咬 蜂 螫

鲜梧桐叶嚼涂之,效。又方,用牛粪敷之,亦效。

疝 气

昨少穆中丞自关中来信,称疝气复作。记得余《归田琐记》中载一方,未知已经试否?顷闻友人述有二方,亦甚简便。一以大瓮,烧红炭爇其下,炭上放白胡椒数粒,使患者解衣坐瓮上薰之,神效。一取鲜橙子一枚,略捣绽,以浓酒煮之,熟后去橙饮酒,亦神效。已作信与中丞矣。

鼻　　血

降香、三七、槐花米各二钱,小生地五钱,煎服立止。

鱼　骨　鲠

威灵仙、桔梗各五钱,黄酒煎,冲黄糖服,立下。

服　核　桃

核桃补下焦之火,亦能扶上焦之脾,但服之各有其法。旧闻曾宾谷先生每晨起必啖核桃一枚,配以高粱烧酒一小杯,酒须分作百口呷尽,核桃亦须分作百口嚼尽。盖取其细咀缓嚼,以渐收滋润之功,然性急之人往往不能耐此。余在广西,有人教以服核桃法:自冬至日起,每夜嚼核桃一枚,数至第七夜止;又于次夜如前嚼,亦数至第七夜止;如是周流,直至立春日止。余服此已五阅年所,颇能益气健脾,有同余服此者,其效正同。闻此方初传自西域,今中土亦渐多试服者,不甚费钱,又不甚费力,是可取也。

服　海　参

余抚粤西时,桂林守兴静山体气极壮实,而手不举杯。自言二十许时,因纵酒得病几殆,有人教以每日空心淡吃海参两条而愈,已三十余年戒酒矣。或有效之者,以淡食艰于下咽,稍加盐酒,便不甚效。有一幕客年八十余,为余言海参之功,不可思议,自述家本贫俭,无力购买海参,惟遇亲友招食,有海参,必吃之净尽,每节他品以抵之,已四五十年不改此度。亲友知其如是,每招食亦必设海参,且有频频馈送者。以此至老不服他药,亦不生他病云。

神　仙　酒

神仙酒,乃国初江南赵尚书传自康亲王者。当日王统大军征西藏,有道士诣军中献仙方,造酒以饮三军,可驱除瘴疠,且多服能延年。方开:烧酒十斤,醋一斤半,黑糖一斤半,河水二斤,川乌一枚,草乌一枚,用面包裹煨热切片,淡竹叶三钱,菊花三钱,用小袋装药,将糖水调酒入坛,择无鸡犬处治理,其火候以炷香为刻。王初见此方了无异处,以道士为妄,扶出,道士遂不见。王始惊异,依方制造,果有效。当时王与赵尚书契好,赵素患疯疾,得此方饮之,宿疾顿除,夫妇俱年臻九十余。此方遂遍传于人,以疗疯疾,无不应者。

《居易录》《分甘余话》各方

偶读王渔洋先生《居易录》及《分甘余话》所载各方,喜其博雅而可以济人,因摘录其简便者数条如右。

《居易录》云:"京师煤炭皆有毒,惟室中贮水盆盎中,毒即解。又或削芦菔一片著火中,即烟不能毒人。如无芦菔之时,预干为末,用之亦佳。"

又云:"《续夷坚志》称,阿魏散治骨蒸、传尸劳、寒热、羸弱、喘嗽。方用阿魏三钱,研青蒿一握,切向东桃枝一握,细到细草,如病人中大童便二升半,先以童便隔夜浸药,明早煎一大升,空心温服之。服时分为三次,次服调槟榔末三钱,如人行十里许时再服。丈夫病用妇人煎,妇人病用丈夫煎,合药时,忌孝子、孕妇、病人及腥秽之物,勿令鸡犬见。服药后,忌油腻、湿面、诸冷硬食物。服一二剂后,即吐出虫或泄泻,更不须服余药;若未吐,即当尽服之。或吐或痢,出虫皆如人发马尾之状,即瘥。""服阿魏散后,或虚羸魂魄不安,以茯苓汤补之。白茯苓、茯神各一钱,人参三钱,远志去心三钱,麦门冬去心四钱,犀角五钱,剉为末,生干地黄四钱,大枣七枚,水二大升,煎作八分,分三服温下,如人行五里许时更一再服,谨避风寒。若未安,更作一剂连服之"。

又云:"治发背、脑疽、一切恶疮,初起时,采独科苍耳一根,连叶带子细剉,不见铁器,但用砂锅熬水,二大碗熬至一碗。如疮在上,饭后徐徐服,吐出,吐定再服,以尽为度。如疮在下,空心服,疮自破出脓,以膏药傅之。"

又云:"治一切恶疮,用瓜蒌一枚,去皮,用瓤及子,生姜四两,甘草二两,_{横纹者佳}。无灰酒一碗,煎及半浓服之。煎时不见铜铁。患在上,食后服;在下,空心服。"

又云:"宋英宗御书固齿及血龈方:生地黄、细辛、白芷、皂角各一两,去黑皮并子,入瓶,黄泥封固。用炭火五斤,煅至炭尽,入白僵蚕一分、甘草二钱,并为末,早晚用。"

又云:"《芦浦笔记》载治喘方:用麻黄三两,不去根节,汤洗过,诃子二两,去核用肉,二味为粗末。每服三大匕,水二盏,煎减一半,入腊茶一钱,再煎作八分,热服,无不验者。"又云:"一方用新罗_{即今高丽}。人参一两,为末,鸡子清和为丸如桐子大,阴干。每服百粒,温腊茶清下,立止。"

又云:"治男妇气血亏损及喘嗽、寒热重症,用人参一分,真三七二分,共为末,无灰热酒调服。日服三次,有奇效。"

又云:"《清暇录》载陈刚翁云:痘疮不可多服升麻汤,只须以四君子汤加黄芪一味为稳。又括苍陈坡分教三山日,其孙方三岁,发热七日,痘出而倒,靥色黑,唇口冰冷。一士人教以用狗蝇七枚,_{蝇冬月则藏狗耳中}。擂细,和醇酒少许调服,移时红润如常。又其次女痘后毒上攻,遂成内障。一老医用蛇蜕一具,净洗焙燥,天花粉_{即瓜蒌根}。等分细末之,入羊肝内,麻皮缚定,用米泔煮熟,切食之,旬日而愈。"

又云:"用未熟青黄色大柿一枚,好酒煎至九沸,去酒取柿食之。治失血症,奇效。"

又云:"四川提督总兵官吴英说:昔得秘方,治扑打跌伤极效,虽重伤濒死,但一丝未绝,灌下立苏。往在福建为副将时,军中有二弁相斗,皆重伤,其一则死矣。吴驰往视之,惟心头气尚微暖。亟命以药灌入,觉胸间喀喀有声,不移时张目索食,翼日遂能起行。自后屡著神效云。其方以十一月采野菊花,连枝阴干,用时每野菊花一两,加童便及无灰酒各一碗,同煎热服而已。”“又一方,求退胎毛小鸡一只,和骨生捣如泥,作饼,入五加皮傅伤处,接骨如神。”

又云:“治咽食、倒食症,用真柿霜拌稻米蒸饭,食八日,不饮滴水,效。”“又一方,用虎肚烧灰,存性,好酒调服,效。”

又云:“治伤寒症用糯米粽无枣者,和滑石末砸成锭,曝干,烧炭浸酒,复去炭热饮之。病在七日内者即汗,七日外者,次日亦汗。”

又云:“陈说岩总宪说:蔚州魏敏果公象枢。初无子,或教以每日空心服建莲子数十粒,遂生子。李总宪奉倩有子十一人,云亦服此方有验。”

又云:“空中木通连白葱须各三寸半,半酒半水煎服之,治疝气如神。”

又云:“用生何首乌五钱、青皮三钱、陈皮三钱,酒一碗,河水二碗,煎至一碗,温服,治虐症,不久近即愈。”

又云:“周益公《二老堂杂识》一条:治头风而吐泻,用枳壳、白术煎汤下青州白丸子,甚效。”

又云:“牛膝、车前子三钱,共五钱同剉为粗末,将来白水煎。此乩笔也。空心服之,治病溺不下。”按犀角、玳瑁二物磨水服之,亦效,又见《分甘余话》。

《分甘余话》云:“治腋气,热蒸饼一枚擘作两片,糁蜜陀僧一钱许,急挟之腋下,少睡片刻,俟冷弃之。”

又云:“治暴血,以蛛网为丸,米汤送下,立止。”

又云:“立秋日未出时,采楸叶熬膏,傅疮疡,立愈。”

又云:“皮硝入鸡腹中煮食,消痞。”以上方见《说桔》。

又云:“治喉闭急症,用鸭嘴、胆矾,研极细,以酽醋调灌,吐出胶痰即愈。”

又云:“熊胆少许,用净水略润开,尽去筋膜尘土。入冰脑一二片,如泪痒,则加生姜粉些少。以银箸点眼,能去瘴翳及赤眼,最效。”

以土方见《癸辛杂识》。

又云：“《枫窗小牍》载东坡一帖，云足疾用威灵仙、牛膝二味，为细末蜜丸，空心服。此方有奇验，凡肿病、拘挛皆可愈，久服有走及奔马之效。二物当等分，酒及熟水皆可下，独忌茶耳。威灵仙虽得真者，必味极苦而色紫黑如胡黄连之状，且脆而不韧，折之有细尘起，向明视之，断处有黑白晕，俗谓之鸲鹆眼。”

又云：“新安罗某治痔方：用稀熬烧酒七斤，南荆芥穗四两，槐豆五钱，捣烂煎沸。五次空心任意服，甚效。”

无 颜 录 两 方

周栎园《书影》云：“唐开元钱烧之，有水银出，可治小儿急惊，甚验，见《无颜录》。”

《无颜录》又云：“宋会之，杭州人，元时名医也。鲜于枢记其治水蛊法，以干丝瓜一枚，去皮剪碎，入巴豆十四粒同炒，以巴豆黄为度。去巴豆，用丝瓜炒陈仓米，如丝瓜之多少，以米黄为度。去丝瓜，研为末，和清水为丸，如桐子大。每服百丸，愈。其言曰：巴豆，逐水者也。丝瓜，象人脉络也。去而不用，藉其气以引之也。米，投胃气者也。”

解 砒 毒 方

纪文达师《笔记》云：“歙人蒋紫垣流寓献县程家庄，以医为业，有解砒毒方，用之十全，然必邀取重赀，不满所欲，则坐视其死不救。一日暴卒，见梦于居停主人曰：‘吾以耽利之故，误人九命矣。死者诉于冥司，判我九世服砒死。今将赴转轮，赂鬼卒，得来见君，以此方奉授。君能持以活一人，则我少受一世业报也。’言讫，泣涕而去，曰：‘吾悔晚矣！’其方以防风一两，研为末，水调服之而已，无他秘药也。又闻诸沈丈丰功曰：‘冷水调石青，解砒毒如神。’沈丈平生从不妄语者，此方当亦有验。”

延　寿　丹

前明华亭董文敏公,有久服之延寿丹方。公年至耄耋。精神不衰,皆此丹之力。传之我朝,服者亦不乏其人,俱能臻老寿,享康强,须发复元,腰脚增健,真却病延年之仙方也。闻康熙间有人珍公所手录此方,字带行草,是晚年所书云。药品开后:

大何首乌,取赤、白两种,先用黑豆汁浸一宿,切片晒干,又用黑豆汁浸一宿,次早用柳木甑、桑柴火蒸三炷香,如是九次,不可增减,晒干听用。合后群药共若干两,此味亦用若干两。

菟丝子,先用清水淘洗五六次,取沉者晒干,逐粒拣去杂子,用无灰酒浸七日,入甑蒸七炷香,晒干。如是者九次,为末一斤听用。

豨莶草,五六月间采,用长流水洗净晒干,以蜂蜜同无灰酒拌匀,隔一宿,蒸三炷香,如是者九次。晒干,为末,一斤听用。

桑叶,四月采人家所种嫩叶,以长流水洗净晒干,照制豨莶法九制,为末八两听用。

女贞实,用冬至日摘园林中腰子样黑色者,用装布袋,剥去粗皮,酒浸一宿,蒸三炷香,晒干,为末八两听用。

忍冬花,一名金银花,四、五月间摘取阴干,照制豨莶法九制,晒干,为末四两听用。

川杜仲,用厚者,去粗皮,以青盐同姜汁拌炒,断丝八两听用。

雄牛膝,用怀庆府产者,去根芦净肉屈而不断、粗而肥大者,为雄酒拌,晒干,八两听用。

以上杜仲、牛膝,且莫为末,待何首乌蒸过六次后,不用黑豆汁拌,单用杜仲、牛膝二味同何首乌拌,蒸晒各三次,以足九蒸之数。

生地,取钉头、鼠尾、原枝大枝者晒干,为末四两听用。

按:以上共七十二两,合何首乌亦七十二两,再合旱莲子熬膏一斤,金樱子熬膏一斤,黑芝麻熬膏一斤,桑椹子熬膏一斤,同前药末一百四十四两,捣数千椎为丸服之。如膏不足,用蜂蜜增补之。又按：阴虚人加熟地一斤；阳虚人加附子四两；脾虚人加人参、黄芪各四两，去熟地；下元虚人加虎骨一斤；麻木人加天麻、当归各八两；头晕人加玄参、天麻各八两；目昏人加黄甘菊、枸杞子各四两；肥人多湿痰者加半夏、陈皮各八两。各药加若干数，则何首乌亦若干数。

三　世　医

偶闻家塾中为孙曹讲《曲礼》"医不三世，不服其药"，大抵皆沿俗解，以父子相承三世为言。窃记少时读注疏，似不如此。古之医师，必通于三世之书。所谓三世者，一曰《黄帝针灸》，二曰《神农本草》，三曰《素问脉诀》。《脉诀》所以察证，《本草》所以辨药，《针灸》所以去疾，非是三者，不可以言医，旧注甚明。若必云三世相承然后可服其药，将祖、父二世行医，终无服其药者矣。且历考古近名医，并未闻有三世相承者，知俗解之不可据也。

雄　黄　酒

吾乡每过端午节，家家必饮雄黄烧酒，近始知其非宜也。《一斑录》云："雄黄能解蛇虺诸毒，而其性最烈。用以愈疾，多外治，若内服，只可分厘之少，更不可冲烧酒饮之。有表亲钱某，于端午大饮雄黄烧酒，少时腹痛如服砒信。家众误认为痧，百计治之。有知者云：'雄黄性烈，得烧酒而愈烈，饮又太多，是亦为患也。'急觅解法，而已无及矣。"

人　参

人参随王气转移，而东方尤为生气所托始，故历代人参多产于东南、东北，而西方无闻焉。《梁书·阮孝绪传》云："母王氏有疾，合药须得生人参，旧传钟山所出。孝绪躬历幽险，累日不值，忽见一鹿前行。孝绪感而随后,至一所遂灭,就视,果获此草。母得服之,遂愈。"
当时金陵有龙蟠虎踞之兆,故钟山之参为上品;而上党为天下之脊,
亦王气所钟,故前朝所用人参,皆即今之党参。古方中用参率以两
计,以斤计若非今之党参,安得有许多人参乎?惟唐人林宽《送人归
日东》诗云:"门外人参径,到时花几开。"日东即今辽东,则在唐时已
为产参之区。迨入我朝,而东参遂甲天下,王气所钟,非一朝一夕之
故矣。

高　丽　参

　　高丽参即人参,同是长白山所产,在山之阳为人参,在山之阴为
高丽参。高丽在山阴,其被阳光之气自不及山阳之盛,故所出之参性
亦稍寒。嘉庆初,其价大贵,至近时而大减,相去不啻倍蓰,不知何
故。有选大枝者,合糯米、姜汁屡蒸而屡晒之,其功亦不在人参下也。

参　　价

　　人参之价,至今日而贵极矣。尝读赵云崧先生诗序云:"曩阅国
史,我朝初以参贸高丽,定价十两一斤,丽人诡称明朝不售,以九折给
价,而我朝捕获偷掘参者,皆明人,以是知丽人之诈,起兵征服之。迨
定鼎中原,售者多,其价稍贵。然考查悔余壬辰、甲午两岁,俱有《谢
揆恺功惠参》诗,一云'一两黄参直五千',一云'十金易一两',皆康熙
五十年后事也。乾隆十五年,应京兆试,恐精力不支,以白金一两六
钱易参一钱,廿八年,因病服参,高者三十二换,次亦仅二十五换,时
已苦难买,今更增十余倍矣。"诗中所云"中人十家产,不满一杯味",
又云"乃因价不啻,翻若天势利。但许活富人,贫者莫可冀",良可慨
也。扬州每年有奉发参斤,向由内务府按盛京等处所进参斤,分别奏
明,发交两淮变价。其参有四等、五等以及泡丁、渣末各项名目,其价
由四百换以至一二十换,多寡不等,约计每年应缴变价银十三四万
两,例皆按年递缴。所得之参,除呈送督部、运司外,余按各商家引数

分派。闻近年因咈夷滋扰,将所发粤海关参斤,又分派于各省关道变价,报解亦略同淮商之例。而外省之参,因此充足而不乏,但不甚佳耳。

按人参实是灵药,可以活人,而方与病违,则其祸亦不旋踵而至。余在京,亲见伊云林先生朝栋偶患风痹,其哲嗣墨卿比部访求医药甚切。值纪文达师来视疾,谓切不可用参,墨卿不能守其言,先生遂成痼疾。又余外舅郑苏年师,因隔邻不戒于火,力移缸水扑救,致跌足受伤。先大夫往视,亦嘱亦不可急投参剂。适徐两松中丞师以参相赠,服之,亦成痼疾,此皆余所目击。后先室清河夫人笃疾几殆,亲眷皆劝服参,余力持不可,最后始以高丽参代之,亦竟愈,从此遂力劝人慎用参剂。而不知近日之参,远不如乾隆间之性味,虽误用而其害尚轻也。忆纪文远师《笔记》中有《乩仙论参》一条云:"虚证种种不同,而参之性则专有所主。以藏府论,参惟至上焦、中焦而不至下焦,以荣卫论,参惟至气分而不至血分。且古方有生参、熟参之分。今采参者,得即蒸之,安得有生参乎?古参出上党,秉中央上气,故其性温厚,先入中宫。今上党气竭,惟用辽参,秉东方春气,故其性发生,先升上部。即以药论,亦各有运用之宜。"云云。此恐非今医家所及知也。

肉　　桂

近日不但真参难得,真桂尤未之闻。吾乡名医陈卓为常言肉桂之上品,其油饱满,其皮不及分,稍触之,油即溢出,所以称为肉桂。有一客仅得二寸许真肉桂一块,包以油纸,藏于荷包中,满座皆闻其香。适与一人对坐,闻噎隔之声不绝,询其患此已两年余。乃出荷包中所藏,自以小刀削下约四分许,以开水冲半杯令服之,须臾噎声顿止。因复削四分,令再服,复以两四分之渣合冲半杯令三服。未及灯时,而旧疴顿失矣。并云试此桂时,曾削几分投开水壶中,其沸立止,其泡亦顿下,因此知真桂能引火归源,其下咽之效殆亦如是矣。余官粤西五年余,闻越南国入贡之桂,皆在粤西各郡中转购以充数。嘉庆中，潘红楼廉访册封越南，其国王以一枝相赠，云此系镇库之物，今库中亦仅留一枝。红楼即以转赠李芸圃水部，其实亦不过中土之常品也。余每年例办土贡，精选好桂，实未得有惬心之品。大抵宽厚壮观者，皆不可恃，惟浔州之瑶桂条狭而皮粗、肉薄而油足者较佳。红油、紫油者，虽厚亦不佳，惟以黑油者为上品，盖黑油能滋阴入肾，以收引火归源之功。紫油尚可，红油则反助火上升，红油、紫油者，其味必辣，惟黑油则甜润，此可立试而辨也。

叶 天 士 遗 事

雍、乾间，吴县叶天士，名桂，以医名于当时。自年十二至十八，凡更十七师，闻某人善治某证，即往执弟子礼，既得其术，辄弃去。生平不事著述，今惟存《临证指南医案》十卷，亦其门人取其方药治验，分门别类，集为一书，附以论断，非尽天士本意也。世称天士为天医星，亦非真有确据。相传江西张真人过吴中，遘疾几殆，服天士方得苏，甚德之，而筹所以厚报。天士密语之曰："公果厚我，不必以财物相加，惟于某日某时过万年桥，稍一停舆，谓让桥下天医星过去。"真人许之。而是日是时天士小舟适从桥下过去，城内外遂喧传天士为天医星矣。天士宿学虚心，为一时之冠。其老母病热，而脉伏甚似寒证，天士审证立方，其难其慎。中夜独步中庭，搔首自言曰："若是他人母，定用白虎汤。"其邻叟亦行医者，窃闻之，次早到门献技，用白虎汤一剂而愈，其名顿起，而不知其即出于天士也。一日徒步自外归，骤雨道坏，有村夫素识天士，负以渡水。天士语之曰："汝明年是日当病死，及今治，尚可活。"村夫不之信，届期疡生于头，舁至天士门求治，与金遣之曰："不能过明日酉刻矣。"已而果然。又尝肩舆行乡村间，适有采桑少妇，天士令舆夫往搂抱之。桑妇大怒詈，其夫亦扭舆夫殴打。天士从旁解之曰："此妇痘疹已在皮膜间，因火盛闭不能出。此我设法激其一怒，今夜可遍发，否则殆矣。"已亦果然。有木渎富家儿病痘闭，念非天士莫能救，然距城远，恐不肯来。闻其好斗蟋蟀，乃购蟋蟀数十盆，贿天士所厚者，诱以来，出儿求治。天士初不视，所厚者曰："君能治儿，则蟋蟀皆君有也。"乃大喜，促具新洁大桌十余，裸儿卧于上，以手展转之。桌热即易，如是殆遍。至夜，痘怒发，得不死。有外孙甫一龄，痘闭不出，抱归求活，天士难之。女愤甚，以头撞曰："父素谓痘无死证，今外孙独不得活乎！请先儿死。"即持剪刀欲自刺。天士不得已，俯思良久，裸儿键置空屋中，自出外与博徒戏。女欲视儿，则门不可开，遣使数辈促父归，博方酣，不听，女泣欲死。至夜深归，启视，则儿痘遍体粒粒如珠，盖空屋多蚊，借其噆肤以发也。邻妇难产，数日夜，他医业立方矣，其夫持问，天士为加梧桐叶一片，产立下。后有效之者，天士笑曰："吾前用梧桐叶，以是日立秋故耳。过此何益？"其因时制宜之巧如此。以医致富，然性好嬉戏，懒出门，人病濒危，亟请，不时往，由是获谤。然往辄奏奇效，故谤不能掩其名，以高寿终。

浪迹丛谈卷九

石　鼓　文

石鼓文不知作自何代，言人人殊。余既据唐韦苏州、韩昌黎及苏勖、窦臮言，定为成周之物，又据宋董迪言定为成王所作，因考前人如欧阳公、朱子及郑渔仲，皆疑莫能定，惟金人马定国决为宇文周物，近人武虚谷亿又决为汉人所制。马定国仅以字画为断，固难据依，武亿则直指"趍趍六马"句，以为周制驾四，至汉始驾六，此必汉人目习汉制，脱手以见于文云云，则亦未见其审也。《书·五子之歌》："凛乎若朽索之驭六马。"正义云："经传之文，惟此言六马，汉世此经不传，余书多言驾四者。"按今人以《五子之歌》为伪古文，不可信，且不必辨；而《大戴礼·子张问入官》云："六马之离，必于四面之衢。"《逸周书·王会解》云："天子车立马乘六。"《荀子·劝学篇》云："六马仰秣。"又《修身篇》云："六骥不致。"又《议兵篇》云："六马不和。"《庄子》逸篇云："六铁蒙以大绌，载六骥之上。"《吕氏春秋·忠廉篇》云："吴王曰：吾尝以六马逐之。"此皆出周人之书，则安得谓周制必不驾六乎？

奢伯卤盖后释

余旧藏此器，前已载入《退庵金石跋》中，据《积古斋款识》，题为"门狄卤"，因参酌为释文，虽已梓行，实未详尽也。道光丙午，侨寓扬州，适晋江陈颂南给谏由京归舟过访，云数年前，曾承仪征阮师相以此器拓纸寄京，令订释之，据拓纸，铭实七字，曰"阙作奢伯宝尊彝"。首字上从门，下从非，为缺，合为一字，即"阙"字，《左》昭十五年传："阙巩之甲。"阙当即所受封者。奢，本释作奢，《说文》："兖，古文作窓。"器作奢，未详何字，惟检钟鼎文，邑旁多作㕣、作ᑦ，此字近㕣，今定为奄字。殷侯国有鬼侯,班氏彪曰:"邶西鬼侯国也。"《隋图经》:"临水县有九侯城。"鬼、九、宄皆音相近,疑古本作奄,后省宀作九,又误邑为自,故或亦作阢,九本侯爵称伯者,吉金中多称某伯、某甫之义乎?给谏之言如此。既又索此原器摩抚之,定为商尊,果尔,则与余斋之商爵为俪,物必有偶,亦足豪矣。

焦 山 鼎 铭

焦山鼎铭,自顾亭林、程穆倩以下,释文甚多,或以为商器,或以为周器,或为文王时物,或为宣王时物,迄无定说。余旧得徐兴公释文原纸,林吉人为手录诸家歌诗缀其后,曾装潢成册,呈之翁覃溪师,师为题跋,并缀五言长篇。师有旧辑《焦山鼎铭考》一书,其详备,至晚年复疑此鼎之伪,曾于题徐册中露其旨,且将旧辑鼎铭考之板毁弃不存。余藩吴中时,曾亲至焦山,手量鼎腹,并精拓铭纸以归。私欲参互审订,折衷一是,而迄无悟入之处。今岁至扬州,复晤罗子苕香,乃得读其《周无专鼎铭考》,独于铭首"惟九月既望甲戌"七字,冥搜而显证之,定为周宣王物,为之心开目明。盖苕香素精推步,先求之以四分周术,又证以汉统三术,参核异同,进退推勘,得文王自受命元年丙寅迄九年甲戌,凡日辰甲戌,皆不值九月既望;更自文王元年丙寅迄厉王五十一年癸酉,凡十一正,共三百八岁,推得宣王之世,始甲戌终己未,计四十六年,惟十六年己丑得九月朔戊午、望癸酉。其既望甲戌,为月之十七日,与鼎铭吻合,断此鼎为周宣王时物。鼎中有"司徒南仲"字,忆仪征师《积古斋款识》中谓南仲有二,《诗·出车》篇之南仲,毛传以为文王之属;《常武》篇之南仲,毛传:"王命南仲于太祖。"是宣王之臣也。此铭不类商器,当是宣王时臣,则已先苕香言之,特苕香实事求是,尤令人拍案称快耳。按焦山此鼎,明以前人鲜著之,录者惟徐兴公一释文耳。自国初王西樵士禄始据韩吏部如石言,为京口某公家物,严分宜敛之,严氏败,鼎复归江南某家,以为不祥,舍之焦山寺。康熙间诗人始竞以此为故实,其实自嘉靖以后,明人诗文集并无此说。《天水冰山录》中备载分宜家物,铜器类只有铜鼎二件,共重一百一十四斤,且有盖,并未言及款字。而今鼎之重已不止百余斤矣。朱竹垞先生及吾师苏斋老人,皆深于考古者,其咏此鼎,皆不言是事。然则分宜一事,尚当以疑案处之也。

乙　瑛　碑

《乙瑛碑》载"三月丙子朔二十七日壬寅,司徒雄,司空戒"云云,又"永兴元年六月甲辰朔十八日辛酉"云云,以《后汉书》证之,雄为吴雄,戒为赵戒也。吴斗南《两汉刊误补遗》云:"《三王世家》并载诸臣奏疏,其著朔可为后世法程。曰'三月戊申朔乙亥,御史臣光'云云,又'四月戊寅朔癸卯,御史大夫汤'云云,前言戊申朔,则乙亥为二十五日;言戊寅朔,则癸卯为二十六日。中兴以后,有司失其传,如《先圣庙碑》载'三月丙子朔二十七日壬寅'云云,又《修西岳庙碑》载'十二月庚午朔十三日壬午'云云,乌有知朔为丙子、庚午,而不知壬寅、壬午为二十七日、十三日者哉?斯近赘矣,今世碑记、祭文踵先汉故事可也。"武虚谷云:"按中兴之初,犹存西汉遗制,《后汉书》隗嚣檄文云:'汉复元年七月己酉朔己巳。'言己巳,则为二十一日也,吴氏之言信有本哉。"

张　迁　碑

《张迁碑》:"腊正之僚,休囚归贺。"桂未谷谓僚即蔡之异文,《小尔雅》:"蔡,法也。"《禹贡》:"二百里蔡。"郑注:"蔡之言杀,减杀其赋。"《左传》:"周公杀管叔而蔡蔡叔。"注:"蔡,放也。"盖张君治穀城,末减狱讼,省刑释囚,故下文有"《尚书》五教,君崇其宽,《诗》云恺悌,君隆其恩"之语。武亿谓僚释作蔡,与句内腊正无涉,当作祭祀之祭。汉正腊日有此旧典,岁终大祭,从吏人宴饮也。《后汉书·虞延传》:"每至岁时伏腊,辄休遣徒系,各使归家,并感其恩,应期而还。"《华阳国志·王长文传》:"试守江原令,县收得盗贼,长文引见诱慰,时值腊晦,皆遣归家。"此皆因腊纵囚,与《碑》正合。按武说胜桂说,然以祭祀为说,似转迁。僚当与际通,腊正之际,即《华阳国志》所谓腊晦也。

可不烦言而解矣。

碑 中 称 讳

《西狭颂》首云："李君讳翕。"《曹全碑》首云："公讳全。"《飨孔庙后碑》首云："史公讳晨。"此三碑，皆即时所立，可见生前不嫌称讳也。《樊毅华岳庙碑》云："樊府君讳毅。"《孙叔敖碑》云："段君讳光。"《修尧庙碑》云："济阴太守河南匽师孟府君讳郁。"下及令、丞、尉皆称讳。《灵台碑》："济阴太守魏郡阴安审君讳晃。"以下令亦称讳，惟丞、尉但直称名。盖汉人尊上，体固宜然，不如后世之避忌也。

私 谥

《司隶校尉鲁峻碑》云："于是门生汝南于𫐌、沛国丁直、魏郡马萌、勃海吕图、任城吴盛、陈留诚屯、东郡夏侯弘等三百廿人，追惟在昔游、夏之徒作谥宣尼，君事帝则忠，临民则惠，乃昭告神明，谥君曰'忠惠父'。"又《玄儒先生娄寿碑》云："国人乃相与论德处谥，刻石作铭。"此后世私谥所由昉，在汉时即已盛行。至唐韩昌黎铭孟郊，书贞曜；柳子厚表陆先生，书文通，名儒亦用此例。《隶释》以群下私相谥为非古，而不知其来已久矣。

昊 与 皓 通

《孔羡碑》以"太昊"作"太皓"。按《淳于长夏承碑》、《冀州从事郭君碑》并言"皓天不吊"，《外黄令高彪碑》"恩如皓春"，《李翕郙阁颂》"精通穹皓"，义并作昊。盖古文昊、皓、浩、皞本通用。《荀子·成相篇》："皓天不复。"杨倞注："皓，与昊同。"《楚词·远游》："历太皓以右转兮。"注："皓，一作皞。"刘熙《释名》："夏曰昊天，其气布散皓皓也。"班孟坚《幽通赋》："昊尔太素。"服虔曰："守死善道，不染流俗，是谓浩尔太素。"皆足为证。

碑 书 夫 人

《汉金乡长侯成碑》后书"夫人以延熹七年岁在甲辰十一月三日庚午遭疾终"。顾亭林证以《郎中马江碑》,云:"夫人冤句曹氏终,温淑慎言,曰女师,年五十五,建宁三年十二月卒。"此后人作碑并志夫人之始。朱竹垞《跋侯成碑》亦云:"终汉之世,侯君而外,夫妇合藏,仅有《郎中马江碑》并书夫人曹氏袝焉。"按《戚伯著碑》云:"太岁丁亥,娉妻朱氏,旬期奄遂贾没。"《隶释》考碑有"太岁丁亥"字,当是建武或章和年所刻,则已在建宁之前。又《相府小吏夏堪碑》亦有"娉会谢氏,并灵合柩"之语,朱、顾亦所见未到耳。

碑 书 遭 忧

《汉安平相孙根碑》云:"遭公夫人忧。"《汉谅州刺史魏元丕碑》云:"遭泰夫人忧。"按孙根父为司空,故母称公夫人,泰即大字,汉制惟列侯母称太夫人,此盖借称以尊之耳。

总 叙 旁 及

今人为人作志铭,往往有总计其生平所历之官,而以数语括之者,其体亦自汉人丌之,《车骑将军冯绲碑》云"一要金紫、十二银艾、七墨绶"是也。又今人立碑勒石者,往往附署刻石者姓名,亦自汉有之,《武梁碑》云:"良匠卫改雕文刻书。"《隶释》云:"此碑兼列良匠之名,与《郙阁》列石师,《孔耽神祠碑》所列治师名同。"

魏 代 兼 用

《魏书·道武帝纪》:"天兴元年,群臣言国家万世相承,启基云代,应以代为号。帝下诏:宜仍先号以为魏。"似当时改号称代,帝实不从。而《崔浩传》又云："昔太祖道武皇帝应天受命，开拓洪业，诸所制置，无不循古。以始封代土，后为魏，故代魏兼用，犹彼殷商。"则与《本纪》之言不应。今考太和二年《始平公造像记》云："暨于大代。"又太和七年《孙秋生造像记》首亦题"大代"，而《修中岳庙碑》于"太代"字又凡两见，又延昌三年《司马景和妻墓志铭》首题"魏代"，皆与《崔浩传》语合，则恐《本纪》疏矣。

碑 有 旁 注

大中六年杜殷撰《杜顺和尚行记》，"见"字旁注："胡甸反。"又咸通十三年郑仁表撰《左拾遗孔纾墓志》，"将"字旁注："去声。"始知有病旁注句字甚矣。旁注句、字，皆金石例所无也。又《孔碑》载故事，赤尉从相府得朱绂殿中，此县尉得侍御史之由，史志并缺之。

中 元 后 元

刘禹锡撰《杨岐山广禅师碑铭》，述广公始生之辰，岁在丁巳，当玄宗之中元，生三十而受具更腊，五十二而终，终之夕，岁值戊寅，当德宗之后元三月既望之又十日。碑刻纪年称中元、后元，亦他碑之希见也。

空 格 书

唐人临文遇推崇本朝字面，辄用空三格，或跳行书之，惟《汜水等慈寺碑》中独空一格，而《任城桥亭记》乃有空四格、六格、七格、十格不等，不能详其何义也。至《嵩高灵胜诗碑》则以"三川守"及"贤导"等字亦空三格，更不可解。

人 死 别 称

凡人死曰卒，曰没，曰疾终，曰溘逝，曰物故，曰厌世，曰弃养，曰捐馆舍，此人所熟知也。而颜鲁公撰《徐府君神道碑》云："夫人春秋六十有八，弃堂帐于相州之安阳。"又有称"启手足"者，独孤及撰《夫人韦氏墓志》云："启手足之日，长幼号咷。"又权德舆撰《杜岐公志铭》云："十一月辛酉，启手足于京师。"又梁肃撰《皇甫县尉志铭》云："启手足于嘉兴县私第。"又宋李宗谔撰《石保吉碑》云："启手足于丰义坊私第。"又有称"隐化"者，陈子昂为其父元敬志铭云："隐化于私宫。"又有称"迁神"者，柳宗元撰《崔敬志铭》云："迁神于舟。"又道士卒，有称"解驾"者，见《许长史旧馆坛碑》，有称"遁化"者，见颜鲁公撰《李元靖碑》。又女僧卒亦有称"迁神"者，见李志暕《唐兴圣尼法澄铭》。亦有称"迁化"者，见《唐宣化寺尼见行塔铭》，有称"舍寿"者，见《唐济度寺尼法愿志铭》。僧卒有称"迁形"者，亦有称"迁化"者，见《唐道安禅师塔记》及僧维新等经幢，有称"示灭"者，见刘禹锡《牛头山融大师新塔记》。

填　讳

《徐浩碑》为次子岘所书，倩张平叔填讳。《麻衣子神字铭》为孛述鲁翀所撰，二男孛述鲁远书文，时父已没矣，因倩李珩填讳。

尼称和尚

唐开元中，有《济度寺故大德比丘尼惠源和尚神空志铭》，又有《都景福尼灵觉龛铭》，亦称尼为和尚。按《通俗编》引《广异记》："大历时，某寺尼令婢往市买饼，见朱自劝，问曰：'汝和尚好否？'又云：'闻汝和尚未挟纩，今附绢二匹，与和尚作寒具。'"此皆唐时尼称和尚之证。

顾　命

古人上下皆得称顾命，《后汉书·赵咨传》云："子允不忍父体与土并合,欲更改殡,祇、建礨以顾命。"又《蔡中郎集》朱公叔墓前石碑:"其孤野受顾命。"《陈太丘碑》:"临没顾命。"《司空临晋侯杨公碑》:"寝疾顾命。"又《唐开元中镇军大将军吴文碑》:"公夫人之顾命,愿不合于双棺。"

单 名 空 格

今人题名中,凡单名者,每于姓下空一格书,令与二名者齐。或以为不典。按唐梁升卿书《御史台精舍碑》,其碑额、碑阴、碑侧题名者一千一百余人,凡单名者,中皆空一格书。今此碑现存,是唐已有此例也。

碑 志 异 文

昌黎作《王仲舒碑》,又作志,作《刘统军志》,又作碑。东坡作《司马公行状》,又作碑,其事虽同,而文词句律乃无一字相似者。蔡中郎为陈太丘、胡广作碑,及为二公作词铭,同者乃十七八。

李 斯 字

少时闻汀州府城外之苍玉洞有秦李斯字,意其为峄山枣木,本好事者摹刻于兹。后至汀郡,往游其地,岩石崎嵚,如壁如广,镌前人题咏颇多,而无所谓李丞相字者。既阅府志,《古迹门》云:"苍玉洞中一石,肤理光莹,镌李斯'寿'字,与今篆文颇异。"乃知向所闻者即此。夫李斯始作小篆,其时并无隶书,今此直是楷书,绝不见古朴之致。流俗传讹,固无足怪,而周栎园先生《闽小纪》亦以为斯翁书,何哉?

诸 葛 砖

四川成都贡院,相传是蜀汉宫基,至公堂上屋瓦,尚多旧物,质坚而细,与铜雀瓦相似,可以为研。每方纵横约皆尺余,旁有小字云:"臣诸葛亮造。"素禁窃匿,故士子出场,亦必搜检,后因防范匪易,于乾隆三十年尽行拆卸解京。此《一斑录》所据蜀人之言,并云伊家现有瓦一片,不知确否。姑志之,亦不知解京现存何所,何以无一人得见者?

瘗鹤铭旧拓本

丁儿从吴门以重价购得《瘗鹤铭》旧拓本,有翁覃溪师跋。然楮墨未精,颇无神采,尚不及余斋旧藏之残拓一纸。今年携至扬州,呈云台师,以为真旧拓也,惜止七字耳。未几,从孟玉生处购得一册,存二十五字,册前有姜镛题八分字,似是康熙年间所作。此迹亦至宝,海内之所希,惜姜镛未详其人耳。

绝 域 金 石

纪文达师《笔记》云:"嘉峪关外有阔石徒岭,阔石徒译言碑也。有唐太宗时侯君集平高昌碑,在山脊,守将砌以碑石,不使人读,云读之则风雪立至,屡试皆不爽。故至今并无拓本。"又云:"喀什噶尔山洞中石壁劚平处,有人马像,回人相传是汉时画也,颇知护惜,故岁久尚可辨。汉画如《武梁祠堂》之类,仅见刻本,真迹则莫古于斯矣。后戍卒燃火御寒,为烟气所薰,遂模糊都尽。惜当时尤画手橐笔其间,描摹一纸耳。今人喜收罗金石书画,而不知沦在绝域,为耳目所不经见者,尚如此之多也。"

买 王 买 褚

宋、齐之际,人语曰:"买王得羊,不失所望。"盖时重大令,而敬元为大令门人,妙有大令法者也。唐中、睿之季,人语曰:"买褚得薛,不落其节。"盖时重河南,而少保为河南甥,妙有河南法者也。二事可成切对。

苏 米 署 名

相传苏行书署名,草头右先横;米行书草头,右先直。此言于米,犹未尽合。盖"米"之上半,乃从丷,并非草头,作者当先两直,后两点,凡米款真迹皆如此。其下半系先作一,次作门,次中直透上而下,实即"米"字省文耳。虽行草皆可以此辨之。若伪米迹之款,则直于草头下加市矣,岂通人如海岳,乃至自误其名乎?米书款,自元祐六年以前皆作"黻",六年以后始改书作"黻",是元祐辛未年也。

书 画 精 鉴

虞山钱曾云:"唐太宗临右军书,作'戬'字,虚其戈,以令虞世南足之,示魏徵。徵曰:'圣作惟戈法逼真。'明成祖观一画,群臣皆以为赵千里,滕用亨独定为王晋卿。展视卷尾,果有诜名。必如此,始可谓之精鉴。"

王晋卿索苏书

王晋卿贻东坡书云:"吾日夕购子书,近又以三缣博两纸。子有近书,当稍遗我,毋费我多绢也。"东坡乃以澄心堂纸、李承晏墨,书黄州作《黄泥坂词》并《跋》二百余言遗之。

鲜于伯几诗刻

余旧藏鲜于伯几扬州诗四十韵卷,付恭儿守之。今年小住邗上,恭儿偶以呈阮太傅师,师谓此元末诗翰一大观,且有关邗江故实,亟应钩摹上石,藏之扬州。适黄右原比部亦欣然为市石礲书,选工镌勒。按鲜于款谓作于至元癸巳,是元世祖之三十年。鲜于生于元宪宗七年丁巳,终于大德六年壬寅,此其三十七岁所作。卷后旧有范昌、刘天爵二跋,皆未详其人,且字亦不甚佳,故均未入石。据刘跋,谓此诗为《困学集》中所未载。余检《扬州府志》,亦无此诗,近日拓得察院廨中所立鲜于书《御史台箴碑》,似由展转翻摹,非出困学手书,远逊此迹。此吾师所以亟于勒石也。师有别业在邗上农桑,今即将此石陷于亭壁,使远近观者皆可椎拓,亦公诸同好之盛心云尔。

李 待 问

云间李待问,字存我,自许书法出董宗伯上。凡里中寺院有宗伯题额者,李辄另书以列其旁,欲以示己之胜董也。宗伯闻而往观之,曰:"书果佳,但有杀气,恐不得其死。"后李果以起义阵亡,宗伯洵具眼矣。又相传宗伯以存我之书若留于后世,必致掩己之名,乃阴使人以重价收买,得即焚之。故李书至今日殊不多见也。此与赵松雪焚鲜于伯机书正同,皆恐系无稽之语耳。

思 翁 书 品

尝见昔人论思翁书:"笔力本弱,资制未高,究以学胜,秀绝故弱。秀不掩弱,故上石辄减色。凡人往往以己所足处求进,伏习既久,必至偏重,画家习气亦于此生。习气者,即用力之过,不能适补其本分之不足,而转增其气力之有余。是以艺成,习亦随之。惟思翁用力之久,如瘠者饮药,令举体充悦光泽而已,不为腾溢,故宁见不足,毋使有余。其自许渐老渐熟,乃造平淡,此真千古名言,亦一生甘苦之至言也。"此恽南田与石谷论书画语,颇有精理。

记 笔 三 则

卢言《杂说》云:"世传宣州陆氏世能作笔,家传右军与其祖求笔。后子孙犹能作笔。至唐柳公权求笔于宣州,先与二管,谓其子曰:'柳学士能书,当留此笔,如退还,即可以常笔与之。'未几,柳以为不入用，遂与常笔。陆云：'先与者非右军不能用，柳信与之远矣。'"

世俗言蒙恬始造笔，非也。《尚书中候》言神龟负图，周公援笔写之；又《援神契》言孔子作《孝经》，簪缥笔；是周、孔时已有笔矣。成公绥有《弃故笔赋》云："有仓颉之奇生，列四目而并明。乃发虑于书契，采秋毫之颠芒。加胶漆之绸缪，结三束而五重。建犀角之玄管，属象齿于纤锋。"是笔之制，已备于仓颉时矣。《淮南子·本经训》云："仓颉作书，鬼夜哭。"高诱注："鬼或作兔，兔恐取毫作笔，害及其躯，故夜哭。"制笔率用兔毫，或用羊毫、鸡毛、鼠须、狼毫、貂毫。此外有用鹿毛者，见《中华古今注》；有用麝毛、狸毛者，见《朝野佥载》及《树萱录》；有用狨毛、獭毛者，见黄山谷《笔说》；有用鹅毛者，见白香山诗；有用猩毛者，见王荆公诗；有用雉毛者，见《博物志》；有用猪毛者，见王佐《文房论》；有用胎发者，见唐齐己诗；有用人须者，见《岭南异物志》。

制笔谓之茹笔，盖言其终日含毫也。《笠泽丛书》有《哀茹笔工》诗；林逋集有《美葛生所茹笔》诗。今制笔者尚守此法，但以口铦之使圆，而茹笔之名，鲜有人道者矣。

记 纸 四 则

昔苏文忠公尝书赫蹄云："吾此纸可以劖钱祭鬼，后五百年，当受百金之享。"当时人或嗤之。然至今日，又岂止百金之享已哉！

纳兰成德《渌水亭杂识》云："文衡山曾见一纸，广二丈，赵文敏不敢作字，题记而已。不知纸工以何器成之。"

王东溆《柳南续笔》云："太仓王文肃家，有宋笺，可长十丈，米元章细楷题其首，谓此纸世不经见，留以待善书者。后公属董思翁书之，思翁亦欣然曰：'米老所谓善书者，非我而谁？'遂书满幅。"

南唐澄心堂纸，陈后山以谓肤如卵膜，坚洁如玉，此必亲见其纸之言。然在宋时，已称罕觏，故刘功父诗云"当时百金售一幅，澄心堂中千万轴。后人闻此那复得，就使得之亦不识"是也。余家藏李龙眠《白描罗汉卷》，文二水跋以为是澄心堂纸，其坚白异于他纸。又藏李后主行书册，则纸质稍厚，色又微黄，疑当时纸色不必一律，必谓澄心堂纸白色者,无据也。

特　健　药

往见收藏家于旧书画之首尾,或题"特健药"字,亦有取为篆印者。考《法书要录》载武平一《徐氏法书记》曰:"驸马武延秀阅二王之迹,强学宝重,乃呼薛稷、郑愔及平一评其善恶。诸人随事答称,为上者题云'特健药',云是突厥语。"其解甚明。乃《辍耕录》不喻其义,而《香祖笔记》又以字义穿凿解之,益误矣。

写　真

吾闽曾波臣以传神擅名,如镜之取影,为写真绝技。《图绘宝鉴》称其开辟门庭,前无古人。先此惟戴文进为妙艺,相传永乐间文进初到南京,将入水西门,转盼之际,一肩行李被脚夫挑去,莫知所之。文进遂向酒家借纸笔,追写其像,聚众脚夫认之。众曰:"此某人也。"同往其家,果得行李。又相传吴小仙春日同诸王孙游杏花村,酒后渴甚,从竹林中一姬索茶饮之。次年复至其地,姬已下世。小仙目想心存,遂援笔写其像,与生时无异,姬之子为哭失声。

黄　要　叔

蜀广政中,淮南道通聘信币,中有生鹤数只,蜀主命黄筌写于殿壁。警露者,啄苔者,理毛者,整羽者,唳天者,翘足者,精彩态度,更愈于生,往往致生鹤立于画侧。蜀主叹赏,遂目为六鹤殿。又新构八卦殿,命筌于四壁画四时花竹、兔雉、鸟雀。时五坊使呈雄武军所进白鹰,误认殿上画雉为生,掣臂者数四,蜀主叹异,命学士欧阳炯撰《壁画奇异记》,见《益州名画录》。又蜀后主尝诏筌于内殿观吴道玄画钟馗,乃谓筌曰:"此吴画以右手第二指抉鬼之目,不若以拇指为有力。"命筌改进。筌于是不用道玄之笔,别改以拇指抉鬼目者进焉。

后主怪其不如旨,筌曰:"道玄所画者,眼色意思皆在第二指。今臣所画,眼色意思俱在拇指。"后主视之不妄,乃喜,见《宣和画谱》。米氏《画史》云:"苏子美所藏黄筌《鹩鸽图》,只苏州有三十本,更无少异。今院中作屏风画,率用筌格,稍旧退出,却无处可辨。"又东坡《与钱济明书》云:"家有黄筌画龙,跋起两山间,阴威凛然。旧作郡时以祈雨,有应。"然则筌画之难辨而可宝,自宋时已然矣。

蒲　延　昌

蒲延昌于广政中进画,授翰林待诏。时福感寺僧模写宋展子虔狮子于壁,延昌见之曰:"但得其样,未得其笔。"遂画《狮子图》以献。时王昭远公有嬖妾患痁,以之悬于卧内,其疾顿减。怪而问之,对曰:"昔梁昭明太子以张僧繇狮子愈疾,名曰辟邪。其来久矣。"亦见《益州名画录》。

小 李 将 军

人但知李思训之子昭道称小李将军,而不知成都李升小字锦奴,画得思训笔法,同时与昭道声闻并驰,亦称小李将军。见《宣和画谱》及《益州名画录》。

易　元　吉

米襄阳《画史》云:"易元吉,徐熙后一人而已。世但以猿獐称之,可叹。"或曰:元吉尝画孝严殿壁院,人妒其能,只令画猿獐以进,后且为人所鸩。

华　光　僧

画梅花者,始于北宋之僧仲仁,而著于南宋之杨补之。仲仁,会稽人,住衡州华光山,陶宗仪《画史会要》所称"华光长老"也。黄山谷诗:"雅闻华光能墨梅,更乞一枝洗烦恼。"其为当时所重如此。曾敏行《独醒杂志》载绍兴初,有华光寺僧来居清江慧力寺,士人杨补之、谭逢原与之往来,乃得仲仁之传。

无　李　论

宋刘道醇《圣朝名画评》称:景祐中,李成之孙宥为开封尹,命相国寺僧惠明购成之画,倍出金币,归者如市。米元章为作《无李论》,耳食者遂谓世无李画,不知米论但就一时言之也。

合　作　画

南唐李后主有与周文矩合作《重屏图》,见《清河书画舫》。关全画山水入妙,然于人物非工,每有得意者,必使胡翼主人物,见《德隅斋画品》。此皆后世画人合作之始也。

倪　云　林

《式古堂画考》有倪元镇设色画,款署"天顺三年春三月松云隐林倪瓒"。其再题款,已作"瓒"字,则在至元四年也。董思翁跋云:"云林画,世无设色者,此亦一奇。"

高　房　山

高房山《春云晓霭图》立轴,《销夏录》所载,乾隆间,苏州王月轩以四百金得于平湖高氏。有裱工张姓者,以白金五两买侧理纸半张,裁而为二,以十金属翟云屏临成二幅,又以十金属郑雪桥摹其款印,用清水浸透,实贴于漆几上,俟其干,再浸再贴,日二三十次,凡三月而止。复以白芨煎水,蒙于画上,滋其光润,墨痕已入肌里。先装一幅,因原画绫边上有"烟客江村"图记,复取"江村"题签嵌于内。毕涧飞适卧疴不出房,一见叹赏,以八百金购之。及病起谛视,虽知之已无及矣。又装第二幅携至江西,陈中丞以五百金购之。今其真本仍在吴门,乃无过而问之者。

宝　绘　录

前明崇祯间,有云间张泰阶者,集所选晋、唐以来伪画二百件,刻为《宝绘录》,凡二十卷,自六朝至元、明,无家不备。宋以前诸图,皆杂缀赵松雪、俞紫芝、邓善之、柯丹丘、黄大痴、吴仲圭、王叔明、袁海叟十数人题识,终以文衡山,而不杂他人。览之足以发笑,岂先流布其书,后乃以伪画出售,希得厚值耶?《四库书提要》云:"《宝绘录》二十卷,上海张泰阶撰。泰阶字爱平,万历己未进士,家有宝绘楼,自言多得名画真迹,持论甚高。然如曹不兴画,据南齐谢赫《古画品录》,已仅见其一龙首,不知泰阶何缘得其《海戍图》。又顾恺之、陆探微、展子虔、张僧繇,卷轴累累,皆前古之所未睹。其阎立本、吴道玄、王维、李思训、郑虔诸人,以朝代相次,仅厕名第六、七卷中,几以多而见轻矣。揆以事理,似乎不近,且所列历代诸家跋语,如出一手,亦复可疑也。"

沈　石　田　世　家

《式古堂画考》载沈贞吉、恒吉山水两种。贞吉名贞,字南斋,又字陶庵,又号陶然道人。其弟恒吉,名恒,字同斋,号緆庵,即启南之父也。他书即以贞吉、恒吉为名,误矣。贞吉自题画云:"一竿风月,一蓑烟雨,家傍钓台西住。卖鱼生怕近城门,况肯到红尘深处。潮生解缆,潮平鼓枻,潮落放歌归去。时人错认严光,自是无名渔父。八十三翁沈贞题于有竹居。"恒吉自题画云:"此老粗疏一钓徒,服也非儒,状也非儒。年来只为酒糊涂,朝也村酤,暮也村酤。胸中文墨半些无,名也何图,利也何图。烟波染就白髭须,出也江湖,处也江湖。

时雨方霁，寤寐北窗，展玩古法书名笔，聊为作此，赠诚庵老友一笑。沈恒。"观此，知启南以词画名家，渊源有自。启南寿至八十三，其父恒吉亦六十有九，贞吉则题画之年已八十三，一家老寿，所谓烟云供养者，良不虚乎。《清河书画舫》云："传闻覼庵之父曰兰坡，尤能鉴赏书画，游心艺苑。"而《弇州续稿》载启南之弟名幽，字翊南，善画。《梅村文集》又载启南之孙名湄，字伊在，画学赵承旨。则家学相传，前辉后光，益远矣。

江山雪霁卷

王右丞《江山雪霁卷》，董思翁所称"海内墨皇"者也。本为华亭王氏嫁奁中物，后归娄东毕部郎涧飞，其值千三百金。卷长六尺，绢光腻如纸，其色略起青光，画绝工细，但有轮廓，都不皴染，而微露刻画之迹。其笔意惟李成、赵大年略相似，北宋后无此画法也。旧无题识，只文衡山隶书引首，及董思翁、冯开之、朱元价诸跋而已。部郎之兄秋帆制军欲得，靳固不与。扬州吴太史杜村数往就观，部郎感其意，谓言能固守勿失，即以付子，太史额之，遂偿值捧归，坐卧必与俱。后游江右，陈望之中丞索观，诡言不在行箧中，度必诣寓斋穷搜，乃对卷先叩头致罪，权置榻下，杂溷器之侧。告之曰："绍浣今日有难，暂屈君处此。客去，即请公出，焚香以谢。"中丞来，遍觅不得，目及榻下，太史色动，遂攫之而出。因约假观数日，至期索之，匿不出见，命其子妇、太史之妹转述翁意，出三千金求此卷，复厚赍之。时太史旋囊已馨，妹以哀词求之，坚持不可，强索而归。

海天落照卷

王弇州跋李昭道《海天落照图》云："真本为宣和秘藏，转落吴城汤氏。嘉靖中，有郡守以分宜子太符意迫得之，汤见消息非常，乃延仇实父别室摹一本，将为米颠狡狯，而为怨家所发。守怒甚，将致巨测，汤不获已，因割陈缉熙等三诗于仇本后，而出真迹，邀所善彭孔嘉辈置酒泣别，摩挲三日，而后归守，以归大符。大符家名画近千卷，皆出其下。寻坐法，籍入天府。隆庆中，一中贵携出，其小珰窃之。时朱忠僖领缇骑，密以重赏购之。中贵诘责甚急，小珰惧而投诸火。余归息弇园，汤氏偶以仇本见售，为惊喜，不论值收之。"按孙月峰言"徐文贞家有此图数本，多为人乞去，今有最下一临本尚存，犹自可喜。其所图日光之闪烁明暗，及水中日色，海滨人瞻望，与夫薄暮人争赴家，市人收拾市物，形状踊跃如生，不可毕述"云云。然则实父只摹一本，弇州所得，恐又是仇本之重僵。忆余少日里居，亦曾见一本，但觉光彩夺目。惜尔时不知辨验款跋、稽证源流耳。

秋　山　卷

余在吴中，有以恽南田尺牍册来者，因价昂不果售，但录其记《秋山卷》始末云："董思翁尝谓黄一峰墨妙在人间者，惟润州修羽张氏所藏《秋山图卷》为第一，非《浮岚》、《夏山》诸图所可伯仲。间以语王烟客奉常，谓君研精绘事，以痴老为宗，然不可不见《秋山图》。奉常惧然，向宗伯乞书为介，并载币以行，抵润州，先以书币往。比至，门庭阒然，虽广厦深闳，而厅事惟尘土，鸡鹜粪草几满。奉常大诧，心疑是岂藏一峰名迹家耶？已闻重门启钥，僮仆扫除，主人肃衣冠揖客入，张乐庀具，备宾主之欢。继出《秋山图》示奉常，一展视间，骇心洞目。其图乃用青绿设色，写丛林红叶，翕翕如火。上起正峰，纯是翠黛，用房山横点积成，白云笼其下，云以粉汁淡之，彩翠烂然。村墟篱落，平沙小桥相映带，灵奇而浑厚，色丽而神古，视向所见诸名本，皆在下风，始信思翁叹绝非过。奉常既见此图，观乐忘声，当食忘味，神色无主，明日停舟，使客说主人，愿以金币相易，惟所欲。主人哑然笑曰：'吾所爱，岂可得哉！不得已，暂假往都下，归时见还。'时奉常气甚豪，谓终当有之，竟谢去。既而奉常抵京师，奉使南还，道京口，重过其家，阍人拒勿纳矣。问主人，对以他往。因请前图一过目，使三反，不可，重门扃钥、粪草积地如故，徘徊淹久而去。奉常既昼夜念此图不可得，后与石谷述其事，为备言当日寓目间，如鉴洞形，毛发不隔，口摹手拟，恍若悬一图于眼中者。其时思翁弃世久，藏图之家亦更三世，未知此图存否何如每与石谷相对叹息。适石谷将有维扬之行，奉常曰：'能一访《秋山》否？'以手书属石谷携书往来吴阊间，对客言寄之客奉常语。立袖书于贵戚王长安氏，王氏果欲得之，亟命客渡江物色。于是张氏之孙某，悉取所藏彝鼎法书名迹来，王氏大悦，延置上座，出家姬合乐享之。张氏遂以彝鼎法书名迹合抵千金为寿，一时群知《秋山》妙迹已归王氏。王氏遣使招娄东二王公来会，时石谷先至，便诣贵戚。揖未毕，大笑乐曰：'秋山图已在吾橐中。'立呼侍史取观之。展未及半，贵戚与诸食客皆觇石谷辞色，谓当狂叫惊绝；比图穷，惝恍若有所失。贵戚心动，唶曰：'得无有疑乎？'石谷唯之曰：'信神物，何疑？'须臾，传奉常来。奉常先在舟中，呼石谷，惊问：'王氏果得《秋山》乎？'石谷曰：'昔日先生所说，历历不忘，今否否，乌睹所谓《秋山》哉？虽然，愿先生勿遽语王氏。'奉常既见贵戚，展图，辞色一如石谷，强为叹羡，贵戚愈益疑。顷元照亦至，石谷义先谕意，元照亦诺之，乃入，大呼：'《秋山》来'，披指灵妙，赞叹缅缅不绝口，戏谓非王氏厚福，不能得此奇宝。于是王氏释然安之。嗟夫！奉常曩所观者，岂梦境耶？抑神物变化不可测耶？其家无他本，人间无流传，昔奉常捐千金而不得，今贵戚一弹指而取之，可怪已。岂知既得之，而复有涾讹颠错？王氏诸人，至今不寤，不亦重可怪乎！石谷为予述此，且订他日同访《秋山》真本，或当有如萧翼之遇辨才者。"

米画不过三尺

米襄阳自言作画只作横挂三尺轴，宝晋斋中所悬长亦不过三尺，乃不为椅所蔽，人行过，肩汗不着。

杨二山鉴赏

孙月峰《书画跋》谓杨二山太宰雅好书画，每向飞凫人曰："有假者持来我买，真迹重价我买不起。"此是本色人语，然往往亦得佳者。

宋漫堂鉴赏

宋漫堂自言善鉴别书画,能于暗中摸而嗅之,便可定其真伪。此语似欺人,而实有此理,盖所见古迹多,而又有神解悟入,非可与浅人道也。《筠廊随笔》载合肥许太史_{孙荃}家藏画鹑一轴,陈章侯题曰:"此北宋人笔。"人不知出谁氏之手。公览之,定为崔白画,座间有窃笑者,以为姑妄言之耳。少顷持画向日中曝之,于背面一角,映出图章,文曰"子西",子西即白号,众始叹服。后此事传至黄州,司理王俟斋_丝犹未深信。一日宴客,厅事悬一画,公从门外舆上辨为林良画,迨下舆视之,果然。俟斋为心折。

王弇州鉴赏

朱国桢《涌幢小品》云:"王弇州不善书,好谈书法。其曰:'吾腕有鬼,吾眼有神。'此说一唱,于是不善画者好谈画,不善诗文者好谈诗文。古语云:'知者不言,言者不知。'吾友董思白于书画一时独步,然对人绝不齿及也。"其诋诶弇州至矣。然弇州品题书画,赏鉴家实不以为谬也。王弇州购得赵文敏《济禅师塔铭》,为之跋云:"月来买文,钱为之一洗,恐儿辈厌,不能浮大白快赏之。"按此与王右军以丝竹陶写,恒恐儿辈觉,情事正同,然一恐觉,一恐厌,两家儿遂分高下。而一不废丝竹,一不能浮大白,古今人信不相及乎?

王百穀题跋

《式古堂书画考》载:赵岩《神骏图卷》后有松雪翁书苏东坡诗,跋云:"赵岩所画,深得曹、韩笔法。余亦好画,何能及也。故以杜子美诗书之。大德五年菊节,子昂。""杜子美"三字实偶笔误,而王伯穀跋乃谓"拾遗集无此作,古今词人之作散逸不传者,宁独此歌,余按图索骏,乃并得诗,恐非天厩真龙,不传老杜雕龙"云云。此何异痴人说梦乎。

牧　牛　图

《昨梦录》载：南唐李后主有《牧牛图》，献于宋太宗，图中日见一牛，食草栏外，而夜宿栏内。太宗以询群臣，皆莫知之，独僧赞宁曰："此海南珠脂和色画之，则夜见；沃焦山石磨色画之，则昼见。各一牛也。"按珠脂别无经见，沃焦山亦非人迹所能到，恐此系一时取辨应对。丘至纲《俊林机要》则以为用大蚌含胎结珠未就如泪者，立取和墨，欲日见者于日下画，欲夜见者于月下画。此说似尚近理，然珠泪恐亦难得，此事究未经亲试，不敢遽断其是非矣。

考　试　画　师

前明英宗试天下画师于京中，以"万绿枝头红一点，动人春色不须多"为题。诸画工皆于花卉上妆点，独戴文进画天松顶立一仙鹤。一人画芭蕉下立一美人，于唇上作一点红，朝廷竟取画美人者。时皆为戴惜不遇。余谓戴画用意固高，然于春色二字究未关会也。或云，此是宋徽宗时画工戴德淳事。德淳画"蝴蝶梦中家万里"，作苏武牧羊卧草蝶中，亦善用意。

张　翼

《兰亭续考》载：王逸少尝作意书表上穆帝，帝使张翼择纸色长短相类者临写，而题后答之。初视亦不觉，详视乃叹曰："小儿乱真乃尔耶！"是在当时已自疑如此。

任　靖

纪文达师曰："右军杂帖多任靖代书，盖靖学书于右军，后大令又

学书于靖也。事见陶弘景《与武帝论书启》，今尚在《隐居集》中。此
事人多不知，即历代书家传记亦佚其名，盖不幸而湮没耳。"

有　笔　有　墨

张青父云："古人论画，必曰有笔有墨，人多不深究其理。盖但有
轮廓而无皴法，即谓之无笔；有皴法而无轻重、向背、明晦，即谓之无
墨。古人有云：'石分三面。'此语是笔亦是墨，可参之。"惟昔人尝见
王右丞《江山雪霁图》，但有钩勒而无皴染，则岂得谓之无笔乎？

浪迹丛谈卷十

诗　话

寄庑邗江，长夏无事，儿辈每喜听余谈诗。余谓论诗要旨已具《退庵随笔》中，兹复记忆旧闻若干条应之。积日又成卷帙，不敢言诗话，仍附之《丛谈》，以备遗忘云尔。

叠　字　诗

诗中用叠字，实本《三百篇》，后人乃复错综变化之。有一句三叠字者，吴融《秋树》诗"一声南雁已先红，槭槭凄凄叶叶同"是也。本朝查初白"滔滔浩浩滚滚然"句用之。有一句连三字者，刘笃诗"树树树梢啼晓莺，夜夜夜深闻子规"是也。有两句连三字者，《木兰词》"军书十二卷，卷卷有爷名"及白乐天诗"新诗三十轴，轴轴金玉声"是也。有一句四叠字者，《古诗》"行行重行行"、《木兰词》"唧唧复唧唧"是也。有两句互叠字者，王胄诗"年年岁岁花常发，岁岁年年人不同"是也。有三联皆叠字者，《古诗》"青青河畔草"六句是也。有七联皆叠字者，昌黎"南山延延离又属"十四句是也。

倒　用　成　字

王渔洋《居易录》云："韩诗多倒用成字。"盖本诸《三百篇》。孙季昭《示儿编》所拈，如中林、中谷、中河、中路、中田、家室、裳衣、衡从、稷黍、瑟琴、鼓钟、斯螽、下上、羊牛、甥舅、孙子、女士、京周、家邦、鼐鼎、息偃之类，不一而足。

宋左彝论诗

宋左彝大樽《茗香诗论》，语多沉著，而尤有警切可以教人者。如云："物之无益于人者，人弗贵之，史称严君平卜筮于成都市，以为卜筮者贱业，而可以惠众，人有邪恶是非之间，则依蓍龟为言利害。与人子言依于孝，与人弟言依于顺，与人臣言依于忠，各因势导之以善，从者已过半矣。然则诗之能益人，亦何间于穷达哉。如此则庶乎其道尊。"又云："曲写闺怨，如水益深，如火益热，非教也。'我心匪石'，言性不可改；'不能奋飞'，言义不可去；'实命不犹'，言命不可挽。《蝃蝀》止奔，曰'不知命也'，知命若此，不知命若彼，于古英雄失足，岂不以此哉！"

谢康乐诗

谢康乐"池塘生春草，园柳变鸣禽"之句，自谓语有神助。后人誉之者，遂以为妙处不可言传，而李元膺又谓反覆此句，实未见有过人处，皆肤浅之见也。记得前人有评此诗者，谓此句之根在四句以前，其云："卧疴对空床，衾影昧节候。"乃其根也。"褰帏暂窥明"以下，历言所见之景，至"池塘生春草"，始知为卧病前所未见者，而时节流换可知矣，次句即从上句生出，自是确论。若《吟窗杂录》谓灵运因此诗得罪，托为阿连梦中之语，遂有"王泽竭，时候变"之评。夫古来诗案之周纳人罪者多，于论诗何与乎？

陶靖节诗

陶渊明爱菊，人皆知之，而于松亦三致意焉。如"三径就荒，松菊犹存"，下又云"景翳翳以将入，抚孤松而盘桓"。"青松在东园，众草没其姿"，下又云"连林人不见，独树众乃奇"，皆以自况也。东坡论陶公《乞食》诗云："饥寒常在身前，功名常在身后，二者不相待，此士之所以穷也。"然《苕溪渔隐丛话》称渊明隐约栗里、柴桑之间，或饭不足；及颜延之送钱二十万，即日送酒家，其旷达又如此。

河　梁　诗

今人赠行诗，辄以河梁为言，谓托始于李陵《与苏武》诗，有"携手上河梁，游子暮何之"句也。不知《河梁》之作，已见《吴越春秋》，云勾践攻秦，军士苦之，会秦怖惧，遂自引咎，越乃还军。军人悦乐，乃作《河梁》之诗。

太　白　诗

客有语余曰："太白《早发白帝城》诗云：'两岸猿声啼不住。'考《水经注》瞿塘峡多猿，不生北岸，非惟一处，或有取之放著北山中，初不闻声，将同貉兽渡汶而不生矣。然则白诗误。"余曰："此考据固精，然诗家则不应如此论也。"

温　飞　卿　诗

吴修龄乔曰："凡诗意之隐僻者，词多纡回婉转，必须发明。如温飞卿《过陈琳墓》，诗意有望于君相也。飞卿于邂逅无聊中，语言开罪于宣宗，又为令狐绹所嫉，遂被远贬。陈琳为袁绍作檄，辱及曹操之祖先，可谓刻毒矣，操能赦而用之，视宣宗何如哉！又不可将曹操比宣宗，故托之陈琳，以便于措词，亦未必真过其墓也。起曰'曾于青史见遗文，今日飘零过古坟'，言神交以叙题面，引起下文也。'词客有灵应识我'，刺令狐绹之无目也。'霸才无主始怜君'，怜字诗中多作羡字解，因今日无霸才之君、大度容人之过如孟德者，是以深羡于君耳。'石麟埋没藏春草'，赋实境也。'铜雀荒凉起暮云'，忆孟德也，此句是一诗之主意。'莫怪临风倍惆怅，欲将书剑学从军'，言将受辟于藩府，永为朝廷所弃绝，无复可望也。怨而怒，可谓深得风人之意矣。"

李 长 吉 诗

王厔堂_{士俊}《詹言》云："向闻人言：李长吉集中无七言律。一日读《南园》绝句第十一首，嫌语意未完，急以第十二首连读之，始知本为一首而误分者。诗曰：'长峦谷口倚嵇家，白昼千峰老翠华。自履藤鞋收石蜜，手牵苔絮长莼花。松溪黑水新龙卵，桂洞生硝旧马牙。谁遣虞卿裁道帔，轻绡一幅染朝霞。'"

徐筠亭说唐诗

徐筠亭_{时作}曰："孟襄阳诗'气蒸云梦泽，波撼岳阳城'，杜少陵诗'吴楚东南坼，乾坤日夜浮'，力量气魄已无可加。而孟则继之曰'欲济无舟楫，端居耻圣明'，杜则继之曰'亲朋无一字，老病有孤舟'，皆以索寞幽渺之情，摄归至小。两公所作，不谋而合，可见文章有定法。若更求博大高深之语以称之，必无可称，而力靡无完诗矣。"

陈午亭说杜诗

陈泽州相国《午亭文编》中有《读杜律话》二卷，所解有胜于前人者。如："晴窗点检白云篇"，前人求其说而不得，遂以汉武《秋风词》"白云飞"当之。按《汉书·郊祀志》："天子封泰山，其从若有光，昼有白云出封中。"《唐书》："开元十三年封泰山，藏玉册于封祀坛之磩。"所谓"白云篇"，疑即指此，时杜公方献《三大礼赋》，又欲奏《封西岳赋》。如此解白云二字较明，上下文义亦贯。又"披垣竹埤梧十寻"，埤字解者各异，不知埤与卑同，言竹埤梧高也。《晋语》："松柏不生埤。"《汉书·刘向传》："增埤为高。"《子虚赋》："其埤湿则生苍莨蒹葭。"皆可证埤与卑之通用。又"曾惊陶侃胡奴异，怪尔常穿虎豹群"。陶侃之奴，旧注皆不知所出。窃疑陶侃当是陶岘之误，岘有昆仑奴名摩诃,善泅水,后岘投剑西塞江,命奴取,久之,奴支体磔裂,浮水上。
陶奴入水,卒死蛟龙;公奴入山,宜防虎豹:因事相类而用之。又云:
《诸将五首》,当合而观之,又当分而观之。一“汉朝陵墓”,二“韩公”
“三城”,三“洛阳宫殿”,四“扶桑铜柱”,五“锦江春色”,皆以地名起。
一、二作对,一责代宗时御吐蕃诸将,一责肃宗初讨禄山诸将,其事相
对,其诗章法句法亦相似。三、四作对,一举内地削,以责宰相临边之
将徒烦输挽,一举远人畔,以责藩镇兼相之将不能镇抚,其事相对,其
诗章法句法亦相似。末则另为一体。读杜诗者以此类推,亦可想当
日炉锤之苦,所谓“晚节渐于诗律细”也。又云:“夔府孤城落日斜”,
此当与第一首“孤舟”例看,盖以客子言之,虽蜀麻、吴盐、清秋万船,
不碍其为“孤舟”;虽白帝、夔州两城相连,赤甲、白盐间阎阓缭绕,不碍
其为“孤城”也。“每依北斗望京华”,“北斗”或作“南斗”,或又引《三
辅黄图》云汉初长安城狭小,惠帝更筑之,南为南斗形,北为北斗形,
至今人呼斗城,谓之南北皆可。其说亦非,秦城上直北斗,北斗之宿
七星,第一主帝为枢星。上句言“日”,此句言“斗”,又言“望京华”,以
类而言,非南斗明矣。公诗多用北斗,如“秦城近斗杓”之类。“奉使
虚随八月槎”,非谓乘槎到天河徒为虚语。盖此“乘槎”亦与第一首
“孤舟”相映,乘槎可到天河,今系舟不能至京华,故曰“虚随八月槎”
也。“清秋燕子故飞飞”,燕子是将去之物,“故飞飞”者,若见客不去,
故以飞飞将去嘲之。《云安子规诗》“客愁那听此,故作傍人低”,两
“故”字意同。“匡衡抗疏功名薄”,旧解太略。公于天宝初应进士不
第,献《三大礼赋》,授河西尉,改右卫率府胄曹参军,此与衡初以文学
射策科甲不应令,除大常掌故,调平原文学略似。后于至德初,拜行
在左拾遗,以上疏救房琯获谴,得免推问,未几出为华州司户参军,遂
弃官流寓于蜀。广德初,召补京兆功曹,不赴,二年,严武表为节度参
谋、检校工部员外郎,未几辞幕府离蜀,大历初至夔。视衡由史高幕
入朝廷,上疏,至丞相,奉侯,果何如乎!注家于衡之文学经术与史高
辟荐本末,皆不及,然则古来抗疏者多,何独以衡为言乎?“刘向传经
心事违”,旧注亦太略。公献赋授官,与向初献宣帝赋颂数十篇亦略
同,后遂流滞于外,不能入朝,欲如向之数进数退、传经以寄忠恉,得

乎？衡之抗疏，多传经义，向之传经，亦讽时政。其前后疏多及经义，故云。

李文贞公说杜诗

吾乡安溪李文贞公于诗未为精诣，而说诗则时有创解。如云："凡诗以虚涵两意见妙，如杜《秦州杂诗》'水落鱼龙夜，山空鸟鼠秋'两句，夜则水落鱼龙，秋则山空鸟鼠，此一说也；鱼龙之夜，故闻水落，鸟鼠之秋，故见山空，又一说也。《秋兴》诗'丛菊两开他日泪，孤舟一系故园心'，居夔而园菊两度开花，则羁旅之泪非一日矣，又见一孤舟系岸而动归心，此一说也。观花发而伤心，则他日之泪乃菊所开，见孤舟而思归，则故园之心为舟所系，又一说也。盖二意归于一意，而著语以虚涵取巧，诗家法也。"又云："能学杜者，无过于李义山，而义山诗中，又以'永忆江湖归白发，欲回天地入扁舟'二语为最似杜。言己长忆江湖以归老，但志犹欲斡回天地，然后散发扁舟耳。"按此解实前人所未及，杜老《寄章十侍御》诗云："指挥能事回天地。"此义山"回天地"三字所本。

苏斋师说杜诗

余弱冠即喜为五、七言诗，而于诗义实茫无所知也。四十岁还京师，游苏斋之门，始得略闻绪论，则悉非旧所得闻者。尝以杜诗"阴何苦用心"语质之苏斋师，师曰："杜言'孰知二谢将能事，颇学阴何苦用心'，此二句，必一气读乃明白也。所赖乎陶冶性灵者，夫岂谓仅恃我之能事以为陶冶乎。仅恃在我之能事以为陶冶性灵，其必至于专骋才力，而不衷诸节制之方，虽杜公之精诣，亦不敢也。所以新诗必自改定之，改定之后，而后拍节以长吟之，苟其一隙之未中窾，一音之未中节者，仍与未改者等也。说到此处，不觉搁笔而三叹矣，孰知有如此之自擅精能，而如此之不敢宽假乎！'二谢'者，非果二谢有此事也。语意之间，直若欲云杜陵野老将能事，不便直说，而假二谢以言之，曰岂知具二谢之能事，而亦不能不学阴、何之艰苦，刻意以成之乎！苦字非正称之语，乃是旁敲之语，试看有二谢如许之才力，而却亦甘为阴、何之刻苦乎？苦字神理，只得半面，苦字只似就阴、何一边，卑之无甚高论，若谦下、若敛抑之词，其实亦何尝阴、何果实如此，直是对上‘二谢’、‘能事’，不得不如此。若似谦卑敛退之窘状者，夫然后上七字‘二谢’、‘能事’四字轩然飞扬而出。知此义，乃知下七字与上七字，阴阳收放之所以然。苦字曲向阴、何一边，低下一着，乃使‘颇’字笑而受之。然则所谓陶冶性灵者，非虚张架局也，实在其中，叩之有真际焉。‘新诗改罢自长吟’，实实愈咀之愈有味，正恐索解人不得矣。即此一篇，可作杜诗全部之总序矣。吾尝谓苏诗亦有一句可作通集总序，曰‘始知真放在精微’，真放即豪荡纵横之才力也，即此上七字所云能事也；精微即细肌密理之节制也，即此下七字所云阴、何苦心也。二谢、阴、何，特借拈前人以指似之。《阴铿集》、《隋志》仅一卷，盖所传已无多，在杜公必尚见其全诣，必深得其秘要，是以又云‘太白似阴铿’，太白豪放之才，而以阴铿为比，则此间即离含蕴之故，后人焉能窥见之。而渔洋直斥为阴铿芜累，则亦非慎言之道耳。”又云：“老杜《望岳》起句‘夫如何’三字，乃是从下句倒卷而出。齐鲁二邦不为小矣，顾不解其何以青犹未了也？晋人《望岳》诗云：‘气象尔何物？’亦作讶而问之之词，非到其境者不知也。今人误解作空喝起下之词，则乖其义矣。”吾师于杜诗工力最深，自言手批杜集凡二十三过，最后始成《读杜附记》之定本，凡字句之异同，皆详列句下。然章钜忆少时所见杜诗旧本，乃作“岱宗大如何”、“大如何”与“青未了”，字则偶对，意则相生，气象更为雄实，似较“夫如何”为胜。惜见此本后，吾师已归道山，不及相质耳。又云：“‘今代麒麟阁，何人第一功。君王自神武，驾驭必英雄。’气势凌厉，可为后学入手门径。须知自字乃自身之自，非自然、自是之自，‘紫燕自超诣’句同。”按如此说诗，则作者精神愈出。若钱箨石先生，必以‘麒麟’与‘第一’为对偶，则又何关于诗律哉！亡友谢甸男震亦以“凤历轩辕纪，龙飞四十春”，“四十”与“轩辕”为对偶，与钱说同。又云：“‘石门斜日到林丘’，或注石门属齐州，或谓与涧道对，不必实指其地。然《居易录》云：孔博士东塘言曲阜县东北有石门山,即杜子美题张氏隐居处。李太白有《石门送杜二甫》诗:'何言石门路,复有金亭开。'亦其地。山不甚高,大石峡对峙如门,故名。山南有两小阜,俗称金耙齿、银耙齿者,子美诗'不贪夜识金银气',盖偶然即目耳。"又云:"'至尊含笑催赐金,圉人太仆皆惆怅。'说者曰:帝喜霸之能写真,故催金赐之,而圉人、太仆自愧叹无技以蒙恩赏耳。惟张邦基《墨庄漫录》云:'此深讥肃宗也。'考是诗始云:'先帝天马玉花骢,画工如山貌不同。是日牵来赤墀下,迥立阊阖生长风。'帝既见先帝之马,当轸羹墙之念,乃反含笑而赐金,不若圉人、太仆,见马犹能惆怅而怀先帝也。"此解新奇而有理,始知深入无浅语也。又云:"'风帘自上钩',自字乃独自之自也。江楼对酒,忽见月吐,径自起钩帘纳之,其旁无侍媵可知。自字正对末句寡字也,且此字露出自身,方与末句酌酒相贯,与五、六句鹤发、貂裘相接。"此论向无有拈出者。又云:"《咏桃树》一首,乃拈一物以慨时事耳。中四句乃指往日言之,旧字、非字正相呼吸,正字即首句不斜之注脚。回忆小径不斜、五桃遮门之日,乃天下车书一家之日,非今作诗之寡妻群盗日也。盖少陵之室门内五桃,原不禁人摘食,今当乱后,人自为计,家自为谋,不免为篱垣以掩蔽之。因此入门之径,不得不迁就斜曲以升堂矣。回思昔日直入门,直升堂,入门即见桃树,堂室不妨其遮,秋则食实,春又开花,不但人我同此食实看花之境,且鸟雀亦同此飞翔栖止之常。即一居室,而胞与无私之景象,蔼然在目。于是慨然远想曰:此正天下一家之日,非今作诗寡妻群盗之日也。就此一物,而俯仰今昔之感,所该非一事也。"

苏斋师说苏诗

苏斋师云:"坡公《自普照游二庵》七古一首,是坡诗一小结构,今偶为拈出,自来学坡诗、读坡诗者,皆不知也。入手四句云:'长松吟风晚雨细,东庵半掩西庵闭。山行尽日不逢人,裛裛野梅香入袂。'传出清幽孤峭之景,至此极矣。次云:'山僧怪我恋清景,自厌山深出无计。'妙在借此一托,则上四句之清幽孤峭,更十分完足。次云:'我虽

爱山亦自笑,独往神伤后难继。'此并自己亦抽出,则此游之清幽,竟
到二十分。次云:'不如西湖饮美酒,红杏野桃看覆髻。'二句乃作俗
艳以反形之,此针锋也。结云:'作诗寄谢采薇翁,本不避人那避世?'
言实觉此游之太清幽孤峭也。本应以清幽孤峭作收场,却反以俗艳
作收裹,如此乃谓之圆笔。又《送文与可出守陵州》,起句云:'壁上墨
君不解语,见之尚可消百忧。'坡公有《墨君堂记》,谓竹也。次云:'而
况我友似君者。'此君字与上句之字皆指竹,题本是送其人,而诗则直
以所画竹为主。次云:'素节凛凛欺霜秋。'此七字切竹亦切人,妙在
于似竹写其人。次云:'清诗健笔何足数。'清诗健笔,四字二层,双顿
而出。此句写其人,则不必复以似竹说矣,故合其人之诗笔言之。此
是著题之正面,然却是宕开。所以要宕开者,本以似竹为主也,通首
用意全在竹,然而人之似竹,上句已说明,请问下句如何接法?次云:
'逍遥齐物追庄周。'此七字,则真化工之笔也。《逍遥》、《齐物》,《庄
子》二篇名耳,坡公之意,却取齐物二字为此诗之主。齐物者,己与物
齐,即'南郭子嗒然丧我'之意也,即坡公《题文与可画竹》'忘其身'之
义也,直欲将文与可化作一竹矣。然若不先用逍遥二字,则其追庄周
之妙不圆也。逍遥乍看似不及齐物之切,岂知坡公以其在集贤院与
在陵州等而视之,所以'齐物'之上必用'逍遥'二字,而后'追庄周'三
字乃圆也,而后上句'清诗健笔'乃圆也。次云:'夺官遣去不自觉。'
夺官遣去四字又双顿而出。夺官谓辞去集贤,遣去谓出守陵州,以此
本题实事作接笔,而后逍遥齐物之旨乃圆也。处处有实境,而顶上圆
光始出,此岂空言神韵者所知。次云:'晓梳脱发谁能收。'又是妙极
化工之笔,并非写其老态也,直是将文与可作一茎枯竹,写其萧萧之
落叶耳,然后知'逍遥齐物追庄周'之妙,真化工之笔也。'夺官遣去
不自觉',到此乃神圆也。又并非借竹为喻,即其上面素节欺霜秋,亦
何尝明言借竹为喻,只缘此老笔有化工,不知不觉将一个文与可作为
一幅墨竹矣。此等明承暗接、圆合收裹之所以然,即渔洋先生亦恐看
不出也。次云:'江边乱山赤如赭,陵阳正在千山头。'此又是妙接,坡
公是西蜀人,必亲到此州,知其山如此,亦必此日席间,真见文与可秃
鬓脱发之老态,所以竟将陵州童山写出一个无发之秃顶来。又是真

境，并非借喻。结句云：'君知远别怀抱恶，时遣墨君消我愁。'通首以竹为正意，而文与可之形神全于竹得之。至此仍以墨君结住，而通首俱圆矣。此两篇七古皆不过六韵，而上下明暗相承衔接之妙，他人数十韵之转换，气力不足以当之。深味此二篇，即坡诗数十韵之大篇，无以过此矣。必知此秘，而后能铺陈排比、开拓纵横也。如杜、如韩，篇篇皆当如此用意读之。"

刘宫保说杜诗

刘金门宫保_{风诰}《存悔斋集》中，有《杜诗话》五卷，多未经人道语。如云："杜老为晋征南将军预之后，其《祭远祖当阳君文》云：'春秋主解，稿隶躬亲。'述预为《春秋左传集解》也。《进雕赋表》云：'自先君恕、预以降，奉儒守官，未坠素业。'则其根柢经术，固有自来。诗中援引，如《怀李白》云：'更寻嘉树传，不忘《角弓》诗。'以季武不忘韩宣一事，翻成两语。《兵车行》云：'新鬼烦冤旧鬼哭。'化用夏父弗忌'新鬼大，旧鬼小'语。《前出塞》云：'射人先射马。'本'乐伯左射马而右射人'语。《投赠哥舒开府》云：'廉颇仍走敌，魏绛已和戎。'以翰年老风疾，比之廉颇；玄宗赐音乐、田园，比之魏绛赐女乐、歌钟，运用神明，洵为克承家学者矣。"又云："《汉·地理志》：'杜陵，古杜伯国，汉宣帝葬此，因曰杜陵。在长安南三十里。'按长安城东有霸陵，文帝所葬。霸南五里即乐游原，宣帝筑以为陵，曰杜陵。东南十余里，又有一陵差小，许后所葬，谓之少陵。其东即杜曲，陵西即子美旧宅。自称'杜陵布衣'、'少陵野老'以此。"又云："公只有一妹，嫁韦氏，从夫远宦。有《元日寄韦氏妹》诗。《同谷歌》'有妹有妹在钟离'，则已嫠妇寓居时矣。曰'我已无家寻弟妹'，曰'弟妹萧条各何往'，曰'弟妹悲歌里'，曰'无由弟妹来'，曰'弟妹各何之'，曰'故乡有弟妹'，曰'团圆思弟妹'，数数及之，重人骨肉之感。"又云："公二子，宗武定是有才，宗文不过使树鸡栅。然《熟食日》诗并示两儿，一则曰'汝曹催我老'，一则曰'他时见汝心'，旧解指公先茔在洛，流寓不能展省，故当节日回首邙山，仍嘱二子以毋忘拜扫。其论良是。或据元稹《系铭》'宗武病不克葬',疑为宗文早世,然樊晃《小集》序明云:'君有子宗文、宗武,近知所在,漂寓江陵,冀求其先集,论次之。'则宗文尔日尚存,且并非不能守先业者。宗文小名熊儿,《得家书》诗云'熊儿幸无恙',初无失爱。宗武小名骥子,特以幼见怜,故'骥子好男儿'、'骥子春犹隔'、'骥子最怜渠',频呼而念之。然《示宗武》诗,以精《文选》饱经术劝其力学,即以'休觅彩衣轻'、'莫羡紫罗囊'诚其敦行,安得谓公有誉儿癖乎?《云仙杂记》载宗武以诗示阮岳曹,阮既答以石斧一具,并诗还之。宗武曰:'斧,父斤也,欲使我呈父斤削耶?'阮闻之,曰:'欲使自断其手,不尔,天下诗名又在杜家。'说者遂有'三世为将,道家所忌'之喻。考史传绝不载宗武诗,毋乃公所谓'失学从儿懒',仅解记诵而不能精进者乎?'有子贤与愚,何其挂怀抱'。无怪公之借渊明以自解嘲也。"又云:"诗评'许浑千首水,杜甫一生愁'之诮,论公处境宜然,然遂以公不善作愉乐语,则非也。公之写喜事,专取神会,如'家家卖钗钏,只待献春醪',喜官军之压贼也。'晓看红湿处,花重锦官城',喜好雨之知时也。'暂止飞乌将数子,频来语燕定新巢',喜浣花草堂初成也。'舍南舍北皆春水,但见群鸥日日来',喜崔明府相过也。'共说总戎云鸟阵,不妨游子芰荷衣',喜严郑公再至也。'炙背可以献天子,美芹由来知野人',是迁居赤甲之喜。'巡檐索共梅花笑,冷蕊疏枝半不禁',是寄弟蓝田之喜。至《草堂》诗云:'旧犬喜我归,低徊入衣裾。邻舍喜我归,沽酒携葫芦。大官喜我来,遣骑问所须。城郭喜我来,宾客隘村墟。'雅人深致,随事生欢,善言喜者,宜莫如此老。"又云:"'荡荡万斛船,影若扬白虹。白非风动天,莫置大水中。'此是何等洪量!'宫中圣人奏《云门》,天下朋友皆胶漆。'此是何等醇谊!'丈夫垂名动万年,记忆细故非高贤。'此是何等高识!'鸡虫得失无了时,注目寒江倚山阁。'此是何等旷观!'寄谢悠悠世上儿,不争好恶莫相疑。'此是何等坦夷!《旧书·文苑传》斥公褊躁无器度,抑独何欤?"又云:"公不佞佛,抑又深通佛理,如'杨枝晨在手,豆子雨已熟。是身如浮云,安可限南北。''夜阑接软语,落月如金盆。惟有摩尼珠,可照浊水源。''大珠脱玷翳,白日当空虚。''愿闻第一义,回向心地初。''如闻龙象泣,足令信者哀。吾知多罗树,却倚莲花台。思量入道苦,自哂同婴孩。'‘松根胡僧憩寂寞,庞眉皓首无住著。偏袒右肩露双脚,叶里松子僧前落。'绝妙机锋,知自有证入处。"又云:"昔人谓杜诗长于讽刺,多《小雅》变声,于颂扬体或不相宜。此说非也。集中如‘君王自神武,驾驭必英雄',‘凤历轩辕纪,龙飞四十春。八荒开寿域,一气转洪钧',‘万方频送喜,毋乃圣躬劳',‘昼漏稀闻高阁报,天颜有喜近臣知',‘今春喜气满乾坤,南北东西拱至尊。大历三年调玉烛,玄元皇帝圣云孙',‘寸地尺天皆入贡,奇祥异瑞争来送。不知何国致白环,复道诸山出银瓮',此等语体,大声宏粲,然盛明景象,非善于立言者,定只一味粗豪气耳。"又云:"《陪郑广文游何将军山林十首》,第一首‘不识南塘路',是欲去未去;二首‘百顷风潭上',是初到境;三首‘清池'、四首‘旁舍',是入门所见;五首‘随意坐莓苔',是方坐定;六首‘野老来看客',是坐已久;七首‘阴益食单凉'、八首‘醉把青荷叶',是饮酒间情况;九首‘醒酒'、‘听诗',是已至夜分;十首‘出门'、‘回首',是归时情景。次第章法井然,不似后人作连章,可随意多寡颠倒位置也。《重过何氏五首》,一首‘重来休沐地',二首‘犬迎曾宿客',三首‘自今幽兴熟',四首就‘看君用幽意'推开说,五首将‘到此应常宿'合拢说,处处是重游,确乎不是初到。"

王东溆论诗两则

王东溆曰:"古人诗,于题中字必不肯放过。如老杜之《重过何氏五首》,其着眼处在‘重过'二字,所以为佳。吾观王渔洋《三登高楼》诗,于‘三登'字全不照顾,已非古法,而字句杂出,尤所不解。如第二联既用晚霞残照,而第五句又用云烟早暮,第八句又用清晨临眺,一首之内,忽朝忽夕,可谓毫无伦次矣,不知《笺衍集》何以收之。昔王右丞《早朝》之作,以绛帻、翠裘、衣冠、冕旒、衮龙等字用在八句之中,前人犹病其太杂。若见渔洋此诗,能无掊击?"又云:"诗贵锻炼精工,亦须疏密相间。若字字求工,则反伤真气矣。诗贵含蓄蕴藉,亦不妨豪荡感激。若句句求澹,则不见精神矣。诗贵意存忠厚,亦不妨辞寓刺讥。若语语浑沦,则全无作用矣。此语盖亦专为新城而发,正中新城之病。"按以上两则，皆应补入余《读渔洋诗随笔》中。

郭频伽论诗两则

郭频伽麐《诗话》云："余最厌宋人妄议昔贤优劣。元微之作《杜工部墓志》，轩轾李、杜，退之'蚍蜉撼树'之论，未必不为此而发。山谷以杜《北征》为有关系之作，昌黎《南山》诗虽不作亦可，以此定《北征》为胜于《南山》。诗讵可如此论耶！"频伽又有《樗园消夏录》云："宋四灵之论五律曰：一篇幸止四十字，再加一字，吾末如之何矣。金源党竹溪之论七律曰：五十六字皆如圣贤，中有一字不经炉锤，便若一屠沽子厕其间也。语皆名隽，可为东涂西抹者下一针砭。"

诗 集 之 富

古人之年高而诗多者，在唐为白乐天，在宋为陆放翁。乐天自写诗文，藏之名胜，前后七十五卷，诗笔大小凡三千八百四十首。放翁诗初编四十卷，再编通前八十五卷，此一家著作之多者也。宋绍熙辑唐人绝句，阅及前后代，第及万首。而我朝辑《全唐诗》，一代三百年，凡得二千二百余人，共四万八千九百余首。此古来总集之多者也。恭读乾隆一朝御制，以集计者五，分卷者四百三十四，分篇者四万二千七百七十八，而《乐善堂全集》三十卷更在前焉。则真亘古所未闻。穹昊之繁星，不足为其灿列；广舆之画井，不足比其分罗矣。

旗 字 押 韵

康熙己未试博学鸿词，施愚山卷，阁拟一等，上以"旗"字押韵，偶误书"旐"，改置二等。此施于旗、旐二字，素不甚分晓也。旗入支韵，《周礼》："司常所掌，熊虎为旗。"将军所建，象其猛如熊虎，与众期其下也。旐入微韵，《周礼》："交龙为旐。"《释名》："旐，倚也。画两龙相依倚也。"按旐从斥声，实当入真韵，《小雅》"夜向晨"与"言观其旐"

韵,《左传》"龙尾伏辰"与"取虢之旂"韵。古音当如此,尤施所不及知也。

菊花诗梅花诗

王荆公《菊花》诗有"千花万卉凋零后,始见闲人把一枝"之句,冯定远评云:"上句凋零二字不妥,下句一枝亦似咏梅花。"不知凋零二字本钟士季《菊花赋》"百卉凋瘁,菊花始荣"之语,一枝二字则陈羽诗"节过重阳人病起,一枝残菊不胜愁"已先用之矣。颜黄门谓读天下书未遍,不得妄下雌黄。诚哉是言也。自《说苑》有"越使以一枝梅遗梁王"之语,陆凯有"江南何所有,聊赠一枝春"之句,从此咏梅者遂多用"一枝"。然陶诗:"梅柳夹门植,一条有佳花。"是"一条"亦梅花故实,而罕有承用者。

说　诗　谑　语

说古人诗有吹毛求疵者,虽未免刻谑,亦颇有理趣。如"尽日觅不得,有时还自来",贯休《觅句》诗也,或以为是失猫诗。"若教解语能倾国,任是无情也动人",罗隐《咏牡丹》句也,或以为是画美人诗。"树底有天春寂寂,人间无路月茫茫",曹唐《汉武帝宴西王母》诗也,或以为是鬼诗。"天末楼台横北固,夜深灯火见扬州",杨蟠《咏金山寺》句也,或以为是牙人量四至诗。"到江吴地尽,隔岸越山多",吴僧咏白塔寺句也,或以为是分界堠子诗。"上穷碧落下黄泉,两处茫茫都不见",白香山咏杨妃句也,或以为是目连救母诗。"秦地关河一百二,汉家离宫三十六",骆宾王《咏古》句也,或以为是算博士诗。"每日更忙须一到,夜深还自点灯来",程师孟咏所筑堂句也,或以为是登厕诗。"王莽弄来仍半破,曹公将去定平沉",李山甫《览汉史》诗也,或以为是破船诗。至林和靖梅花诗"疏影横斜水清浅,暗香浮动月黄昏",脍炙人口,而陈辅之以为有类于野蔷薇。夫蔷薇丛生,初无疏影,花影散漫,焉得横斜,此则肆口诋諆,无理取闹矣。或有人谓坡公曰："此二句咏桃咏杏,亦何不可?"坡公曰："有何不可,只恐桃杏不敢当耳。"斯言最为冷隽。近有咏梅花者,云："三尺短墙微有月,一湾流水寂无人。"语亦幽静,有轻薄子见而笑曰："此一幅偷儿行乐图也。"亦可谓谈谐入妙矣。

中　兴

"中兴"中字,古人每平仄两用。毛公《诗·烝民》序"周室中兴",杜元凯《左传序》"绍开中兴",陆德明《释文》并切去声。杜老《达行在》诗"新数中兴年",坡公《送王雄州》诗"威声又数中兴年",皆作仄声用,与《释文》合。然杜老《秋日夔府咏怀》诗云："侧听中兴主,长吟不世贤。"《赠韦大夫》诗云："汉业中兴盛,韦经亚相传。"《诸将》云："神灵汉代中兴主,勋业汾阳异姓王。"此三中字又读平声。王观国《学林新编》云："音钟者,当二者之中,首尾均也;音众者,首尾不必均,但在二者之间也。"则平仄皆可通矣。至"中酒"之中字亦然。"中酒"二字,始于《汉书·樊哙传》,即《国策》所谓"中饮"也。颜注:"音竹仲反,谓不醒不醉,饮酒之中也。"然太白诗"醉月频中圣,迷花不事君",李廓诗"气味如中酒,情怀似别人",坡公诗"时复中之徐邈圣,无多酌我次公狂"、"君特未知其趣耳,臣今时复一中之",俱作平声用。惟顾亭林必谓中酒犹云半席,当读平声,以颜注为非是,则转无所据矣。又"尚书"之尚,唐人诗多作平声,然《梦溪笔谈》云："尚书本秦官,尚音上,谓尚为常者,秦人音也。"《辍耕录》亦云："尚,主也,如尚衣、尚食、尚医之类,并时亮反。后世乃讹为辰羊反。"然即以诗言,唐人原有仄用者,如杜老《题瀼西草堂》诗云"欲陈济时策,已老尚书郎"是也。

禅语翻进一层

诗文之诀,有翻进一层法,禅家之书亦有之,即所谓机锋也。神秀偈云："身是菩提树,心如明镜台。时时勤拂拭,莫使惹尘埃。"六祖翻之云：“菩提本无树，明镜亦非台。本来无一物，何处著尘埃。”卧轮偈云：“卧轮有技俩，能断百思想。对镜心不起，菩提日日长。”六祖翻之云：“惠能没技俩，不断百思想。对镜心数起，菩提作么长。”庞居士偈云：“有男不婚，有女不嫁。大家团圞头，共说无生话。”后有杨无知翻之云：“男大须婚，女大须嫁。讨甚闲功夫，更说无生话。”海印复翻之云：“我无男婚，亦无女嫁。困来便打眠，管甚无生话。”后之主席者多举此公案相示。尤西堂《艮斋杂说》有三首云：“树边难著树，台上莫安台。本来不是物，一任惹尘埃。”“问君何技俩，有想还无想。心起心自灭，菩提长不长。”“木意须婚，石女须嫁。夜半吼泥牛，解说无生话。”

浪迹丛谈卷十一附

人 日 叠 韵 诗

丁未人日，在扬州集罗茗香、黄右原、严问樵_{保庸}、魏默深源、吴熙载_廷_飏、毕韫斋_{光琦}作挑菜会，古无此目，借坡公"七种共挑人日菜"句为名。扬州饮馔丰侈，习以为常，聊存示俭之私忱，或可衍成竹西韵事也。

人日以七种菜饷客约同人和之

元日至人日，无日不晴天。自是太平象，能无行乐便。清流宜冷集，陈册要新篇。_{是日以《乾隆乙亥人日南斋诸老诗画册》示客。}莫笑寒庖俭，期传挑菜筵。

次日右原倒用前韵飞示即倒叠和之

大户角三雅，_{是会问樵、熙载与恭儿以巨觥拇战，皆大户也。}雄谈惊四筵。如斯成胜践，何可阙吟篇。未敢催诗急，徒惭趁韵便。_{拙作误用暄字韵，右}_{原以天字易之，因即驰布在会诸君子。}挥觞增意气，结束好朝天。_{右原诗中有"将上}_{计车"之语，时恭儿亦拟逐队北行。}

试灯夕东园观剧貂帽被窃再倒叠前韵解嘲

谁信试灯会，先成落帽筵。挂冠吾本色，搔首几新篇。短发人争笑，科头我最便。此心一无着，_{用内典"我头有冠，我心无冠"语意。}归路月中天。

云湖都转招同陆梦坡方伯萌奎咸松甫观察咸临
吴红生许芍友二太守饮运署中三叠前韵谢之

纸醉金迷地，风柔月大天。满堂循吏贵，一个寓公便。颇忆停桡会，频成刻烛篇。题襟高馆在，何日再开筵。_{从前每过邗江时，曾宾谷、张云}

巢、郑梦白、俞陶泉各都转无不留饮,无不在题襟馆,有诗纪之。

松甫观察招同梦坡红生暨钟浥云李叙堂安中二
郡丞集东园岭上看梅花四叠前韵谢之

一洗莺花眼,东园别有天。静参鼻功德,小试脚安便。孤岫林通梦,<small>时将移居武林。</small>扬州何逊篇。须防清景失,弦管又开筵。<small>是夜即在园中观剧。</small>

上元日右原招游小玲珑山馆五叠前韵谢之

胜地当佳节,玲珑小洞天。不妨途奥折,幸我脚轻便。旧事兴衰感,名流唱和篇。<small>右原为余谈小玲珑石颠末,并检示《邗江唱和集》。</small>直须花烂漫,重与醉琼筵。

上元次日吴红生太守钟浥云童石塘谢默卿李叙堂四郡丞
赵澂崖祖玉洪芹野上库许小琴三分司
招同梦坡方伯观剧六叠前韵谢之

八仙偕陆海,一叟乐尧天。笑柄正头责,<small>谓窃帽事。</small>老饕聊腹便。春韶花月夜,歌吹竹西篇。我欲斟商爵,齐登福寿筵。<small>是会余挈恭儿及佳、侪两孙同入座,三代一堂,同人以为佳话。余藏商爵,铭作"子孙父"三字。</small>

小琴以鹿尾见饷七叠前韵谢之

似此珍奇味,来从朔雪天。分将情款款,负此腹便便。秋狝行厨记,春明退食篇。转蓬重遇此,郑重压春筵。

罗茗香吴熙载招同童石塘及恭儿集饮玉清宫八叠前韵谢之

兼旬事征逐,忽入玉清天。地擅郇厨美,人皆边腹便。搜寻嘉树迹,<small>《画舫录》言玉清宫多古树,今殊未见。</small>检点白云篇。跬步梅花岭,还应荐菊筵。

石塘招同胡润芝太守林翼罗茗香吴熙载及恭儿
小饮九叠前韵谢之

欣联墨缘侣,招集冶春天。殽核推精美,<small>石塘治庖甲于邗上。</small>烟云养静便。是日饱观新得书画。纵谈新治谱，润芝新以郡守分发贵州。细酌旧吟篇。著香、熙载俱以《人日叠韵》诗相质。此会真堪纪，非徒捉醉筵。

吴笏庵京兆以米贵诗见示十叠前韵答之

敢云诗即史，自古食为天。共有先忧感，难言果腹便。廪困北极计，粳稻东吴篇。何以升平答，休夸烂漫筵。时有捐输京米之例，民间米价骤昂。

右原以人事牵率不克上公车作诗抒愤十一叠前韵以广其意

好客孔文举，耽诗白乐天。早登官衮衮，况复腹便便。一第真尘土，千秋自简篇。君家花事盛，金带仝开筵。六年前在君家陪云台师看芍药，有"金带围"之祥。去秋师蒙恩超加太傅，即其应也。

杨笠卿郡丞时行自金陵来访饮之以酒十一叠前韵赠之

客接黄初古，花晓亭方伯常称笠卿似魏晋间人。春同白下天。不辞江路阔，米看寓公便。往复桂邕话，沉吟《帅友》篇。以新刻《师友集》赠之，闻其尽两夜之力读竟。六年一回首，草草此离筵。

恭儿北上十三叠前韵送之

宦游须得地，久速总由天。射策原堪贵，分符亦自便。恭儿已由捐输知府人都引见，尚拟顺赴计偕。平山新画本，人日近诗篇。更羡长安会，团团樱笋筵。时二儿、四儿均在都。

逢儿自京到邗十四叠前韵志喜

忆从经岁别，到及暮春天。报国真非易，移官听所便。逢儿近拟由京员改外。家常半时局，情话杂吟篇。喜值莺花好，频开主客筵。

建隆寺僧小支招看银藤花十五叠前韵

别趣寻名刹，幽芳满佛天。迎眸欣纂纂，摩腹愧便便。行箧无书，以未详此花故实为愧。初日琼花观，临风玉树篇。兹游况非偶，洗眼起堂筵。

募建李招讨祠龛之议，是日始成，即偕程柏华相度基址。

董梓亭吏部作模偕严问樵邑侯招饮玉兰山馆
十六叠前韵谢之

新来金苟地，旧是玉兰天。楼前玉兰一树参天，扬城内外所仅见也。退吏同潇洒，名园最静便。楹间黄老帖，楹帖有分书作"金丹学黄老"句者，笔法甚伟而不署姓名。池上白公篇。临池一亭子绝佳。等是浪游客，何妨烂醉筵。

恭儿以捐输知府召见于圆明园便殿敬录
天语缄寄十七叠前韵恭纪

五度槐忙客，居然近九天。星辰通笑语，苑殿引清便。洗手一麾始，拳膺六事篇。天语以操守谆勖。名场能自致，何必羡樱筵。

右原病痹月余日知余首涂有期不能晤饯以诗惜
别十八叠前韵答之

隔月不相见，同城如各天。幸余诗往复，差识体安便。胜地旧今雨，名山内外篇。文章交有道，何必惜离筵。

恭儿以三月二十二日出都门四月初九日到扬州计前后十八日
耳三月是小建。行程之速意料所不及也十九叠前韵志喜

迢递三千里，飞腾十八天。宣来天语速，眷极老臣便。恭儿敬述天语，备询章钜衰病情形，并有"不料也是七十岁外人，自然不能出来"之谕。伏地恭聆，不胜感激涕零也。但切归田耻，遑同誓水篇。惟应师卫武，日与警宾筵。

邹公眉童石塘招同逢儿恭儿泛舟湖上作竟日之
饯二十叠前韵谢之

欣成湖上约，正值艳阳天。花柳三春过，壶觞竟日便。墨缘珍旧迹，过邗上农桑，观云台师所勒鲜于伯机诗石。弈理仁新篇。是日观弈，夜分始罢。屡促城闉钥，犹团画舫筵。

红生招同逢儿饮于郡廨二十一叠前韵谢之

六一华堂宴，二分明月天。不知离别近，但快笑谈便。易度银壶箭，入席少顷，即闻辕门初更炮声。余约以二炮撤席，主人领之。既逾夜分，杳不闻炮声，始知扬州郡廨向不声二炮也。相与一笑而起。休忘玉带篇。适以《焦山还带》第二图属红生补题。沉沉良夜好，嘻出漫惊筵。出郡署时，忽闻南河下火警。飞舆而回，乃知所距尚远也。

四月十八日登舟公眉先一日过江复饯于京口之
来青阁二十二叠前韵谢之

地主还分地，天涯别有天。公眉以丹徒人寓居扬州，故两地并设饯席。三山平槛出，一阁枕江便。为感依依谊，休嗟草草篇。临歧重回首，压尽竹西筵。

留别邗上诸同人成七律一首索和

绿杨郭外草离离，蓝尾筵前画舫移。三宿浮屠犹有恋，一年寄庑可无诗？竹西名士趋吟席，谓罗茗香、吴熙载、刘孟瞻、黄右原、杨季子、谢梦鱼、符南樵诸君子。城北横冈遍酒卮。此去浮家信烟水，春秋佳日最相思。

毗陵舟中有怀邗上诸君子人系以诗皆
一年中往来至熟者也即以代柬奉寄

阮 太 傅 师

吾师蕴名德，时方杜德机。旷典天若纵，达尊今所稀。师以重宴鹿鸣，超加太傅，余适在扬，躬睹其盛。岿然鲁灵光，照耀桑榆晖。尚余老门生，惜别增依依。

沈饴原总宪

总宪今耆英，长于我一岁。和诗速且工，捉饮醉不计。匝年欢比

邻，一别阻良会。余去扬州时，公适回通州，未及面别。南河屹三老，惜未成妙
绘。邗上人称阮太傅师暨公及余为"南河三老"，以同居南河下街也。余尝欲貌为一图，而因
循未果。今则天各一方矣。

吴西縠少京兆

西縠蓬池老，辞官未及年。乐育本家法，君为縠人先生少子，相继为扬州
山长。著作惊时贤。喜我作吟侣，唱酬无停篇。一椽小安家，栖迟亦
可怜。君卜居城东小安家巷，为足疾所困，经年不出户庭。

但云湖都转

桓桓都转公，两淮一纲条。芜城遍舆颂，霖雨当崇朝。闲情事铅
椠，大业非虫雕。君方批点温公《通鉴》，即付梓矣。五年再分手，所期成久要。

姚蓉舫观察

新交如故交，有道复有神。论政且论学，相亲如饮醇。金焦固可
恋，西湖尤清新。敬当效前驱，有脚移阳春。临别握手，惟愿君擢移浙中时，余
方卜居武林城内也。

吴红生太守

太守我世好，京华多酒痕。好风聚邗江，欢笑难具论。三间六一
堂，容我群纪喧。回头想伊人，清风共轩轩。嘉庆间过扬州，伊墨卿先生饮我
于六一堂，直至此会继之。

钟浥云郡丞

浥云侈经济，一官不知老。此才宜守郡，廿年负襁抱。愿君敛壮
怀，修防亦自好。有人甘易地，闻之一笑倒。红生太守尝言：一官如可互易，实
愿以扬州守换江防厅也。

童石塘郡丞

石塘楚之杰，名场顺风行。北票与南纲，一手持其平。我来倾盖

交,相对无俗情。揩眸饱读画,扪肠饫调羹。君收藏极富,曾招余发箧饱观。又精烹饪,屡承召饮。

许小琴分司

小琴游侠气,于事靡不任。海陵一末秩,何足混其襟。鸡虫竞得失,世路多嶔崟。我作壁上观,愿君但惜惜。时有泰州分司一席,君例可补,而争者甚众,可笑也。

邹公眉观察

邹公瑚琏器,乃隐盐策间。卅年宦游侣,奔走凋朱颜。临歧一再饯,京江湾复湾。杯酒何足道,此谊高于山。君在扬州,已于湖舫畅饯,复过江,再饯于京口之来青阁,盘桓竟日,始郑重分手去。

钟立斋太守

立斋老成人,镇静无嚣纷。克家有令子,能武复能文。君长子以抚夷著效,次子以孝廉直秘阁,有声。信美翠屏洲,招我作《停云》。感声不绝口,旧事徒纷纭。君所居洲宅近焦山,土匪劫掠无忌。时余方抚苏,颁发格杀勿论之示条,始获肃然。君家受益尤深,屡为余感述之。

支筠庵观察

支九京口彦,才情轶辈侪。谈锋落河汉,酒户包渑淮。云司旧驰声,陇干民望偕。伫看岳云起,为霖洒无涯。君由比部郎外任平庆道,以丁艰归。

支菊溪观察

支十善干事,义气薄霄穹。今年领商务,持平实公衷。君近请以北票酒带南纲,持论甚畅。潭潭好屋宇,借我作寓公。他年说寄庑,难忘高伯通。余借居广厦一年,君不受赁值。濒行,以旧藏苏文忠墨迹卷报之。

包松溪运同

松溪俊异才,肝胆常照人。名园足奉母,名花足娱宾。棣园中牡丹、芍药皆异凡种。许我结胜缘，隔墙托芳邻。居然绿杨城，分作两家春。

程柏华别驾

柏华名家流，长才无不宜。至今糈绿轩，珠履多光仪。焦山一长物，建隆一忠祠。仗君能好事，千秋系人思。焦山玉带匣及诗画卷皆损敝，君重整之，并装成第二图卷以供续题。建隆寺中募建李招讨祠龛，已有成局，即日可兴工。此二事皆与余商酌行之。

黄右原郎中

右原善读书，颇不理于口。独为我倾心，风义兼师友。偶缘末疾缠，惜别呼负负。韩陵一片石，永好胜琼玖。近因抱病，不获晤别，临行以奇石相赠。

罗茗香茂才

茗香贫而乐，守道无凡情。读书万卷破，养亲九旬盈。数学最精究，可接梅宣城。愧我非昌黎，何能重侯生。茗香历为常镇榷使幕宾，余曾荐入周子瑜观察处。而观察忽去官，此席遂中断者数年。近复于姚蓉舫观察处说项，观察与余善，谅可推爱相延也。

熊竹村指挥

竹村爱风竹，卜居必潇椮。大言满堂室，投辖多贤豪。饫我以精馔，醉我以醇醪。更期西子湖，清秋共游遨。临别约秋后为西湖之游。

严问樵邑侯

问樵老翰林，外宦殊蹉跎。沪滨始相逢，良晤苦不多。重寻竹西欢，酣饮复高歌。余初识君于上海，在戎马倥偬之间。今岁重聚扬州，始有诗酒之乐。此才岂终弃，时命知如何。

张松崖郡丞

松崖喜结纳，世交尤倾倒。容园割宅居，离合太草草。壬寅夏借居容园,旋闻噗夷之警,匆匆分路而逃。抟沙有聚时,觞酒馨怀抱。所惜河上官,先我挂帆早。君由袁江奉差回扬小聚,旬余即先我而去矣。

范吾山观察

观察我旧交,回头十余年。相见各衰老,相惊雪盈颠。吾山与余同官江南,订交吴下,越十余年始重晤于邗上,则相见各已幡然矣。邗江信佳丽,何似西湖边? 君如归去来,我当先着鞭。吾山本家杭州,所居潜园为城中胜迹。今春即有归杭之意,约为余作湖山导游,而展转未能成行。兹余先期登舟,吾山期以秋中必到也。

张尧仙邑侯

尧仙名父子,文采鲜瞳胧。尧仙为云巢先生哲嗣,由庶常改邑宰,官蜀中,以公事镌级,旋丁艰归,寓居扬州。宦海屡浮沉,中外如飘蓬。竹西遍棠阴,萧然环堵宫。与我诗相磨,南河两寓公。云巢由两淮都转擢总槎政,去思满人口。而尧仙所寓敝庐,乃仅蔽风雨。与余同居南河下街,日以诗相往复而已。

魏默深州牧

默深名进士,而甘牧令卑。不默复不深,外宦岂所宜。比年富述作,时流多惊疑。默深著书甚富,近复成《圣武记》及《海国图志》,尤为创辟。此才合台省,优为国羽仪。

小泊吴门长洲熊民怀传栗元和孙达斋琬吴县李麓原蒙泉三邑侯招同海防郡丞何竹艻士祁前太仓州牧蔡柳堂维新泛舟虎丘登云岩寺绝顶访寺中王子吴鼎不得怅然作诗

自别灵山十六年,门生故吏尽华颠。白公祠里深深酒,感旧怀人已惘然。

千秋神物忽销沉,负我当年一片心。几个顽僧关劫数,争如玉带海云深。余官江南，以访获虎丘周鼎、赎还焦山玉带为两快事。今焦山经嗟夷蹂躏，玉带尚完好无恙，而虎丘周鼎乃已得复失。诘之寺僧，语言恍惚，手无斧柯，无如之何矣！

杭州三桥址新宅杂诗

浪游随地足蓬庐，但傍湖山便卜居。赁庑尚非无草宅，欣看绕屋树扶疏。寓居扬州一年，虽极高梁广厦，而扬人谓之"无草之宅"。

架石疏池并杂花，寻常书画客偏夸。居然吾亦吾庐爱，南北东园又一家。余三徙宅，而东偏俱有小园。

小山丛桂影迷离，二十年来梦屡移。信美他乡似吾土，曼华精舍又哦诗。官河上时，曾作《小山丛桂行看子》，同人题咏甚盛。福州东园中有老桂一株，斋扁为"曼华精舍"。今新宅中桂树最多，故及之。

删却芭蕉得地宽，补将新竹正檀栾。北窗一枕潇潇梦，可似黄楼六月寒？前后院中皆有芭蕉，因于竹醉日删去后院数株，补栽新竹。忆初入东园时，亦于黄楼下补竹，今已成林矣。

未能免俗有闲忙，家具无多自摒挡。笑与儿曹谈宦趣，回头鲍老久郎当。时恭儿以捐输知府观政浙中，逢儿适随侍至此，亦有改外之意，故连日与之絮谈宦场情味也。

随常茶饭费经营，日有嘉鱼入馔精。但笑俗肠无雅嗜，食单删却水晶羹。浙厨喜烹莼菜以进，美其名曰"水晶羹"，则余所不下箸也。

出门最喜近西湖，竹杖棕鞋是故吾。跬步涌金城外路，徐行尚不倩人扶。宅距涌金门不过半里，出城即湖堤也。

三桥址畔别成村，西壁坊中静不喧。街门有旧题"西壁坊"三字。留与武林增故实，随安室里亦东园。许珊林太守为作"随安室"三字篆额，孙子和别驾为作"亦东园"三字隶额。

浪迹续谈卷一

灵 岩 山 馆

过苏州时,有客约余游灵岩山馆。余以前游未畅,且欲考悉其颠末,因欣然挐舟前往。历览久之,盖不过相隔十余年,而门庭已大非昔比矣。按山馆即在灵岩山之阳,西施洞下,乾隆四十八九年间毕秋帆先生所购筑。营造之工,亭台之侈,凡四五年而始竣,计购值及工费不下十万金。至五十四年三月,始将扁额悬挂其头门,曰"灵岩山馆"。联云:"花草旧香溪,卜兆千年如待我;湖山新画障,卧游终古定何年。"皆先生自书。而语意凄惋,识者已虑其不能歌哭于斯矣。二门扁曰"钟秀灵峰",乃阿文成公书,联云:"莲嶂千重,此日已成云出岫;松风十里,他年应待鹤归巢。"自此蟠曲而上,至御书楼,皆长松夹路。有一门甚宏敞,上题"丽烛层霄"四大字,是嵇文恭公书。忆昔游时,是处楼上有楠木橱一具,中奉御笔扁额"福"字,及所赐书籍、字画、法帖诸件,今俱无之。楼下刻纪恩诗及谢恩各疏稿,凡八石。由楼后折而东,有九曲廊,过廊为张太夫人祠。由祠而上,有小亭曰"澄怀观"。道左有三楹,曰"画船云壑"、"三面石壁"、"一削千仞",其上即西施洞也。前有一池,水甚清冽,游鱼出没可数。中一联云:"香水濯云根,奇石惯延采砚客;画廊垂月地,幽花曾照浣纱人。"池上有精舍曰"砚石山房",则刘文清公书也。嘉庆四年九月,忽有旨查抄。以营兆地例不入官,故此园至今无恙。至嘉庆二十一年,始为虞山蒋相国后人所得。而先生自镇抚陕西、河南、山东,总制两湖,计二十余年,平泉草木,终未一见。余前游诗云:"灵岩亭馆出烟霞,占尽中吴景物嘉。闻说主人不曾到,丘山华屋可胜嗟。"盖纪其实也。近年辑《楹联丛话》,前数联均未及采。今始录得,将补入《楹联三话》,则此游亦不虚矣。

狮 子 林

客有招余重游狮子林者，余笑谢之。盖余于吴郡园林，最嫌狮子林之逼仄，殊闷人意，故前官苏藩时，亦曾偕友往游一次，而并无片语纪之。或谓此园为倪云林所筑，则亦误也。曾闻之石竹堂前辈云："元至正间，僧天如惟则延朱德润、赵善长、倪云林、徐幼文共商叠成，而云林为之图，取佛书狮子座而名之耳。"明时尚属画禅寺，国初鞠为民居，荒废已久。乾隆廿七年，南巡莅吴，始开辟蔓草，筑卫墙垣。中有狮子峰、含晖峰、吐月峰、立雪堂、卧云室、问梅阁、指柏轩、玉鉴池、冰壶井、修竹谷、小飞虹、大石屋诸胜，又有合抱大松五株，故又名"五松园"，则人所鲜知也。

绣 谷

苏州阊门内有绣谷园。余过吴门时，有以《绣谷送春》图卷来售者，恐是仿本，且其值过昂，因置之。此园嘉庆中为吾乡叶晓崖河帅所得，后归余同年谢椒石观察，及后归王竹屿都转。叶、谢、王皆余至好，往来最熟，今则不知何姓所居矣。按此宅在国初为蒋氏旧业，偶于土中掘得"绣谷"二大字，作八分书，遂以名其园。园中亭榭无多，而位置有法，相传为王石谷所修。康熙三十八年己卯，尤西堂、朱竹垞、张匠门、惠天牧、徐徵斋、蒋仙根诸名流曾于此作送春会，王石谷、杨子鹤为之图。时沈归愚尚书年才二十七，居末座。乾隆二十四年，又有作后己卯送春会者，则以尚书为首座矣。先是蒋氏将售是宅，犹豫未决，卜于乩笔，判一联云："无可奈何花落去，似曾相识燕归来。"而不解其义。迨归叶氏而上语应，后叶氏转售于谢氏，谢又转售于王氏，而对语亦应。一宅之迁流，悉有定数，亦奇矣哉！

瞿 园

苏州之瞿园，即宋氏网师园故址，后归嘉定瞿远村，复增筑之。

园中结构极佳,而门外途径极窄,陶文毅公最所不喜。盖其筑园之初心,即藉此以避大官之舆从也。余在苏藩任内,曾招潘吾亭、陈芝楣、吴棣华、朱兰坡、卓海帆、谢荈石在园中看芍药。其西数十步,即沈归愚先生旧庐,尝约同人以诗纪之,且拟绘图以张其事,而迁延不果作此。数君子皆老矿轮,果皆有诗,必可以传。今则如抟沙一散,不可聚矣。越十余年重到,为之慨然。

息　园

息园即顾氏依园旧址,钱檠溪购而葺之。园中有高阜曰妙严台,相传为梁时妙严公主墓,载在苏州郡志,以为梁武帝女。按梁时公主之见于史书者,有玉姚、玉婉、玉嬛、令嬛、含贞,又长城、吉安,皆有封号,不知妙严主为何人。惟简文王皇后,生长山公主,名妙碧,则妙严似是简文所生。旧志以为武帝女,恐未确矣。此台西去数百步,今为蒲林巷。巷之西口有石马一区,俗称“石马鞍头”,相传是公主墓前物。再南去,为禅兴寺,寺中有妙严公主像,戴毗卢帽,两手合十作跏趺状,旁有宫女十人。相传公主下嫁郡人孙旸,旸死,梁亦失国。陈高祖以前朝公主,赐十宫人以优礼之,年八十余而卒。嘉庆中,此地浚池,得宋时古碣,是四至界牌,则当时尚有防护也。

孙　春　阳

京中人讲求饮馔,无不推苏州孙春阳店之小菜为精品。或因余官吴门久,欲知其详者。余以所闻告之曰:孙春阳系前明人,祖居宁波,万历中应童子试不售,遂弃举子业,为贸迁之术。始来吴门,开一小铺,在今吴趋坊北口。其地为唐六如读书处,有梓树一株,其大合抱,仅存皮骨,实旧物也。铺中形制,学州县衙署,分为六房,曰南货房,曰北货房,曰海货房,曰腌腊房,曰蜜饯房,曰蜡烛房。售者由外柜给钱,取一小票,自往各房领货。而管总者掌其纲,一日一小结,一月一总结,一年一大结。自明至今,已二百四十余年,子孙尚食其利,无他姓顶代者。吴门五方杂处，为东南一大都会，群货萃集，何啻数万户。而惟孙春阳铺为前明旧家，著闻海内，铺中之物，岁入贡单。其店规之严，选制之精，合郡所未有也。国初赵吉士载入《寄园》书中，余澹心《板桥杂记》亦录之。近时袁简斋《随园食单》亦有其名，但皆未详其颠末耳。

淮 盐 情 形

余至苏州，同人多欲闻淮鹾情状。苏州向食浙盐，于两淮盐务两不关涉，以余住邗江久，宜得其详，故多絮谈及之。而不料余亦门外汉也。或问何为验赀？余曰：此特票盐局员所设之巧法耳。淮北票盐之政，已行之十余年，据言淮北额例行盐三百一万五千余引者，今行销至六百十万六千余引，是溢于额销一倍也。奏销正杂诸款征银三百余万两者，今征至一千一百十二万两有奇，是益于课额又再倍也。且淮南商人认办淮北江运入岸引盐，原额八万一千六百二十引。自道光十二年至二十四年，合应销盐一百六万一千余引，今止请运四十一万九千余引，其虚悬之课，历系以票盐之溢课拨补，并每年以票盐盈余协贴淮南银四十余万两，又代纳淮南悬课银三十余万两。是票盐之功，不特再造淮北，抑且普及淮南也。所虑者，设局收税，有挟多争先之虞，挈签挂号，又有无赀空号之弊。自十八年，始定为验赀之法，令各票贩将盐价成本若于引先行呈验，统交分司收存。其有赀浮于盐者，将银登时发还，将盐均摊折扣，每年四十六万引，一齐开局，而请托争竞截然不行矣。惟是近年验赀，必于岁暮集旧城前鹾政署内。以数间之废廨，聚亿为之巨赀，数日间民间白镪为之一空，士民啧有繁言。仪征师相每至夜不能寐，和余《喜雪》诗有"漫藏诲盗"之语，诚可寒心。去冬余在扬州度岁，目击验赀之举，亦颇切杞人之忧。闻江浙之以赀至者，竟有千余万之多，乃知东南财力尚裕，将可忧者又转为可喜。故余《喜雪叠韵》诗云："朱提甫散祥霙至，且喜财源万里宽。"诚有慨乎其言之也。又问：近闻扬州商人有欲撼动票盐局者，其说云何？余于鹾政未尝涉手，而道听涂说，亦复时为讲求。

曩尝私录为书,今则参以近时闻见,颇能言其梗概。窃谓两淮盐务,南北虽同一课运,而轻重悬殊。南盐原额一百三十余万引,正杂捐带共课五百余万两;北盐原额二十八万余引,正课三千余两。其行销之地,南北犬牙相错,南盐课赋重于北盐九倍,场盐运脚经费亦数倍于北盐,故口岸售价贵于北盐。而小民趋贱避贵,越境侵占,最为便捷,此北盐销运愈畅,南盐销运愈绌之所由来也。然多销十万引北盐,只多十余万两之课;多销十万引南盐,即多五十万两之课,此则必急求南销畅旺,方于国课有裨也审矣。查两湖口岸,虽有川、粤、潞三省邻私侵灌,而向来销数,每年按额总有九成,极滞亦有八成,自有北票以来,则年减一年,上年实销不过六成以外。盖因向日邻私,川有宜昌门户,潞有襄阳隘口,粤有衡、永、辰、常要道,一经严查堵缉,则淮盐销数即旺。今北票之侵越者,河南光、固于湖北黄州府属陆路毗连,又信阳州于湖北水路相通,并无隘卡门户可堵。故北票越占愈多,南纲销数愈绌,徒致库少杂款,商赔正项,已运之盐堆积两岁,未办之引请运不前。舍其重而就其轻,此邻私之病在皮毛,北盐之病在心腹也。皮毛之病易救,心腹之病难医。若不及早变通,必致南盐一败涂地。专司北盐者,可以置身事外;统辖两淮者,未免措置为难。况北盐专以验赀为巧法,而现当银源艰滞之时,每届冬底,农之完粮须银,商之纳税须银,漕务之兑运须银,河工之购料须银:公私之需银方殷,而徒因验赀之故,不论远近,俱因此而屯聚千万银两,更使银路不通。其实不过收票税数十万两,遂使国计民生,处处窒碍,钱价日减,盗贼繁兴,此病之尤甚者也。议者谓南纲折减以来,亦复销运两滞,仍有悬引七万余引;虽予以缓纳提售,设法已尽,而口岸半为北盐蔓占,徒多尘积。且缓纳有关库贮,提售有碍输销,仍于南纲课运不利。今权拟一南北通筹、轻重兼顾之法,莫若于七万余悬引外,再于派运数内按成酌提七万余引,共成十五万引,以北票四十六万引核成搭配:凡办北票三千余引者,配办南盐一千引;如办此项提配数内南盐一千引者,配办北票三千余引。南则无须缓纳提售,于库贮转输得益;北则免其验赀出利,于北票成本有裨。北课全而南课亦全,南课清而北课亦清,库款渐裕,而南盐销数亦可保守。此法似可试行一二年，俟有成效，再为定例云云。余局外人也，未敢断其是非。姑论列之，以俟当局之采择焉。

梁　封　翁

余在杭州，偶与山舟先生之后人同席，今忘其名，盖曜北先生之从子某也。席中盛谈其家世，谓文庄公诗正之封翁，少时诣一相士，问曰："可得一第乎？"答曰："不仅是，可更向上。"曰："得翰林乎？"曰："可更向上。"曰："然则京堂以上乎？"答如前。曰："然则作相乎？"曰："真者不能，假者可致。"同人曰："盖协办耳。"后以明经学博老，而以文庄贵封大学士。时席间有不甚信其事者，余曰："此已载《茶余客话》，可勿疑也。"或曰："果有此事，则古今天下应无两矣。"余曰："今天下实无第二人，而古人事恰有似此者。唐李固《幽闲鼓吹》载苗晋卿落第，遇一老父，能知未来事。问曰：'某应举已久，有一第分乎？'曰：'大有事。'更问，苗曰：'某困于穷变，然爱一郡，可得乎？'曰：'更向上。'曰：'将相乎？'曰：'更向上。'苗怒曰：'将相更向上，作天子乎？'曰：'真者即不得，假者即得。'苗以为怪诞。后果为将相，及德宗升遐，苗以家宰居摄三日。古今事之相类，有如此者。"

天　目　山

杭州榷使明惇甫福，精堪舆之学。余于丙午春暮至杭州，值君将瓜代去，而城中同官留其相度形势，因迁延数日，方得与余把晤。忆惇甫榷浒关时，值余为苏抚。时吴中被水，关税绌甚，惇甫不胜焦急。余莅任之次日，即为奏免外来米税，而关政顿纾。惇甫甚德余，因订为莫逆交，而余旋以病告归。此次得再晤于杭州，实出意外。惇甫喜与余谈浙中山水起伏向背之形势，余告以来龙系天目山。惇甫知之而无由履其地，因问："君何由知之？"余告以乾隆末，我已登天目山巅，彼时匆匆一上，不暇畅览，迄今逾五十年，则尽忘之矣。然不可谓非平生一壮游也。乾隆乙卯，余以公车过浙。时亡友曾禹门奋春，即少坡太史之嗣父。方宰临安，留余署中两月。值天大旱，牲璧四出不应，县民因请官步祷天目山，谓此事数十年不举，如果虔诚斋祷，断无不灵。禹门从之，而拉余同往。余正有浪游之兴，先一日余亦斋食，甫交四鼓，即坐竹兜随禹门出城。西行三十余里，天已大明，邑民请官步祷，余亦随。禹门手柱香前行，悉撤伞盖不用，左右有五六人推挽之。余亦有四人相掖。又十余里，至山顶大寺，忘其名，禹门跪拜默祝。礼竣，寺僧供素饭毕，即下山。余稍徙倚寺门。一老僧语余曰："此山高三千九百丈，道书所称三十四洞天。此间即天目最高处，昔人所谓北望震泽，南临严滩，东瞰钱塘，西眺宣歙，千余里间可指顾得也。"余方欲与之细谈，而从者以山下已起黑云，促即下山。甫及前降舆处，遂大雨如注，欢声若雷。盖是日同上山者不下千余人，同声齐呼"曾青天"，余亦为之神旺，忘却登陟之劳、泥淖之险。下山势易，日暮甫偏西而已入城矣。是日先以步行赤日中，归途又坐小肩舆冲雨而行，忽热忽凉，翼日而痁作，直至归福州后始渐痊可，故无暇以一文一诗纪之。因惮甫之询，聊短述如此。

机　神　庙

恭儿观政浙中，甫到数日，即奉宪委诣机神庙行香。问以机神仪状，但称日本短视，无由瞻仰神像，惟照赞礼生所唱，行三跪九叩首礼而已。因翻《杭州府志》，云机神庙在城东北隅，褚河南裔孙讳载者，得机杼之巧于广陵，而归教其里中，于是杭之机杼甲于天下。宋至道元年，始于杭置织务，至今勿改。今派部郎管浙江织造即此，然则其来已久矣。杭人立祠祀之，又推原其始为机杼者，复立机神庙。神之缘起，引《淮南子》高注，以为黄帝之臣伯余也。又读钱梅溪《履园杂记》云：机杼之盛，莫过于苏、杭，皆有机神庙。苏州之机神奉张平子，不知其由，庙在祥符寺巷。杭州之机神奉褚河南，庙在张御史巷。相传河南子某者，迁居钱唐，始教民织染。至今父子并祀，奉为机神。并有褚姓者为奉祀生，即居庙右。然则合二书观之，其为褚河南父子信矣。即以为伯余，亦系黄帝之臣子，又何以用三跪九叩之隆仪乎？按《唐书·

百官志》：七月初七日，织染署祭杼。想是以织女星为机神。然星辰系中祀，即织女星，亦不应三跪九叩也。杭州拜庙仪节多不可解，即如火帝庙，他省皆三跪九叩首，而杭州独用二跪六叩首。夫火帝即祝融，既尊之为帝，能无用帝者之仪乎？

玉　皇　山

祭机神庙之后一月，又奉委到玉皇山行香。恭儿不知玉皇山原委，请余考之。余谓玉皇山即是育王山，《大清一统志》言：育王山，即龙山峰之最高者，有登云台，乃钱氏郊天之所，宋圜丘亦在焉。俗称锅子山，壁立尖耸，特异诸山。其前有龟山，亦宋郊坛也。岭有玉皇庙，故称玉皇山，亦曰育王山。《杭州府志》云：龙山者，钱氏郊天之所。释老之谈，或云阿育王，或云玉皇，皆祀天遗意也。今庙外设七星缸，满贮水其中。盖地据一城最高处，以水制火，亦厌胜之义耳。

五百罗汉堂

杭州城内外梵宇以百数，惟西湖之净慈、灵隐两寺有五百罗汉堂。金姿宝相，奕奕欲生，环楹回旋，状如田字，故俗亦呼为"田字殿"。闻其像皆出一僧手塑，而殊容异态，无一雷同。记得刘一清《钱唐遗事》云："净慈罗汉堂内，第四百四十二位阿湿毗尊者，独设一龛，用黄罗幕之。偃蹇便腹，觑人而笑，妇人祈嗣者，必诣此炷香。"今无此龛，则阅时又各有兴替矣。世传罗汉皆海贼现身，是放下屠刀、立地成佛者，殊未核也。按《涅槃经义》，言有五百商人采宝出海，值盗攘去，并剜其目。商日夜号痛，欲向无所。或告之曰："灵鹫佛氏能救汝。若与我重宝，引汝见之。"商且行且舍，至大林精舍，佛氏为说法，各证阿罗汉果。《大论》言"阿罗"名贼，"汉"名破一切烦恼，故应得一切世间诸天人供养。又一说云："阿"名不，"罗汉"名生，后世中更不生，是名阿罗汉，或云阿飏，或云应真，则皆无生之义也。凡妇女之游寺者，必入此堂，因相传有数罗汉之说：就所到处，指定一尊，按本身年纪数至某尊,视其标题之佛号,以为终身之断。然佛号义多奥难,每不可以理会,故有验有不验。余初出山时,亦曾到净慈默数一过,遇如意杂尊者像,其义即不可解。然今回忆中外扬历数十年,一路坦途,不能不谓之如意;而所历宦境,亦不可谓之不杂。断章取义,似亦可通。去年重游,又默数一过,遇增福寿尊者像,则恰合大海收帆境象矣。

天竺大士下山

杭州祈雨,以迎请天竺观音大士下山为极致。相传入城时,虽极晴明之天,亦必有片云相护,三日内无不渥沛甘霖者。祈晴亦然。闻历年以来,亦有竟不应者,而民望已塞,舆情亦平,当官者惟有自咎礼意未虔,复送上山,以待数日后重请。若此典稍缺,即难免谤议繁兴,虽以吾师仪征太傅之有德于杭,而举行稍缓,竟大不协舆情,甚至有不逞之徒,将条香杂投舆中,焚及襟袖之事。甚矣,杭人之信佛也!尝与罗镜泉学博谈及此事,不知起于何时。镜泉为检《西湖游览志》一条相示。中载宋孝宗时,上庠试卷,时经御览。辛丑大旱,七月私试《闵雨有志乎民赋》,魁士刘大誉赋中,有"商霖未作,相傅说于高宗;汉旱欲苏,烹弘羊于未雨"之句。时赵温叔为相,孝宗欲因此罢之。会有诏迎天竺观音,就明庆寺请祷,有为诗者曰:"走杀东头供奉班,传宣圣旨到人间。太平宰相堂中坐,天竺观音却下山。"温叔闻之,遂乞免云云。则此事自南宋已然矣。吾乡福州,亦有请鼓山涌泉寺窑变观音下山求雨者。忆余里居时,值夏旱,藩臬两司、粮盐两道,会谒督部程公梓庭,言今夜三更将会同出城,上鼓山迎大士入城求雨。公问:"鼓山距城若干里?"对曰:"来往六十里。"公微笑面天曰:"大士在西天,不在鼓山。君等自为之,不必关我也。"及次日入城,安设神位于九仙山之大士殿,司道复诣署,请公上山拈香。公又面天曰:"今日眼见得是无雨了,若明日依旧如此,将若之何?我不能仆仆上山,君等自为之可也。"是晚大雨滂沱,连宵达旦,次晨司道等又诣署请拈香。公问:"今日山中作何状?"金曰:"今日合众诵经一日,明日即可送上山。"公曰:"明日我要独留诵经一日,后日再送可也。"众喜诺而出。公亦出,上山拈香尽礼。程公亦素不信佛者,盖至此而不能不回心皈向矣。闻余同年李芝龄视浙学时,每不乐与斯会。尝语陈望坡抚部曰:"西湖之有大士,犹城中之将军、学政等官也。地方有公事,不求本州县及院司道府等,而但向将军、学政等衙门晓渎,有是理乎?"抚部笑曰:"君言固是,然使君为杭州人,恐亦不作是语也。"芝龄亦一笑而罢。

表　忠　观　碑

钱梅溪曰:"苏文忠公《表忠观碑》有四:一刻有赵清献官阶九十余字,即《宣和书谱》所称有张有篆额者,今不存矣。一刻'绍兴二十九年岁次己卯三月丙辰朔,曾孙婿左朝散大夫、权书工部侍郎杨契重刊'。一刻行书,本字如大指,今在杭州府学,惟二小石,亦不全。一刻'明嘉靖三十九年,杭州府知府陈柯重摹',今立在涌金门外重建表忠观御书堂前右庑,两面刻者是也。其绍兴间所刻者,本在龙山表忠观旧址,宋末兵兴,遂露立于草莽中。至明正德十二年,巡按御史宋廷佐始将此碑移入郡庠,后复遗失。本朝乾隆四年,府学教授余懋栋忽于斋旁隙地得二石,又缺其下半截,因置名宦祠。至五十九年,余监修表忠观落成,始请于当事诸公,从郡庠名宦祠移至观中,立于御书堂之左庑,而以三石柱副之。于时翁覃溪阁学、梁山舟侍讲、阮云台中丞各有诗文纪之,俱刻于三石柱之侧,遂成艺林佳话云。"按此述表忠观碑之源流,无有简而该似此者。暇日余与固莲溪将军、赵蓉舫学使在观中摩抚旧碑,商量拓纸,莲溪嘱余考其事。既归,乃录以遗之。

徐　处　士

《宋史·隐逸传》:"徐复,字复之,建州人。学《易》,通流衍卦气法,自筮知无禄,遂绝进取意。庆历初,与郭京俱召见,命为大理评事，固辞。乃赐号冲晦处士。后居杭州十数年卒。"《北窗炙輠》云：
"钱唐两处士，其一林和靖，其一徐冲晦。和靖居孤山，冲晦居万松
岭，两处士之庐，夹湖相望。予尝馆于冲晦之孙忉处，即冲晦之故庐。
冲晦以数学显，时士大夫皆宗之。尝谓孙忉曰：子孙世世不得离钱
唐。以钱唐永无兵燹也。"按蒲宗孟《题徐冲晦高士旧隐》诗云："冲晦
先生不肯官，布衣谒帝布衣还。尚嫌姓氏腾人口，惟恐文章落世间。
大隐不妨居市井，高吟何处问家山。平生寄意江湖上，云自无心水自
闲。"今孤山遗迹，妇孺皆知，而万松岭之旧庐，屡访之不得其处所。
愿与吾闽人士之官斯土者商之。又闻灵石山栖真院侧，有浦城章郇
公德象墓，又梅花岭下沙盆坞，有福清陈寺丞刚中墓，皆吾乡名贤旧
迹也。惜无济胜之具一一访之。陈寺丞在建炎中主议恢复，忤秦桧，
遂与张九成等七人同谪，差知虔州安远县。有"同日七人俱去国，何
时万里许还家"之句，未知已入《全闽诗话》否。

小 有 天 园

　　小有天园为南屏正面，旧名壑庵，郡人汪之萼别业。石皆瘦削玲
珑，一似洗剔而出者，晁无咎诗所谓"洗土开南屏"者是矣。自乾隆十
六年圣驾临幸，始御题为"小有天园"。其最著者为琴台，米海岳磨崖
楷书"琴台"二字，大径三尺。闻其上有苏才翁、蔡君谟题字数处，则
剥蚀但存仿佛而已。又有磨崖隶书《家人卦》、《乐记》、《中庸》共三十
四行，字径八寸，末题"右司马温公"五字。叶绍翁《四朝闻见录》、吴
自牧《梦粱录》皆谓是温公手笔，独周密谓是唐人遗迹，后人于右勒刊
温公款。朱竹垞先生谓此皆非是，考《宋鉴》，称绍兴八年上谕大臣
曰："司马光隶字甚似汉人，朕有五卷，日夕置座右。所书乃《中庸》与
《家人卦》，皆是修身齐家之道，不特玩之而已。"今磨崖合乎《宋鉴》所
载，当是诸大臣闻思陵面谕，请刊于石者。卦旁又有篆书"三生石"三
字，其右又有"叱石崩云"四字，仙人洞又有磨崖《艮》卦及《损》、《益》
二卦，并隶书，字径六寸，则皆不知何人所书矣。此余五十年前亲到
园中所目击手扪者，此后即无由再到其地。嘉庆中重游南屏，尚闻汪

氏要出售此园。后亦不知果易主否，亦不知何时废为平地。窃谓南、北山亭馆之美，古迹之多，无有出此园之右者。乃转眼即鞠为茂草，今且沦于无何有之乡。幸余犹及见之，且能言中，中年以后所遇知好，则皆未曾涉此园者，亦无从与之饶舌矣。山灵有知，能无与余同此浩叹哉！

雷　峰　塔

　　《临安志》云："雷峰为郡人雷氏居之，故名。"此附会之说也。毛西河《诗话》云："回峰，以山势回抱得名。俗作雷峰，以回、雷声近致误。宋有道士徐立之筑室塔旁，世称回峰先生，此明可验者。"按李卫《西湖志》云："《六书正讹》：靁，古作回，小篆加雨以别之。"据此，今回转之回，即古靁，字故回峰亦作雷峰。《临安志》竟作"雷峰"，且云雷姓所居，其说固未合；但毛奇龄以为回、雷声近致误，则亦未明古字通用之义也。至峰之有塔，建自吴越王妃黄氏，亦名黄妃塔。或以语音致讹，呼为黄皮塔。始以千尺十三层为率，以财力未充，姑建七级；后复以风水家言，止存五级。塔内以石刻《华严经》围砌八面，岁久沉土，明人有掘得者，小楷绝类欧阳率更书。又塔下有金铜罗汉像一十六尊，各长数丈寻，则吴越时僧道潜请移供净慈寺内，即今五百罗汉堂之缘起也。俗传西湖有白蛇、青蛇两妖，镇压塔下。前明嘉靖时，塔有黑烟抟羊角而起，喧传两妖吐毒欲出，迫视之，则聚虻耳。塔旧有重檐飞栋，窗户洞达，后毁于火，惟孤标岿然独存。陈仁锡评为老苍突兀，如神人撝笏；李流芳则曰此古醉翁也。均足供诗料矣。

保　俶　塔

　　西湖之宝石山，巍石如甑，即《隋书·地理志》之石甑山也。宝俶塔在其巅，吴越时初建，凡九级。宋咸平间僧永保重修，减去二级。以后屡毁屡建，皆至七级而止。杭州旧志云：永保有戒行，人称之为"师叔"，因亦呼塔曰"保叔"。《涌幢小品》云：钱王弘俶入觐，留京师，百姓思望，乃筑塔名"保俶"。然以士民直呼君长之名，似于情事不近。《霏雪录》云：原名宝所，俗讹保叔。宝所之义亦不可解。惟毛西河《诗话》，云"保叔者，宝石之讹，盖以山得名者"近之。明人闻起祥云：湖上两浮屠，宝石如美人，雷峰如老衲。即指宝俶塔也。

大　佛　殿

宝石山之麓有秦皇缆船石，相传秦始皇东游泛海，舣舟于此。谓西湖旧通江海，故可舣舟，语殊荒诞。宋僧思净就石镌佛，故亦名石佛山。构殿覆之，后毁于火。明永乐间重建，额曰"大佛禅寺"。佛只半身，而大已塞殿。余数过西湖，闻人言而伟之，今秋始获瞻仰。忆十余年前，过邠州大佛寺，观尉迟鄂公就山石所凿大佛，则十倍于此。曾有诗纪之，云："古邠石佛镇崇巇，鄂国英姿信手剓。要与大千增岸异，普教丈六让庄严。地当履迹遗墟壮，景称凌烟杰阁嵌。却忆真兴坡老句，古人作事信非凡。"同一大佛寺，而欲移彼诗以就此题，乃一字不可假借，亦可笑也。

理　安　寺

余来往杭州，必过西湖。熟闻理安之胜，而未得一涉足为恨。丁未秋，始与固莲溪将军、赵蓉舫学使因看桂花，由满觉陇、杨梅坞肩舆直达理安。一路皆深林茂竹，又值积雨之后，从流水声中延缘而上，尤为胜绝，昔人诗所谓"湖山浅而媚，此地独深幽"者也。寺在理安山之麓，明僧契灵卓锡于此，得古法雨泉，遂以"法雨"自号，缚茅孤楼，有虎穴，感之他徙，郡士多为诗扬之。泉在寺左法雨岩下，自石脉中滴沥下溜，洒空成雨，盖数百年不断于兹矣。寺之最后、最高处，为松颠阁，有董文敏书扁，地据全寺之胜。忆阅《西湖游览志》，言此阁之后，更有符梦阁，契灵尝梦一僧云："此处虽佳，更有佳处。"引至其地，顾而乐之。迟明，缘萝而上，宛符梦境，因凿堑开基焉。今寺僧不能言其事，或径路艰阻，懒于导游欤？余在京师时，熟闻人言，觉罗桂文敏公及歙县曹文正师,俱系理安僧度世。今松颠阁柱有文敏弟杏农观察桂菖一联,跋语甚悉。故余诗末联云:"果否真灵关位业,清凉亭下一盱衡。"即纪其事也。

秋　涛　宫

余屡泊舟钱唐江边,或六和塔下,榜人辄有避潮之事。每潮至时,试向船头探望,则一线银涛,截江而过,舟中即震撼不安。或来在夜间,则合江喧腾,人声、船声鼎沸,推窗窃视,惟见一片茫茫,不两时许已达富阳城下,然此皆值小潮时也。忆嘉庆己未正月初三,曾肩舆走武林城中,于桥上望见城外大江中,如十万玉龙排涌而过,为之目骇神驰。间尝为杭人述之,据云此数十年前事,近来潮小,虽以大潮期内,亦不能有此奇观。余问潮小之故,则曰:此自关地脉之衰旺。从前杭州有"火烧雷峰塔,沙壅钱唐江"之谚,今皆应之,殆非偶然也。今年寓居城西三桥址,八月初三日,同人邀上吴山,为观潮之会。初饮于延庆山房,旋至城隍庙门外候潮,值潮迟来而客早散,未畅所欲观而去。满拟于十八日直赴江岸一观,金曰观潮之地以秋涛宫为最胜,惟其日为潮神生日,城中各官必来致祭,上下人多,未免喧挤,不如前一日往观,亦在大潮期内也。遂定于十七日,挈恭儿、敬儿、婉蕙子妇、侲年八孙,于午后往秋涛宫前楼。坐待移时,而对江极远处忽起红白数道。白即潮痕,红是为斜阳所衬。瞬息间,变为银山万道,杂遝而至,倏在眼底。楼前栏槛俱若有动摇之形,楼上人无不失色者。时江中有弄潮十余船,忽出忽没,尤堪震骇。未几而岸土崩颓,水变黄色,而潮已过矣。此潮直趋此地,而此楼适压其冲,若稍高一二尺,鲜不为潮所打者。闻极大之潮,亦不过至楼下短墙而止,从无逾墙而入者,殆有神道主持其间。而当时择地构造之工,不可谓非神之默相也。余有诗纪之云:"候潮门外候潮来,临水奇观第一回。万顷云涛驰阵马,满江冰雪杂晴雷。居高但说凭轩稳,狎视终非作楫才。谓江中弄潮各小舟。东望茫茫凫赭畔,更堪妖蜃起楼台。""近说秋涛欠大来,钱唐岸上几低回。谁知泼眼仍如雪,何处闻声不似雷。近年浙潮不望,而此次却大如往时。往复自应随地转,燮调端望出群才。归心正拟乘潮发,直溯桐江上钓台。"

潜　园

武林城中,潜园之名颇著。其地在下段最远,屠琴坞太守倬得余姚杨孝廉别业而增筑之。园中湖石最多,清池中立一峰尤灵峭,郭频伽名之曰"鹭君"。道光间,此园归范吾山观察玉琨,今年秋始自邗江挈眷来居,与余有导游西湖之约,值余以就养东瓯别去,犹殷殷以来春为期也。吾山口不言诗,而诗甚清丽,尝有《赋鹭君》诗一首云:"窗前有石何亭亭,频伽铭之曰鹭君。当时得者潜园叟,太息主客伤人琴。此石之高高丈五,四面玲珑洞藏府。峭然独立波中央,但见群峰皆首俯。瘦骨崚嶒莫傲人,羽毛为累失秋林。何日出山飞到此,不辞万里同归云。石乎石乎,既不油然出云沛霖雨,空老荒山吾与汝。安心且作信天翁,莫羡穷鸱衔腐鼠。"吾山有修防之功,而怀才被斥,此诗殆借物以抒兴也。

苏　小　小　墓

特鉴堂将军于西湖修治苏小小墓,建亭其前,题曰"慕才"。好事者竞歌咏之,而于苏小小之人,实未深考也。按苏小小有二:一为南齐人,见何蘧《春渚纪闻》,南齐名倡也。墓在钱唐县廨舍后,考旧县治在钱唐门边,距西泠桥不远,似即今之苏小小墓。一为宋人,见郎仁宝《七修类稿》,云苏小小钱唐名倡也,容俊丽,工诗词。姊名盼奴,与太学生赵不敏款洽二年,赵益贫,盼奴周之,使笃于业,遂栖南省,得官,授襄阳府司户。盼奴未能落籍,不能偕行。赵赴官三载卒,有禄俸余资,嘱其弟赵院判分作二分,一以与弟,一致盼奴,且言盼奴妹小小可谋致之,佳偶也。院判如言至钱唐,有宗人为杭倅,托召盼奴,而盼奴已一月前没矣。小小亦为於潜官绢事,系厅监。倅遂呼小小诘之曰:"於潜官绢,汝诱商人百匹,何以偿?"小小曰:"此亡姊盼奴

事,乞赐周旋。非惟小小感生成之德,盼奴泉下亦不忘也。"倅喜其言
婉顺,因问:"汝识襄阳赵司户耶?"小小曰:"赵司户未仕之日,盼
奴周给之,后授官去久,盼奴想念,因是致疾不起。"倅曰:"赵司户亦谢世
矣,遣人附一缄及余物一奁,外有伊弟院判寄汝一缄。"乃拆书,惟一
诗云:"昔时名妓镇东吴,不恋黄金只好书。试问钱唐苏小小,风流还
似大苏无?"小小默然。倅令和之,和云:"君住襄阳妾住吴,无情人寄
有情书。当年若也来相访,还有於潜绢事无?"倅乃尽以所寄付之,力
主小小归院判偕老焉。此则宋之苏小小也。元人张光弼诗云:"香骨
沉埋县治前,西陵魂梦隔风烟。好花好月年年在,潮落潮生最可怜。"
注:"坟在嘉兴县前。"朱竹垞先生遂据此力辨苏小小墓在秀州,而以
钱唐之墓为附会。盖尚不知钱唐名倡,原有两苏小小,杭、嘉之墓,不
妨各得其一也。

长　丰　山　馆

长丰山馆在涌金门外湖边,郡人朱彦甫中翰得王氏别业而扩充
之。盖其先世居休宁之长丰里,故即以名其园,以示无忘故土,其
实远近游客,但呼之为朱庄。园中亭沼鲜明,花竹秀野,有挐云楼
尤佳,南北高峰,六桥烟柳,皆在眼底,实游湖者第一好座落也。余
于去夏,为特鉴堂将军招同杨飞泉太守_{鹤书}、甘小苍邑侯_鸿,暨三儿_恭
_辰,饮于朱庄之水木明瑟轩中,纪以诗云:"郊坰小队碧波湾,画里楼
台一再攀。_{三日前甫到此。}避近客星依上将,招邀循吏话乡关。_{将军本吾}
_{闽驻防,杨与甘亦皆闽人。}雄谈不觉花皆舞,纵饮浑忘鬓已斑。漫说镜中
缘偶聚,天教此会重湖山。"家楚香中丞极赏此作,而尤以结语为壮
丽称题。今年长寝雨后,赵蓉舫学使招同固莲溪将军、蒋誉侯司业
_{元溥}、冯和亭编修_{培元},泛舟湖上,作竟日之游。午后饮于朱庄,余亦
有诗纪之云:"镜中一棹泛初阳,收尽山光与水光。难得五君闲里
集,来同六月雨余凉。灵峰突兀增心赏,_{灵峰寺观寺僧所藏书画。}古洞阴
森靳坐忘。_{紫云洞极深肃,入其中,不知是暑月。是日游女如云,故不能驻足即去。}长
日浪游不知倦,更寻明瑟好湖庄。""上将星明对斗魁,双双仙客引

蓬莱。仗君邂逅成高会,愧我追随是散材。肯以佳游付萍水,须知古谊重岑苔。名流胜践齐珍重,但为催诗首重回。"按前后三诗,同人皆有和韵,而蓉舫句云:"元戎小队原儒雅,仙侣同舟并轶材。"隐括将军、司业、编修三公,举重若轻,群推妙手。莲溪句云:"兴至偶然诗脱稿,时平一任剑生苔。"押苔韵,新颖而自然,且妙是本色语。此皆可入《西湖诗话》者也。

案　牍　文　字

恭儿初登仕版,于案牍文字未谙处,间以质余。而余则早如退院僧,不能随叩而应。行箧无书,即有书亦懒于寻检,惟随所问就所知而条答之,其问所不及者,姑舍是,知而不能宣之于笔者,亦不及详也。姑附于丛谈之后云尔。

功　令

《史记·儒林传》云:"余读功令,至广厉学官之路。"谓学者课功,著之于令也。今人率用此二字,以为公家之令,则不知起于何时。

令　甲

戴埴《鼠璞》云:"令甲、令乙、令丙,乃篇次也。汉宣帝诏:令甲,死者不可复生。《江充传》注:令乙,骑乘车马行驰道中,没入车马。章帝诏:令丙,棰长短有数。当时各有篇次,在甲言甲,在乙言乙,在丙言丙。今人以法律为令甲,非也。"按《史记·惠景间侯者年表》云:"令甲称其忠。"如淳《汉书》注云:"令有先后,故曰令甲、令乙、令丙。"此即戴说所本。然《宋史·杨时传》:"凡元祐之政事,著在令甲。"则已如今人之称令甲矣。

公　文

《三国志·赵俨传》:"公文下郡。"《北史·苏绰传》:"所行公文,绰皆为之条式。"今人上行下行之件,亦同此称。

文　书

《汉书·刑法志》云:"文书盈几阁。"《中论·谴交篇》云:"文书委于官曹。"《世说·政事门》云:"何骠骑看文书,谓王、刘曰:'我不看此,卿等何以得存?'"按今之文书,古亦谓之官书。《周礼》:小宰府掌官契以治藏,史掌官书以赞治。注云:"赞治,若今起文书草也。"

照　得

《朱子文集》云:"公移卷中,每用照对二字。如'照对礼经,凡为人子,不畜私财',又云:'照对本军,去年交纳人户'云,多不胜举。间用照得者,惟约束侵占榜,及别集委官收籴革米船隐瞒之条而已。所云照对,盖即契勘之义;照得,则'照对得之'省文也。"按今公移皆用"照得",盖自宋已然,而无有用"照对"者。

须　至

《朱子文集》云:"公移榜帖末,多用须至字。如云'须至晓示者'、'须至晓谕约束者',看定文案申状,亦云'须至供申者'。"翟晴江曰:今公文中,以此为定式,问其义则无能言之者。据《欧阳公集》,《相度铜利牒》云"无至误事者",《五保牒》云"无至张皇卤莽者",亦俱用之篇末。大抵戒之曰"无至",劝之曰"须至",其辞仅反正之间耳。

伏　惟

林之奇《尚书解》云:"如今人言'即日伏惟尊候'之类,使古人闻之,亦不知是何等说话。"按汉乐府《焦仲卿妻诗》:"伏惟启阿母。"《北海相景君碑》:"伏惟明府,受质自天。"则汉以来即用之矣。

施　行

《能改斋漫录》云:"今朝廷行移下州县,必云'主者施行',本《后汉·黄琼传》语也。"《史记·萧相国世家》:"便宜施行。"《汉书·京房传》:"考功事得施行。"今皆用之。

甘　结

《续通鉴》：宋宁宗时禁伪学，诏监司帅守荐举改官，并于奏牍前具甘结，申说并非伪学之人云云。"甘结"二字，似始见此。

遵　依

今之遵依，即古之服辨也。《元典章》："凡府司官对众审讫，必取服辨文状。"按今律，仍有狱囚取服辨条，注："服者心服，辨者分辨。"近易其名曰"遵依"，则有服而无辨矣。

移

《汉书·公孙弘传》："移病免归。"注云："移书言病也。"《后汉书·光武纪》："置僚属，作文移。"注引《东观汉记》云："文书移与属县也。"《文心雕龙》云：刘歆之《移太常》，文移之首也。

关

《文心雕龙》云："关者，闭也。出入由门，关闭当审；庶务在政，通塞宜详。"《宋书·礼志》载文移格式，有某曹关某事云，即今所仿行也。

准

周必大《二老堂杂志》云："救牒'準'字去'十'为'准'，或谓本朝因寇準为相而改之，又云曾公亮、蔡京父皆名準，因避準而为准。其实不然。余见唐诰，已作'准'，又收五代堂判，亦然。顷在枢密院，令吏辈。既而作相，又令三省如此写。至今遂定。"据此，则南宋时已通行作"準"，而今仍作"准"，又不知起于何时也。

仰

今官文书自上行下，率用仰字。或谓前明往往以台辅重臣谪居末秩，上官不敢轻易指使，故寓借重之意。不知此字由来甚古，君之于臣,亦有用此者。《北齐书·孝昭纪》:"诏定二王三恪是非礼仪体式,亦仰议之。"又宋太宗遣中使以茶药等物与希夷,"仰所属守令,以安车软轮迎先生。"则不始于前明矣。贾昌朝有《字音清浊辨》,云:"仰上声,下瞻上也。又去声,上委下也。"则不知所据何书。

白

《后汉书·钟皓传》:"钟瑾常以李膺言白皓。"按今人谓陈述事义于上曰'白',是也。

禀

今人由下陈请于上之语,率用禀字。翟晴江谓禀字未见出处,非也。禀为受命之词,亦有请命之义。《书·说命》:"不言,臣下罔攸禀令。"非禀字之出处乎?

申

《云麓漫钞》云:"官府多用申解二字。申之训曰重,今以状上达曰申闻,施于简札曰申解,皆无重义。即如解字,古隘切,训曰除。而词人上于其长曰解,士人获乡荐亦曰得解,皆无除出之义,不知何故。"

详

《淮南子·时则训》:"仲夏之月事无径。"注:"当请详而后行也。"今由下请上之文曰详,似已肇于此。

吊

青藤山人《路史》云:"今官文书中钓、调等字俱作吊,如吊生员考试,应作调,而作吊;吊文卷查勘,应作钓,而亦作吊,是也。"《寓圃杂记》云:"官书中字,有日用不知所自而未能正者。即如查,音义本与'槎'同,水中浮木也。今用作查理、查勘,则有稽考之义。吊,本训伤、训恧,今用作吊卷、吊册,则有索取之义。票,与'慓'同,本训急疾，今用作票帖。绰，本训宽缓，今用作巡绰。此皆不得其解者也。"

県

《说文》："県，断首倒悬也。音读若浇。"《广韵》："汉令：先黥、劓、斩左右趾，県首，菹其骨，谓之具五刑。"按枭首之枭，依此当作県，然《汉书·刑法志》已作枭字，何休《公羊传注》，亦有枭首之语。文十六年。

枉　法

史游《急就章》："受赇枉法忿怒仇。"注云："受人财者枉曲正法，反以为仇也。"按今之坐赃者，以枉法赃为最重。《唐书·李朝隐传》："赃惟枉法当死。"

处　分

《南史·沈僧昭传》："国家有边事，须还处分。"《北史·唐邕传》："手作文书，口且处分。"按此二字，史传中屡见，胡三省《通鉴音注》亦甚明，当作去声，音问。白居易诗："处分贫家残活计。"刘禹锡诗："停杯处分不须吹。"皆可证。时人谓近来多误读作平声，则非此二字之谓也。处分犹今言处置，自应读去声。若今人以被吏议为处分，则自作平声，谓分别而议处之也。与上所引殊别。

诖　误

今人谓因事而失官者为罣误，当作诖误。此二字亦甚古。《史记·陈豨传》："赵、代吏人为豨所诖误劫略者，皆赦之。"《后汉书·寇恂传》："狂狡乘间相诖误。"《易林·履之革》云："讹言妄语，转为诖误。"皆作诖。

发　觉

《汉书·高帝纪》："吏有罪，未发觉者赦之。"《淮南子·氾论训》："县有贼，大搜侠者之庐，事果发觉。"《后汉书·梁松传》："数为私书请托郡县，发觉，免官。"今官文书中犹习用此。

辞　　讼

近人称讼狱为辞讼。《汉书·薛宣传》：“辞讼者历年不至丞相府。”《三国志·杜畿传》：“民尝辞讼，有相告者，畿亲见，为陈大义，令归谛思之。自是少有辞讼。”

告　　示

古之条教号令，今统谓之告示。《荀子·荣辱篇》：“仁者好告示人。”《后汉书·隗嚣传》：“腾书陇蜀，告示祸福。”则其来亦古矣。

邸　　报

《宋史·曹辅传》：“政和后，帝多微行，民间犹未及知。蔡京谢表有‘轻车小辇，七赐临幸’语，自是邸报闻四方。”“邸报”二字见史始此。然《唐诗话》：“韩翃家居，有人叩门贺曰：‘邸报制诰阙人，中书荐君名，已除驾部郎中制诰矣。’”则唐时已有邸报之名矣。

花　　押

《东观余论》云：“唐时令群臣上奏，任用真草，惟名不得草。”是除署名上奏之外，皆得用草，即花押也。《魏书》言崔元伯尤善行押之书，特尽精巧。《北齐·后主纪》言连判文书，各作花字，不具姓名。后人遂合二文，名之为花押。唐彦谦诗“公文持花押，鹰隼驾声势”是也。

舞　文　弄　法

《史记·汲黯传》：“张汤好兴事，舞文弄法。”又《货殖传》：“吏士舞文弄法，刻章伪书。”《北齐书·孝昭帝纪》：“廷尉、中丞，执法所在，绳违按罪，不得舞文弄法。”《梁书·武帝纪》求谠言诏：“舞文弄法，因事生奸。”则此四字由来久矣。

先　斩　后　奏

《后汉书·酷吏传》序：“临民之职，专事威断，族灭奸轨，先行后闻。"注云："先行刑,后闻奏也。"此即今人所谓"先斩后奏"者。今各直省督抚,遇重犯,有先请王命,即行正法之条,亦可谓之先斩后奏,即古人之先行后闻矣。

谩上不谩下

《宣政杂录》载靖康初,民间以竹径二寸、长五尺许,冒皮于首鼓之。因其制作之法,谓曰"谩上不谩下"。按此语不甚分明。今人有"瞒上不瞒下"之语,似即本此,而以"瞒"为"谩"。

刁　风

桂未谷曰:今之善讼者,谓之刁风,此字循习,不察久矣。《史记・货殖传》:"而民雕捍。"索隐云:"言如雕性之捷捍也。"吏胥苟趋省笔,以"刁"代"雕"耳。

六　曹

今上下衙门皆有吏、户、礼、兵、刑、工六科房。《群碎录》云此为六曹,相传为宋徽宗所设是也。若《文献通考》言"政和初,改各州推、判、参军为士、户、仪、兵、刑、工六曹掾",则为今经历、照磨之属,非吏胥矣。

门　子

今世官廨中有侍僮,谓之门子,其名不古不今。《周礼》:"正室谓之门子。"注云:"此代父当门者。"非后世所谓门子也。《韩非子・亡征篇》:"群臣为学,门子好辨。"注云:"门子,门下之人。"此稍与侍僮相近。《唐书・李德裕传》:"吐蕃潜将妇人嫁与此州门子。"《道山清话》:"都下有卖药翁,自言少时曾为尚书门子。"则竟属今所谓门子矣。

八　字　例

服官不能不读律,读律不能不读例。例分八字,则以、准、皆、各、其、及、即、若之义,不可不先讲求也。"以"者与实犯同,谓如监守贸易官物,无异实盗,故以枉法论,并除名、刺字,罪至斩绞并全科。"准"者与实犯有间矣,谓如准枉法准盗论,但准其罪,不在除名、刺字之例,罪止杖一百,流三千里。"皆"者不分首从,一等科罪,谓如监临主守职役,同情盗所守官物,并赃满数,皆斩之类。"各"者彼此同科此罪,谓如诸色人匠拨赴内府工作者,若不亲自应役,雇人冒名,私自代替,及替之人,各杖一百之类。"其"者变于先意,谓如论入议罪犯,先奏请议其犯十恶,不用此律之类。"及"者事情连后,谓如彼此俱罪之赃,及应禁之物,则入官之类。"即"者意尽而复明,谓如犯罪事发在逃者,众证明白,即同狱成之类。"若"者文虽殊而会上意,谓如犯罪未老疾,事发时老疾,以老疾论,若在徒年限内老疾者亦如之之类。

戒　石　碑

"尔俸尔禄,民膏民脂。下民易虐,上天难欺"。此相传是宋乾德三年敕郡国各立戒石碑,上勒"尔俸尔禄"云云十六字,盖采蜀孟昶之辞也。《容斋续笔》载孟昶全辞云:"朕念赤子,旰食宵衣。言之令长,抚养惠绥。政存三异,道在七丝。驱蝗为理,留犊为规。宽猛得所,风俗可移。无令侵削,无使疮痍。下民易虐,上天难欺。赋役是切,军国是资。朕之赏罚,固不逾时。尔俸尔禄,民膏民脂。为民父母,莫不仁慈。勉尔为戒,体朕深思。"凡二十四句。但语皆不工,惟经表出者,词简理尽。按《玉海》载:绍兴二年六月,诏有司摹勒黄庭坚所书太宗《戒石铭》,遍赐守令,重刻之廷石。《示儿编》亦以为太宗,而《雅俗稽言》又以为真宗,要皆以为采取孟蜀之言。惟《集古录》以为戒碑起唐明皇,特不见其辞。明皇择令一百六十三人,赐以丁宁之戒,其后天下为县者,皆以新戒刻石。所谓新戒者,即明皇之所颁,与孟蜀之语无涉。至《七修类稿》又载至元癸巳浙中戒石铭,别有四句云:"天有昭鉴,国有明法。尔畏尔谨,以中刑罚。"此十六字,则更不知所出矣。

浪迹续谈卷二

东 瓯 杂 记

余寓居杭州五阅月，藉口于不以筋力为礼，酬应阔疏，惟时与王礼门观察、金亚伯少卿、张仲甫中翰、罗镜泉、许子双二广文往复剧谈，以消日力。当事则与赵蓉舫学使、固莲溪将军屡有西湖之游，间为小诗唱答而已。而恭儿以听鼓应官，略无暇晷，委谳之狱，层见叠出，委查之件，络绎而来，自言两月中往复钱唐江已六度矣。一日，楚香中丞语余曰："日来温州守缺人，敬叔可到班顶委。君能同往而不惮远行否？"余正色对曰："此上台用人之大柄，余何敢以私意可否其间。"时恭儿方奉委三衢，查询要案未回。越日院檄即至，同班中竟有觊得而生妒心者，亦有知为瘠地而不屑就者。窃念东瓯为四十三年前旧游之地，彼时系由福州陆行，越福宁一府，入平阳、瑞安而至永嘉。此时由杭州东去，则皆行滕所未经，舟舆屡换，诚为周折。且由东路则须越严州、金华、处州三府，由西路则须越绍兴、台州二府，极边之郡，千里而遥，无怪英俊者之裹足不前，而爱我者为之踌躇至再也。而余业已浪迹江湖，游兴吟情正因之勃发，遂尽谢招饯俗缘，刻日成行。随地随事，笔之于纸间，或铺之以诗，不自知其为老衰，亦聊以存一时之泥爪云尔。

首 涂 杂 诗

"悬车已六载，未能达乡里。一年再俶装，浪迹何所止。兹行聊自慰，就养名颇美。且偕子舍欢，都忘筋力弛。或较地肥瘠，或妒且或诋。是皆流俗情，但堪笑露齿。闭门谢饮饯，矻矻束行李。留供扁舟中，偷闲理故纸。时方校补《三国志旁证》，挟稿自随。亦有惜别者，慰以相见迓。所惜一畦花，明春姑舍是。_{新种牡丹数十本，属赁屋者善视之而已。}""温州浙东郡，更在海东偏。金言千里程，舟舆境屡迁。逼仄复逼仄，老衰非所便。我意殊不尔，怀安岂能贤。有家未得归，远近奚择焉。况我旧游地，回头卅三年。昔为饥驱客，今学地行仙。江山旧识我，但饶雪盈颠。朝发富春渚，暮过鸬鹚原。举杯看钓台，诗兆非偶然。_{八月间《观潮》诗："遐心便拟乘潮去，直溯桐江上钓台。"}顺风更相送，无烦百丈牵。飞腾越三州，吟情早轩轩。""永嘉本古郡，古来山水滋。华盖矗其颠，瓯江周其湄。谢客有池楼，右军有墨池。往时贤太守，卧理自所宜。比年萃渊薮，海水方群飞。屡报蛟鳄警，且防犬羊窥。莫矜斗山险，但为孤屿嬉。居安不弛备，万事凭一麾。专城即长城，庶其敬听之。""迢迢桃花岭，登降六十里。其高切青冥，其势尚迤逦。虬松作山骨，修篁被岩趾。我来方贞冬，小阳春可喜。柏花白如梅，红叶衬其里。一重复一掩，时复露刿崺。近山竞平揖，远山可俯跂。万朵青芙蓉，簇簇落眼底。名同斤竹佳，路颇仙霞似。遥开台宕奇，雄控瓯括峙。绝顶境愈幽，豁然洞门启。所以怀玉仙，直将剑阁拟。_{杨文公诗有剑阁之比。}""青田蕴名胜，久擅山水窟。石门仙所都，旧是洞天一。门前千重云，门内数片石。容可万人余，想自三古辟。最奇一条水，云外泻千尺。其端若匹练，天绅绚绝壁。其末如散珧，瀺灂雨韬日。或署为仙泉，或题作喷雪。_{皆洞中亭名，见志乘中，今不可考矣。}惟余《圣水碑》，斑驳字犹赤。亦有磨崖诗，未足称名笔。开自康乐公，重以诚意伯。人杰地始灵，我惟眷陈迹。_{洞中有诚意书院，堂中有刘文成公像。}""山行日日晴，徒侣无怨咨。夏湖甫登舟，浓云先四垂。颇闻大田干，麦苗方待滋。冬温亦可虑，洒润良所宜。船背忽送响，溪心暗增肥。既免沾湿苦，无愁滑路危。一酌聊自快，卧成喜雨诗。转枕天已明，船窗漏朱曦。洗眼入东嘉，悠然卸征衣。"

夏湖舟行诗

自处州至夏湖登舟，_{俗又称为下河。}中经青田入永嘉，皆顺水。而沿途多滩，舟行荦确中，颇似吾闽建溪，但不如建溪之艰险耳。距温州郡城百里而盈，即须候潮，盖本系顺水，为潮所冲，反成逆流，故又必俟退潮，始克随潮前进。此江自青田县承处州府大溪，东经七十二滩，流入永嘉境内，始安流少石，因称安溪，又绝似吾闽自困关至竹崎关一路。故余有诗纪之云："笋将换得木兰舻，荦确声中走怒泷。七十二滩都历遍，安溪真似竹崎江。""诗思迟于下水船，瞥来双塔涌中川。推窗细认江心寺，已隔前尘四十年"。

过温州旧事

乾隆四十四年己酉，余先叔父太常公以庶常入京散馆，途出温州，访张莪圃先生慎和于分巡道署。张与公为乙未会试同年，话旧甚殷。时海盗充斥，温与吾闽接壤，盗案之到官者月常百十起，太半皆闽人。而诬扳者亦多，甚至水师弁兵妄拿无辜、以觊功赏者。适有吾闽渔船五十余人，为盗匪所扳，公熟闻其冤，为言于张，登时讯释，舆论翕然。此五十余人者，遮道拜谢而去。越十五年为嘉庆九年甲子，余亦薄游东瓯，时分巡道东粤陈观楼先生昌齐为先资政公会试荐卷师。先生本词垣老宿，余以门下晚生礼进谒，甚承款接，谈艺极欢。适有同邑长乐渔船无辜被扳者，其数亦五十余人，余为乘间言之。登时饬县，尽行开释。吾乡人在温州商贩者甚多，一时欢声雷动，谓前后十余年中，方便功德，遥遥相对，不谋而合如此。今相距已数十余年，而温郡东关外吾闽商贾尚啧啧乐道其事。惟念太常公及余，彼时皆不速之客，信宿其地，而各有此一段善缘。今恭儿以一麾莅止，手握郡符，诚以康济为心，亦何善不可为，何冤不可理！因述旧事以勖之。

永嘉闻见录

余在武林，行箧本无多书，温州道阻且长，更未便于携带，计惟于到日从事一瓻而已。而孙雨人学博同元语余曰："此间文献销沉，除府、县志外，直是无书可借。"余为惘然。学博为诒穀先生志祖哲嗣，能世其家学,著作哀然,司铎永嘉垂二十年。余久耳其名,一见遂如旧相识。晤谈之次日,即出所著《永嘉闻见录》两卷相示,则积十余年之力,掊摭坠简,辨章旧闻,与夫山川之显晦、祠廨之兴废,旁及方言、物产,靡不广记而备言之。余粗为披寻一过,已如获异宝。学博今年七十有七,而老学不衰,健谈靡倦,俾余得稍知东瓯故实者,独赖此人此编。则虽无书可借,不为忧矣。又学博为余言:"永嘉学中有两茂才佩云、乔云者,爱客礼贤,喜储书籍。家有园林之胜,近人称为'曾园',来斯地者必往游焉,将来可为借书地也。"余心识之。

温 处 道 署

康熙中,铁岭高且园公_{其佩}分巡此邦,即题道署后园为"且园",有小轩,额曰"剀绿轩"。余于嘉庆甲子游东瓯,谒陈观楼先生。先生携余游且园,见轩名而疑之,不敢质也。后十余年,朱沧湄先生_{文翰}继任此职,乃考之曰:"此间俗相传为冠绿轩,按'冠'字从寸,此扁字分明从刀。朱人有诗云:'剀破玻璃绿一方。'似即名轩之义。刂字本应作剜,亦可省笔作刌。其从完作剀,想有所本,要即剜、刌之通假字耳。"沧湄先生之言如此,亦未知当时果是此字否,要殊胜呼作"冠绿"耳。沧湄先生有自制楹帖云:"妙作画图观,五色目迷高铁岭;恩叨江海住,三年心醉白香山。"甚工切,余已录入《楹联三话》中。昨庆云圃观察_廉招余饮园中,始知旧分十景,惟剀绿轩尚是高公旧迹。乾隆间,三韩徐公_绵复加修扩,有衔远山亭、筠廊、藤花径、亦舫、养竹山房、小春草池、莲勺、梅花书屋、松化石斋之目,各系以诗,并为小记勒石。此后,昆明杨公_潅又有《重葺且园记》及诗,汾阳韩芸舫先生_{克均}有《且园栽花记》,亦勒石壁间。惟余师静乐李石农先生_{銮宣}五古十首,则词意俱超,实足为此园增重矣。

温 州 郡 署

建炎三年己酉十二月,金人入临安,高宗航海,至庚戌正月二十

一日入温州港，二月一日次温州江心寺，赐名龙翔，十七日幸府城，驻
跸州治，三月十四日降旨移跸，十九日发温州，遂自定海还越州。此
见《建炎笔录》，《乐清县志》引之。盖宋高宗实驻今郡廨三十二日。
今廨内外规模壮丽，而遗迹无一存者，惟东客厅中有柱础四方，又两
半方，石色灿然，雕镂精致，迥非寻常廨舍所有，其为当时旧物无疑。
忆余巡抚桂林时，节署为前明德藩旧址，其规制极恢闳，而旧物亦无
一可考，惟二堂后两大门兽环，铜质极精，雕镂极细，外间所未睹，亦
可信为王府之遗，恰与东瓯柱础可成匹对。按旧志载晋太宁间，州署
建于华盖、松台两山之间，谢灵运、颜延之典郡，多亭阁园池之胜，今
皆无可考。又《浙江通志》载温州郡署中，有瑞景楼、红蕣楼、中山亭
诸胜，今皆废。乾隆二十四年，郡守李琬重修中山亭，今亦仅存遗趾。
道光乙未，南丰刘养云太守煜于署东修葺池馆，题曰"二此园"，盖取
"贤者而后乐此，不贤者虽有此不乐"之义，自为之记。园中强分八
景，曰阅音山馆，曰碧净玲珑馆，曰味无味斋，曰九折廊，曰墨池，曰品
雪盫，曰笔峰亭，曰转玉洞。其哲嗣彝生明经斯恒有《二此园八咏》，并
勒石于古柏轩之左近，又渐就圮废。余谓恭儿曰："此园不可不修，倘
得补实此郡，必当刻日兴工。今权篆之。日月久暂不可知，且矢此愿
可也。"

郡 署 楹 联

　　郡署旧为建炎驻跸之区，故制度崇宏，屋宇委属，为两浙十一郡
署之冠。惟自外堂以至内廨，楹柱无一佳联留题，岂以前官斯土者，
皆不屑为此耶？自恭儿莅任，始于东客厅中制一额曰"节俭正直之
堂"，而于楹柱书"政惟求于民便，事皆可与人言"两语。盖余初出守
荆州时，曾书此十二字于客座之旁，恭儿至今服膺不释耳。既又欲制
公堂联语。考昔贤守郡者，以王右军、谢康乐为最著，故县中有王谢
祠之建。此间山海要区，今昔情形顿异，有未可以王谢之卧理概之
者。余令其隐括此意为之。越日恭儿即以拟句呈云："要地寄一麾，
须常念海山深阻；旧堂共千载，敢但希王谢风流。"虽亦常语，而尚质

实不浮，因即令其揭诸堂楹，以谂观者。

东瓯王庙

温州旧迹，以东瓯王庙为最先，犹吾闽之祀无诸也。旧志载：东瓯王庙在华盖山下。王姓驺，名摇，越王句践七世孙，为秦所灭，遂率其民从诸侯灭秦，又从汉灭项籍。惠帝三年封东海王，没葬瓯浦山，因立庙焉。明以前皆称永嘉地主昭烈广泽王，洪武间始诏定为东瓯王。按汉封号本曰东海王，特以都东瓯，故共称为东瓯王。而《史记》已有东瓯王之号，故明祖遂仍之。考驺摇之被灭于秦，当在始皇之三十三年丁亥略取南越地时。越八年为汉高祖元年，其佐灭秦灭楚，当即在此数年中。又越十五年为惠帝三年己酉，始举高帝时越功，立为东海王，都东瓯。其卒年无可考，而《史记·封禅书》载越人勇之言："越人俗鬼，而其祠皆见鬼，数有效。昔东瓯王敬鬼，寿至百六十岁。后世怠慢，故衰耗。"敬鬼得寿，言固荒诞，而百六十岁之语，必是当时相传如此，非尽无稽。惜别无所征，但言东瓯王，亦未知即属驺摇否也。

王右军墨池

今温州郡署东偏有墨池，旁有石刻"墨池"二大字，相传为王右军守郡时所凿。而镇戎署中亦有之。或云彼是真迹，而此是后人附会者，或云镇署之墨池，初亦没于民间，而后理出之者。余谓《晋书·王羲之传》，并不言其守永嘉，惟郡县旧志，皆承宋元数修之后，纪载凿凿。旧志《祠祀门》有王谢祠，在华盖山下，祀晋郡守王羲之、宋郡守谢灵运。邑人王叔杲有《王谢祠记》，略云："两贤治郡之绩，虽世远莫详，而任敬亭《郡志》尝曰：'永嘉自东晋置郡以来，为之守者，若王羲之治尚慈惠，谢灵运招士讲书，由是人知向学。'盖并以循吏称而声迹流播。泉曰'墨池'，堂曰'梦草'，坊曰'康乐'，民至于今称之。"又郡志《坊表门》有五马坊，谓王羲之守郡，尝控五马出游，故名。又引万历旧志,谓墨池在城内墨池坊,王右军临池作书于此,米芾书"墨池"二大字。又叶式《墨池记》云:"右军刺温,多惠政,暇辄复临池。其制方,其水冽。或云即右军涤研所,至今水面时时见墨点如科斗,汲之无有。"又石门劳大与《瓯江逸志》云:"温州自百里坊至平阳峙百里,皆种荷花。王羲之自南门登舟赏荷,即此地。"又旧志载城北八里有华岩山,中有黄岩洞,其石可为砚。王右军帖云:"近得华岩石砚颇佳。"又引谢灵运与弟书云:"闻恶道溪中九十九里,五十九滩,王右军游此尝叹其奇绝,遂书'突星濑'于石。"又云郭公山有富览亭,额系王羲之笔,亭久圮,字迹犹存。凡此皆右军在永嘉之实事,想宋元以前尚有他书可征,不能因《晋书》本传偶未及之,遂断为右军必未守永嘉也。今署东墨池上隶书石刻"墨池"二大字,跋云:"《郡志》载右军为永嘉太守,于署凿池,曰墨池。考《晋书》,右军无守永嘉事。池之有无,疑信间耳。前守刘君讳德新,嗜古土也,因亭前有方塘,石刻'墨池'字以实之,岁久剥落。余修葺公廨,恐前人之意遂湮,命儿子埙作隶体,重镌焉。传信欤? 传疑欤? 俟论定于博闻之君子。乾隆强圉大渊献厉相月书于署东之留闲轩,斟城李琬。"按李系山左寿光人,乾隆丁亥、戊子间守郡,距今不及百年。此石刻语意游移,殊不足为墨池重,但惜米襄阳旧迹,不知何时为大力者负之而趋耳。又按《四朝闻见录》云:"留元刚字茂潜,以宏博应选,使酒任气。永嘉刘锡祖、父,掩据羲之墨池且百年。后为世仆所发,公断其庐,得池于卧内,刘氏遂衰。"留茂潜为丞相申公之子,建炎中知温州军州事,当时此事甚伟。所可笑者,刘氏以前贤名迹掩之卧内,不知是何肺肠耳。

二 十 八 井

《郡志》言郭璞扦城时,凿二十八井,以象列宿,今俱无可指名。惟城中有最著之井数处,或即在二十八井之中。一为县学署中之炼丹井,井阑用青石六方砌成,六角形,内分刻阳文"容成太玉洞天"六大字,旧传王右军书。余尝觅得拓纸视之,殊未敢信。阑外向南,又有阳文石刻云"至治癸亥菊月丙申,朱善敬立庄严胜事"四行凡十六字,亦莫详所自也。一在巡道署且园之后,有水一区,中立石柱数条,内有一条刻"古井"二字,则其下必有一井也。一在府署东偏墨池中,有石甃一区,想亦系古井久湮,因凿池而得井,故特表出之。一在东山书院谢祠阶前,井阑内面石刻云:"开元寺僧利卿,谨舍净赇壹拾叁贯文有余,重修义井一口,并置井阑甃砌等。所期福利,上答四恩,下资三有者。时至和元年甲午岁十一月二十七日题记耳。"孙雨人曰:"净财字屡见唐宋石刻,净赇二字颇新。又耳字可笑,唐宋人舍塔等石刻题字,常用此字作收,亦相沿俗习,不求其解也。"一为东门内横井巷有大井,石阑内横刻"天宿"二字。余如《县志》所载,兴文坊有井,道爱坊有井,康乐坊有二井,简讼坊有井,永宁坊有二井,问政坊有井,甘泉坊有井,寿宁坊有井,集善坊有井,宝珠坊有井:亦不过十二井,于二十八井之数,所佚多矣。

容　成　洞

《郡志·山川门》"华盖山"下,引万历旧志云:"郡城九斗山,此山锁其口,有容成太玉洞,道书为天下第十八洞天。有石龟潭、三生石、青牛坞、丹井、蒙泉诸胜。"按《广舆记》云:"黄帝时容成子修道处,宋仁宗遣使访之,但有三生石存。"今永嘉学署,即容成洞旧址。署后土阜上,面南有石如屏,高约四尺,上宽约四尺余,下带尖势,无字。其右又斜立一石,高亦相等,向西南面者亦无字,向东北面者居中镌篆体"三生石"三大字。篆字之前,镌隶体"太玉洞天教主长溪张大光印证"十一字。长溪为吾闽之霞浦,张大光曾为永嘉教谕,即霞浦人,见府县志。后又镌"中书舍人柳楷重摹"八字。据《郡志·选举辟用门》载:"明瑞安县柳楷,童子中书舍人。"即其人也。但此未知即系宋高宗所访之石否。柳款明言重摹,恐字非旧字,石亦非旧石矣。

飞　霞　洞

飞霞洞在积谷山上,相传东汉刘根隐此,乘赤霞至天台访紫灵君,故有飞霞之名。洞倚城墙,其旁有大樟树,后人因树建楼,老干横出窗外，人皆呼为卧树，最为奇观。前人题咏者颇少，余前游诗仅有"卧树犹存六代心"七字，未足以尽其胜。余师李石农先生，有用韩公《山石》韵七古一章甚壮，诗云："豫章树大石罅微，老干出罅神龙飞。耽耽楼阁压不住，攫空夭矫鳞鬣肥。天公有意弄奇诡，树耶龙耶知者稀。岂是刘根亲手种，千年仙去猿鹤饥。不然根盘节错等闲事，何以倒悬横卧裂石穿岩扉？我来留云亭上坐，茶烟竹籁摇烟霏。兴酣飘飘出尘表，鼓动细枝青十围。高排天阊下地轴，白云如海风吹衣。步虚偶弄白玉琯，脱舃不受红缰靮。大呼一声骑树去，婆娑游遍沧溟归。"又余同年朱文定公士彦一长歌，尤卓荦不群，今并录之，以张此树故实，云："昔陟戒坛寺，卧龙之松一见之。今游飞霞洞，卧树之楼乃尤奇。仙人何年种石壁？半空挺出轮囷姿。传闻此地昔日著灵怪，青牛罔两母乃尔所为？空山偃仰千百载，樵苏匠斧了不知。楼头百尺足高卧，下视万木真卑卑。豫章之材古所重，往往溜雨存其皮。此木或是谢公植，甘棠遗爱留今兹。世间万物各赋命，老寿岂可常理期。秦松久闻称位号，孔桧仅得延旁支。海风飘忽晚潮响，相逢我亦津梁疲。摩挲礌硘三叹息，岩栖尚有全和碑。"余兹游亦补作一诗云："又作飞霞古洞游，重看大树阅千秋。仙株岂果刘根种，美荫真从谢客留。已觉山楼遮不住，莫教地轴隘难收。也应回首丘山重，若更横行那得休。"则因物起兴，又别有感触矣。

飞霞洞口题名

飞霞洞口有石碑，刻"至和二年乙未夏六月下旬休，新酿报熟，佳果探成，清泉可漱，芳树堪倚。郡守陈求古率通判王希颜、邑令孙奕台会于岩石之上，醉书以记"。孙雨人学博曰："《永嘉志·职官门》，知县仅有孙奕，并无孙奕台。今碑外用砖瓦砌一神龛，其字大半为砖瓦所掩，不能全读，惟奕字下确是台字，会字上俨是寿字。恐其中有脱误之字。久之，始从友人借得碑石全文读之，则台字下、会字上脱'幙陈确、从事赵颉、杜仁寿'十字，顿释胸中之疑。惟台幙二字难解，或幙即幕之变体。处州丽水南明山高阳洞，亦有

'郡幭刘辅'之题名,可以互证。"余谓此说诚是。幕字移下"巾"于左边,即为幭字。台幭,犹今人之称宪幕耳。此是北宋石刻,此说可入《两浙金石志》也。

戏　彩　堂

《温州府志·职官门》有通判赵岉,《古迹门》载"戏彩堂"引《方舆胜览》云:"在倅厅,通判赵岉迎其父清献公抃就养,因名。苏子由有《寄题戏彩堂》诗云:'春晚安舆遍浙东,永嘉别乘喜无穷。橐装已笑分诸子,吏道何劳问薛公。堂上寿樽诸掾集,室中麈论万缘通。兴阑却返林泉趣,幕府长留孝悌风。'"按东坡有《次韵子由送赵岉归觐钱唐遂赴永嘉》诗云:"归舟转河曲,稍见楚山苍。候吏来迎客,吴音已带乡。言从谢康乐,先献鲁灵光。已击三千里,何须四十强。风流半刺史,清绝校书郎。到郡诗成集,寻溪水溅裳。芒鞋随采药,茧纸记流觞。海静蛟鼍出,山空草木长。宦游无远近,民事要更尝。愿子传家法,他年请尚方。"王注:"次公曰,岉,清献公之仲子也。清献守杭,岉将倅温,先归觐亲而后之官。过南都,子由作诗送之。时先生在徐,次其韵。"今子由《戏彩堂》诗已载《温州府志》,则此诗似亦应补录入《永嘉县志》。余别杭州时,同人有举此事为颂者。余曰:"迎养事固相类,然如赵清献公之清风亮节,已未易攀跻,更安得有眉山兄弟之诗,足以张其事以传诸永久哉!"

英　济　庙　楹　联

温州瑞安门,俗呼大南门。出城半里许,有英济庙,俗呼白马庙。相传神为昭明太子,既无旧碑可考,里人亦无能详其原委者。庙中有潘宗耀楹帖云:"白马溯光仪,彩仗霓旌,尚振英风昭胙蚃;黄糜谈故事,仁浆义粟,长传闿泽济嗷鸿。"跋云:"英济庙神灵最著,里俗相传梁昭明太子拯饥来此,时乘白马,故又称白马庙。"云云。按《郡志》未载此事,前史亦无可征证。昭明何以能来温拯饥,事属茫昧,惟此联尚非俗笔。适余辑《楹联三话》,到温州旬余日,偶入庙睹此,因附录之。孙雨人学博云:"《续雁荡山志》载,卧云禅师重建罗汉寺于谷内芙蓉峰下,劚地得古石碑,高二尺,阔一尺,文曰:'昭明太子肇基,建号昭明禅寺,及造宝塔一所以奠温麻康盛者。大梁大通元年丁未岁上元志。'考《梁书》,太子统以中大通三年辛亥四月卒,始谥昭明,岂有五年之前先有立号刻石之理?殊不可解。余谓此碑必好事者所为。"若此碑果真,则是唐以前所遗,当为东瓯第一贞石耳。程浩《雁荡开山说》、李象坤《雁山志余》并载此事,乐清县志已辨其诬。

永嘉忠义节孝祠楹联

永嘉县学之东偏,旧有忠义节孝祠。嘉庆初,为飓风所圮,嘉庆末始重建。朱沧湄观察文翰为碑记其事,又各为之楹联。忠义祠云:"近圣人之居,容光必照;遵海滨而处,明德惟馨。"节孝祠云:"儿女尽能之,一点热肠,三分血性;家庭常事耳,察乎天地,通乎神明。"余皆录入《楹联三话》中。

浩 然 楼

江心寺西偏有浩然楼,相传为孟襄阳题诗遗迹,因建此楼。秦小岘先生谓楼名不应直斥前贤之名,改题为孟楼,镌跋于额纪之。余按谢康乐《游孤屿》诗铺陈景物,言不及寺观,旧志载唐咸通中始建东塔,宋开宝中始建西塔,至建炎驻跸于此,而丛林始盛,则是楼当亦成于宋、元以后。楼之西为文公祠,盖信国公流寓旧址。拜瞻遗像,正气如生,始恍然于浩然之名,实寄尚友之慨,与襄阳两不相涉,小岘先生之改题似未深考。忆余四十三年前登此楼,曾私辨之,而系以诗云:"凭栏泼眼尽秋光,城树村烟俯莽苍。历览敢希谢康乐,标题漫借孟襄阳。江山如此清辉在,人物当年逝水忙。谁识浩然留正气,西偏丞相有祠堂。"故人郭频伽明经麐极以为是,曾编入《灵芬馆诗话》。今年重登此楼,则楼中有近人一联,跋语所见,亦与余同。而寺僧游客,亦尚同声称为"孟楼",可笑也。余前诗专辨浩然楼旧额不必改题,而于江心寺之题面、题情,实未赅括也。兹游周览寺中略遍,又偕吴平_一^{思权}、程介笙^{祖寿}二郡丞及恭儿饮于浩然楼中,游事视前较畅,因补成七律一首以纪之。俯仰四十余年,而诗不加进,姑录附此,但益汗颜而已。诗云:"江上诸山对酒杯,江心古寺忆曾来。建炎旧事徒增慨,信国遗风亦可哀。漫借孟楼作诗话,更无谢客擅清才。天涯水气长如此,^{杜诗:'孤屿亭何处,天涯水气中。'}四十年余首重回。"

池　上　楼

《永嘉县志》载池上楼,引《太平寰宇记》云:"谢公池在州西北积谷山之东,谢公梦惠连,得诗于此。"又引《万历府志》云:"在丰暇堂北。"今久已无存。或云在今城守营守备署中。余询之孙雨人学博,据云今积谷山俗呼为东山,池似即在今东山书院左右。十余年前,郡人张鉴湖观察^{瑞溥}致仕回籍,曾乞蔡生甫先生^{之定}书池上楼扁字,就东山书院之前购隙地十余亩,辟为亭馆,颜曰"如园",临池建楼三楹,即将蔡扁悬挂其中,以存谢公之旧。若营署之旧迹,别名梦草堂,是明人旧迹,与池上楼全无涉也。

江　心　寺　门　联

孙雨人学博《永嘉闻见录》云:"江心寺外门旧有联云:'云朝朝朝朝朝朝朝散,潮长长长长长长长长消。'旁署'宋状元梅溪王十朋书题'。余谓此等似巧实拙,断非梅溪手笔。即如联意,亦止须'云朝朝朝散,潮长长长消',何烦重叠至八字耶?"并引蔡葵圃之言曰:"题曰宋,曰状元,本人断无此款式,其为好事者假托无疑。"忆余四十三年前到此,亦曾目击此联,以其费解笑置之。旋里后,乃知闽县乌龙江之东山上罗星塔,旧有七字联,不知何人所撰,其句云:"朝朝朝朝朝朝夕,长长长长长长消。"过客皆不知所谓。相传康熙中有一道人到此,读而喜之。众请其说。道人笑曰:"此山为海潮来往之区,此联出语第一、第二'朝'字上平声;第三'朝'字下平声,通作潮字;第四'朝'字下平声;第五'朝'字上平声;第六'朝'字又下平声。凡下平声者,皆应作潮字读。对语第一、第二'长'字,平声;第三'长'字上声;第四'长'字平声;第五'长'字上声;第六'长'字又是平声。如此读之,自不烦言而解,不过是言潮汐长消而已。"言讫,道人遂不见,或以为纯阳现身也。按此塔联与寺联字句互异,其为仙笔与否,不可知,而塔联似较简明有意趣,故余曾录入《楹联续话》中。学博言道光壬辰,风痴大作,此联吹入江中,不知飘流何处。而余今冬重游,则寺门仍有此联,却无前款,后题"章安蔡朝珂重录"。

江心寺楼联

江心寺楼上,楹帖甚多。余同年李芝龄尚书一联,最为时所传诵。句云:"青山横郭,白水绕城,孤屿大江双塔院;初日芙蓉,晚风杨柳,一楼千古两诗人。"此外朱沧湄观察亦有句云:"长与流芳,一片当年干净土;宛然浮玉,千秋此处妙高台。"亦颇超脱。又楼外小柱上有沈茂才步云集唐人一联云:"潮平两岸阔,江上数峰青。"亦尚自然,此则闻之孙雨人学博,余两度登楼,实皆未见此联也。按芝龄尚书"初日"、"晚风"八字,是合谢康乐、孟襄阳言之,二公皆与孤屿有关,可称巧合。而徐铁孙权守_荣一联云:"众山遥对酒,孤屿共题诗。"则直书孟襄阳之句,且跋云:"书此以实孟楼之名。"是为小岘先生扬其波,殊可不必矣。余前游有诗而无联,近始补制一联云:"风景不殊,四十年余旧泥爪;江山如许,二千里外小金焦。"

谢 公 亭

江心寺西偏有谢公亭。考杜少陵《送裴虬尉永嘉》诗:"孤屿亭何处? 天涯水气中。"据《太平寰宇记》:"孤屿在温州南四里永嘉江中,屿有二峰,谢灵运所游。后人建亭其上。"而《县志》乃有"谢公亭不知废于何时"之语。绎杜老诗意,则唐时亭已无存。而明人何文渊_{宣德时}

永嘉郡守。有《谢公亭记》，林彦有《登谢公亭》诗，并见永嘉县志。似唐宋以来，此亭乃屡废屡修矣。

文　公　祠

江心寺有文公祠，祠壁有石刻信国公像，为前巡道秦小岘先生所摹。有赞有诗，并系以跋。跋云："《温州府志》及《永嘉县志》俱称德祐元年，公与陆秀夫、张世杰在江心寺同立益王，非也。《宋史》：益王昰、信王昺以德祐二年春同走温州，陆秀夫追及于道，张世杰自定海至，奉益王为兵马都元帅，昺副之。是此时公并未在温，无同立益王之事。迨益王入闽，公始自高邮泛海来温，上表益王劝进。召至福州，拜右丞相，改封信王为卫王，皆德祐二年事。《县志》称德祐元年亦误。"案此跋似未深考。今府、县两志，并无文天祥同立益王之文，且俱明标德祐二年，不知小岘先生何所据而云然也。小岘先生有一联云："杜宇声寒，柴市一腔留热血；梅花梦断，瓯江千载泣忠魂。"颇工丽。然尚不如彭清典联云："孤屿有邻，喜得卓公称后死；严陵在望，直呼皋羽哭先生。"尤为警切矣。又有一长联云："久要不忘平生之言，古谊若龟鉴，忠肝若铁石；敢问何为浩然之气，在地为河岳，经天为日星。"初闻此联语，极为叹赏，而不知何人所制，今乃知为李石农师所题。盖信国大魁日，出王伯厚之门，"古谊"二句即其卷中评语。不独忠肝铁石，信国果践斯言，而伯厚之具眼知人，亦为龟鉴矣。此吾师所谓"久要不忘"也。若非稽此故实，鲜不疑上联所作为何语耳。

卓　公　祠

文公祠之旁为卓公祠，祀前明户部侍郎卓忠毅公_敬。从前纪载各书，率称卓忠贞祠，实沿误也。公旧有祠，前明中叶，奉诏建在郡城南隅，湫隘不可理，万历间郡守卫_{承芳}始移建于江心寺文公祠之右。岁久倾圮，我朝康熙中，郡人陈孝廉_{振麟}倡捐重修；乾隆丙子，督学使者吾闽雷翠庭先生铉，复率永嘉崔邑侯锡重修；甲午，曾邑侯唯亦从事焉。顾规制稍狭，祠中名流榜联及过客题咏，少所概见，视文公祠喧寂迥异，为之怃然。按史传载，建文初，忠毅尝密疏言："燕王雄才大略，酷类高帝，北平形胜地，金、元所由兴。今宜徙封南昌，万一有变，亦易控制。"疏入召问，叩首曰："臣所言，天下至计，愿陛下察之。"帝默然，事竟寝。燕王即位，责以建议徙封，离间骨肉，然犹怜其才，命系狱。姚广孝故与有隙，进曰："敬之言诚见用，上讵有今日乎？"成祖不得已斩之，且夷三族，慨然曰："国家养士三十年，惟得一卓敬耳。"焦弱侯竑作祠记，叙述独详备，所当镌之祠壁者也。祠中有旧联二，颇沉着，一云："祠接谢亭，亦有文章惊海内；忠符信国，并悬肝胆照江心。"系雷翠庭先生所题。一云："沥悃陈谟拒不庸，遂使奸邪误国；捐躯赴难同一死，却教沟渎无颜。"系诸城窦东皋先生光鼐所题。翠庭先生又有一扁云："忠炳几先。"亦极警切，名人手笔，故自不同。余亦思学制一联，而屡不就，漫缀一诗云："湛族当年泪不收，江心遗庙尚千秋。敢言养士真收报，恨不移封作隐忧。末路可怜遭病虎，故山应悔错骑牛。革除旧事谁相理，赖有天朝谥典优。"

双　忠　祠

双忠祠在华盖山上，康熙中题请崇祀温处道陈丹赤、永嘉令马琇，皆殉耿逆之难者。祠额系御书，盖异数也。按陈丹赤系吾乡闽县人，康熙十三年任温处道，觐回中途闻闽变，兼程抵瓯，与绅民誓固守，以待援师。为献城叛镇所胁，被害，赠通政使，谥忠毅，祀名宦，吾乡陈秋坪先生登龙之高祖也。《郡志》中小传，数语寥寥。忆余少时，即读林畅园师茂春诗，集中有长歌一首，叙述详备，足以传忠毅公，因亟录出，以备他时修志者之采择云尔。题云《陈君秋坪出其高祖温海道金事忠毅公遗像见示，为作长歌以赠》，云："我朝定鼎际初载，版籍河山尽四塞。碧海鲸鲵取次清，罗平妖鸟谁留在。恩波带砺策殊勋，炙手封藩势绝伦。桂宫自辟铜龙寝，芝册亲镌铁券文。狼烽忽报闽南起，吮血磨牙等封豕。东海兔毛预告妖，三山鱼烂愁难止。凭陵杀气亘中霄，竖子迎降翻见招。箭锋直抵钱王塔，斗舰纷乘罗刹潮。陈公本是英雄士，两浙门庭左右倚。须戟全因愤激张，孤身不畏流离死。蜂屯蚁聚在边封，独力支持恨不穷。辛苦量沙怜道济，艰难誓众泣臧洪。岂知扼虎雄谋壮，叛魁已入军符帐。盗钥逢孙启北门，挥戈朱序临淮上。忠肝赤胆气慨慷，仗剑临戎愤莫当。睢阳甘向危城陨，卞壶都因骂贼亡。天弧一日歼群丑，凶徒自献藁街首。劲节当邀延赏恩，贞名合并旂常寿。至今后嗣袭余芬，遗像棱棱此日存。乌衣本是诸王后，敝履谁知楚相孙。故家遗物愁萧索，一领青衫甘落泊。题柱羞过司马桥，叨荣难上孙弘阁。百年旧德尚如新，振奋终期此日身。卧看云霄盘健翮，不愁沧海兀穷鳞。"余里居时，熟从秋坪先生游，忠毅公遗像久已瞻仰矣。

王梅溪逸事

江心寺僧某，<small>曩阅说部载其事，今并书名、僧名俱忘之。</small>有道行，适王梅溪读书寺中，僧识其非凡，常敬礼之。寺前有临江片地，屡筑屡圮，每工甫就，辄有龙来搅翻，僧其思所以止之。一日，饮梅溪酒，乘其醉，恳之曰："江岸有一片地，是居士主之，今求舍与老僧，以便畚筑，何如？"梅溪曰："如何舍法？"僧曰："但求舍字一纸，署名注押可矣。"梅溪如言付之。越日兴筑间，龙复来，僧以舍字遥示之，龙即帖然而去。梅溪为宋代名臣，其能孚及豚鱼，宜矣。又《瓯江逸志》载：梅溪之大父格病笃，思得鲫鱼，方盛暑，不易致。梅溪之父辅祷于井，钓得巨鳞以进，父病旋愈。时梅溪年十一，亲见之。此与王祥卧冰事相类，孝感之门，又宜其克昌厥后矣。

卓 忠 毅 谥

瑞安卓惟恭侍郎，《明史》有传而无谥。万历间《府志》，载庐陵刘球为之私谥忠贞。康熙间《府志》，载隆庆初诏录革除诸臣谥，敬曰忠贞。而《静志居诗话》则云顾锡畴典礼容台，始定革除事，实赠敬太子太保,谥忠贞,似又在崇祯间。言人人殊,至我朝乾隆四十一年,诏赐公谥忠毅,而公身后易名之典始定,足以慰公于九原。前后歧说纷如,皆可不问矣。

卓忠毅逸事

《府志》末载卓忠毅逸事一则,惜不言所据何书,甚可以资谈助,因录之。其词曰:"卓敬年十三,读书宝香山中。一夕夜归,遇暴风雨,迷失路径。遥见林外火光,趋赴之,乃一小院,中有读书声。叩门,一童应声出曰:'先生知郎君来,使吾相候。'卓仰视门扁,题曰'体元',入见一老翁坐灯下,卓前揖之。翁起劳苦曰:'深山风雨昏黑,得毋惊乎?'卓曰:'此吾晨昏之常,但恐贻亲忧,得一烛寻归路可矣。'翁笑曰:'山中那得有烛。郎君且燎衣。'卓起解衣,问童子曰:'翁为谁?'童子曰:'先生不欲人知名,但称逍遥翁。'又问:'子何名?'曰:'少孤。'卓疑为隐君子也,更前致敬曰:'余家只在山下往来,山中至熟,未闻有体元院,亦未闻有逍遥翁。敢请?'翁曰:'吾世业医,隐中条山中,后因避难,闻陶隐居有丹室在此,采药南来,结庵小憩。不久亦还故山,郎君无用知也。'顷之衣干,卓乞归。翁曰:'郎君既不肯留,吾有一牛可骑之,昏夜泥淖,当有所恃。'卓大喜。即命少孤牵牛出,复呼一童名少逸曰:'将吾旧笼来。'就笼中取出一僧帽,谓卓曰:'既不能款留,敢以此为赠。'卓辞曰:'吾书生,将期匡济天下,安得相戏?'翁曰:'第收之,他日当自埋会也。'卓坚却,翁再三叹息而已。卓遥窥笼中,悉箍桶匠所用物及僧家衣钵耳,遂骑牛致谢别去。及抵家,人已就寝,惊问故。具以告,举火将牵牛入,忽抖擞咆哮而逸,则一黑虎也。一室震骇。比明,访体元山居,不可得。数日后,于县西四十里陶弘景丹室故址旁,有一古庙,仿佛雨后所经者。壁有潘阆《夏日宿西禅院》诗,笔墨犹新,循其路归,见虎迹历历尚存焉。"按《瑞安县志》云:"宝香山在县南,越江十五里,小屿临江,三面水绕,状如浮虹。今东西涨淤,惟北面滨水,为明卓敬读书之所。"

淫　　祠

梁学昌《庭立纪闻》云:"《史记·封禅书》:南山秦中,祠二世皇帝。其后匡衡奏罢之。《三国志·王朗传》注:会稽旧礼秦始皇,与夏禹同庙,朗为太守,除之。此古者祀厉之意。盖鬼有所归,乃不为厉,故泰厉、公厉、族厉之祀,先王皆举而不废。然因有此典,后世建立淫祠,遂假以为说,岂可训乎?温州有秦桧祠,朱文公毁之;王振祠,天顺元年立,见钟惺《明纪编年》;魏忠贤祠,则天启时处处有之。"又宋高文虎云:"温州土地,杜十姨无夫,五髭须相公无妇。州人迎配,合为一庙,乃杜拾遗、伍子胥。"按今郡城并无杜拾遗、伍子胥祠,杜与伍足迹并未到温,宜不得有祠,不知此笑柄从何而起。今城内外并无他淫祠,惟载在祀典而剥陊待整者尚多。是所望于贤有司之修举废坠耳。

王　　克

《颜氏家训》卷五载:王克为永嘉太守,有人饷羊,集宾欲燕,而羊绳解,来投一客,先跪两拜,便入衣中。此客竟不言之,固无救请。须臾,宰羊为炙,先行至客。一脔入口,便下皮内,周行遍体,痛楚号叫,方复说之。遂作羊鸣而死。此孙雨人《闻见录》所采,事不足存,而王克之名不见于郡、县志。此六朝人,当与谢康乐、颜延年、裴世期先后守郡,而无人道及之者,知志乘所佚多矣。

潘　　柽

《永嘉县志·经籍门》载潘柽《转庵集》一卷,《文苑门》有传。按《梅涧诗话》云:"永嘉潘柽,字德久,号转庵。水心先生序其诗集,言德久年十五六,诗律已就,永嘉言诗,皆本德久,读书评文,得古人深处。举进士不中第,用父赏授右职,为阁门舍人。题钓台一联云:'但得诸公依日月,不妨老子卧林丘。’为人传诵。”按此联余辑入《楹联三话》,其实是一七律之颈联,今载《瀛奎律髓》中。诗云:“蝉冠未必似羊裘,出处当时已熟筹。但得诸公依日月,不妨老子卧林丘。”此前四句,虽常语而却旋转自如,后四句则平率矣。诗派虽开四灵之先,其工力实不相上下也。

文　信

翁覃溪师《复初斋文集》中,有《跋文雪山墨迹卷》云:“文信号雪山,永嘉人,此卷是其自书所作五言律、七言绝句,凡八诗,不著岁时。予考雪山《题赵彦征画卷》,在洪武六年夏六月,证之此卷《题扇》诗‘江南京国’、‘钟峰驻马’之语,则前诗所称‘听宣谕’者,是在明洪武初年所作。后之辑明诗者,却未之及。”按洪武初既有诗,则为元人无疑。而今郡、县志皆失载,何也?

东 瓯 学 派

永嘉学统,宋以前无可征,自南渡而后,人文始盛。南丰刘起潜埙《隐居通议》云:“初周恭叔首阐程、吕氏微言,放新经,黜旧疏,挈其侪伦,退而自求,是千载之已绝,霍然如醉忽醒,如梦方觉也。颇益衰歇,而郑景望出,明见天理,身畅气怡,笃信固守,言与行应,而后知今人之心可印于古人之心。故永嘉之学,必兢省以御物欲者,周作于前,郑承于后也。薛士龙奋发昭旷,独究体统,帝王远大之制,叔末寡陋之术,不随毁誉,必摭故实,如有用我,疗复之方安在。至陈君举尤号精密,民病某政,国厌某法,铢称镒数,各到根穴,而后知古人之治可措于今人之治矣。故永嘉之学,必弥纶以通世变者,薛经其始,陈纬其终也。四人,乡之哲人也,此叶氏所著《温州学记》之说。”案此说隐括源流,叙述赅备,而独为温州府、县志所不采,今之士大夫盖鲜有知之者。自孙雨人学博,始录于《永嘉闻见录》中,并以意列为谱系于后。开山第一人,为周恭叔行己,再传三人,为郑景元伯英、郑景望伯熊、薛士龙季宣，三传四人，为陈君举傅良、叶行之幼学、吕伯恭祖谦、叶正则适，可谓明辨晰矣。今府县所列人物，尚不能如此之有端绪也，故急表而出之。

四 灵 诗 派

宋时有四灵诗派，皆永嘉人：徐照字道晖，号灵晖，诗曰《山民集》；徐玑字文渊，一字致中，号灵渊，诗曰《泉山集》；翁卷字续古，号灵舒，诗曰《西岩集》；赵师秀字紫芝，号灵芝，诗曰《天乐堂集》，当时即其号而目之为"四灵"。四人中，惟赵师秀尝登科出仕，诗亦最工。纪文达师尝云：师秀诗如"楼钟晴听响，池水夜观深"、"朝客偶知亲送药，野僧相保密持经"，徐照等能之；而如"野水多于地，春山半是云"，"辅嗣《易》行无汉学，元晖诗变有唐风"，则徐照等所弗能道也。

王 梅 溪 前 身

《爱日堂丛钞》载王龟龄詹事十朋有《记人说生前事》，其略云："余少时有乡僧，每见必曰：'此郎严伯威后身也。'余访诸叔父实印大师，叔父曰：'严阇黎，汝祖母贾之兄，吾之舅氏，且法门之师也。博学工诗文，戒行修饬。汝父母昔以无子为忧，政和壬辰正月，吾师卒，汝祖梦吾师至，集众花结成一大球，遗汝祖曰："君家求此久矣，吾是以来。"是月汝母有娠。吾师眉浓黑而垂，目深而神藏，儿时能诵千言，喜作诗。人以汝眉目及趣好类之，故云。'又尝谓人曰予不善书，作文写字两俱不佳，而严阇黎尤工笔札。愧而曰：'汝前生食蔬何多智，今生食肉何多愚也？'"按此记亦见《梅溪文集》中。而汪圣锡作《王忠文墓志》云："梅溪遗戒，丧事毋得用佛老教。"《困学纪闻》载真文忠《劝孝文》曰："侍郎王公，原注：侍郎盖梅溪也。见人礼塔，呼而告之曰：'汝有在家佛，何不奉养？'盖谓人能奉亲，即是奉佛也。"梅溪貌类释处严，乡人戏谓严后身，事或有之。而以汪圣锡及真文忠之语证之，则其卫道辟佛,岂彼氏之说所能囿其生平哉!

温 州 旧 俗

　　温州风俗朴淳,旧有"小邹鲁"之号。惟闻民间有尤为悖理者二事,不可不急为革除,而世所喧传坐筵一事,特其小者也。相传嫁女之家,专信占命者之言。如谓女命有犯败父母家者,嫁之前数日,必令出居空屋中,或屏居尼庵。前一夜,将女装为乞丐,携筐捧碗,步行他屋以待。又相传人家父母有偶染时疫死者,全家禁不举哀,入棺后,安置平地,亲属悉避往他处,三日始归。一为不慈,一为不孝,在僻陋乡愚,无知妄作,其罪已不胜诛,乃竟有诗礼之家亦复相率效尤,真不可解。此所宜极力劝谕,大声疾呼者也。若新妇三朝坐筵,则陋习相沿已久,不过即三朝庙见之礼,踵事增华,变本加厉而已。盖是日专延女客,不延男客,而稍有瓜葛之男客,皆得约伴牵连而至,直抵筵前,并可周览新房,主人亦不之禁。若袁简斋老人所云"客可与新妇互相酬酒,并可择筵中之貌美而量洪者,以巨觥相劝酬",则询之比间衿耆,实无其事。间有无赖少年,藉口于简斋老人之语,而稍露萌芽者,即为贤太守所惩创而止。简斋老人于裙屐脂粉之艳谈,无不推波助澜,以助诗料,初不计其言之过情。其诗所云"不是月中无界限,嫦娥原许万人看",亦是强词夺理,并非事实也。近有浙中张茂才_光裕,赋《东瓯坐筵词》七古一章,颇合近时情趣,胜于简斋诗多矣。因附录之,将来或可入东瓯志乘,以存其实也。诗云:"蝶使迎宾鹊渡仙,醉人风日嫁人天。隔宵女伴窥妆镜,明日邻家邀坐筵。坐筵时节难回避,洞辟重门声鼎沸。百部笙歌艳曲翻,两行珠翠香风腻。妇献姑酬礼节娴,分番把盏庆团圞。列仙依次陪王母,群卉争开拥牡丹。酒半乐停筵不撤,新妆各换仍归席。重剔银镫眼更明,重观宝玉心尤惜。可惜娇莺学舌时,乡音互异听难知。徒将平视憎公幹,那解狂言笑牧之。有客径歌《将进酒》,主人在旁急摇手。似说当年太守贤,滥觞有禁君知否?筵散华堂罗绮空,归来魂尚绕花丛。问人艳述嫦娥美,曾咏《霓裳》到月宫。"

琵琶记

祝枝山《猥谈》云："南戏出于宣和之后，南渡之际，谓之'温州杂剧'。"叶子奇《草木子》云："戏文始于《王魁》，永嘉人作之。"《庄岳委谈》云："今《王魁》本又不传，而传《琵琶记》，《琵琶记》亦永嘉人作。"近翟晴江《通俗编》引《青溪暇笔》云："元末永嘉高明，字则诚，避世鄞之栎社，以词曲自娱。因刘后村有'死后是非谁管得，满村听唱蔡中郎'之句，此陆放翁诗，非刘后村也。因编《琵琶记》，用雪伯喈之耻。本朝遣使征辟，不就。既卒，有以其记进者。上览毕曰：'五经、四书在民间，如五谷不可缺。此记如珍羞百味，富贵家其可无耶？'其见推许如此。"《留青日札》云："时有王四首，能词曲，高则诚与之友善，劝之仕。登第后，即弃其妻，而赘于太师百花家。则诚悔之，因借此记以讽。名'琵琶'者，取其四王字为王四。元人呼牛为'不花'，故谓之牛太师。而伯喈曾附董卓，乃以之托名也。太祖微时，尝赏此戏，及登极，乃捕王四，置之极刑。"又《说郛》载唐人小说云：此说见元人周达观《诚斋杂记》。"牛相国僧孺之子繁，与蔡生文字交。寻同举进士，才蔡生，欲以女弟适之。蔡已有妻赵矣，力辞不得。后牛氏与赵处，能卑顺自将。蔡官至节度副使。"其姓氏相同一至于此，则诚何不直举其人，而顾诬蔑贤者耶？按《太平广记》引《玉泉子》云："邓敞初以孤寒不第，牛僧孺子蔚谓曰：'吾有女弟，子能婚，当相为展力，宁一第耶！'时敞已婿李氏，顾私利其言，许之。既登第，就牛氏亲，不日挈牛氏归，李抚膺大哭。牛知其卖己也，请见曰：'吾父为宰相，岂无一嫁处耶？其不幸岂惟夫人，今愿一与共之。'李感其言，卒同处终身。"乃知则诚所本者，《太平广记》也。今考蔡邕父名棱，字伯直，见《后汉书》注，其母袁氏，曜卿姑也，见《博物志》。《琵琶记》作蔡从简、秦氏，其亦故为谬悠，与《荆钗记》同一狡狯欤！《静志居诗话》云："高则诚撰《琵琶记》，填词，几上烧双烛。填至《吃糠》一出，句云：'糠和米本一处飞。'双烛花交为一。"盖文字之祥，虽小技亦有如此者。

荆　钗　记

世所演《荆钗记》传奇。乃仇家故谬其词，以诬蔑王氏者。《天禄识余》云："玉莲乃王梅溪之女，孙汝权乃同时进士，梅溪之友，敦尚风谊。梅溪劾史浩八罪，汝权实怂恿之。史氏所最切齿，遂令其门客作《荆钗》传奇以蔑之。"《瓯江逸志》载王十朋年四十六，魁天下，以书报其弟梦龄、昌龄曰："今日唱名，蒙恩赐进士及第，惜二亲不见，痛不可言。嫂及闻诗、闻礼，可以此示之。"诗、礼，其二子也。此二语者，上念二亲，而不以科名为喜；特报二弟，而不以妻子为先：孝友之意可见矣。为御史，首弹丞相史浩，乞专用张浚，上为出浩帅绍兴，又上疏言舜去四凶，未尝使之为十二牧，其謇谔如此。故史氏厚诬之。按《梅溪文集》中有《令人圹志》载："令人贾氏。王、贾同邑且世姻，故令人归于我。初封恭人，再封令人，卒年五十五。"又《祭令人文》云："子归我家，今三十年。"其为世好旧姻，夫妇偕老可知，焉有入赘权门，致妻投江之事？《圹志》又云："女二人，长嫁国学进士钱万全。"盖即钱玉莲也。撰传奇者谬悠其说，以诬大贤，实为可恨。施愚山《矩斋杂记》亦详辨之。

瓯　柑

永嘉之柑，俗谓之瓯柑，其贩至京师者，则谓之春橘。自唐、宋即著名，东坡《次韵曾仲锡元日见寄》诗云："燕南异事真堪纪，三寸黄甘擘永嘉。"王注："杜子美诗：'三寸如黄金。'"施注："温州永嘉郡，岁贡黄甘。"查注："韩彦直《橘录》：'橘出永嘉郡，甘乃其别种，而乳甘为第一。故温州谓乳甘为真甘。温四邑皆种柑，而出泯山又推第一，大者可七寸围，颗皆圆正。'"按今《永嘉县志》，"泯山"作"泥山"，见《物产门》，而《山川门》无此山名。所云七寸围之柑，今实未见。韩彦直谓吴、越、闽、广之橘，皆不敢与温柑齿，语殊过当。余尝谓吾乡珍果，能兼色香味者，惟荔支与福橘。山东之平果，香味固佳，而色殊淡；西北之蒲桃,色味俱可,而香则未闻;瓯柑之香味可匹福橘,而色亦不如:珍品之难求全如此,则不得不推荔支为第一矣。孙雨人尝语余曰:"温州夏间亦间有鲜荔,盖闽中海舶因顺风带来者,其价亦不贵,不过一二文一颗。惜用米汁水浸过,其味稍差。"余谓吾乡人说荔子,有"一日香变,二日色变,三日味变"之说,则经时致远,无怪其味之差。惟昨晤莆田人吴云峰,言海舶若遇顺风,由莆三日可到此,不必定浸米汁。读同年朱文定集中,有《在温州初食荔支》,亦是一证。诗云:"红尘一骑轻于烟,令人往忆天宝年。不知涪州品最下,杨环所嗜嗟何颠。岭南差胜仅得虎,未如闽中擅十全。兴化挂绿未易得,<small>红壳中有绿一道如金带围,味最美。</small>丁娘陈紫纷争妍。小住瓯江二十日,黄柑贱买不论钱。东南长风海程速,三日已到莆阳船。风味才及十之八,已压百果无随肩。罗襦欲解芗泽发,肌肤冰雪穰且鲜。摩挲爱惜始入口,琼浆满颊甘溢咽。昔年偶读君谟谱,食指跃跃口流涎。今来东南遘瑰宝,欲啖三百希坡仙。世间谁能识正味?身之所至情斯迁。此行直为饮食出,以口役足毋乃偏。北上犹将示我友,岂徒逐逐趋腥膻。"

海　错

余因将就养东瓯,遇久客温州者,辄询以土产海鲜各物。客曰:"海味有明府者,为食品所常需,曝而干之,可以致远。江西人销售最夥。坐客皆异其名,余生长海滨,亦未悉为何物。及至温州,询诸土人,乃知即吾闽所谓墨鱼也。本名乌鲗,又名乌贼,两须长如带,腹下八足,聚生口旁。腹中含墨,见人及大鱼,则噀墨方数尺。背上一骨,独厚三四分,两头尖,色白,轻泡如通草,入药名海鳔鮹。其谓之'明府'者,以含墨噀人,义同贪墨之吏耳。"余闻之失笑曰:"但言明府,何必皆贪墨。此鱼噀墨自隐,藉以避人,反因此为人所觉,不能自遁。彼墨吏之消沮闭藏,自谓其术甚工,而不知反为人所识破,致自陷于罪网者,往往类此鱼矣。"龟脚,即石蚨,郭景纯《江赋》:"石蚨应候而扬葩。"注引《南越志》云:"石蚨形如龟脚,得春雨则生花。"江淹有《石蚨赋》,序云:"一名紫蕾。"又《本草》作石蜐,一名紫蚨,生东南海中石上。又《平阳县志》："一名仙掌。"吾乡谓之促蛀，其花似爪，爪下皮内有肉甚美。惟长乐海滨有之，不能至福州。余至长乐，始得屡食，而署中上下内外人等皆未曾见过，方相与笑诧其形，更不知如何烹制矣。吾师林畅园有《食龟脚》长古一首，如云："碨硪象瓦楞，槎枒露掌指。双甲一罅开，片肉隆中起。色混蟹壳青，质斗石华紫。薄劣扁螺同，鲜脆车螯拟。桃花醋泼醅，芥叶酱充旨。"可称体物惟肖。海蒜，即吾闽之涂笋。《郡志》引《海族记》云："出沿海。又名涂笋。"则与吾闽同。其状如蚯蚓之大者，浑沌无首尾头目，而其味则绝美。庖人不知煮法，厨下仅一闽人，亦未曾见过，故至今尚未得朵颐。瓯江虽有此物，想士人亦所不嗜。即如海鳗，为鱼中佳品，而士人不敢鲜食，必腊之而后登盘也。蛎，具体而微，《郡志》引《天中记》云："乐清县新溪口有蛎屿，方圆数十亩，四面皆蛎，其味偏好。"谢灵运《答弟书》云："前月至永嘉郡，蛎不如鄞县。"又引《永嘉旧志》云："瓯江蛎黄最佳。"余至此，每日皆饱餐之，然味略如吾闽之石蛎，洛阳桥下最多，不如长乐所种之蛎房，其肥美足为海错之冠也。蚶，咏与吾闽相仿，而质较小，故肉与血皆不能丰满。浙蚶以奉化所产为最佳，杭州有之，而温州转无，则以本地所产既充，不必借才他处也。然《温州府志·特产门》却无蚶，不知何故。石首鱼、江瑶柱、西施舌，随时皆有。平心按之，石首鱼不如福州，江瑶柱不如宁波，西施舌不如登、莱、青各府。聊充常馔，不足为口福之夸也。

浪迹续谈卷三

雁　荡

　　东南滨海,有三山最著者,天台、雁荡、武夷也。余于嘉庆间主浦城书院讲席,就近游武夷。适祖舫斋尚书师亦于数月前游武夷归,互出游记相质,告余曰:"吾夜宿天游观,曾梦由天游峰顶飞游雁荡,梦境甚奇,子能为我纪之乎?"适几上有《雁荡山志》两本,余因假回,读而喜之。今四十余年,而果遂雁荡之游,但惜不获与吾师相质,因亟记吾师之语,以践宿诺焉。天台有孙兴公一赋,武夷有武夷君宴幔亭一事,皆在汉、晋以前。惟雁荡最晚出,唐以前便无可考。昔朱子言武夷各峰头,每有虹桥板横斜闲架,当是洪荒泽水之际,上巢下窟之遗。余于雁荡亦云然。盖泽水荡涤既久,土壤渐疏,山骨始露,其著名于世独迟耳。

大　龙　湫

　　雁荡之奇,以大龙湫为最,初入山,即悬心眼间。忆客秋获观石门洞瀑布,已叹奇绝,庆云圃观察告余曰:"君若观大龙湫,则石门洞又不足言矣。"探闻数日前赵蓉舫学使经过,缺此一观,殆为阴雨之故。而余锐意欲往,乃从细雨滑道中,与侪辈贾勇而前。极思以长歌纪之,惟翻阅图经,殊少杰作,自知钝腕,亦不能孟晋前修,诎然而止。但忆袁简斋老人一首,尽态极妍,足以醒人心目。其中段摹写云:"分明合并忽分散,业已堕下还迁延。有时软舞工作态,如让如慢如盘旋。有时日光来照耀,非青非红五色宣。到此都难作比拟,让他独占宇宙奇观偏。更怪人立百步外,忽然满面喷寒泉。及至逼近侧,转复发燥神悠然。"其结尾比拟云:"天台之瀑何狂颠!此山之瀑何婵媛!

石门之瀑何喧阗！此山之瀑何静妍！化工事事无复笔，一瀑布耳形万千。要知地位孤高依傍小，水亦变化如飞仙。"盖非此如椽之笔，不能传出大龙湫之全神也。亟为拈出，以谂同游者。

雁荡亦名雁宕

唐僧一行，分天下山川为南北二戒，南戒至雁荡山而尽，此雁荡著名之最古者。厥后亦称雁宕，前人谓"雁荡以水言，雁宕以石言"是也。余在山中七日，实不能登雁荡雁湖，而于峰石之奇，则已领略其十之五六。然大龙湫之水，即由雁荡雁湖而下，兹游以此为骊珠，故拙记拙诗，仍以"雁荡"为题，而不复用"宕"字。将出游之前二日，杨子萱邑侯以施六洲元孚《游记》见示，盖六洲尝修《雁荡山志》，此即其志稿中数条。至乐清日，蔡子树邑侯又以僧道融所刻《雁荡游法》一小帙见示，皆足为导游之资也。因并记之。

游 雁 荡 日 记

道光戊申春三月，接乐清大尹安庆蔡子树琪来信，请游雁荡。子树为柳堂刺史维新之子，柳堂尝受业余门，故子树修门下晚学生礼。雁荡在其辖境，甚愿为导游主人。先是次儿平仲丁辰，由京员请假来温省视，知雁荡近在百余里间，即拟于仲春之月，侍余前往。而三儿敬叔恭辰，以补行郡试事甫竣，不数日学使者按临，例充提调，皆弗克出游，颇以为恧。直至三月望后毕事，乃令其请于巡宪，随余同往，于二十三日辰刻，挈两儿偕幕中画师冯芝岩懋温州卫守府廖菊屏寿彭，同出城泛瓯江，趁回潮东去。廖善诗而冯善画，篷窗谈艺甚欢。而东风挟雨顶潮，其势甚厉，行至三江口，舟颇震撼，幸五人者皆素惯风涛，言笑自若。日未亭午，即抵馆头，菊屏先于别舟预庀晨餐，相与饱啖讫，时子树已饬役来迓，遂舍舟而舆。积雨之余，泥淖艰险异常，篮摇一时许，仅行五里。再进过一小桥，路始渐平。又行三十余里，渡沙呑岭。岭半奇峰错出岩际，又间有小瀑布。余笑曰："此其为雁荡前驱軟?"下岭入乐清县城,子树已于郊外相迎。入县廨,规模甚宏敞,左右墙头,皆青山夹起,气象雄伟,如人之两颧高耸。用形家言相度,非大府节堂,不足以当之。闻此间学使者过境,皆下榻其中,历来闽、浙督部视兵经此,亦驻节焉。而大尹眷属,则仅起居于东偏,知非一官一邑所能专其胜矣。子树以盛筵相款,适菊屏带一大鲥鱼佐之,遂与张灯畅饮,并商游事焉。

二十四日,晨起,雨涔涔下,至午犹不止,金知今日须阻游事。正烦闷间,子树忽招到菊部,谓当藉丝竹以陶写之,并邀同城景云圃协戎_祥、姚武成都府_{修文}来陪饮宴。至夜分始散。亦游山客中一别调也。

二十五日,晨起,雨稍歇,即会食登舆。出县东门三里,过后所城,前明御倭时所筑也。未几,雨复作,行二十余里至虹桥午餐,市廛殷赈,不亚县城。饭后雨又稍霁,行三十里至芙蓉村宿焉。《县志》载宋太平兴国中,全了法师遇西域梵僧,教之曰:"汝有缘在浙东海滨,有花名村、鸟名山者,是诺讵那尊者道场。汝当于是建刹安身。""花名村"者即芙蓉村,"鸟名山"者即雁荡。此地为雁山门户,所谓西外谷也。

二十六日,微雨湿衣,不碍游事。晨食后,出门数里,过丹芳岭。《县志》谓以地多花木,故名。俗称四十九盘岭,盖合上下数之,东上极陡,西下稍坦夷也。《县志》载明人戴溪记云:"四十九盘俯大海,恍蹑蓬莱、临弱水,盘尽则拥出诸峰,肃然迎客,冠云披霞,望之神举。"亦善于形容者。下岭数里,即能仁寺,宋僧全了初入山,结庵于此。咸平初赐名承仁寺,政和中改名能仁寺,郡守闾丘昕奏请赐额,遂为雁山大道场。我朝顺治九年、乾隆十九年,两经修整,今俱倾圮,仅存大殿三间。寺前有戴仁峰、火焰峰,其尖俱为云雾所掩。寺右有昙花庵、灵岩庵、嘉福院,并廑存旧址。地上有大铁镬,修将倍寻,广亚之,腹内有铸字约略可辨,云"清信弟子刘仁晟,谨施净财铸浴镬一口,舍入嘉福院,永充无碍浴室,时皇宋元祐七年,岁次壬申,十一月记"等语。或云为遥制火焰峰者,近是。镬中可容十许人。夫浴室而必求无碍,真彼教语,不值一笑,宜为《两浙金石志》所不收矣。饭毕出寺门,急寻大龙湫,盖全山第一奇观也。其障曰连云,壁立千仞,环抱里余，独开东南一面，如天阙焉。路愈狭，亦愈陡，同人各换坐竹兜，缘锦溪西北行。锦溪者，湫水所经去也。且行且视，有奇峰从人面起，中裂如削者，为剪刀峰。雁荡之水以大龙湫为最奇，雁荡之山以剪刀峰为最奇，或名一帆，或名天柱，移步换形，不可方物，故俗或又号为八面峰。前人云："造物者争奇汇胜，两美必合。"信哉。彳行数武，并竹兜亦不易进，同人皆去兜而步，余亦勉从之。而湫水下注乱石间，如迎客，又如拒客。与同人衔尾各踏乱石而行，足二分垂石外，若与水相争，无一妥步。遥见障端，有苍烟状勃勃上浮，凌空飞泻，若决银河而下。至近处，又成一片苍烟，飞沫溅身，衣帽尽湿。忆僧贯休诗云："龙湫宴坐雨濛濛。"真通神之笔。盖长年如此濛濛，非必真雨也。湫前有数石柱横卧潭边，当是诺讵那亭故址，旧亦名宴坐亭，即西域书所云第五尊阿罗汉观瀑坐化处。相传其间有龙湫庵、白云庵、云静庵、观不足亭，则并故址亦不可考矣。旧闻湫壁中有磨崖"万泉惟一"四字，与同人细心遥睇，不得踪影。又忆余同年友朱文定公《游大龙湫》诗云："诺讵那踪未易寻，杜审言题犹可觑。"自注云："壁上题名。"亦遍寻之不获。世人皆言此山至宋始开，除张又新、吴畦、僧贯休外，五代以前并无题咏，乃杜审言系初唐人，已有龙湫题名，见王献芝《游记》，似文定亦目见之。此乃唐迹，何以不入《两浙金石志》中？惜无由起文定于九京而质之也。时日已过午，子树请余出山，仍由官路坐肩舆度马鞍岭，岭凹石垝，状如马鞍，故名。此岭为分东、西谷之界，岭外为东内谷，东北为玉霄峰，朱子所谓"欲登之以望蓬莱"者。旁有黄岩洞、仙人榜、玉屏峰，又迤东陡起者，为列仙嶂、履云阙、鹰嘴峰、紫薇嶂，悉以图经之名印证之，皆可望而不可即。由紫薇嶂而东，入灵岩山，两岩对峙，作狮虎状，寺亘其际，则訇然中开，崇峦怪石，森列万状。其前紫翠层叠，烂若锦屏者，为屏霞嶂，其后石磴数百级，折作数十盘者，为安禅谷。同人皆从渍苔滑石中贾勇而登，余亦扶筇抠衣，强随其后，实有既竭吾力、欲罢不能之慨。十余息而始达其广，寺僧导观所谓龙鼻水者。绝壁之下，窍而为洞，石龙嵌焉。蜿蜒数百丈，垂入宠底，伸一爪据于地，卷首爪旁，作悬鼻状，石色绀丽而腻。鼻端有小孔，出泉涓涓弗息，拭其鼻孔，泚然如汗出腠理。寺僧为言此水，积冬夏旱涝不爽，而不知所自来，游客多掬以洗眼，谓可去翳疾。时余已出洞，乃悔交臂失之。寺僧又导寻别径，观小龙湫，则具体而微，虽小其名，犹远在他瀑布之右。山间好事者尝准之，云大龙湫高五千尺，小龙湫高三千尺。惟小龙湫之水沿崖而泻，不能如大龙湫之凌空飞舞，千态万状，以是为大小之分云尔。徘徊久之，仍回灵岩寺，往返道左，见磨崖横书"天开图画"四大字，手扪其款不可得。旧志谓是晦翁书，果尔则何以不入《两浙金石志》乎！是夜宿净名寺中。寺建于宋太平兴国二年，重修于嘉祐七年，每届学使者出巡，皆经宿其地，故壁间有阮太傅师及朱文定、李芝龄同年诗翰。寺后为伏牛峰，高数十丈，殿后有大石屏，丰颠削址，如人额之外颗，下可容数百人，游客起坐其中，如在堂庭，风雨所不至也。屏之左角，有古柏一株，亭亭直上，其杪儿与伏牛峰巅相并。子树为庀晚餐于客堂，菊屏谓不如移设屏下。因肆筵畅饮其间，并商量石壁题名之式。余拟横勒"洞天福地"四大字，用八分书，下云"道光戊申季春，福州梁章钜挈次儿丁辰、三儿恭辰，偕松江廖寿彭、绍兴冯懋来游。主游事者，安庆蔡琪，同摩崖记之"。凡六行，行八字。子树已力任其事，俟回郡署，书纸寄之。

　　二十七日，晨起，仍会食于伏牛峰之屏下。出门寻灵峰寺，自灵岩至此，十里而近，故俗有"二灵"之称。路旁石壁罗列，如凤凰、斗鸡、灵芝、双笋诸峰，若隐若现在云雾中，有应接不暇之势。遥望罗汉洞，横亘空际，未易攀跻。复舍舆而步，蹑飞磴数百级，磴尽为台，台上穹隆周覆，方广可容千人。本名灵峰洞，以中有应真像，故群称为罗汉洞。洞口两石相倚，为一线天，飞泉从空喷下，散为珠帘。寺僧设茶灶于此，相传过客到此，至诚瀹茗，往往成乳花。何为乳花，未详其说。洞中奉大士像，旁列十八应真像，壁间又杂缀三百应真像。他寺皆五百应真，此独三百，亦未详其说。又有诺俱那像，甚古，旧传诺俱那即十八应真中之第五尊者，而贯休所画罗汉，第五为伐阇那弗多尊者。恭读乾隆御制《改定罗汉赞跋》，第五为跋_{杂哩}。迪答喇尊者。其异同之故，亦不得而详也。右畔有一达官像，又旁侍二女像，前明王思任游记称汉宗室刘允升，弃家同二女侫佛，实开此洞。愚谓此事他无可考,《郡志·仙释门》亦无其名,汉宗室者,当以其姓刘为卯金之后耳,必非汉时人。洞中石刻,又以为东晋人,皆不可信。袁简斋《随园诗话》中有一条云:"雁宕观音洞最高敞,可容千人,坡共三百六十七级,余贾勇登焉。相传嘉靖三十年,按察使刘允升偕二女成仙于此,塑像甚美。余低徊久之,下坡留恋,有口号云:'垂老出仙洞,一步一踌躇。自知去路有,断然来时无。'"词意惝恍而加儇薄,类佻达少年所为。简斋游雁荡时亦是七十老翁,似不应有此吐属耳。出洞又行数里,渡谢公岭,俗传为谢康乐蜡屐所经,故名。或又言谢公是别一人。今此岭下有谢家峤,皆谢姓聚族而居,则与康乐无涉。余谓康乐有《从斤竹涧越岭溪行》诗,今斤竹岭与丹芳岭相近,此说亦不为无因矣。过岭,即望见老僧岩,一名僧拜石,俨然一秃顶头陀,袈裟合掌,神情毕露。旁有立石,如小沙弥附耳而谭者,随舆宛转里余,犹有恋恋不忍别之状。忆余游武夷,初入山时,有玉女峰亭亭玉立,屡转多姿,大有迎客之意。此间将出山,则老僧岩拱立云际,步步向人,大有送客之意:恰成匹对。再行数里,遂出东外谷,至石梁洞。洞口两石相倚,水自石出,石梁横跨其间。缘石梯而上,跻礼佛坛,有三石佛岿然苍莽间,若相次而行,又若比肩而语,不知其高几百仞也。午刻至大荆,借居守备官廨中。会稽章一亭守府来谒,并馈盘飧。是日山行仅六十里。至此为东外谷,亦雁山之门户也。盖游事至是而毕,卸装既早,因出笔砚,属菊屏将每日所游历各景,次第开列,以供作日记之需。复属芝岩将所历各峰寺,亦顺其前后排次一稿,以为画长卷之粉本。适恭儿以纪事七律一首呈阅,诗云:"难得良游盛事并,雁山容我雁行明。安舆云际盘盘转,彩服春深缓缓行。自古登临无此乐,几人仕宦有闲情。能诗能画皆仙侣,_{谓菊屏、芝岩。}况复渊源沆瀁清。_{谓子树。}"丁儿旋以和恭儿韵诗呈云:"循陔敢说二难并,让尔班春彩服明。雁谷东西周览遍,龙湫大小等闲行。濛濛烟雨皆诗画,历历峰峦各性情。更喜导游乡彦好,莆田一派话来清。_{子树本闽产,由莆田忠惠公分支。}"二诗皆能真切,不屑屑于模山范水,均可存也。

二十八日,因是日道里最长,黎明即起。晨食后由大荆进发,至石漈行馆小憩。过清江渡,泛小舟于巨浸中,久之始达彼岸。午后至虹桥,饭于来时旧馆。是日多跨海塘而行,极望烟波浩淼,岛屿潆洄,自非海上名山,又焉得兼此壮观乎!饭后又行三十里,始回乐清县城。幸城中有灯火来迎,且竟日暄霁,涂潦已干,否则肃肃宵征,不免拖泥带水矣。

二十九日,早起,会食毕,即出城,子树送至城外而别。循旧路达馆头,行馆中已备午餐。未刻登舟,潮尚未平,而东风甚大,因即挂帆西发。一时许已抵郡城,遂入署,与家人述山中游事。家人向余索诗,余愧无以应之。每忆舆中盛有作诗之意,而多为贪看峰峦所误。因思此山晚出,前人名作寥寥,惟近人如袁简斋前辈、李石农师、朱文定公、李芝龄尚书各有诗,则词意兼美,实足驾前贤而上之。每读新志所录,益为之阁笔。回郡斋后,又矻矻以日记为事,更无暇火速追逋。回首生平所历名山,不一而足,皆有诗纪之,独于雁荡不留一句,未免山灵笑我老衰。乃勉成长歌一首,不追景而专纪事,且笑语人曰:此余之禁体游山诗也,亦藏拙之一端云尔。诗云:“三十二岁登武夷,七十四岁陟雁荡。平生浪游老不衰,俯仰名山且自壮。五月郡斋颇刺促,一卷图经久想望。入春俶装期屡迁,刻日登舟兴自旺。熟闻永嘉山水滋,独此当时非辈行。谢客开山所未及,居然游福与之抗。谢公岭本别一谢,耳食附会殊孟浪。<small>谢康乐曾由斤竹涧过岭,是雁荡之外户,并未入山,故无诗。</small>惜无同怀客共登,此语分明寄遥怅。兹山融结不知始,土石填塞孰疏创。想自洪荒开辟余,千年潦水所演漾。高下涂泥渐剔除,玲珑山骨始奥旷。诸光诸色佛面目,一重一掩鬼腑脏。山灵迟久不甘郁,天公施设或过当。岩泉浩浩太古声,烟雨濛濛无尽藏。探奇只要探骊珠,纷纷鳞爪非所尚。同侪诧我腰脚好,人所到处都不让。二儿扶侍一筇稳,但饬门生省供帐。冯工绘事廖工诗,二客能从亦倜傥。写景何如纪事真,枯吟懒画壶卢样。山中七日即游仙,草草出山神已畅。”

附录次韵各诗

余作纪游长歌,于回郡斋后始脱稿,而次韵各诗,已承陆续见示。兹皆附录于拙诗之左,仍以同游者居前,不同游者次之。比年永嘉风雅,亦甚寥寂矣,或藉此以引其端,且增余诗事也。

次儿丁辰和韵云:"我曾饱探山水窟,桂林阳朔恣莽荡。五载缁尘殊混人,瞥回东南情已壮。东瓯省视本名区,况有名山森在望。侧喜高堂镇康强,饮酒作诗神并旺。九州涉八岳游三,家大人有'九州涉八,五岳游三'小印。一时名流执辈行。游山尤矜济胜具,游福要与谢公抗。扶筇便指雁峰颠,拿舟先泛峿江浪。乐清大尹殷导游,偏教阻雨作惆怅。笙歌彻云云不开,冒雨游山转奇创。入山首采大龙湫,万丈苍烟半空漾。灵岩灵峰递相接,伏牛障下最清旷。昂藏卓立老僧躯,奥秘冥搜山鬼脏。移步换形真莫测,谁锡嘉名惬心当。挂杖频闻荦确声,安舆稳度崔嵬藏。如斯乐事关天伦,何必清流慕台尚。他乡舞彩世所艳,仕路先鞭我甘让。衙斋三月极酣嬉,话雨山中更连帐。随车隐约《甘泽谣》,循陔邂逅佳游傥。山中世上底须分,七日千年同此样。怡神何必山乐官,题诗直拟神人畅。"

三儿恭辰和韵云:"簿书期会真困人,荏苒三春负骑荡。乍闻游山有成约,虽未出门心已壮。出门况是循陔乐,海上神山笑在望。神山可望且可即,雁行携手兴愈旺。宦场快事那有此?山中父兄自辈行。陶公门生巧相值,篮舆迥异尘容抗。苏公二客恰能从,脱略形骸恣谑浪。我本郡守须行春,近游并无越境怅。漫学右军五马出,敢同谢客开山创。忆昔侍游粤岭西,玉簪崒嵂罗带漾。桂林阳朔奇更奇,倚天拔地奥复旷。时方应举事占哔,那有诗心刻肝脏。兹游殆未可无诗,随车之雨亦恰当。连日阴雨,闻农田待泽正殷。所怜耳目不暇给,吟肠空似转轮藏。引我入胜人龙湫,送我出山大和尚。谓老僧岩。贯休之偈旧所熟,周邠之图肯多让。已嘱冯芝岩作图。伏牛峰前石为天,罗汉洞中云作帐。壮观还兼遒海雄,归路循海塘而行。移时已卜重来傥。旬日内,督部巡阅,又须到此祗迎。遄归依旧案牍尘,重坐衙斋理官样。但喜高堂腰脚强,遑言游子心神畅。"

蔡子树和韵云:"海上名山在吾境,习闻南戒尽雁荡。山巅十里开平湖,飞猱难上心空壮。驾言就道问村花,芙蓉大小森在望。四十九盘高入云,登云顿觉心神旺。摄衣联步踏苍藓,浑身汗流气行行。能仁铁镬委荒烟,破碎难与火峰抗。盘纡险径到龙湫,万里长风吹雪浪。九天玉龙喷珠玉，沾衣法雨何须怅。马鞍岭外现灵岩，安神幽谷伊谁创。洞中鳞甲破天飞，窗前鸾凤随云漾。五老相迎净名寺，潭清洞古兼奥旷。更辟灵峰一线天，剖开山腹空腑脏。大士应真错杂陈，乳花似滴卮无当。半空高架玉虹腰，狮吼猿吟环法藏。殷勤迎客复送客，云际相随一和尚。逞奇炫异出天然，海内名山讵多让。我公游兴老更浓，连日蓝舆随绛帐。小子喜托龙门后，拘牵吏事惭倜傥。一年守土未曾来，风尘仆仆愧依样。山中七日幸追随，出山犹觉情怀畅。"

廖菊屏和韵云："公与山水有奇缘，历数游踪恣豪荡。九州涉八岳游三，胜人腰脚老益壮。重寻旧梦来东瓯，雁荡名山近在望。探奇觅胜快登涉，津津道之兴愈旺。招邀伴侣结同游，主客彬彬我行行。公偏略分更纡尊，粗官竟许分庭抗。五人共济一苇杭，乘风直破三江浪。顽阴老雨纷迷离，胜守衙斋作惆怅。陶公蓝舆苏笠屐，开自古人非我创。兹山奇谲莫能名，水飞石怪云游漾。龙湫瀑布龙鼻泉，耳目惊骇心神旷。俗尘十丈苦久积，且吸清流洗腑脏。百二奇峰卅一岩，象物呼名悉允当。造物何年巧施设，包孕山灵夸宝藏。刘家父女此修仙，想见前贤志高尚。欲买青山与结邻，尘缘未了姑相让。回头云锁芙蓉村，归来梦绕梅花帐。读公赠我扇头诗，文采风流真倜傥。倡吟不屑画壶卢，纪游我亦翻新样。出山可惜太匆匆，七日生还情未畅。"

冯芝岩和韵云："我生癖嗜画山水，聊借烟云写浩荡。可惜五岳未一登，拈毫难称胸怀壮。今年浪迹来东瓯，海上名山喜在望。忽闻仙侣订游事，倐装顿觉精神旺。扁舟一叶载酒轻，达官词客分辈行。山林缘重意气合，荷衣竟与簪缨抗。底事天公起妒心，直向江神争急浪。诘朝冒雨强登临，烟雾迷漫倍惆怅。随车之雨亦自佳，一幅画图自天创。岚光变幻渺无端，最好龙湫半空漾。瀑布高从峰外悬，纤埃不染生空旷。远峰隐约现螺鬟，石骨玲珑透腑脏。清奇浓淡无不有，天工施设诚各当。愧我钝腕未能描，辜负山灵开宝藏。归来读公诗与记，真觉丹青无以尚。即使迂痴再世生，见公妙笔亦须让。何时买山作小隐，日取烟霞作供帐。平生屐齿随地多，如此奇缘遇亦傥。便面何妨缩本摹，长绡要仿前贤样。微名或附骥尾传，学诗也许虫吟畅。"

杨子萱邑侯名炳，永嘉令。和韵云："先生示我《雁荡》诗，境界清微愈莽荡。蝇头便面楷法工，七十四叟腕力壮。我困簿领夫从游，东坡笠屐近可望。是日细雨压轻尘，杜鹃开遍春正旺。肩舆扶舁有门生，子弟闾阎非行行。古迹指点按图经，老僧微笑尘容抗。最奇绝处大龙湫，瀑布翕沦走雪浪。我昔南诏曾打包，僻壤好山忆惆怅。边陲无人锡嘉名，造物有心吝开创。公之开府粤岭西，奇峰耸秀水清漾。倚天拔地纷呈材，泂柳柳州记奥旷。饮茶故自搜奇肠，摘蔬亦许蹑梦脏。浮烟涨墨都删除，但探骊珠语至当。善哉广长本无舌，不容拦入莲花藏。浩浩太古见胸次，即以诗论无以尚。吮毫纪事如追逋，老笔直教谢客让。归来一帧倩画师，卧游好写青绫帐。山中七日未匆匆，子猷乘兴信倘佯。不似时贤山水滋，描摹面目鞋底样。读罢恍闻山乐官，《箫韶》入耳八音畅。"

孙雨人学博名同元，永嘉县学教谕。和韵云："温郡夙称好山水，胜境相沿推雁荡。冷官居然铨永嘉，身犹未到心先壮。相隔不过三日程，欲往游之引领望。同乡却好遇徐公，酣饮耽吟神气旺。_{旧好徐君飞涛幕游在温，曾经约伴同游。}我亦当时腰脚强，恃强欲混少年行。深入不虑烟云迷，直上思与猿鹤抗。忽因官事阻游踪，误听旁人语谑浪。_{时有戏言职守不便轻离者，因不果往。其实闲曹不必拘也。}登临败兴意索然，拟作诗词写惆怅。传说游山须勇往，莫定行期谋屡创。多生议论少成功，心似悬旌易摇漾。凿山细想始何人，得此清闲地空旷。开辟难窥造化心，神奇别出仙灵脏。成形惟肖谢雕琢，锡以嘉名咸曲当。不图仙境在人间，幻出庄严大宝藏。质朴常存太古风，金碧辉煌全不尚。分无眼福甘守株，即有佳招亦退让。痴想听诗叟有知，_{闻峰有名'听诗叟'者。}勾引梦魂来纸帐。今幸快睹纪游歌，椽笔描摹倍俶傥。承贻便面日吟哦，如见庐山真模样。溯旧事更读新诗，风生怀里情交畅。"

朱梦九大使名锡龄，永嘉场大使。和韵云："浙东古称名山二，天台之外惟雁荡。惜我缘浅未能登，听公传说精神壮。此山百有二十峰，画屏翠黛遥相望。变幻千端形象奇，迷离五色神光旺。诸峰罗列似儿孙,位置高低分辈行。别有龙湫辟大观,从天直下势莫抗。如云如雨又如烟,迸泻寒潭成巨浪。谢公未到应长嗟,李杜无诗亦堪怅。惟有我公福德兼,解组闲游境独创。曾经泰华过衡阳,直自江湖溯汉漾。平生历尽好山水,到此尤觉心神旷。手攀日月豁双眸,口嚼冰泉涤五脏。年过七十脚愈轻,日著千言语悉当。寻幽直上最高顶,论诗别具法眼藏。二苏辞掖来趋庭,德星忽聚真堪尚。太守花间左右扶,潘舆莱彩岂多让。既招诗画客同舟,还有门生随绛帐。父子兄弟共登临,贤主嘉宾尽倜傥。似此佳游世所鲜,果然平地神仙样。更读诸家唱和章,继声顿觉情怀畅。"

长女筠如名兰省,归前温州郡丞祝普庆。和韵云:"我家居与武夷邻,未登武夷况雁荡。今年重作东瓯游,高山仰止心先壮。永嘉名胜许饱探,不堪草草回头望。循陔幸随予季后,共喜高年神采旺。牵裳联袂颇不寂,三家儿女粲成行。客冬与平仲弟、寿笙妹各携儿女同来。张园曾园已日涉,三生石更飞霞抗。江心寺接六朝云,揖峰亭俯春江浪。正夸游事关游福,匆匆又起骊歌怅。时以家事,将返浦城。忽闻钧天震群耳,柳记韩歌并奇创。摹写龙湫烟雾宽,想像雁湖云水漾。一百二峰离复合,五十四岩奥亦旷。卓立都成佛相瘣,恢奇尽抉山灵脏。神工鬼斧始何年?移景换名靡不当。使我目骇兼神驰,望洋如入波斯藏。所惜山中少磨崖,物以罕珍弥足尚。杜审言字半有无,朱晦翁题孰揖让。最笑刘家父女痴,千年苦守观音帐。相传东晋刘允升携其二女修真于此,今有像在观音座侧。非仙非释定何物,踪迹如斯岂倜傥。我不能游尚许吟,胸中自有名山样。他年倘获登武夷,诗心定比今番畅。武夷九曲,舟中可坐而至,不似雁荡之艰险。已约家大人,他日终当一侍游也。"

三子妇婉蕙名渼皋。和韵云:"春闺昼长一事无,忽闻高堂说雁荡。闺中分无出游缘,虽不能从心亦壮。忆从梧江达漓江,丁酉冬日,曾随夫子由粤东抵粤西节署省视。披图日对黄公望。倚天拔地森在眼,篷窗益增吟思旺。桂林岩洞曾饱探,郊坰屡结姊妹行。五年眼福冠平生,玉簪罗带纷揖抗。移官忽转衡湘帆,浮家更泛洞庭浪。从此江湖系梦思,但拈诗笔增惆怅。长江浩浩帆席轻,大艑峨峨画稿创。岳阳楼上暑若秋,黄鹤楼前江合漾。吴楚平连一水通,金焦直接平山旷。年来时事多变迁,似要诗人换诗脏。半年随宦来东瓯,永嘉山水尤惬当。孤屿突兀回鹘奇,始知造物无尽藏。雁荡迢迢姑舍是,日读图经亦足尚。何物当年刘允升,枯寂山中我甘让。黄钟高唱埙篪随,莫笑虫吟出寒帐。仙山或许随宦过,天姥岂徒梦游傥。名山自来资美谈,和诗我要翻新样。晓窗伫听山乐官,也堪宴坐心神畅。"

丁芝仙女史名善仪,归永嘉令杨炳。和韵云:"闺中夜雨殊寂寥,读公游记信跌荡。放舟不畏风浪狂,蛟龙压伏诗胆壮。馆头早餐登肩舆,沙呑奇峰历历望。岩间亦有瀑布飞,龙湫前驱春水旺。雨工阻游且张乐,偃师傀儡等辈行。天然合拍山乐官,《下里》《巴人》竞难抗。西域梵僧东海缘,芙蓉托钵游非浪。诺诅那尊者道场,遗迹莫寻空惆怅。四十九盘诸峰排,能仁古刹天水创。浴室何须无碍求,古井波澜戒轻漾。八面峰际苦彳亍,一峰一转奥兼旷。宴坐有亭雨濛濛,听诗叟合涤腑脏。龙鼻泉可去眼翳,仙真游戏语或当。天开图画何人镌,惜哉未入金石藏。迎客送客太匆忙,笑煞云中一和尚。何如武夷玉女峰,游展踏遍不相让。我公七日山中住,一记直可作诗帐。山水刻划多名家,自惭弱笔少倜傥。山灵有知应一笑,遗大志小亦新样。即日随宦纵游览,访异搜奇更酣畅。外子移官石浦,应道出雁荡也。"

浪迹续谈卷四

宫僚雅集杯

余官都中时，曾承纪文达师召饮，谈及康熙闻有"宫僚雅集"酒器十事，彼时十人各制一具，分守之，今不知入何人之手。此器既分制有十，断不至尽行消磨，属余与及门便中物色焉。前数年，始闻富海帆督部家藏一具，曾致书询其梗概。时海帆方抚浙，复书言此杯为那文毅师所赐，每杯底各有题名，最大者为睢州汤公，最小者为新城王公，想当时以酒户之大小分属之。制造古雅，其光黝然。拟即仿制一具寄赠，仿制不难，惟杯底题名系于白银上作黑字，历久不灭，此间银工尚未得其法，容稍迟报命云云。未几而宦辙分移，杯亦不至，余且久忘之矣。今冬就养温州，与孙雨人学博晤谈，乃知雨人处亦得一具，亟向索阅，则与海帆所述正符。盖以白金作斝杯，合重二十八两，外界乌丝花草，内镌诸公姓字、里居，旁镌"宫僚雅集"四字，以量之大小为次。首汤斌，字潜庵，河南睢州人。次沈荃，字绎堂，江南华亭人。次郭棻，字快圃，直隶清苑人。次王泽宏，字昊庐，湖北黄冈人。次耿介，字逸庵，河南登封人。次田喜鬷，字子湄，山西代州人。次张英，字敦复，安徽桐城人。次李录予，字山公，顺天大兴人。次朱阜，字即山，浙江山阴人。次王士禛，字阮亭，山东新城人。皆一时同官坊局讲读者。十人中，如汤文正公、沈文恪公、张文端公、王文简公，人人皆熟知其名；此外六人，如郭棻、耿介均为顺治壬辰进士，王泽宏为顺治乙未进士，田喜鬷为顺治辛丑进士，李阜、李录予均为康熙庚戌进士，名位皆在显晦之间，转因此牵联以传，则古人骥尾青云之喻，良有以也。雨人言此器为其先侍御颐谷先生所得，当时里中诗酒之会，必举此杯，以杭堇浦、梁谏庵二先生为大户，各有诗，余家宝此盖数十年云。适十二月十九日，杨子萱、蔡子树二邑侯招同人集张鉴湖观察如园中,借此杯传观而传饮之。余是日有诗云:"烦阴老雨久迷离,觊得晴朝慰所期。巧借苏公生日酒,来寻谢客旧时池。小园合让归田筑,园为张观察归田后所筑。胜迹何妨择地移。消受名贤好杯斝,岁寒此会可无诗?"第七句即咏此杯也。翼日,雨人复以所刻《清尊集》见示,则吴子律广文衡照、汪小米舍人远孙及雨人此题佳篇咸在焉。余因之忍俊不禁,别为五古以答雨人云:"名流作雅集,或传或不传。此杯奚足多?重在姓字镌。当时十君者,一一宫僚联。酒户有大小,杯亦随差肩。潜庵实领袖,名德当开先。渔洋杯独小,翻疑最少年。华亭与桐城,声望齐凌烟。余亦卓荦徒,风雅相牵连。经今百余载,家世多推迁。后尘景芳躅,神往觥筹边。君家几何时,得此封酒泉。武林盛者彦,风采殊蹁跹。人新物则旧,事往情弥鲜。颇闻樽篮间,击钵多名篇。豪饮复豪吟,何论名位偏。转笑《渔洋集》,此题俄空焉。吾曹生愈晚,感故兼怀贤。良辰追古欢,摩挲亦良缘。愿君慎守宝,灵光同岿然。引满为君寿,当歌宾初筵。"按此器除孙雨人处现存一具,合之富海帆处一具,皆凿凿可据。昨次儿丁辰从京假旋省视,述及大兴刘宽夫侍御位坦处亦有一具,曾屡饮之,则今海内实已有三具。想此后亦必有续出者,特未必皆属当时物主耳。余正拟召匠仿制,雨人来函云:"道光丁亥,杭州张柳泉太守曾来借观,并命银工仿为之。作手不精,未免有玷斯器。窃思此杯之可贵重,在当时共饮此杯之人,今即用黄金为之,亦无足取。况今日之银工如朱碧山者,亦何可得?若不能得庐山真面,刻画无盐,徒滋后人之疑,似不如省此一番制作也。"其言颇为有理,因附记于此。

小沧浪七友杯

余初意欲仿制宫僚杯,以孙雨人之言而止。而温州银工极欲献技,且言白质黑章,亦所优为。恭儿为请曰:"何不姑试之?仿其意制为小沧浪七友杯,亦传家之一器也。"余诺之。盖余为苏藩时,与陶云汀中丞师有小沧浪七友之集,皆壬戌同岁生,既合绘成长卷,又勒石于沧浪亭。诸同年皆张之以诗,其事益喧播人口,为江南佳话,且寿诸贞珉矣。今若铸成银杯，则金石之缘，更当传之不朽。因与恭儿商量铸式。宫僚杯系海棠样，兹改为六角沓杯，间用乌丝花草，仍以酒户之大小为序，各镌名于杯底。首安化陶文毅公澍，元和吴棣华廷琛次之，泾县朱兰坡珔次之，余又次之，宝应朱文定公士彦次之，吴县顾南雅莼次之，华阳卓海帆秉恬殿焉。小沧浪者，江苏抚署东偏之池馆也。七友画卷藏余家，七友图石在沧浪亭五百名贤祠之左庑壁。此集在道光戊子、己丑间，迄今已二十年，存者惟兰坡、海帆及余三人而已，焉可以不记。杯既成，乃系以诗云："我怀小沧浪，水石犹清妍。我忆七友集，当时半华颠。中天落落小聚星，盛事独许江南偏。行藏出处不一致，天涯邂逅如飞仙。陶公伟躯最大户，小饮亦如鲸吸川。只今树立重南国，文毅之谥非唐捐。棣华风雅轶流辈，能诗能饮情弥鲜。中间仕宦稍不达，诗诣已到三唐前。兰坡惯以书下酒，酡颜自摩腹便便。我亦眷此杯中物，连床谈艺时涣然。咏斋南雅各志气，飞腾酪酊常差肩。尚书风采肃朝右，学士疏草喧中边。海帆独不胜酒力，但矜潇洒宗之年。人生聚散会逢适，抟沙放手亦可怜。匆匆廿载如电掣，七友俄剩三人焉。海帆相业在钟鼎，兰坡著述多巨编。独我德功两不立，主恩未报惭归田。相望南北幸健在，相见何日团初筵。一杯聊似鸿爪印，遑计后来传不传。但比康熙之间宫僚雅集器，煌煌名榜后起何必输前贤！"

老　饕

余酒户不大，而好为豪饮，家本贫俭，而好讲精馔。每读《孟子》"饮食之人"语，辄为汗颜。然历观古近之人，不好此者盖鲜。坡公诗"我生涉世本为口"，乃真实无妄之语，非俗流所可诋讥也。惟性不佞佛，而雅不喜杀生。半生宦迹所经，于吴中之沧浪亭，桂林之五咏堂，皆举放生之会。近年于脚鱼、水鸡、黄鳝、白鳝诸物，皆不入厨下，又与坡公《岐亭》诗旨正合。所愧者，仍不能不察于鸡豚耳。中年以后，每作诗，多自称"老饕"，往往为家人所笑。余谓"老饕"字见用于坡公，宋人诗中亦屡见。《瓮牖闲评》引谚云："眉毫不如耳毫，耳毫不如老饕。"故苏东坡作《老饕赋》,盖眉毫、耳毫皆寿征,老而能健饮健啖,则亦寿征,故谚连类及之。余以悬车余年,就养子舍,养非一事可竟,而以饮啖为大端。《孟子》言曾子养曾晳,即以酒肉为养志之征,后世亦何尝有以老饕笑郕国公桥梓者哉!惟《左氏传》称缙云氏有不才子,贪于饮食,冒于货贿,天下之民谓之饕餮。杜注:"贪财曰饕,贪食曰餮。"盖分注饮食、货贿二义。《玉篇》亦同。今人于饕字似皆误用,而以贪食为餮,则绝无他文字可证。盖自坡公以后,皆不免沿讹至今耳。

精 馔

　　先大父天池公尝语人曰:"古人之讲求精馔者,非徒以徇口腹之欲,盖实于养生之道为宜。"人不能一日离饮食,若所入皆粗而不精,即难免有损而无益。故《乡党》言"食不厌精,脍不厌细",朱子注云:"食精则能养人,脍粗则能害人。"盖圣贤于饮馔之事,亦无不以精粗为养人害人之分也。先大父年至八十,犹健饮健饭,七十余岁时,每饭后犹必稍习铅椠之事。常曰:"'饱食终日,无所用心',甚有碍于荣卫,故藉此以消导之。"稍后则目力、腕力俱差,饭毕犹令人扶掖徐行百十步。最后并脚力亦差,亦必与人对弈一局,曰:"饭余必脾倦,纵不能劳力以疏通之,亦必须劳心以运动之。"家虽贫,而烹饪必致精,故先资政公及先叔父太常公多方侍奉。时亲戚中有陈甥者,颇工烹调,专倩之入厨下。先大父每食,旁无陪侍,清酒不过三巡,嘉肴亦不过三簋。然不喜以宿物复进,毕即以分赐孙曹。余时方髫龀,最承慈爱,沾赐独多。次则曼云兄,此外诸孙则有间矣。余家本寒素,而讲求饮馔者惟先大父一人,五服周亲凡百十人,而享大年者亦惟先大父一人而已。自余入仕途,所见师友中,惟孙寄圃师、黄左田师、石琢堂先生及董琴南观察四人,最精烹饪,而皆享大年。琴南至今尚健啖如昔,间询余曰:"世言'三世仕宦,方解着衣吃饭'。此话究出自何典?"余按《明道杂志》载钱文穆公云云,《老学庵笔记》亦载谚云云,而不知魏文帝诏语云:"三世长者知被服,五世长者知饮食。"实此语所由来。

《困学纪闻》尝引之。

东　坡　肉

今食品中有东坡肉之名，盖谓烂煮肉也，随所在厨子能为之，或谓不应如此侮东坡。余谓：此坡公自取之也。坡公有《食猪肉》诗，云："黄州好猪肉，价贱如粪土。富者不肯吃，贫者不解煮。慢着火，少着水，火候足时他自美。每日起来打一碗，饱得自家君莫管。"

食　　禄

《宣室志》云："李德裕分司东都，尝召僧问休咎。对曰：'相公平生当食万羊，今食九千五百矣。'公惨然曰：'我昔梦行至晋山，尽目皆羊，有牧儿数十迎拜曰："此侍御平生所食羊。"吾识此，未尝泄于人，今果如师之说耶？'后旬余，灵武帅致书于公，且馈五百羊。公大惊，即召僧告其事，曰：'吾不食之耳。'僧曰：'羊至此，已为相公所有。'未几，贬没荒裔。"按俗以此事又误属之吕蒙正，谓当食万羊，而晚达不及食之，仅抉其目为羹，一啜而卒，则无所据也。近人又传朱竹垞先生喜食鸭，一日病中梦游一园，园后推门入，有一大池，池中养鸭无数。问池边叟曰："此鸭属何家？"叟曰："当尽以供君食耳。"未几病愈。又数十年，病中复梦至其处，宛然旧游地，则池中仅存两鸭。复问人曰："前此池中鸭甚多，何以今仅剩此？"则曰："尽被君吃完矣。"嗒然而醒。从此敕家人永不食鸭。越日，有出嫁女从远乡来省病者，知老人素喜食鸭，携两熟鸭来献。先生嘿然，不数日逝矣。此与李文饶事颇相类，因类记之。

酒　　名

今人嗜酒者，称酒为"天禄"，憎饮者，又呼酒为"黄汤"。不知古人但称"杯中物"，无咎无誉，最为质实。余生平屡戒饮，而屡破戒。

忆《事类合璧》中载吴衍戒饮,阮修以拳殴其背曰:"看看老逼痴汉,忍断杯中物耶!"此语若预为我棒喝者。悬车以后,遂止不戒,且无日不与酒为缘。按陶渊明诗云:"天运苟如此,且进杯中物。"孟襄阳诗云:"且乐杯中物,谁论世上名。"杜老诗云:"赖有杯中物,还同海上鸥。"又云:"忍断杯中物,只看座右铭。"高达夫诗云:"长歌达者杯中物,大笑前人身外名。"知自古名流皆不能忘情此物者,故口吻如一,非必有故实相传也。

烧　　酒

烧酒之名,古无所考,始见白香山诗"烧酒初开琥珀光",则系赤色,非如今之白酒也。元人谓之汗酒,李宗表称阿剌古酒,作诗云:"年深始得汗酒法,以一当十味且浓。"则真今之烧酒矣。今人谓之气酒,即汗酒也。今各地皆有烧酒,而以高粱所酿为最正。北方之沛酒、潞酒、汾酒,皆高粱所为,而水味不同,酒力亦因之各判。尝闻外番人言,中国有一至宝,而人不知服食,即谓高粱烧酒也。并教人服食之法,须于每夜亥、子之间,从朦胧睡梦中起服此酒一杯,以薄肴佐之,服毕仍复睡去,大有补益。余以仕宦劳碌之身,亥子间未必都能就枕,且温酒庀肴,起居扶侍,亦难得此恰当之人。适山左有属令,授以夜半服烧酒之法:制一小银瓶,略如洋烟壶,口用螺丝转盖。以暖酒灌满,怀于汗衫兜肚之夹里,酒可通夜不凉。兼以小银盒贮薄肴,置于枕侧,夜中随起随服,随服随寝,不烦人力,而恬适自如,最为简易。余自山左即如法行之,迄今将二十年,凡遇知交,即以此法语之,信从者亦众。每当寒宵长夜服此,尤有风趣,非党家羊羔会中人所知也。

绍　兴　酒

今绍兴酒通行海内,可谓酒之正宗,而亦有横生訾议者,其于绍兴酒之致佳者,实未曾到口也。世人每笑绍兴有"三通行",皆名过其实者。如刑名钱谷之学，本非人人皆擅绝技，而竟以此横行各直省，恰似真有秘传。州人口音实同鴃舌，亦竟以此通行远迩，无一人肯习官话而不操土音者。即酒亦不过常酒，而贩运竟遍寰区，且远达于新疆绝域。平心而论，惟口音一层，万无可解，刑钱亦究竟尚有师传，至酒之通行，则实无他酒足以相抗。盖山阴、会稽之间，水最宜酒，易地则不能为良故。他府皆有绍兴人如法制酿，而水既不同，味即远逊即绍兴本地，佳酒亦不易得，惟所贩愈远则愈佳，盖非致佳者亦不能行远。余尝藩甘、陇，抚桂林，所得酒皆绝美，闻嘉峪关以外则益佳。若中土近地，则非藏蓄数年者，不堪入口。最佳者名“女儿酒”，相传富家养女，初弥月，即开酿数坛，直至此女出门，即以此酒陪嫁，则至近亦十许年。其坛率以彩缋，名曰花雕，近作伪者多竟有用花坛装凡酒以欺人者。凡辨酒之法，坛以轻为贵，盖酒愈陈则愈缩敛，甚有缩至半坛者。从坛旁以椎敲之，真者其声必清越，伪而败者其响必不扬。甚有以小锥刺坛，斟出好酒，而以水灌还之者，视其外依然花雕，而一文不值矣。凡蓄酒之法，必择平实之地，用木板衬之。若在浮地，屡摇之，则逾月即坏。又忌居湿地，久则酒味易变。凡煮酒之法，必用热水温之。贮酒以银瓶为上，瓷瓶次之，锡瓶为下。凡酒以初温为美，重温则味减。若急切供客，隔火温之，其味虽胜，而其性较热，于口体非宜。至北人多冷呷，据云可得酒之真味，则于脾家愈有碍。凡此，皆嗜饮者所宜知也。今医家配药用酒，必注明无灰酒，金言惟绍兴酒有灰。近闻之绍兴人，力辨绍酒无灰，其偶有灰者，以酒味将漓，用灰制之，非常法也。语似可信。

沧　　酒

　　沧酒之著名，尚在绍酒之前，而今人则但知有绍酒而鲜言及沧酒者，盖末流之酿法，渐不如其初耳。阮吾山谓沧州酒，止吴氏、刘氏、戴氏诸家，余不尽佳。盖藏至十年者，味始清冽云云。试思酒至十年，虽凡酒亦未有不佳者，何必沧酒耶！相传沧州城外酒楼，皆背城面河，列屋而居。明末有三老人，至楼上剧饮，醉去，不与值。次日复来，饮酒家亦不问也。三老复醉，临行以余酒倾泼门外河中，水色渐变，以之酿酒，味芳冽胜他处。中间仅数武，过此南北水皆不佳，沧酒之得名以此。刘紫亭凤翔为阮吾山述之甚确，载在《茶余客话》。余初次由运河舟旋，过沧州，至村中极意访之，始购得一壶。归饮之，果佳。此后屡过其地，则皆饬仆往沽，无一如前味者矣。

浦　　酒

浦城土物，以红酒为最，浦人最珍惜之，饷客以此为敬。然三巡后，必以他酿易之，谓此酒性热，不宜多饮。其实不尽然，乃惜酒之故也。余侨居五年，始得畅饮。浦人言此酒不能移动，稍易地即恐变味。然余官粤西，长女筠如自浦来署省视，途经三千里，时阅两月余，姑带此酒一坛，到日发之，甘美如故，盖亦初意所不及料也。酒色如琥珀，真所谓色香味兼之者。若能于酿时，即选泉加米，复贮至十年，恐海内之佳酝，无能出其右者矣。

燕　　窝

燕窝出广东，阳江县最多。或云海燕采小鱼营巢，故名燕窝。或云海燕啄食螺肉，肉化而筋不化，并精液吐出，结为小窝，衔飞过海，倦则漂水上暂息小顷，又衔以飞，人依时拾之。《闽小纪》云："燕窝有乌、白、红三种，红者最难得，可治小孩痘疹。白者愈痰。"今闽、广入贡者，鲜白无纤翳，云系人力折制所成，非天然如是也。吾乡许青岩方伯松佶云："燕窝产海岛中，穷岩邃谷，足力绳竿之所不及。估舶养小猿之善解人意者，以小布囊系猿背上，纵之往，升木蹑崖，尽剥塞贮囊以归。猿之去也，苦不得食，三数日始返，估客以果饵充囊中，俾之远出不饥。拙者出即剥塞囊中，归而倾囊，不过数片，为果饵占地也。黠者将果饵倾岩窦间，剥塞满囊，往返数四，尤为便捷。此一猿值数百金，价数倍于拙者。"许谨斋黄门志进每晨起，用燕窝合蔗浆蒸食之，以融软为度，谓他人皆生食也，可终日不溺云。

熊　　掌

熊掌味洵美，余在甘肃，曾同时购得十副，以两副寄福州家中。闻家人不知制法，过夏遂为虫蛀尽，不堪用矣。记得《茶余客话》有一条云："熊掌用石灰沸汤剥净，以布缠煮熟，或糟尤佳。曩见陈春晖邦彦故第墙外，砖砌烟筒，高四五尺，上口仅容一碗，不知何用。云是当日制熊掌处，以掌入碗封固，置口上，其下点蜡烛一枝，微火熏一昼夜。汤汁不耗，而掌已化矣。"

豆　　腐

余每治馔，必精制豆腐一品，至温州亦时以此饷客，郡中同人遂亦效为之，前此所未有也。然其可口与否，亦会逢其适，并无相传一定之方。前阅宋牧仲《筠廊随笔》，载康熙年间，南巡至苏州，曾以内制豆腐赐巡抚宋荦，且敕御厨亲至巡抚厨下，传授制法，以为该抚后半辈受用。惜当时不将制法附载书中。近阅《随园诗话》，亦有一条云："蒋戟门观察招饮，珍羞罗列，忽问余：'曾吃我手制豆腐乎？'曰：'未也。'公即着犊鼻裙，亲赴厨下，良久擎出，果一切盘飧尽废。因求公赐烹饪法，公命向上三揖。如其言，始口授方。归家试作，宾客咸夸矣。"却亦未详载制法。想《随园食单》中必诊缕及此，手边无此书，容再考之。惟记得所最忌者二事，谓用铜铁刀切及合锅盖烹也。

面　　筋

今素食中有面筋，若得佳厨精制之，可与豆腐同称佳品。惟烹制之难，亦与豆腐同。余在桂林时，厨子最精此味，以饷同人，无不诧为稀有。而吾乡人多不食之，家人尤相率戒此。诘其故，则以店中制面筋者，率以两足底踹之。此诚不能保其必无，若系家厨自制，则断无此弊。此物自古即重之，《梦溪笔谈》云："凡铁之有钢者，如面中有筋，濯尽柔面，则面筋乃见。炼钢亦然。"《老学庵笔记》云："仲殊性嗜蜜，豆腐、面筋皆用蜜渍。"近人《一斑录》中，亦有制面筋干一法，亦雅人清致，非俗子所知也。

不 食 物 单

《随园食单》所讲求烹调之法，率皆常味蔬菜，并无山海奇珍，不失雅人清致。余由寒俭起家，更何敢学制食单，徒取老饕之诮。而恰有生平所深戒及所深恶者，列为不食物单，聊示家人，兼饬厨子，以省口舌之烦云。

牛肉。犬肉。以上两物，系守祖戒，十数传至今，别房子侄或有出入，而余本支从未破戒也。水鸡。一名石鳞，一名骨冻，亦名乌皮。惟南省山中有之，种类极多，而皆可于口。脚鱼。广西山中有极大者，名曰山菜。白鳝。黄鳝。以上四物，皆近年始戒。鳇鱼骨。一称明骨，一称鲟脆，质甚洁白，而了无余味可寻，徒借他物作羹材而已。其价甚昂，故厨子侈为珍品，因之有伪为者，其无味则同。羊肝肺。羊腰同。猪头肉。烧肝花。大肉丸。鸡蛋汤。排骨。香肠。鸡卷。铁雀。以上皆荤品。葛仙米。产自广西，而通行于各省。余在桂林五年，并未尝一以饷客也。百合。扬州人最喜用之，其味略苦，余素未下箸也。莼菜。此江浙雅品，不食之未免不韵，然不能强所不好也。黄瓜。北人最嗜之，新出嫩条者尤所珍贵。金瓜。最毒。闻取绝大金瓜，藏贮月余日，腹中便生蛇子。红萝卜。香椿。延荽。锅渣。以上皆素品。

浪迹续谈卷五

东瓯王始末

东瓯之名,起于东瓯王,而东瓯王之始末,人多不考,未免数典而忘其祖。惟乐清施六洲元孚《释耒集》中,有《东瓯王辨异》一篇,考订至为详晰,将来当入志乘,因附录于此云:"东瓯王摇,姓驺氏,夏裔,越王勾践七世孙。越亡,王以遗民徙东瓯,用其先世生聚教训法,自君其国,变鳞介为衣冠。瓯人怀之,故王没而庙食百世。王于史无特传,而散见于史志。或以王为瓯阳氏,或以为顾氏,皆非也。其曰瓯阳氏者,越自无疆灭于楚,楚封其子于乌程瓯余山之阳,曰瓯余亭侯。子孙因以为氏,蜀江瓯阳氏其裔也。然越子孙受封者,惟瓯阳亭侯,余则散而南迁,如《台志》所谓保方城山者不一。王独来东瓯,故氏驺,不氏瓯阳。而《郡志》谓世守其祀者,亦为瓯阳氏,昔人谓其后世与蜀江通谱,理或然也。曰顾氏者,夏裔有封顾伯者,子孙以国为氏,海宁顾氏其裔也。惟谓顾伯之后,周时世王东瓯,传闻异词,未可深信,大抵王既贵显,故族类多援之耳。且瓯阳谱以王为无疆七世孙,顾谱谓王父名安朱,生周赧王四十四年,亦非也。王寿百六十岁,《史记》越人勇之言可证。越自勾践五世至无疆,当显王三十五年,为楚所灭。历百二十八年,为汉高元年,王从诸侯伐秦,又四年,从汉高灭项,封海阳侯;又十年,为汉惠三年,都东瓯;又三十八年,为汉景三年,东瓯亡。《史记》叙王都东瓯,下即云后数世亡,是王当卒于汉惠时。顾谱谓王卒于封王年,颇与史合。自越亡至汉惠三年,才百四十二年,则无疆灭时,王年已十八矣,安有同时之人而相隔七世之理哉!王当为无疆孙,否则从孙辈耳。至谓其父生赧王时,其间才八十年,更可无论矣。王之从诸侯伐秦也,谈者谓秦废越为郡县,故伐秦;其从汉高伐项也,谓以伐秦之役,项弗王摇故;或又以楚覆越,项世为楚将,覆越未必非项,而以秦、项之伐归美于王之复仇。余谓此皆意拟之辞。夫以秦、项之暴,天下莫不怨之,大丈夫举事,光明磊落,王既得民,举而用之,伐秦灭项,诛暴安民,固无庸别为之说也。顾谱谓王蘦,谥曰信,传子昭襄,一名期,高后时辞王爵为侯,在位九年,谥曰悼,传子建,所谓汉景三年亡国者。然《汉书》谓汉武建元三年,闽越攻东瓯,上使严助发兵救之,是瓯之亡犹后于此也。意者汉景三年建亡,中国废其爵,而建子孙仍自君其国乎?《郡志》又谓王蘦,葬瓯浦山最高处,有杜蜂如拳大,护其墓。其事甚异,此则细事,史不及载欤?"

王　谢　优　劣

温州太守以王、谢为最著,故王谢祠之建,在处有之。尚论者或疑王右军之守郡,不见于史传,而于谢康乐则并无异议。惟乐清施六洲之著论,则大不然,其词曰:"吾乡墨池坊旧有王右军祠,拔于飓风,永嘉参议王公重建于华盖山。其后郡守龚公合祀谢康乐,屡废复兴。近观察副使王公建祠积谷山麓,则专祀康乐,而右军之祀废。噫!右军、康乐,固孰宜祀耶?两人皆瓯守,皆有文,然观右军贻殷浩、桓温及与谢安、谢万等之言,具言其忠君爱国之志,而兰亭痛悼、力砥狂澜如右军者,庶足风世。与康乐显于晋又仕于宋,其大节已不可问,而旷逸不检,负才傲物,卒罹罪辜。其诗曰:'韩亡子房奋,秦帝鲁连耻。'其将耻臣宋室耶?将以家世晋臣而思奋耶?为人臣而怀二心,此豫让所不齿者,即此而观,人品安在?谁谓兴兵逃逸,为史氏之深文耶?夫祀二人,是将以其人风世也。官师导之,儒士摩之,四方则效之,然则风我郡者,宜右军耶? 宜康乐耶? 敢书之以为制祀典者告。"

张　文　忠　公

前明有两张文忠,时论皆以权相目之,其实皆济时之贤相,未可厚非。窃以心迹论之,则永嘉又似胜江陵一等。永嘉之议大礼,出所真见,非以阿世,其遭际之盛,亦非所逆料,而其刚明峻洁,始终不渝,则非江陵所能及。公初名璁,以与上名熜字音同,疏请改名,赐改孚敬,并赐字茂恭。入阁之后,所奉世宗御札至八百余道,内或称张尚书、张少傅、张罗峰,或元辅张罗峰、大学士张罗峰、张少傅罗峰,后钦改罗峰为罗山,每面呼罗山或茂恭,遂有御札称张罗山,或元辅罗山少师、大学士张罗山、元臣张少师、内阁张元辅,又屡称少师张茂恭,或元辅张茂恭、内阁元臣张茂恭,具详见《谕对录》中。王世贞至别记之,为皇明异典。又特赐银印二枚,以为密封奏御之用,凡关讲学论政者,以“忠良贞一”印封进,若朝政有差,忠言未纳,有所敷陈,以“绳愆弼违”印封进。更名后,特赐新印一颗,篆曰“永嘉张茂恭印”。公以为君前未有臣称字者,奏缴不听。公于嘉靖辛巳成进士,因议礼为众所不悦,壬午出为南京刑部主事;甲申以大礼未正,仍上疏争之,与桂萼同被召,拜翰林院学士,乙酉擢詹事,丙戌晋兵部左侍郎,丁亥敕掌都察院事,是冬升礼部尚书兼文渊阁大学士,戊子加少保,纂修《明伦大典》成,加少傅、吏部尚书、谨身殿大学士,己丑主会试,其秋乞归,行至天津召回,辛卯又乞归,壬辰召回,进华盖殿大学士,复以疾乞归,其冬即召回,乙未复以疾乞休,乃许致仕。丙申遣官视疾,手诏趣还朝,至处州疾作,不果至,诏强起之,至金华疾又作,仍回,敕建贞义书院调理。旋薨,赠大师。盖公自释褐至政府,才六年,引归而复起者四次,而终遂首丘之愿,获全身后之名,其进固易,其退亦易,更非江陵所能企及矣。余来温州,寻宝纶楼遗址不可得,都人士言公颠末亦不详。久之,始得读《谕对录》十卷,又是公孙汝纪、汝经重镌之节本,然所存者仅此矣。录前,有吾乡晋江蒋公彦者来守温州,曾为之序,中言公归而后公为相者,经济万不如公。去公六七十年,四方无貂珰之扰,默受公赐而不知。今寓内始人人扼腕而思公,谓第以言礼取贵,非真知公者云云。可为公定评矣。

罗　山　全　集

余家中有前代《灵峰山巢书目》,中载《罗山全集》一百二十卷,明永嘉张孚敬撰。其子目列《礼记章句》八卷,《周礼注疏》十二卷,《仪礼注疏》五卷,《壁经讲章》五卷,《杜律训解》六卷,《宝纶楼和御制诗》四卷,《罗峰文存》八卷,《罗峰诗存》八卷,《奏疏》八卷,《谕对录》三十五卷,《贞义书院杂著》数十卷,可谓富矣。乃余至温州访之,无一存者,惟略闻其家中,尚存有《敕谕录》三卷,《钦明大狱录》、《灵雪编》各二卷,《大礼要略》二卷,《贞义书院诗稿》、《文稿》、《葩经全旨》、赋各数卷。及托人确访之,又不可得。忆数年前在吴门时,陈芝楣中丞新锓《张太岳集》,以一部赠余,读之不忍释手。江陵之精神干济,毕见于集中,则又不能不为永嘉抱此憾事矣。

文 庙 两 遗 像

前明嘉靖初,永嘉张文忠公孚敬建言:凡直省各学圣贤塑像,皆改用木主,朝议从之。温州文庙各旧像,时方议撤,绅民等不忍毁弃,俱归之海中。当舟楫纷纷发送之际,民间私夺回二像,一为端木子像,直送至大南门外长弄内小祠中,缘端木有货殖之称,即奉为土地之神,今其地遂呼为土地堂巷,而庙门悬额仍题"端木祠"。一为澹台子像,因闻貌恶,改妆青脸,奉为东岳之神,即温元帅也。地距土地祠约二里许,而庙貌之巍焕过之。惟土地祠楹联俱切端木,东岳庙中楹联则俱切东岳,而全与澹台无关。

双 忠 祠 碑

余前记温州双忠,只详吾乡陈忠毅事,而未及永嘉令马忠勤始末。兹从重建双忠祠中,录得商丘宋牧仲先生所撰碑文,至为赅备,因亟登之。府、县志《碑碣门》均弗载,抑独何欤? 碑云:"双忠祠者,故奉敕建以祀死节之臣温处金事陈公、知永嘉县事马公者也。康熙十三年,逆耿叛于闽,势张甚,浙东、西大震。温州首被围,二公相与谋曰:'温界闽、越之交,无温,是无闽、浙也。吾侪读圣贤书,誓以死守,脱不济,义不可苟活。'约既定,洒泣登陴,帅士民,画守御计甚备。

而总兵官祖宏勋者，潜通贼为内应，佯以缺饷激怒其众，一军甲而噪，劫二公会议于郡之大观亭。二公大声曰：'欲饷则与饷耳，是何为者！'又反复开谕以国恩不可背负。宏勋语塞气夺，恐众心动，益大怒。时陈公方以扇指麾，突以白刃横击，手随扇坠。马公瞋目大呼，亟起搏贼，贼从后挥刃，中公顶，流血被面。公即以首捽宏勋曰：'吾与若俱死矣！'俄群贼蜂至，遂同遇害，至死骂不绝口。时甲寅六月朔日也。丙辰，王师定闽、浙，上其事，诏从优议赠恤荫祭葬祠礼，复赐陈公谥忠毅，独马公格于阶例，不得予谥。会康熙四十二年，上南巡莅吴，时马公之子以参议督粮吴会，援陈公例，以易名之典上请。得俞旨，赐谥忠勤，又御书'旌劳葵忱'扁额，俾揭祠首，盖异数也。先是双忠之建，地故湫隘，又制粗朴庳陋，而忠毅故有专祠，有司率诣此奉行故事，以故兹祠享祀不虔，风雨不戒，陊剥漫漶，日渐就圮坏。参议君惧亵越宸翰，无以副朝廷优渥至意，乃谋所以新之。而温人闻命，咸来言曰：'祠之不饬，吾侪小人之罪也。'于是惭怛交责，踊跃输委，木石、瓴甓、丹漆、灰铁之属，弃物崎积，不鸠会而具。乃召工师相方视址，叶谋移构于华盖，朴斫版筑，子来趋事，凡三阅月而告竣。为门、为庑、为堂、为宇，峻整宏靓，辖辖翼翼，焕然改观。已乃揭御书于前荣，龙跳凤骞，金碧焜耀，观者无不愕眙震耸，或仰而叹，或俯而思，欢呀悦喜，庆未曾睹。升主之日，有司庶职咸在即事，登降馈献，罔或不龚。牲硕酒清，礼备乐举，邦民和会，耄倪歌咏，懿乎哉，洵足以侈上恩而妥忠灵也。既卒事，参议公谒余，载拜乞言，镌诸丽牲之碑，俾志其重建始末，后得以考。余凤钦二公之高节，不敢以不文辞。窃惟古来之以双忠称者，莫过于唐之张公巡、许公远，韩昌黎氏谓其守一城，捍天下，蔽遮江淮，阻遏贼势，举唐天下之所以不亡，咸归功焉。今温，全浙之门户也，首婴逆锋，旁邑窃窃观望。二公故屭然儒生耳，令其稍委蛇，觍颜苟活，自余必从风瓦解，全浙之存亡未可知也。惟其视死如饴，甘蹈白刃，以身作忠义倡，故闻风者争自奋励，坚壁齮龁，卒能保有浙西，贼不得尺寸入，以待王师之戡定。是则二公之功，比于张、许，其又奚愧！抑考张、许之在唐也，奸邪之徒，犹有异论，而其时为之上者，虽事褒赠，亦未有赫赫异数之加。我朝崇德报功，待死事诸臣甚厚,计甲寅距今三十余年,而恩施无已,揆诸前代,莫与比隆。盖上之待下与下之事上,其可谓交至尔矣。呜呼!何其盛哉!按二公,皆起家乙科,陈公初司李于蜀,课最入郎署,旋以金事出守。马公始任山左之昌乐,有惠政,补永嘉,不数月而化大行,其治绩皆有可纪,兹不著,著其死事之大者。陈公讳丹赤,字献之,福建侯官人,顺治辛卯举人,由温处道金事赠通政司通政使,谥忠毅。马公讳玠,字奉璋,陕西武功人,顺治甲午举人,由永嘉县知县赠布政司参政,谥忠勤。参议公名逸姿,字隽伯,由荫生历任今职,有能名,受知于上,将大用,请额建祠,忠勤于是有子,例得附书。乃系以诗曰:'惟清受命,奠覆九区。有蘖其间,为貐为貙。盗煽八闽,蹂躏浙土。蕞尔海疆,门户揩拄。于铄陈公,持宪是邦。揾胸碎首,毙于顽凶。马公骂贼,发指眦裂。与城俱亡,啮齿喋血。双忠烈烈,生气不磨。帝曰余恫,赠恤有加。死勤庙祀,载在典礼。靡不有初,阅世而圮。烈烈双忠,久而弥赫。载沛殊恩,龙章用锡。新祠斯作,侈于旧观。柏版松楹,寝成孔安。葵藿之倾,太阳斯照。惟帝念哉,是旌是劳。璇题有烂,如日正中。照示来裔,高广有融。蜃江之滨,吹台之址。鲁公、信国,鼎足焉峙。有穹斯石,锲以铭诗。凡百有位,敬而式之。'"

陈 忠 毅 公 传

近年吾闽纂修《福建通志》,重为陈忠毅公立传,杭州陈扶雅善操笔成之,于当时事实甚详。《通志》梓行,尚须时日,谨先录原文,以贻观者。传云:"陈丹赤,字献之,侯官人。顺治八年举于乡。十七年,授四川重庆府推官,权重庆、夔州知府。时张献忠初灭,蜀东尚为十三家所据,征师四集,丹赤筹粮饷以济军食,复招流亡,垦荒莱,缓刑禁,以苏民困。蜀平,以最擢刑部主事。丁内艰归,起补原官,迁员外郎。谳狱多平反,监天津关税,不名一钱。迁兵部郎中,出为浙江金事、分巡温处道,权按察使。丹赤以温州濒海,分巡无兵何以守,康熙十三年三月入觐,草封事,请复标兵。至山东,会滇变作,诏天下入京官还守。丹赤还至东昌,闻闽藩耿精忠反,方食,投箸起曰:'温州与闽接壤，闽叛，必首攻温州。温州失，全浙不可支矣。'即弃舟陆行，兼程至维扬。时自长江至钱塘戒严，舟楫无敢夜行。丹赤驾小舟，四昼夜至杭州，谒抚军计事，即驰赴温州为守御计。当是时，平阳叛将司定猷通耿逆，以兵逼瑞安，副将杨春芳声言往援，实无斗志，海寇朱飞熊又乘间入内港。乡民争提挈挽负入城，守城者欲不纳，丹赤曰：'城以人为固，人以食为命。今民辇米栗入城，民即吾兵，食即吾饷，亟宜纳之与共守。'于是来者数万人。然贼已逼温州，副将杨春芳忽撤兵去。人情汹惧，城中官弁多通贼。丹赤草檄，告急于提军，插飞羽，日驰数十次，而援师犹未至。丹赤独守南门，誓与城存亡。贼知之，并力攻击，丹赤亦不避矢石，以忠义激厉士卒，皆感泣，愿死守。先是总兵祖宏勋与贼通，伪遣游击马文始协守，实以窥丹赤意。丹赤誓以身殉，宏勋于是陈甲仗于城东大观亭，集文武官议事，思以兵胁丹赤，丹赤弗知也。千总姚绍英知其谋，谏勿往，不听。既至，见兵皆露刃，夹阶立。坐定，宏勋曰：'无兵无食，将何以守？'丹赤曰：'提标前锋已集五千，何谓无兵？粮饷可给六月，何谓无食？'宏勋曰：'无船，奈何？'丹赤曰：'江上水师战舰御寇于下流，民船迎援师于上流，何患无船？'宏勋语塞。贼党出耿逆书，诱献城。丹赤怒，碎而投诸地，曰：'此岂可以污吾目耶！吾头可断，城不可得也！'宏勋持丹赤手，复好语慰曰：'公独不念骨肉坟墓在闽耶？'丹赤麾宏勋手曰：'封疆之臣，但知守死封疆，不知其他。'宏勋知不可夺，目千总高魁，持斧拥丹赤出。丹赤指宏勋骂曰：'叛贼！汝杀我，朝廷必寸磔汝！'兵刃交下而死。时六月朔日也。永嘉知县马瑸跃而起曰：'国家豢养若辈反党，贼杀封疆大吏，吾耻与若俱生！'骂不绝口，遂同遇害。丹赤时年四十六，事闻，诏三下，议恤赠通政使，荫子一夔入监，赐祭葬，谥忠毅。三十五年，敕建双忠祠于温州，祀丹赤及瑸。瑸，陕西人。闽人复祀丹赤于道山。三十八年，一夔迎驾于杭州，赐'名垂青史'额，曰：'以旌尔父忠。'乾隆五十九年，诏殉难诸臣未予世职者，给恩骑尉世袭。大吏以丹赤四世孙登龄袭职。登龄卒，子驹袭。"按辽海刘廷玑《在园杂志》中有一条云："甲寅闽变，浙东温州总兵官祖某，潜已通款。一日，伏甲于资福山之大观亭，集众官议饷。巡道陈公丹赤、永嘉令马公瑸皆在坐。逆镇厉声云：'兵饷不前，士尽饥馁，抄陈道家，足以给饷。'有巡道夜不收即夜捕手林袤者，挺身前曰：'尔欲抄吾道主家，岂非反耶！'遽扶陈公出。逆镇大喝曰：'小人何敢如此！'林曰：'吾小人，心中惟知有道主，道主心中惟知有朝廷。不似尔等享高官厚禄，早已顺贼，一心惟知有贼也！'逆镇愈怒，挥甲士寸磔之。二公不屈，皆遇害。后邑人立祠祀两公，庑下设林袤像，被皂服，懔懔有生气。"周声炯记中所云"此是我所亲信者，随我上山"，当即此人也。

福贝子事略

康熙十三年甲寅闽变，温州二月闻警，三月方知耿精忠谋反，已有贼据分水关。沿海居民入城避难者，纷纷不绝。温镇总兵祖宏勋谋害温巡道陈丹赤及永嘉县马琇，即迎贼众及伪都督曾养性进城，盘踞全郡。浙抚奏闻，特命固山贝子福喇塔授为宁海将军，偕康亲王带领旗兵至杭州，会议征剿。康亲王分路由衢州救闽，福贝子救护温、台等处。至十五年冬，逆贼次第扫平。时温州府学生员周声炯，字慕峰，随贝子行间，曾以亲所见闻手撰一记。余从孙雨人学博处借读所录稿本，因节删如左云："康熙十三年甲寅闽变，温州二月已闻警，巡道陈丹赤、知县马琇谕各总党正、保长，各将城上垛口创造挨牌一面、猛棍十条，以防贼寇。四月间，平阳游击司定猷招贼过海，缚其主总兵蔡朝佐，献纳城池。温镇祖宏勋有家人高姓者，混号'割稻高'，结盟数十余人，潜与贼通。贼进屯西山，六月朔，宏勋集文武官于大观亭曰：'今日议军机大事，不许带人上山。'巡道陈知有变，指一人曰：'此是我所亲信者，随我上山。'各步行至亭，宏勋指西山贼营谓陈曰：'敌兵甚盛，有何高策？'陈应曰：'贼兵临城，非战则守，目下战为上策。'割稻高遽拔刀刺之，跟役亦遇害。马知县大骂曰：'这就反了！'高亦刺杀之，高自刺陈后，忽然仆地，身如捆缚，口称'陈大老爷饶命！'卧地身死。知府蔡兆丰跪献印信，宏勋迎贼进城，宣谕居民剪辫开店，加宏勋为安远将军，以平阳副将李宫墙改授参政，兼理督学事。又命贼党吴旗鼓在郡城关帝庙征收钱粮，鞭笞乱下，痛哭之声，遍闻里巷。时贼众甚多,恐粮饷不继,将民家铜器尽行追比,即开伪局铸钱,名曰'裕民通宝'。又铸大炮,镌曾养性姓名其上,聚众数十万。八月,遣吴长春、朱飞熊攻乐清县,乐协、苏慕代死之,乃长驱攻下嵊县、天台、仙居等城。时曾养性赴黄岩助战,朱飞熊请从水路带兵攻台州,吴长春请从陆路带兵攻黄岩。十四年八月,贝子自钱唐江飞渡绍兴,进发,遂斩伪都督吴长春于黄岩,伪将军朱飞熊水战中弹,毙于台州。贝子乘胜连复数县,曾养性从水路逃回温州。贝子统兵追蹑,因温州生员夏声字君周为乡导,从楠溪沿山至青田,渡江抵温。贼由上塘抵御,贝子预于绿嶂地方之宝胜寺伏甲以待。九月初三日,我兵佯退绿嶂,贼尾追近,号炮一声,伏兵齐出,截住石甲湾。贼首尾不能相顾,溺死及杀伤者无算,贼势大溃。养性闻报,急于西南城外房屋尽行拆毁,将屋柱运至西城陡门头,造木城一带,至三角门止。又运粗石墙于陡门头,隔河造石城一带;又自陡门头起至三角河止,造泥笆。离石城掘河数丈,将泥运入笆中,名曰泥笆城,将及完工,岂期大兵从楠溪间道而来。道路崎岖,贝子亲自牵马步行,风雨骤至,帐房未到,与士卒同在雨中,相为劳苦。遂发兵攻青田,越和岭,至威宁滩,编簰为欲渡之势,处州石帆、杨梅冈等贼,望风俱逃。时贼船自郡江至青田港,鳞次栉比。贝子命乔千总带领甲士数百,在下冯山鸣鼓摇旗,作安营状。贼瞭望以为不复进兵,不料大兵已潜由溪口过平壤滩,从白溪一路逾天长岭,直至郡西山,屯营于君子峰上。中有瓯浦岭,东南角三峰连续,直达护国寺;左曰万丈平山,贝子常登其巅,相度形势,俯视郡城,了如指掌。即令各旗安营,而每日用大炮攻城。贼兵惊扰,被伤者众。时当十月,晚禾大熟,百姓逃匿深山,无人收割。贝子查随征官员,独缺永嘉县丞一员,遂发令箭一枝,命夏声管永嘉县丞事,往各郡安民。逃匿百姓闻信,相继而出。夏声用永嘉生员林文纶、字缟青。周声煜字翼子。二人相与助理,劝谕百姓收割,并劝往营盘贸易。贝子每日遣人巡视,如有强买者,以军法从事。众皆悦服。贝子正议进兵,讵意贼于十五年二月十七夜,将所制火箭于西山相近之旸岙、吕家岙、净屿寺诸山下埋伏,于二更时分潜出三角门,水陆齐犯,投火烧着各营盘。贝子即派夸兰达丹母布、总兵陈世凯等出战,大炮打沉贼船不可胜计。贝子登高瞭望,用诱敌计,令被烧下营移踞上营,谨守要隘,亲督大军,下山杀贼。贼兵因无队伍大败。追至将军桥、灰桥等处,扼其归路,贼不能过,尽堕水中,水为不流。斩首二万有余,活擒贼将无算。吴旗鼓全家俱没,曾养性坠马,浮水逃入郡城,坚守不出。贝子登紫芝峰,见将军桥、新桥、姑娘庄一带大河内积尸填溢,不觉流泪,语诸将曰:'此等皆朝廷赤子,我奉命救民,今杀伤如此,能不心惨!'至护国寺坐定,慨然曰:'我一路想来,终觉不忍,此积尸作何处置?'总兵陈世凯、巡道姚启圣、知府王国泰、知县郑廷俊在旁,领一老民徐应龙参见,曰:'此人目下收拾尸骸,已有数百具。'贝子稍慰,即发赏一封,谓老民曰:'做此好事,必须择人助理,事成后,当请给官职。'指陈世凯曰:'好个将官,可称为陈铁头!'复谓诸将曰:'贼今退入城中,心胆俱裂,唾手可破。但温州百姓久遭荼毒,当体朝廷好生之心,不得妄杀以伤天和。'众皆曰:'此我王之阴功,瓯民之大幸也。'至五月,天气炎热,不能进兵。适康亲王咨请会闽征剿,时营内有大小炮三四十位,贝子悉心筹画,押运过岭,众军继之。行近灵福,贼又于袋头山拦截,势甚猖獗。继闻养性自大败后,兵已十去八九,此处贼船,皆自瑞安、平阳调到。诸将请战,贝子曰:'为将之道,必动出万全,方能取胜。'时大炮过山已有三十余位,现存九位,尚在横山五凤楼山脚。因选强兵丁,于夜静时潜运大炮,安山腰者四,安山脚者五。天微明,各炮齐放,值潮盛长,贼船不能退,我兵疾趋港口,攻击无遗,比西山之战更为威猛。谍报养性自袋头山再败后,独守孤城,已有归顺之意。百姓盼望大兵速至,以解倒悬。贝子遂于八月十八日自处州进发,至石塘岭,即遣陈世凯进兵,自率步骑继发。二更至双岭张村口,伐木取路,五鼓已抵贼营。贼猝不及防,各相奔命。大兵连破九寨,遂过石塘。贼复聚战,贝子亲督指挥,贼又连败六阵。大兵遂至岭下,乘势渡河,伪都督连登云等皆鼠窜逃命,遂恢复云和等县,而温、台、处三郡遗孽尽灭。由龙泉振旅入闽,耿逆惊惧投首,养性在瓯,闻报亦剃发归顺。瓯民以护国寺曾经贝子驻驾,山谷幽静,遂建祠,请贝子禄位供奉焉。声柯于康熙十四年乙卯八月,寄居十七都潘桥,九月大兵经过,适遇正蓝旗阿玛,挈之同行,一路随征。故贝子征剿之事,亲见亲闻,谨记如右,以见贝子之奠我东瓯,其丰功伟烈、威武仁慈有如此者。"
按今吾闽康亲王祀事甚盛,而此间贝子祠则故址久湮,殊失崇德报功之
意。闻孙雨人学博言:耿藩之乱,恢复温、台、处三郡,实赖福贝子之
力。向因贝子屯兵西山,<small>在三角门外。</small>即在西门护国寺之旁,设立专祠,旋
因飓风倾圮,遂移栗主供奉护国寺中正殿后。正殿又为飓风所坏,栗主
亦失所在。道光乙酉,云南嶍峨徐云笈来令永嘉,访知其事,补立栗主,
送华盖山双忠祠中安设。乙未仲夏,马忠勤公五代孙云骑尉名廷绩者,
由陕西乾州本籍来温,整理山地祀田,周历祠宇,见陈忠毅、马忠勤中
间,增设贝子栗主,即具禀有司,以为贝子与两公并设,名位既不相称,
亦与祠名双忠不合。现闻护国寺正殿业已修复,旁有小屋三间,尽可仍
安贝子牌位。即择六月十七日,亲送栗主入寺。惟闻寺僧言,寺旁旧基
尚存,约需费三百千钱,即可补盖小祠,以复旧观,较为得体。是所望于
贤有司之修举废坠者矣。

张 园 楹 联

温州城中有三园,皆足供士大夫游宴之所。在西为陈园,曲径通
幽,台榭错出,聊堪小憩。陈园之南为曾园,则水木明瑟,亭馆鲜妍,
远出陈园之右,其所编桂屏、所筑水槛,尤具匠心,为他园林所未见。
思以两诗纪其胜,尚未能成章也。在东为张园,紧贴积谷山下。按
《太平寰宇记》言谢公池在积谷山之东,积谷山即今东山,则谢池旧
趾,似即在此山之左近。故张鉴湖观察亦就此地辟园起楼,以存其
意,而属蔡生甫学士书"池上楼"三字为楼匾。楼之左为鹤舫,并水依
山,最为幽胜,余屡游宴其中。山即东山之麓,水即城下之濠,实为城
中第一胜区。因撰一柱联云:"面壁拓幽居,一角永嘉好山水;筑楼存
古意,千秋康乐旧池塘。"

骨 牌 草

骨牌之戏,自宋有之,《宣和谱》以三牌为率,三牌凡六面,即设子

之变也。近时天九之戏，见于明潘之恒《续叶子谱》，云近丛睦好事家变此牌为三十二叶，可执而行，则即今骨牌"碰湖"之滥觞也。今张氏如园中有骨牌草，春深时丛生各地，草叶狭而长，其叶尾各有点子浮起，略似骨牌之式，天牌及地牌最多，惟虎头略少。余在扬州时，即闻有此草，佥言若得三十二叶点子皆全者，可沿血证，而实未曾目见此草。今乃于如园中亲手摘视，未知先有此草而后有骨牌，抑先有骨牌而后生此草？不可得而详矣。

江 心 寺 诗

余游江心寺，前后四十余年，仅成七律两首，客有嫌其写景未畅者。今春自雁荡回，甫旬日，而杨子萱大尹招同郡城各官饮于江心寺之浩然楼，盖子萱新得擢官，以此为披云之宴也。席次索诗，因叠《雁荡长歌》韵应子。子萱本有和韵诗，用此觊其叠和，并约席中诸君同作，或可成东瓯诸事云尔。诗云："名山归来甫十日，又得欢场续雁荡。出城咫尺亦名山，苇杭直压潮头壮。永嘉仙吏得美除，画本欲留浚仪像。适约冯芝岩写真。长筵普与宾僚欢，俊游助我吟情旺。合城使君作公宴，鱼鱼雅雅各辈行。山僧笑我非当官，寓公亦许分庭抗。名区本在雁荡前，风流未尽沙淘浪。三唐诗事历可数，直到建炎始惆怅。御舟忽来天水碧，当日龙翔事草创。宋高宗幸此，改江心寺为龙翔寺。漠漠城阴隔岸移，双双塔影中流漾。六朝人物尽销沉，半壁江山自清旷。即景只应本色诗，平远无烦铢肝脏。失笑俗流忌裹足，宦途所拟亦无当。此邦人以此寺为畏途，每相戒弗至。而仕宦中人又有一至必且再至之谶，皆无稽之言。江南也是小金焦，更谁好事安书藏。金山有文汇阁藏书，焦山有阮太傅师所设书藏，师尝言江心寺亦宜仿此为之。我爱西偏屋宇新，不喧不寂惬所尚。便是江村长夏幽，寄傲羲皇岂多让。闲来弥勒与同龛，山月为灯云作帐。免得扁舟来去频，日狎风涛夸倜傥。出自比门入西门，兹游往复已新样。是日回舟，为风潮所遏，不得收泊北门。作诗聊如追急递，诗成一枕始休畅。"

揖　峰　亭　诗

温州近郭可游观之地,以江心寺为最,而揖峰亭次之。江心寺为古来名胜,山水方滋,自非寻常亭馆所得比拟。而揖峰亭近在城市,俯挹大江,其雄胜似更在江心寺之右。亭据回鹘山之顶,台榭突兀,栏槛参差,瓯江东北岸诸山尽在眼底。惜名流壶觞罕来,诗事寥寂,不及江心寺之磊磊天地间耳。新春晴日,甫为杨子萱大尹招饮亭中,始得揽其胜概,思以一诗纪之,而屡不成章。乃于花朝日,复携同平仲次儿、敬叔三儿、筠如长女、寿笙三女、婉蕙子妇、芍卿孙妇同挈榼往游,尽一日之欢而返。筠如先成一诗云:"出城瞥见鹘回头,庙里楼台槛外舟。平列众峰多北向,右偏孤屿欲东流。藤萝古洞穿云过,金碧斜阳对酒收。却忆宵深才系缆,循陔即许奉良游。腊底到瓯,于深夜在此收泊,不知其上即胜区也。"婉蕙次韵云:"重闉远出国西头,回鹘山前不浪舟。历历帆樯平槛过,茫茫日夜大江流。岩椒屡见炊烟起,石壁全凭返照收。最喜栏边露孤屿,晴春三日两佳游。三日前,甫为杨芝仙夫人招游江心寺,皆有诗,此作即叠前韵也。"

除夕元旦两诗

《温州府志》及各县志并云,自温峤以西,民多火耕,虽隆冬恒燠,故名温州。余初闻而喜之,于丁未十月二十六日抵温,初尚暄霁,冬至前后则连日阴噎,风雨交加,逾月不止,而寒沍愈甚,始窃叹尽信书不如无书也。至岁除早起,则大雪纷如,佥谓数十年来所未见。窗前有大蜡梅一株,嫌其为狗英,略弗盼睐,至是乃竟成琼柯玉叶,幻出奇观。思作一诗纪之,而瑟缩畏寒,弗能成句。至晚而雪愈大,乃口占五十六字云:"温州自昔以温传,我至方知不尽然。匝月顽阴长蔽日,连江寒雨欲弥天。忽看急雪来残腊,喜趁新春入旧年。是日亥刻立春。独有客窗增栗烈,裹头只合酒为缘。"次日元旦,忽大晴,急披衣起,则朝暾射眼矣。复得五十六字云:"欣报窗暾照眼开,庭柯啅鹊已喧豗。

谁知苦雨穷阴后，也有祥风暖旭来。半日阳春初布濩，万家淑气早恢
台。老翁事事成疏懒，但转吟肠日几回。"此真打油腔也。以纪温州
气候之异，姑题为《除夕大雪》、《元旦新晴》二律而存之。

梦　中　诗

余于丁未小除日，夜卧温州郡斋之树德堂东偏，于梦中忽成一
诗。醒而记之，耿耿在抱，清晨援笔录之，乃一字不遗，而不自知其意
旨所在。尚恍惚记其题曰《游仙词》，覆视之，竟似玉溪生《无题》诸作
也。漫付儿辈和之，久之，皆以彭字韵大难，无一应者。乃于新春花
朝，接福州许门第十一妹蓉函来信，竟以和诗相寄，格律老成，韵脚谐
稳，真堪愧倒须眉也。余诗本不必存，因蓉函之和作，遂不忍弃去，因
附录之。诗云："驾鹤方嫌鹤背轻，却缘霖雨阻瑶京。犊裈漫倚垆头
卓，蠹简难凭柱下彭。人海波澜原有主，仙家眷属岂无情。只应独抱
蟠桃实，撒手蓬莱自在行。"蓉函和作云："朝衫脱后一身轻，人世逍遥
即玉京。宦海岂能羁管乐，诗坛孰敢敌韩彭？鹤飞蓬岛游仙梦，雁断
闽天望远情。想见莱衣驰五马，安车奉作赏春行。"

浮　石

孙雨人尝语余曰："前数年在温州郡斋，亲见二物，至今思之，不
能格其理。当前政刘养云太守改建此园时，购大青石二十余方，堆
贮墨池之旁。一夕池岸偶圮，石尽倾陷池中，惟一方独浮水上，形似
椭圆，约重三四十斤，质视他石光润，岂空青之类欤？太守招余及戴
竹坡通守_坚午饮目验，曾命人抱此石沉之池中，用长木拄之，仍浮水面
不下。因名之曰浮石。曾命余次婿胡瑶阶孝廉_{书农学士次子}作小赋
纪之，后闻此石为养云太守携归南丰矣。近甲辰年，徐铁笙郡丞来权
郡篆，七月风痴大作，郡署大堂下有大樟树，相传为北宋物，向东歧出
之枝，为风所折。权守因其材质坚致，琢成小尺三十枝，仿汉虑俿铜
尺之式，颇古雅。旋于空枝中得一小木圈，光滑可爱，中径约六寸，厚

一寸余,圈面隐隐有黑纹,类蛟螭之状,直似鬼工所成。名之曰樟环,自为铭词三十二字纪之。此与浮石二物,皆余所目击,而迥出思议之外。因并记之,以俟博物君子。"按雨人有《浮石》七古一首、《樟环》五古一首,并载《永嘉闻见录》中。

右　旋　螺

温州海滨,有以右旋螺壳来售者。其质甚小,横径不及寸,而长不过寸余。因忆吾闽藩库所藏之右旋白螺,其大视此螺不啻十倍,知此其细已甚,未必通灵,且索价甚昂,遂置之。按吾闽藩库所藏,始于嘉庆五年赵介山殿撰文楷、李墨庄舍人鼎元充册封琉球国使,陛辞日,蒙赐右旋白螺,供奉舟中。盖此螺能镇风暴,来自外番。恭读《高宗御制文三集》中,有《右旋白螺赞》,注云每年藏中喇嘛于新正及万寿节进丹书,所陈供器,时有献石旋法螺者,以为奇宝而不多见,涉海者携带于舟,则吉祥安稳,最为灵异等语。赵、李内渡后,此螺经吾闽大吏奏请,留于福州藩库。嗣后有渡海者,皆得赍供舟中。此后册封琉球使者及闽中督抚将军东渡台湾者,无不供奉舟中,间遇风暴,皆得化险为平。民间不知,以为定风珠,实白螺也。又按吾闽本有定风珠,相传康熙间周栎园先生为闽藩时,出门日恰值大风,南门大街两旁招牌幌子无不摇动。惟一棉花店前,所挂多年棉球幌子,屹然不动。先生目而异之,不计价买归,乃中有一大蜘蛛,腹藏大珠。屡试之风中,不小摇动。初亦贮之藩库,后先生移任,携之去。

烎　春

恭儿于立春日,率属在郡堂上照例鞭春。礼成后,忽一声炮响,不知其故。询之属吏,乃知温俗于春至时,大户院落及小户门首,皆预折樟树一小枝,带叶烧之,并有俚俗咒语,名之曰烎春。按《集韵》,烎音谈,燎也。瑞安洪守一《重辑俗字编》谓:"温人于立春日焚樟叶,曰烎春。"孙雨人云:"温州土语,凡小儿退热谓之痊夏。杭州人谓自立夏多疾者为疰夏。其义各别，然恰与'天春'二字成一妙对也。"

飓　风

《南越志》云："飓风者，具四方之风也。常以五六月发。"永嘉人谓之风痴。《投荒杂录》云："岭南诸郡，皆有飓风，以四面风俱至也。"按此说杨升庵已驳之，李西涯亦谓具四方之风者，乃北人不知南人之候，误以飓为飓耳。飓音贝，佛经云："风虹如贝。"《六书》："飓，蒲妹切，海之灾风也，俗书误作飓。"吾闽人呼飓为暴，其音相转，其理正通。又谓之风飔，飔字字书所无，正如永嘉之风痴亦他书所未见耳。

浪迹续谈卷六

戏 彩 亭 联

温州郡署，寓眷属于三堂。庭院极宽敞，相宅者皆嫌其不聚气，必于前廊构一亭子以收束之，且可藉为岁时演剧之所。恭儿题亭扁曰"戏彩"，跋云："宋温州通判赵岏，迎养其父清献公于倅厅，构'戏彩堂'，当时传为盛事。东坡、颍滨皆有诗。已详第二卷。今资政公亦就养郡斋，而兹亭适成，因以名之。"并请余撰为楹联。余亦即用此事题柱云："舞彩又成亭，故事远惭清献德；逢场凭作戏，正声合补广微诗。"时次儿丁辰由内阁请假南来省视，亦于亭角附题一联云："胜地许循陔，成兹乐事；齐心殷舞彩，让尔先声。"跋云："敬叔弟属撰亭联，因答其意付之。"亦可谓一时佳话矣。

看 戏

吾乡龚海峰先生官平凉时，其哲嗣四人皆随侍署斋读书。一日偶以音觞召客斋中，四人者各跃跃作看戏之想。先生饬之曰："试问读书好乎？看戏好乎？可各以意对。"其少子文季观察瑑毅遽答曰："看戏好。"先生舭然斥之退。长子端伯郡丞式毅对曰："自然是读书好。"先生笑曰："此老生常谈也，谁不会说。"次子益仲孝廉受毅对曰："书也须读，戏也须看。"先生曰："此调停两可之说，恰似汝之为人。"三子小峰邑侯对曰："读书即是看戏，看戏即是读书。"先生掀髯大笑，曰："得之矣。"闻其时甘肃有谭半仙者，颇能知未来事，先生延致署中数月，临行手画四扇：一作老梅数枝，略缀疏蕊，以赠端伯。一作古柏一树，旁无他物，以赠益仲。一作牡丹数本，以赠小峰。一作芦苇丛丛，以赠文季。且语先生曰："将来四公子所成就，大略视此矣。"由今观之,则与所答看戏之言,亦隐隐相应也。

文 班 武 班

剧场有南戏、北戏之目,不过以曲调分。近人有文班、武班之目,文班指昆曲,武班指秦腔,则截然两途矣。余金星不入命,于音律懵无所知,故每遇剧筵,但爱看声色喧腾之出。在京师日,有京官专嗜昆腔者,每观剧,必摊《缀白裘》于几,以手按板拍节,群目之为专门名家。余最笑之,谓此如讲古帖字画者,必陈《集古录》及《宣和书画谱》对观,适足形其不韵,真赏鉴家断不如是也。忆在兰州日,适萨湘林将军由哈密内召入关,过访,素知其精于音律,因邀同官以音觞宴之。坐定,优人呈戏本,余默写六字曰:"非《思凡》即《南浦》。"握于掌中,将军果适点此两出。余曰:"君何必费心? 余已代为之矣。"开掌示之,合座皆笑。湘林正色语余曰:"戏虽小道,而必以雅奏为高。若猥语乱谈,则舆隶所乐闻,岂可以入吾辈之耳?"余曰:"君言诚是,然既已演戏,则征歌选舞,自以声色兼备为佳。若徒赏其低唱恬吟,则但令一人鼓喉,和以一笛足矣,又何必聚一班数十人于后台,为之结彩张灯,肆筵设席,而品评其行头之好、脚色之多乎?"合座群以为然,而湘林为之语塞矣。比年余侨居邗水,就养瓯江,时有演戏之局。大约专讲昆腔者不过十之三,与余同嗜者竟十之七矣。

生 旦 净 末

生、旦、净、末之名,自宋有之,然《武林旧事》所载,亦多不可解。惟《庄岳委谈》云:"传奇以戏为称,谓其颠倒而无实耳。故曲欲熟而命以生也,妇宜夜而命以旦也,开场始事而命以末也,涂污不洁而命以净也。"枝山《猥谈》则云:"生、净、旦、末等名,有谓反称,又或托之唐庄宗者,皆谬也。此本金、元阛阓谈吐,所谓鹘伶声嗽,今云市语者也。生即男子,旦曰装旦色,净曰净儿,末乃末泥,孤乃官人,即其土音,何义理之有?"至《坚瓠集》,谓《乐记注》言优俳杂戏如狝猴之状,乃知生，狌也；且，狙也，《庄子》："援猵狙以为雌。"净，狰也，《广韵》："似豹，一角五尾。"丑，狃也，《广韵》"犬性骄。"谓俳优如兽，所谓犹杂子女也。此近穿凿，恐非事实。

工　尺

工、尺等字，宋、辽以来即用之。《宋·乐书》云：黄钟用合字，太簇用四字，夹钟、姑洗用一字，夷则、南吕用工字，无射、应钟用凡字，中吕用上字，蕤宾用勾字，林钟用尺字，黄钟清用六字，大吕、夹钟清用五字。辽世大乐，各词之中，度曲协律，其声凡十、曰五、凡、工、尺、上、一、四、六、勾、合。按此即朱子所谓半字谱也。

封　神　传

余于剧筵，颇喜演《封神传》，谓尚是三代故事也。忆吾乡林樾亭先生，尝与余谈《封神传》一书，是前明一名宿所撰，意欲与《西游记》、《水浒传》鼎立而三，因偶读《尚书·武成篇》"惟尔有神，尚克相予"语，演成此传，其封神事，则隐据《六韬》、《旧唐书·礼仪志》引。《阴谋》、《太平御览》引。《史记·封禅书》、《唐书·礼仪志》各书铺张俶诡，非尽无本也。我少时尝欲仿此书，演成黄帝战蚩尤事，而以九天玄女兵法经纬其间；继欲演伯禹治水事，而以《山海经》所纪助其波澜；又欲演周穆王八骏巡行事，而以《穆天子传》所书作为质干，再各博采古书以附益之：亦可为小说大观，惜老而无及矣。

姜　太　公

余尝观《访贤》一出。世皆称姜太公八十遇文王，而此班优人通名，乃云七十二岁，众皆笑之。余曰：此优暗合道妙，殆有所授之，未可厚非也。《荀子·君道篇》云："文王举太公于州人而用之，行年七十有二，齫然而齿堕矣。"东方朔《客难》亦云："太公体仁行义，七十有二，乃设用于文、武。"《韩诗外传》四亦云:"太公年七十二,而用之者文王。"桓谭《新论》亦云:"太公年七十余,乃升为师。"《后汉书·高彪传》亦云:"吕尚七十,气冠三军。"皆不言至八十始遇文王也。惟《孔丛子·记问篇》:"太公勤身苦志,八十而遇文王。"《列女传》齐管妾婧语亦同。今世人皆仿其说。然《越绝书》:"计倪曰:'太公九十而不伐纣,磻溪人也。'"《楚词·九辨》亦云:"太公九十而显荣。"《淮南子·说林训》注亦同。则其年且过八十矣。歧说错出,余为戏据《说苑》一条以折其衷。按《说苑·尊贤篇》云:"太公望,故老妇之出夫也,朝歌之屠佐也,棘津迎客之舍人也。年七十而相周,九十而封齐。"盖《荀子》各书所载,乃相周之初,《孔丛子》所载,乃封齐之末。原始要终言之,则众说皆合矣。

甘　罗

俗皆称甘罗十二为秦相,殆本《史记·甘茂传》:"罗年十二,事秦相吕不韦,以说张唐、说赵功封为上卿。"按上卿非必丞相也。罗祖茂,曾为左丞相,俗语殆因此而误。然《北史·彭城王浟传》云:"昔甘罗为秦相,未能书。"《仪礼疏》云:"甘罗十二相秦。"杜牧诗云:"甘罗昔作秦丞相。"则此误亦久矣。

苏 秦 激 张 仪

戏彩亭前家宴,有演《投赵激仪》剧者,诸儿女皆茫然不知所谓。余笑曰:"尔等纵不读《史记》,亦未观《列国志》乎?"翼日,次儿丁辰即检《史记》以进,因付儿女遍视之,乃各恍然大悟。"读书即是看戏,看戏即是读书",良不虚也。因节录其文如左,用便观者云:"苏秦已说赵王而得相约从,然恐秦之攻诸侯,败约,念莫可使于秦者,乃使人微感张仪曰:'子始与苏秦善,今秦已当路,子何不往游,以求通子之愿?'张仪于是之赵,上谒求见苏秦。苏秦乃戒门下人不为通,又使不得去者数日。已而见之,坐之堂下,赐仆妾之食,因而数让之曰:'以子之材能,乃自令困辱如此! 吾宁不能言而富贵子? 子不足收也。'

谢去之。张仪之来也，自以为故人，求益反辱，怒，念诸侯莫可事，独秦能苦赵，乃遂入秦。苏秦已而告其舍人曰：'张仪，天下贤士，吾殆弗如也。今吾幸先用，而能用秦柄者，独张仪可耳。然贫，无因以进。吾恐其乐小利而不遂，故召辱之，以激其意。子为我阴奉之。'乃言赵王，发金币车马，使人微随张仪，与同宿舍。奉以车马金币，所欲用，为取给而弗告。张仪遂得以见秦惠王。惠王以为客卿，与谋伐诸侯。苏秦之舍人乃辞去。张仪曰：'赖子得显，方且报德，何故去也？'舍人曰：'臣非知君，知君乃苏君。苏君忧秦伐赵，败约从，以为非君莫能得秦柄，故激怒君，使臣阴奉给君资。今君已用，请归报。'张仪曰：'嗟呼！此吾在术中而不悟，吾不及苏君明矣！'"

貂　蝉

《三国志演义》言王允献貂蝉于董卓，作连环计。正史中实无貂蝉之名，惟《董卓传》云"卓尝使布守中阁，布与卓侍婢私通"云云。李长吉作《吕将军歌》云："榾榾银龟摇白马，傅粉女郎大旗下。"盖即指貂蝉事，而小说从而演之也。黄右原告余曰："《开元占经》卷三十三：'荧惑犯须女'，占注云：'《汉书通志》：曹操未得志，先诱董卓，进刁蝉以惑其君。'此事异同不可考，而刁蝉之即貂蝉，则确有其人矣。"《汉书通志》今亦不传，无以断之。

周　仓

《三国志演义》言关公裨将有周仓，甚勇，而正史中实无其人。惟《鲁肃传》云："肃邀与关相见，各驻兵马百步上，但诸将军单刀俱会，肃因责数关云云。语未究竟，坐有一人曰：'夫土地者，惟德所在耳，何常之有？'肃厉声呵之，辞色甚切。关操刀起，谓曰：'此自国家事，是人何知！'目之使去。"疑此人即周仓，明人小说似即因此而演，"单刀"二字，亦从此传中出也。然元人鲁贞作《汉寿亭侯碑》，已有"乘赤兔兮从周仓"语，则明以前已有其说矣。今《山西通志》云："周将军仓,平陆人,初为张宝将。后遇关公于卧牛山,遂相从。樊城之役,生擒庞德。后守麦城,死之。"亦见《顺德府志》,谓与参军王甫同死。则里居事迹,卓然可纪,未可以正史偶遗其名而疑之也。王椷《秋灯丛话》云:"周将军仓,殉节麦城,而墓无可考。稽其遗迹,即长坂坡曹、刘交兵处也。因访麦城故址,在邑东南四十里,久被沮水冲塌成河,仅存堤塍,名曰麦城堤。有任生者,梦将军示以葬所,遂告知县陈公。掘其地,深丈许,露石坟一座,颇坚固。乃掩之而封树其上,植碑以表焉。或有疑任生之作伪者,夫去地丈余,乌知有墓,且一经掘视,昭然不爽,则英灵所格,岂子虚哉!"

王　昭　君

《汉书·元帝纪》云:"赐单于待诏掖庭王樯为阏氏。"《匈奴传》云:"王墙,字昭君。"惟《后汉书·南匈奴传》作嫱。钱竹汀先生曰:"《说文》无嫱字。《左传》'妃嫱嫔御',唐石经本作墙。"则《匈奴传》作墙不误,而《元帝纪》之樯恐转误,樯字《说文》亦未收也。《西京杂记》言汉元帝使画工写宫人,昭君独不行赂,乃恶写之。既行,遂按诛毛延寿。《琴操》又言:本齐国王穰女,年十七,进之帝,以地远不幸。及欲赐单于美人,嫱对使者越席请往,后不愿妻其子,吞药而卒。惟抱琵琶出塞,乃乌孙公主事,与昭君无干,傅玄《琵琶赋》序详言之,载在《宋书·乐志》。后人因石崇《王明君辞》序"昔公主嫁乌孙,令琵琶马上作乐,以慰其道路之思,其送昭君,亦必尔也"云云,遂附会以为昭君尔。杜诗"千载琵琶作胡语",殆亦本于石崇。

祝　英　台

《宣室志》云:"祝英台,上虞祝氏女也。伪为男装游学,与会稽梁山伯者同肄业。山伯字处仁。祝先归,二年,山伯访之,方知其为女子,怅然如有所失。告其父母求聘,而祝已字马氏子矣。山伯后为鄞令,病死,葬鄮城西。祝适马氏,舟过墓所,风涛不能进。问知有山伯墓,祝登号恸。地忽自裂,陷祝氏,遂并埋焉。晋丞相谢安奏表其墓曰'义妇冢'。"

单　雄　信

《旧唐书·李密传》:单雄信尤能马上用枪,后降王世充,为大将军。太宗围东都,雄信出军拒战,援枪而至,几及太宗。徐世绩呵止之曰:"此秦王也!"雄信少退,太宗由是获免。《新唐书·尉迟敬德传》:秦王与王世充战,骁将单雄信骑直趋王。敬德跃马大呼,横刺雄信坠,乃翼王出。按此二传所述,一事也。今演剧者备言徐世绩、尉迟恭,皆有所本。

尉　迟　恭

《唐书·尉迟敬德传》云:尉迟敬德婞直,颇以激切自负。尝侍宴庆善宫,有班在其上者,曰:"尔何功,合坐我上?"任城王道宗解喻之,敬德勃然,拳殴道宗,目几至眇。太宗不怿,罢,召让之。致仕后,闻太宗将伐高丽,上言:"夷貊小国,不足任万乘,愿委之将佐。"帝不纳。诏以本官为左一马军总管,师还,复致仕。按今演剧者,有《打朝》、有《装疯》两出,盖"打朝"实,"装疯"虚也。

李　元　霸

《唐书·高祖诸子传》:高祖二十二子。窦皇后生建成、太宗皇帝、元吉、元霸。元霸字大德,幼辨惠,隋大业十年薨,年十六,无子。武德元年追王及谥,曰卫怀王。按今小说家所言元霸勇力事,正史俱无之。

红　绡　红　线

《昆仑奴传》云:大历中,有崔生,其父与盖代勋臣一品者善,使生往省疾。一品召生入室，有三侍妓皆艳绝。命衣红绡者擎含桃，与生食，辞出，复命红绡送之。红绡示以手语，生归而神迷意夺。家有昆仑奴摩勒，探知其情，曰："此小事耳。"乃以青绢为生制束身衣，负之逾十重垣，入歌妓院。院有猛犬，挝杀之。生搴帘见妓，妓问："何神术至此？"生具告摩勒之谋。乃召勒入饮之，且曰："贤爪牙既有此术，何妨脱我桎牢？"摩勒曰："此亦小事耳。"复双负之飞出。及旦，一品惊觉，自知是侠士挈之，惧他祸，不敢声问。红绡卒归于生。又《甘泽谣》云：红线者，潞州节度使薛嵩家青衣也。至德后，两河未宁，朝廷命嵩遣女嫁魏博节度田承嗣男，以涉往来，而承嗣方募武勇，觊并潞州，嵩忧闷，不知所出。红线言："能解主忧，请暂放一到魏城。"乃入房饰行具，倏忽不见。嵩危坐以待，闻一叶堕声，起问，即红线回矣。报曰："某子夜二刻达魏城，历数门，及寝所，见田亲家枕剑酣眠。剑前仰开一金合，合内书身生甲子与北斗神名，某遂恃合以归，守护人无一觉者。"嵩大喜，发使遗承嗣书曰："昨夜有客来，云自元帅床头获一金合，不敢留，谨却封纳。"承嗣惊怛绝倒。明日专使归命，红线乃辞嵩曰："某前本男子，因误下孕妇虫症，谪为凡贱女子。今既十九年矣，且全两城人性命，可赎前罪还本形矣。"嵩集宾友饯别，线伪醉离席，遂亡所在。沈德符《顾曲杂言》云："梁伯龙有《红线》、《红绡》二杂剧，颇称谐稳，今被俗优合为一大本，南曲谓之《双红》，遂成恶趣矣。"

长 生 殿

《长生殿》戏最为雅奏，谙昆曲者无不喜之，而余颇不以为然。即如《絮阁》、《搜鞋》等出，陈陈相因，未免如听古乐而思卧，而《醉酒》一出尤近恶道，不能人云亦云也。惟此戏之起，传闻各殊。虞山王东溆《柳南随笔》云："康熙丁卯、戊辰间，京师梨园子弟，以内聚班为第一。时钱唐洪太学昉思昇著《长生殿》传奇初成，授内聚班演之。大内览之，称善，赏诸优人白金二十两，且向诸亲藩称之。于是诸王府及阁部大臣，凡有宴集，必演此剧，而缠头之赏，其数悉如内赐，先后所获殆不赏。内聚班优人因语洪曰：'赖君新制，吾获赏赐多矣。请张宴为君寿，而即演是剧以侑觞。凡君所交游，当邀之俱来。'乃择日治具，大会于生公园。名流之在都下者，悉为罗致，而独不及吾邑赵星瞻<small>徵介</small>。时赵适馆给谏王某所，乃言于王，促之入奏，谓是日系国忌，设宴张乐，为大不敬，请按律治罪。奏入，得旨下刑部狱，凡士夫及诸生除名者几五十人。益都赵秋谷赞善<small>执信</small>、海昌查夏重太学<small>嗣琏</small>，其最著者也。后查以改名登第，而赵竟废置终身矣。"近日钱唐梁应来《两般秋雨庵随笔》云："黄六鸿者，康熙中由知县行取给事中，入京，以土物及诗稿遍送诸名士。至赵秋谷赞善，赵答以柬云：'土物拜登，大集璧谢。'黄遂衔之刻骨。乃未几而有国丧演剧一事，黄遂据实弹劾。朝廷取《长生殿》院本阅之，以为有心讽刺，大怒，遂罢赵职，而洪昇编管山西。京师有诗咏其事，今人但传'可怜一曲《长生殿》，断送功名到白头'二句，不知此诗原有三首也。其一云：'国服虽除未满丧，如何便入戏文场。自家原有些儿错，莫把弹章怨老黄。'其二云：'秋谷才华迥绝俦，少年科第尽风流。可怜一出长生殿，断送功名到白头。'其三云：'周王庙祝本轻浮，也向长生殿里游。抖擞香金求脱网，聚和班里制行头。'周王庙祝者，徐胜力编修<small>嘉炎</small>，是日亦在座，对簿时赂聚和班伶人，诡称未遇得免。徐丰颐修髯，有周道士之称也。是狱成，而《长生殿》之曲流传禁中，布满天下，故朱竹垞检讨赠洪裨畦诗，有'海内诗篇洪玉父，禁中乐府柳屯田。梧桐夜雨声凄绝，薏苡明珠谤偶然'之句，<small>《梧桐夜雨》，元人杂剧，亦明皇幸蜀事。</small>樊榭老人叹为字字典雅者也。"惟两书所记，各有不同，百余年中事，焉得一博雅君子一质之。

双 忠 传

演张巡、许远故事者，大率依附《唐书》，言张巡守睢阳，括城中老幼，凡食三万口，又杀爱妾飨士，许远亦有杀奴哺卒事。惟扬州江防丞钟洇云力辟其说，以为张、许名将，必无此残忍不仁之事，且著为论以辨之。洇云好为议论，往往惊其四筵，同人亦鲜不反唇相攻者。余曰："我有一说，为诸公释争，可乎？宋王明清《摭青杂说》云：绍兴辛巳冬,北人南侵,朝廷遣大军屯淮东,每遣小校数队候望。有何兼资者,领五千人至六合县西,望见军马自西北来。兼资敛所部隐芦荻中,闻一人言:'荻林中有生人。'知为鬼兵,乃免胄出见,拜问神号。答曰:'某唐张巡。'指对坐者曰:'此许远。'指下坐者曰:'此雷万春,此南霁云。'兼资少亦读书,因再拜顶礼曰:'史言大王守城,凡食三万余人,果然否?'张曰:'有之,而实不然。所食者,皆已死之人,非杀生人也。'又曰:'史言张大王杀爱妾,许大王杀爱奴,不知果否?'张曰:'非杀也,妾见孤城危逼,势不能保,欲学虞姬、绿珠之效死,故自刎。许大王奴亦以忧悸暴死,遂烹以享士,盖用术以坚士卒之心耳。'兼资见雷万春面止一疤,因拜问曰:'史言将军面着六箭,而一疤何也?'雷曰:'当时六箭,五着兜鍪,人人相传谓吾面着六箭,不动,吾亦当之,庶扬声以威之耳。'此事虽未足深信,然问答数语,颇中情理,足与史传相参。浥云其亦可藉此以伸其说耳。"

脱　　靴

今剧场演高力士为李太白脱靴,论者多以为荒诞,而不知事本正史。《旧唐书·李白传》云:"日与酒徒醉于酒肆,玄宗欲造乐府新词,亟召白,白已卧酒肆矣。召入,以水洒面,即令秉笔,顷之成十余章。帝颇嘉之。尝沉醉殿上,引足令高力士脱靴,由是斥去。"

卸　甲　封　王

剧场演郭子仪奏凯回朝,初入见,奏曰:"念臣甲胄在身,不能全礼。""全礼"二字,甚合古意。《曲礼》:"介者不拜,为其拜而蓌拜。"注云:"蓌拜则失容节,蓌犹诈也。"疏云:"着铠而拜,形仪不足,似诈也。"盖以铠不宛转,故致形仪不足,所谓不能全礼也。《孔丛子·问军篇》:"介胄在身,执锐在列,虽君父不拜。"《史记·绛侯世家》:"亚夫持兵揖曰:'介胄之士不拜,请以军礼见天子。'"皆足与《曲礼》相证。

梁　颢

陈正敏《遁斋闲览》载梁颢《登第》诗:"天福三年来应试,雍熙二载始成名。饶他白发巾中满,且喜青云足下生。"天福三年是五代晋高祖戊辰,雍熙二载是宋太宗乙酉,中间相距四十七年,夫以弱冠应举,即四十余年而后登第,亦不应如世所传"八十二,魁大廷"云云也。《宋史》本传明言雍熙二载举进士,赐甲科,解褐大名府观察推官,景德元年卒,年九十二。雍熙二年至景德元年,才二十年,则颢亦不得以八十二岁登第。史传之言,各有差互,此当阙疑。

三　门

有优人以牙牌呈请点戏者,中有《三门》一出,客诘之,优人曰:"此即鲁智深醉酒耳。"坐中客皆大笑曰:"何以误山门为三门?"余解之曰:"此殆非误也。《释氏要览》云:'寺宇,开三门者。'《佛地论》云:'谓空白、无相门、无作门,故名三门。'然则作山门者转误,特非优人所能见及耳。然山门亦自有出处。《高僧传》云:'支遁于石城山立栖光寺,宴坐山门,游心禅苑。'苏文忠公留佛印、玉带于金山,亦有'永镇山门'语。"

陈　季　常

南戏有《跪池》一出,北戏更演为变羊一事,尤为诞妄绝伦。但其事亦有所本;而皆以为陈季常,则不可不辨耳。《艺文类聚》载京邑士人妇大妒,常以长绳系夫足,唤便牵绳。士密与巫妪谋,因妇睡,士以绳系羊,缘墙走避。妇觉,牵绳而羊至,大惊,召问巫。巫曰:"先人怪娘积恶,故郎君变羊。能悔,可祈请。"妇因抱羊,痛哭悔誓。巫乃令七日斋,举家大小悉诣神前祷祝。士徐徐还,妇见,泣曰:"多日作羊,不辛苦耶?"士曰:"犹忆啖草不美。"妇愈悲哀。后略复妒,士即伏地作羊鸣,妇惊起,永谢不敢。按此事与陈季常无涉,而陈季常之惧内,则自古著名。季常名慥,与东坡交好。坡诗有"龙丘居士亦可怜,谈空说有夜不眠。忽闻河东狮子吼,拄杖落手心茫然。"次公注云:"龙丘居士,指言陈季常也。季常妻柳氏最悍妒,每季常设客,有声妓,柳氏则以杖击照壁大呼,客至为散去。故因诗戏之。"又《容斋三笔》云:"黄鲁直有与陈季常简云:'公暮年来,想渐求清净之方,姬媵无新进矣。柳夫人比何所念以致疾耶?'又一帖云:'示谕老境情味,法当如是。河东夫人亦能哀怜老大,一任放不解事耶?'"则柳氏之妒名,固已彰着于外,故苏、黄亦不妨质实言之耳。《在阁知新录》云:"世以妒妇比狮子,而《续文献》称狮子日食醋、酪各一瓶,吃醋之说殆本此。"

扫　　秦

戏场有《扫秦》之疯僧,即济颠,俗以为地藏王现身。《江湖杂记》载其事云:"秦桧既杀武穆,向灵隐祈祷。有　行者乱言讥桧,桧问其居址。僧赋诗,有'相公问我归何处,家在东南第一峰'之句,桧令隶何立物色之。立至一宫殿,见僧坐决事。立窃问之,答曰:'地藏王决秦桧杀岳飞事。'数卒随引桧至,身荷铁枷,囚首垢面,呼告曰:'传语夫人,东窗事发矣!'"按《云荭淡墨》所载,与此略同,《丘氏遗珠》所载,亦有"东窗事发"语,知此戏不尽属子虚也。

孙　白　谷

在扬州宴剧,适演孙忠靖潼关之战。通名时,误以"传"为"傅",钟浥云郡丞疑之,客有力辨是"傅"非"传"者,余亦猝无以折之。归寓后,始广借《明史》、《通鉴辑览》、《纲目三编》、《胜朝殉节诸臣录》及《孙白谷集》阅之,乃皆作传,不作傅。盖宋儒有陈君举名傅良者,人多误为"传良",此实传庭,又或误以为"傅庭"。耳食之徒,遂习焉弗察耳。

秋　香

姚旅《露书》云:"吉道人父秉中,以给谏论严氏,廷杖死。道人七岁为任子,十七与客登虎丘,适上海有宦客夫人拥诸婢来游,一婢秋香姣好。道人有姊之丧,外衣白衫,里服紫袄绛裈,风动裾开,秋香见而含笑去。道人以为悦己,物色之,乃易姓名叶昂,改或于作婺人子,往贿宦家缝人,鬻身为奴。宦家见其闲雅,令侍二子读书,二子爱昵焉。一日求归娶,二子曰:'汝无归,我言之大人,为汝娶。'道人曰:'必为我娶者,愿得夫人婢秋香,他非愿也。'二子为力请,与之。定情之夕,解衣,依然紫袄绛裈也。秋香凝睇良久,曰:'君非虎丘少年耶?君贵介,何为人奴?'道人曰:'吾为子含笑目成,屈体惟子故耳。'会勾吴学博迁上海令,道人尝师事者,下车,道人随主人谒焉。既出,窃假主人衣冠入见。令报谒主人,并谒道人。旋道人从兄东游,其仆偶见道人,急持以归。宦家始悉道人颠末,具数百金,装送秋香归道人。道人名之任,字应生,江阴人。本姓华,为母舅赵子。"按今演其事为剧,移以属唐伯虎云。

一　捧　雪

《一捧雪》传奇,他处少演者,余惟从苏州得观。盖即苏州事,故苏人无不能言其本末。所谓莫怀古,乃隐名,若谓莫好古玩,好古如以手捧雪,不可久也。沈德符《野获编》云:"严分宜势炽时,以诸珍宝盈溢,遂及书画骨董。时鄢懋卿以总鹾使江淮,胡宗宪、赵文华以督兵使吴越,各承奉意旨,搜取古玩,不遗余力。传闻有《清明上河图》手卷,宋张择端画,在故相王文恪家,难以阿堵动,乃托苏州汤臣者往图之。汤以善装潢知名,客严门下,亦与娄江王思贤中丞往还,思贤名忬,弇州山人世贞之父。乃说王购之。王时镇蓟门,即命汤以善价购之。既不可得,遂属苏人黄彪摹一本应命,黄亦画家高手也。严时既得此卷,珍为异宝,用以为诸画压卷,置酒会诸贵人赏之。有妒中丞者,直

252 浪迹丛谈　续谈　三谈

发其为赝本，严世蕃大惭怒，顿恨中丞，谓有意绐之，祸本自此成。或云即汤姓者怨弇州伯仲，自露始末，不知然否。"又王襄《广汇》云："严世蕃尝索古画于王忬，云值千金，忬有临幅，绝类真者，以献。乃有精于辨画者，往来忬家，有所求，世贞斥之。其人知忬所献画非真迹也，密以语世蕃。会大同有虏警，巡按方恪劾忬失机，世蕃遂告嵩票本论死。"《广汇》所载稍略，而情节与《野获编》相同。又孙之𫘬《二申野录》注云："后世蕃受刑，弇州兄弟赎得其一体，熟而荐之父灵，大恸，两人对食毕而后已。诗画贻祸，一至于此！况又有小人交构其间，酿成尤烈也。"按所云诗者，谓杨椒山死，弇州以诗吊之，刑部员外况叔祺录以示嵩；所云画，即指《清明上河》卷也。又按汤臣即汤裱褙，今苏州装潢店尚是其后人。闻乾隆间，尚有汤某者精于此艺。余初至苏时，则群推吴文玉者为绝技，余所得字画颇佳者，皆以付吴。其工值不论资，而装成自然精绝。继至，则吴文玉已物故，有子继其业。虽一蟹不及一蟹，然究系家传，海内殆无第二家矣。

浪迹续谈卷七

道光年间四太傅

道光丙午，余居扬州，适仪征师以重宴鹿鸣，蒙恩加太傅衔。师受宠若惊，嘱余考国朝加太傅衔者若干人。谨按我朝满汉大臣，生前得太傅加衔者，不过六人。<small>如金文通、洪文襄、范文肃、鄂文端、曹文正、长文襄，皆已详前书。</small>其由身后得赠衔者，亦不过十余人。而吾师更由太子太保衔，超加七级至太傅衔，尤为旷典。乃甫逾两年，在温州郡署接阅邸抄，则戊申正月初二日，长洲相国潘芝轩公亦由太子太保恩加太傅衔，以状元宰辅位冠朝端，而膺兹异数，尤为稽古殊荣。仪征师以林下得之，芝轩公与曹文正师以现任得之，前后不过十余年中，更为国家盛事。余于三太傅皆有知遇之感，而仪征师与芝轩公又皆夙缔文字之缘，惜追随曹文正师，适在机务填委之时，不获乞其片言只字为憾耳。芝轩相国为余题汉瓦研册，已录梓入《师友集》中。甲辰年，余以《七十自寿》诗寄呈相国，即赐和韵四章，手书金笺横幅寄赠，时已七十六岁，而声律完足，写作俱精，读者无不叹为天人，而预知其福泽之未艾也。因属儿辈宝藏之，而附录其句于此云："话别春明记十年，康侯述职会朝天。<small>丙申岁，君擢抚广西，来京握晤，忽忽已十年矣。</small>移从桂岭承恩渥，喜听兰阶报捷先。<small>辛丑君移抚江苏，是年哲嗣长君成进士。</small>玉节三持晋开府，金闺两度赋归田。藤花早诵琳琅集，又寄亲书《自寿》篇。""康济当年奠泽鸿，至今犹颂富韩公。三英久著旬宣绩，四郡频资浚瀹功。率属勉登《循吏传》，爱才真有古人风。更欣余事沧浪茸，逸韵应追宋漫翁。""闻道黄楼乐遂初，园林清福足相于。传经近接三珠树，<small>君与先兄树庭甲寅同年，令嗣吉甫与次儿曾莹辛丑同年，平仲己亥出余通家何子贞门下，敬叔丁酉乡举，与余犹子遵祁同年。</small>注选旁搜万卷书。<small>君所著《文选旁证》，极为赅洽。</small>金石怡情征上寿，烟云过眼富吾庐。<small>君收藏金石书画甚富。</small>悬车真羡神仙侣，早仿鸿胪绘《卜居》。君仿禹鸿胪《卜居图卷》,名流题咏殆遍。""天教谢傅卧东山,琴鹤随身自在闲。矍铄正夸吟兴健,婆娑尽许俗尘删。衰迟愧我称先进,勇退如公得大还。重宴鹿鸣开九秩,耆英应冠杖朝班。"

元 旦 开 笔

今人于每年元旦作字,必先用红笺庄书两语,如"元旦开笔,百事大吉"之类,或作"动笔",或作"举笔",士农工商皆然,随人所写无一定也。记余少时,先资政公于开年必令书"元旦开笔,读书进益"八字,乾隆辛亥年,则令书"元旦开笔,入泮第一。"是年秋,果入县庠第一名。甲寅年元旦,语余曰:"汝现应举,但书'元旦举笔'可也。"是年果举于乡。此后则违侍之日多,音容杳不可复接矣。忆余偶问此事起于何时,公曰:"似前明即有之。前人多作'把笔',《五灯会元》载净慈道昌举此语云:'岁朝把笔,万事皆吉,此是三家村里保正书门的。'又《大梅祖镜》云:'岁朝把笔,万事皆吉,记得东村黑李四,年年亲写在门前。'则此事由来久矣。"按吴中相传林少穆、陈芝楣二公,同在百文敏公金陵节幕度岁。署中宾朋颇盛,元旦清晨,齐至林少穆房中贺岁,见壁间贴"元旦开笔,领袖蓬山"一红笺。次至陈芝楣房中,见所贴红笺正同此八字,不谋而合。二公亦相视而笑。是岁少穆即登馆选,逾数科,芝楣亦以鼎甲入翰林,遂为一时佳话。忆余于道光辛丑冬在江苏巡抚任内,引疾奏请开缺,岁除尚在节署候旨,权篆者为程晴峰方伯,与同僚商同劝余销假。时余闭门谢客已久,晴峰拟以元旦入见时面陈,是日直入余卧室,见余几上有红笺,楷书"元旦开笔,归田大吉"八字,默然而出,语同僚曰:"宪意已决,似无烦口舌矣。"同年吴棣华闻之,笑曰:"'元旦开笔'等字,无人不写,而'归田大吉'之语,似前此竟未之闻,可为此事开山手矣。"

上 大 人

余前撰《归田琐记》,载祝允明《猥谈》言"上大人,孔乙己,化三

千，七十士，尔小生，八九子，佳作仁，可知礼"也，谓此系孔子上父书，
近似有理。叶盛《水东日记》："宋学士晚年写此，必知所自。"似是元
末明初有此语。既阅《通俗篇》载《传灯录》云："或问陈尊宿：'如何是
一代时教？'陈曰：'上大人，邱乙己。'"《五灯会元》亦载郭功甫谒白
云，云曰："夜来枕上作《个山颂》，谢功甫大儒。"乃曰："'上大人，邱乙
己，化三千，七十士，尔小生，八九子，佳作仁，可知礼'也。"公初疑，后
闻小儿诵之，忽有省。据此，则知唐末先有此语，北宋时已为小儿诵
矣。其文特取笔画简少，以便童蒙，无取义理。祝氏之说，未免附会
无稽矣。

千 家 诗

宋刘后村有《分门纂类唐宋千家诗选》，所录惟近体，而趣尚
显易，本为初学设也。今村塾所谓《千家诗》，上集七言绝八十三
首，下集七言律三十九首，大半在后村选中，盖据其本而增删之，
故诗仅数十家而仍以千家为名。下集忽有明太祖《送杨文广征
南》之作，又或作《赠毛伯温南征》，实不可解，可知增删者出明人
之手也。

百 家 姓

《玉照新志》："《百家姓》是两浙钱氏有国时小民所著，盖赵乃
本朝国姓，钱氏奉正朔，故以钱次之，孙乃忠懿王之正妃，其次则南
唐李氏，次句周、吴、郑、王，皆武肃而下嫔妃也。"按陆放翁自注：
"农子十日乃遣子入学，所读《杂事》、《百家姓》之类，谓之村书。"则
《百家姓》之有，自宋前无疑。陈振孙《书录解题》有《千姓编》一卷，
不著撰人，末云"嘉祐八年采真子记"，岂即所著耶？明洪武时翰林
编修吴沈等，据户部黄册编为《千家姓》，见《杨升庵外集》。盖古
《百家姓》原不止百家，《戒庵漫笔》云《百家姓》单姓四百零八，复姓
三十是也。

三 字 经

扬州包松溪太守新得诸城刘文清公楷书《三字经》全文墨迹，将钩勒上石，寄书属余题其册首。按《三字经》世传为王伯厚作，或又曰是宋末区适子所撰，适子字正叔，广东顺德人。未知孰是，要皆宋人也。坊间有别本，多出元、明统系数句，是明人所添。萧良有《龙文鞭影》言里中熊氏藏有大板《三字经》，明蜀人梁应升为之图，聊城傅光宅为之序，较旧板多叙元、明统系八句。纪文达师言《赵南星集》有《三字经注》一卷，其宋以后亦多出数句，而与萧良有所述又微有不同。今不知文清所书，是从何本也？

万 字 文

《千字文》人所熟知，问以《万字文》，皆瞠目矣。按《万字文》，隋满徽撰，去周兴嗣作《千字文》时，年代殊非悬绝，而传世独罕，当是因其繁多之故耳。近年有重编《千字文》为祝嘏之辞者，始于彭文勤师，时吾乡游彤卣侍御亦集赋一首，皆一时极思，可称杰作，此在乾隆庚戌八旬庆典时。至嘉庆庚辰叶东卿兵部志诜献万寿颂册，重编《千字文》十首，名为《万言颂》，则更度越前人矣。

手 不 释 卷

郑苏年师主鳌峰讲席，来从游者甚众。师校阅课卷，必详必慎，几有日不暇给之形。时余读《礼》家居，师令襄同校阅，自镌一小印，曰“手不释卷”，笑谓余曰：“此四字究不知始于何时？”余曰：“但记得《华阳博议》中有此语，而不名一人，如谓马怀素、口思礼、于休烈、李磎仕宦中不释卷者，刘昺、鲁肃、崔林、辛术军旅中不释卷者，刘实、王起、赵逸、崔元翰耄耋中不释卷者，司马光童稚中不释卷者，裴皞乱离中不释卷者，皇甫谧、裴汉疾病中不释卷者。”师赏其博洽。

添 注 涂 改

今科场格式,卷末须注明添注涂改,盖自唐时即有之。唐试士式,涂几字,乙几字,皆令注明。乙音主,与黜同,文字遗落,钩其旁以补之,画作乙形,今人以为甲乙之乙,误矣。又《汉书·东方朔传》"辄乙其处",谓止绝处黜而记之,如今人读书以朱识其所止,作乙形,亦非甲乙之乙也。

十 六 罗 汉

客有以丁南羽白描罗汉索题者,并言世称十八罗汉,而此只十六,无乃缺欤? 余曰:十六罗汉之名,自古所传如是。释典载佛伽梵般涅槃时,以无上法付嘱十六阿罗,故张僧繇、卢楞伽所画,皆止十六。《清波杂志》载苏扶携古画罗汉十有六,求山谷题名号,归宗一见笑曰:"夜来梦十六僧来挂搭。"《江西通志》载贯休于云堂院画罗汉,已毕十五,从禅定起,写本身以足之。则十六之数,历有明证。惟《东坡集》有《十八罗汉赞》,前十六尊与梵志合,后二尊一曰庆友,一曰宾头卢。然宾头卢即宾度卢跋罗堕阇,实复出也。然贯休所画罗汉,有十六,亦有十八。恭读纯庙集,中有《唐贯休十八罗汉赞》,始知西城十六应真外,别有降龙、伏虎二尊者,一为夏沙鸦巴尊者,一为纳达密答喇尊者,以具大神通法力故,亦得阿罗汉名。按东坡所赞,于罗怙罗尊者,则曰"龙象之姿,鱼鸟所惊",似指降龙;于伐那婆斯尊者,则曰"逐兽于原,得箭忘弓",似指伏虎。惟罗怙罗,即喇呼拉尊者;伐那婆斯,即拔那拔西尊者。由此土僧伽未能深通贝策,辗转传讹,致此舛错。今谨依西湖圣因寺所藏贯休十六罗汉遗迹、御制赞跋考定:第一为阿迎阿。达机尊者,原题第十三因揭陀尊者。第二为阿资答尊者,原题第十五阿氏多尊者。第三为拔纳西尊者,原题第十四伐那婆斯尊者。第四为嘎礼嘎尊者,原题第七迦理迦尊者。第五为拔杂哩。遁答喇尊者,原题第五伐阇那弗多尊者。第六为拔哈。达喇尊者,原题第六耽没啰跋陀尊者。第七为嘎纳嘎巴萨尊者,原题第三宾头卢颇罗堕誓尊者。第八为嘎纳嘎拔哈。喇鈸杂尊者,原题第二迦诺迦伐跋尊者。第九为拔嘎沽。拉尊者,原题第五拔诺迦尊者。第十为喇呼拉尊者,原题第十罗怙罗尊者。第十一为租查巴纳塔嘎尊者,原题第十六注荼半托迦尊者。第十二为毕那楂拉拔哈。喇鈸杂尊者,原题第一宾度罗跋啰堕阇尊者。第十三为巴纳塔嘎尊者,原题第十半托迦尊者。第十四为纳阿噶塞纳尊者,原题第十四那伽犀那尊者。第十五为锅巴嘎尊者,原题第九戒博迦尊者。第十六为阿必达尊者,原题第四难提密多罗庆友尊者。伏读御跋,云"唐贯休画十六应真像,见《宣和画谱》,自广明至今垂千年,流传浙中,供藏于钱塘圣因寺。乾隆丁丑仲春,南巡驻西湖行宫,诣寺瞻礼,因一展观,信奇笔也。第尊者名号,沿译经之旧,未合梵夹本音;其名次前后,亦与章嘉国师据梵经所定互异。爰以今定《同文韵统》合音字并位次注于原署标识之下"云云。时僧明水复为敬谨勒石,余于客秋游西湖,始从寺僧乞得拓纸一副,归而敬述之如此。

四　大　金　刚

四大金刚,彼教但称天王。《长阿含经》云:"东方天王名多罗吒,领乾闼婆及毗舍阇神将,护弗婆提人;南方天王名毗琉璃,领鸠槃荼及薜荔神,护阎浮提人;西方天王名毗留博叉,领一切诸龙及富单那,护瞿耶尼人;北方天王名毗沙王,领夜叉罗刹将,护郁单越人。"谓之金刚者,以所执之杵号之耳。《婆沙论》称四天王身长一拘卢舍四分之一。西国以五百弓为拘卢舍,八尺为弓,盖其长百丈。故凡塑天王者,皆特长大也。

韦　驮

《翻译名义》云韦驮是符橄,用征召也,与今所谓护法韦驮无涉。其护法者盖跋阇罗波腻,"跋阇罗"此云金刚,"波腻"此云手。因其手执金刚杵,遂以名之。按今大小丛林头门内,皆立执杵韦驮,有以手按杵据地者,有双手合掌捧杵者。询之老僧,始知合掌捧杵为接待寺,凡游方释子到寺,皆蒙供养;其按杵据地者,则否。可以一望而知也。

风调雨顺

《唐书·礼仪志》:"武王伐纣,五方神来受事,各以其职命焉。既而克殷,风调雨顺。"王业《在阁知新录》:"凡寺门金刚,各执一物,俗谓风调雨顺。执剑者风也,执琵琶者调也,执伞者雨也,执蛇者顺也。独顺字思之不得其解。"杨升庵《艺林伐山》云:"所执非蛇,乃蜃也。蜃形似蛇而大,字音如顺。"然则《封神传》之四大金刚,非无本矣。

国 泰 民 安

今人言"风调雨顺",必连举"国泰民安"四字。记得《六研斋笔记》载项子京藏芝麻一粒,一面书"风调雨顺",一面书"国泰民安",云出南宋官中,异人所献者。然则此八字之相连成文,由来久矣。犹忆观剧时,有一出忘其名:某县令在任,颇作威福,去任之日,三班六役环送。令问曰:"自我莅此地后,外间议论如何?"众答曰:"自官到此,风调雨顺。"复问曰:"今我去此地,外间议论又如何?"众答曰:"官今去此,却也国泰民安。"令为嗒然。

尼 庵

余官江苏时,往来丹徒河干甚屡,习见一尼庵,颇冷落。近年过之,则门户斩新,香火甚盛,相距不过十余年耳。偶因夜泊,与庵旁一老翁诘其颠末。翁年逾七十矣,慨然曰:"凡寺观之盛衰,虽关气运,而人事亦与有功焉。此庵初不振,一日遇都天庙会,甚热闹,庵前赶会之船不少。有美妇趁船到此登岸,一足误陷污泥,急行入庵,众目皆睹。而舟子忽哗言妇给船钱一百,乃是冥资,急入庵理论,则庵中并无此妇。方与庵尼诘论,舟子忽见座上大士像一足遍染污泥,乃大惊悟，伏地叩首，即将冥资焚于炉中。于是阗塞入庵聚观者，无不合声诵佛，信为大士显灵。适舟中人又来报香气四腾，众益骇异，远近传闻，自此施舍沓至，香火遂煊赫至今。实则妇与舟子皆庵尼所伙串，妇一入庵，即卸装改容，而以污泥移入大士足下耳。此事近来知者渐夥，而庵之灵感如旧，则其气运尚未衰也。"

运　木　井

西湖净慈寺之运木井，余已载其说于《归田琐记》中，而不知苏州之玄妙观亦有此奇事。嘉庆二十二年，雷击玄妙观，大殿中西北一柱，支持重大势，甚可危。然遍选东、西两汇之木材，无以易之。是冬，常熟福山口外渔舟于水中遇一浮物，视之巨木也。拟牵往江北售卖，半济，风阻而回，再往，又如是。异之，始曳入港，则风水皆顺，直达县城东门外言港桥停泊，观者如堵。其木可两围有半，水苔青绿满其上，木梢刊"崇祯三年"四字，"祯"、"年"两字甚分明，"崇"、"三"两字模糊，以意度之良是。苏城人闻之，出钱数十千购去，而幺妙观因此与修大殿，至今完固。夫天生巨材，上镌前代年号，自是因工入选。乃选而未用，历二百年之久，浮沉于汪洋浩渺之中，卒无遇合。一旦自来，以供要用，此与桧园所载"大慈寺建转藏殿少一梁材，海浮大木济之"，其事前后略同。大抵巍峨庙宇，皆有运可凭，鬼神弄其巧以应运，未可皆以为事出偶然也。

十　二　属

十二辰各有所属，其说始于《论衡》。《物势篇》言其十一，所缺惟龙；而《言毒篇》有"辰为龙"、"巳为蛇"二语，合之今说，已无参差，而统谓之曰禽。《北史》宇文护母贻护书曰："昔在武川镇生汝兄弟，大者属鼠，次者属兔，汝身属蛇。"梁沈炯有《十二属》诗，"属"之称当在此时。《法苑珠林》引《大集经》，言其所由来曰："阎浮提外，四方海中，有十二兽，并是菩萨化导。人道初生，当菩萨住窟，即属此兽护持得益,故汉地十二辰依此行也。"所说十二兽,无虎而有师子,盖彼方名虎曰师子耳。其所以分配之义,则《旸谷漫录》言之颇详。据云,子、寅、辰、午、申、戌俱阳,故取相属之奇数以为名,鼠、虎、龙、马、猴、狗五指,而马单蹄也。丑、卯、巳、未、酉、亥俱阴,故取相属之偶数以为名,牛、羊、鸡、猪皆四爪,兔两爪,蛇两舌也。朱子尝论《易》:"乾马、坤牛、震龙、巽鸡、坎豕、离雉、艮狗、兑羊,此取象自有来历,非假譬之。"十二属颇与八卦取象相类,得云无来历乎? 翟晴江曰:"观苍颉造字,亥与豕共一笔小殊,而巳字直象蛇形。"则其来历复矣。

杨　公　忌

《轨论》云:"宋术士杨救贫,习堪舆术,为时俗所推。其说一年有十三日,百事禁忌,名曰'杨公忌'。然其日多贤哲诞生,如孔子及唐代宗、宋孝宗、孟尝君、崔信明、苏东坡之流。今用其日者,亦未蒙祸害。"按今人所传,"杨公忌"以正月十三日为始,余每月皆隔前一日,惟七月有两日,一为初一日,一为二十九日,亦隔前一日也,故合为十三日。然不信其说者多。忆余以十二月十九日完娶,家中亲友并以此杨公忌日,必不可用,先资政公毅然用之,余亦了不介意。后清河君佐余历官中外,膺二品诰封,育五男四女,身享中寿,族中皆以为有福完人。则又何忌之有乎!

归　忌　往　亡

今人出行避往亡日,归家避归忌日,其说最先《后汉书·郭躬传》,云:"桓帝时有陈伯敬者,行路闻凶,便解驾留止;还触归忌,则寄宿乡亭。"注引《历法》云:"归忌日,四孟在丑,四仲在寅,四季在子,其日不可远行、归家及徙也。"《通鉴》卷一百十五注引《历书》云:"二月以惊蛰后十四日为往亡。"此皆于今选择书所载不符。然《论衡·辨崇篇》云:"涂上之暴尸,未必出以往亡;室中之殡柩,未必还以归忌。"则古人已驳之矣。

赏 善 罚 恶

杭州吴山上城隍庙头门外有墙,四面甚高广。慈溪盛小坨本以大隶书作"赏善罚恶"四大字,极奇伟,此庙不毁,此字亦当不磨也。或疑此四字所出不古。按《公羊传序》疏云:"《春秋》者,赏善罚恶之书。"《云笈七签》:"天真告圣行真士云:'行善益算,行恶夺算,赏善罚恶,各有职司,报应之理,毫分无失。'"则此四字之由来亦久矣。

物 故

古人称死为物故。《史记·司马相如传》:"治道二岁不成,士卒多物故。"《汉书·苏武传》:"武官属前以降及物故。"师古曰:"物故谓死也,言其同于鬼物而故也。一说不欲斥言,但云其所服用之物,皆已故耳。"

璧

世人于却人馈遗,率书其简曰璧,翟晴江谓归璧事出《左传》、《史记》者凡五:其一为晋献公用荀息议,以垂棘之璧假道于虞以伐虢,随以灭虞,荀息操璧前曰:"璧犹是也。"此与今人却馈之情事不合。一为王子朝用成周之宝珪于河,津人得之,将卖之,石也,王定而献之,复为玉。此明言为玉,而不得以璧代之。一为秦昭王愿以十五城请易赵璧,蔺相如奉璧往,视秦无意偿城,使从者怀其璧亡归于赵。此秦恃强诈取,相如以死争归,此何等事,似不宜用于和好之交际。一为秦使者夜过华阴,有人持璧遮道言:"今年祖龙死。"使者奉璧,具以闻,乃二十八年渡江所沉璧。此更非嘉事。惟《左氏传》僖二十二年,负羁馈公子重耳盘飧,置璧,公子受飧,反其璧。此一事最切合,故今人多援此为比。至晴江又谓:当本《仪礼·聘礼》"君使卿皮弁还玉于馆"《载记·聘义》"已聘而还圭璋"轻财重礼二事。然《聘义》注，明言财谓璧琮享币也，是所还惟圭璋，而璧固受之，则于今人用璧之义愈不合矣。故家曜北直断为用负羁事，又言《左氏传》昭十三年，有卫人馈叔向羹与锦，叔向受羹反锦事，则用锦字亦与璧相同。若今人有用蔺相如事竟用赵字者，则恐不可为训也。

缙　　绅

今人呼乡宦之家居者为缙绅，其实当作搢绅。搢，《说文》训插，《礼·玉藻》言搢珽，《内则》言搢笏。《晋书·舆服志》云："古者贵贱皆执笏，其有事则搢之于腰带。所谓搢笏之士者，搢笏而垂绅带也。"亦作荐绅，《史记·封禅书》注云："郑众注《周礼》，云'搢读曰荐'。则荐亦是进，谓进而置于绅带之间。"故亦作荐绅。惟《史记·封禅书》："缙绅者不道。"故今人皆仿之称缙绅。但言搢绅、言荐绅，二字意不平列，而言缙绅，则二字必平列作对。老杜诗"北斗司喉舌，东方领缙绅"，皇甫冉诗"地控吴襟带，才光汉缙绅"，宇文融诗"杂沓喧箫鼓，欢娱洽缙绅"，则皆作平对也。

东　　西

伊墨卿太守语余曰："向闻朱石君师言，世俗通行之语，但举东西而不言南北者，东谓吾儒之教，即孔子之东家某；西即彼教，谓西方之圣人。举此二端，足以函盖一切矣。惜当时未闻所据何书。"余尝私质之纪文达师，师笑曰："石君笃信彼教，故其论如此。"然余尝闻明思陵偶问词臣曰："今市肆交易，但言买东西，而不及南北，何也？"辅臣周延儒对曰："南方火，北方水，昏暮叩人之门户求水火，无弗与者。此不待交易，故但言东西耳。"思陵善之。余谓周乃小人捷给，取辨一时，亦未见确凿。《齐书·豫章王嶷传》："上谓嶷曰：'百年亦何可得，止得东西一百，于事亦得。'"似当时已谓物为东西。物产四方而约举东西，正犹史记四时而约言春秋耳。

老　　草

朱子《训学斋规》云："写字未问工拙如何，且要一笔一画严正分明，不可老草。"据此，则今人言"潦草"者，乃"老草"之讹，因音而转耳。

求　　佛

相传康熙间，朝廷遣汉大臣张鹏翮往谕俄罗斯。于二十七年五月朔出居庸关，经蒙古四十九家地界，入噶尔噶境。六月二十七日，遇番僧数人，面目类罗汉，而身骨俱软，能以足加首，以首穿腋，蹦跶似罗汉状。内一僧能华语，自言大西天人，求活佛于中国，遍游普陀、五台、峨嵋诸名山，不见有佛，后闻达赖喇嘛似之，及往见而知其非也。又传闻外国有金丹喇嘛是佛，涉穷荒往视之，又非也。今值喀尔喀，为厄鲁持所败，抢去行李，失散同伴，仅存残喘耳。张语之曰："尔舍生死，游遍中外求活佛，而究竟天下果有佛耶无耶？"僧笑曰："今日乃知其无矣。"张曰："既知其无，盍反而求诸心，鹿鹿奔走何为耶？"僧唯唯乃去。时有勇于辟佛者，执此事大张其喙，又有攘臂争之曰："有西土僧语人曰：'我闻中土有圣人，遍寻至山东，见衍圣公，而知其非也。究竟天下之圣人，有耶？无耶？'"辟佛者语塞。余谓"即心即佛"四字，最为彼教真实之言。必待一真活佛当前，始为见佛，又有何益！吾儒之书曰："凡人未见圣，若弗克见；既见圣，亦弗克由圣。"其于彼教，又将毋同？按此条见《一斑录》所载。张文端公有《奉使日记》一书，内无此条，不知此何所据也。

十 二 经 脉

今人于文字间，往往舍习用之本名，而辄欲仿古。一纪时也，不言甲、乙，而必曰阏逢、曰旃蒙；一纪地也，不言江、浙，而必曰姑胥、曰于越。此犹不过取新耳目，于施用初无所妨也。若乃延医诊脉，按证制方，而亦必隐奥其语，变易其名，使病者回惑自疑，旁人游移而鲜据，诚恐非徒无益，而又害之。即如五脏六腑之分为十二经也，肝与胆相表里，脾与胃相表里，心与小肠相表里，肺与大肠相表里，肾与膀胱相表里，心包与三焦相表里，此尽人宜知之矣。今不言肝胆，而必曰足厥阴、足少阳，不言脾胃，而必曰足太阴、足阳明，不言心与小肠，而必曰手少阴、手太阳，不言肺与大肠，而必曰手太阴、手阳明，不言肾与膀胱，而必曰足少阴、足太阳，不言心包与三焦，而必曰手厥阴、手少阳。言者纵能了然于口，闻者未必即了然于心。避熟而就生，舍易而就难，是亦不可以已乎！

石　门　观　瀑

去秋舟过青田，上岸观石门洞瀑布。忆游武夷之水帘洞、渔梁之万叶寺，瀑布皆震耀人间，得此可称鼎足。归舟中，拟作小记纪之，而钝腕枯肠，不能相称，勉成一诗了之而已。至温州，获读张丹村作楠太守《梅箖随笔》中一则，与余是游情景迥异，景固奇，亦其笔之奇足以达之也，因亟录以供卧游云："丙子秋，始游石门。沿洄游过石帆，溪游屈曲行万山中，颇似严濑。至洞口登岸，双峰对峙如门，遥见瀑布挂峭壁间。时大雨新霁，过小桥，行百余步，即有水花随风飘洒，密若雨点。乃易雨衣持伞，再行数十步，至石门书院，则风更紧，如雨点者更密，不能前进矣。仰望万斛飞泉，喷薄倒泻，长数百丈，若白龙腾空而下者。下注池石，怒而跃起，卷成雪堆，又若龙斗深湫，盘拏作势，崛强波心者。风声、水声，震山撼谷，对面不闻人语，则又若独行空山中，风雨骤至，雷电交作者。伫至片时，衣衫尽湿，发竖齿击，舟人掖余回舟中易衣。日才过午，遂解缆，直抵青田。又次日回棹再游，则飞流中断，瀺漾作雨状，随风飘洒，如云烟聚散，欻忽百态。又如素练迎风，摇曳不定，视前景又一变矣。"按余近游情景，恰与太守后游相仿。太守前游，仅抵石门书院而止，其距瀑布尚远。余则安行徐进，不觉直抵瀑边，视太守所诣近至数倍，并无飞沫溅身湿衣之事。而飞舞眩急之状，所见愈真。既思其故，皆是日风势之顺逆为之。太守值打头风，余则立于风背，故情事顿殊，不足为异。拟俟回棹时细加领略，不知能似太守之前游否耳？

温 州 科 目

温州科目，南宋时最盛，有一年出身至数十人者。其兄弟同科、祖孙父子接迹，如永嘉吴氏者，不可枚举。状元得五人：绍兴丁丑乐清王十朋、隆兴癸未永嘉木待问、嘉定辛未永嘉赵建大、嘉熙戊戌平阳周坦、淳祐辛丑平阳徐俨夫。武科亦得十人，平阳极盛，绍兴陈鳌、陈鹗，乾道蔡必胜，淳熙黄裒然，绍熙林管，端平朱熠，淳祐章梦飞，咸淳翁谔、林时中，皆平阳人，惟景定蔡起辛为瑞安人。

武 三 元

明代三元惟商文毅一人，温州则有武三元。永嘉王名世，万历丁酉顺天乡试、戊戌会试、廷试皆第一，官锦衣卫千户。刚介不避权贵，博通经史，善书工诗，手不释卷，时称为文武全才。

节 俭 正 直 诗

恭儿权守温州，适东偏客廨无额，因取“节俭正直”四字榜之。时值府试，补考泰顺县文童，偶以此四字为试帖题，通场无妥协之诗。斋塾中内外孙等，初学为试律，问此题应如何作法。余告之曰：“此题四字平列，若以唐人之格绳之，自以合写浑写为正；若以近时风气论之，则必以分贴四项为工。六韵者可用一层分贴，八韵者竟须用两层分贴。今日馆阁诸公乃优为之，原非所望于童子试。且此题四字皆仄声，点题即不容易，毋怪乎通场之无合作也。”恭儿五试春官，皆侥得复失，于试帖用力颇深，自为拟程一首，越日即以手稿呈阅。虽未为警策之篇，而运笔尚能空灵，配词亦颇匀称，在此题亦可称合作，因附录于《丛谈》之后，以为内外孙准绳焉。诗云："节俭寻常事，还兼正直思。一麾临要地，四字奉良规。礼要随时撙，用'撙节明礼'语。廉真待养宜。用'俭以养廉'语。从绳先检柙，用'木从绳则正'语。如矢莫差池。用'其直如矢'语。守约防嗟若，用'不节若则嗟若'语。惩奢合示之。用'国奢示之以俭'语。形端同此表，用'形端表正'语。道见自无私。用'不直则道不见'语。经训西河古，句本子夏《小序》，而朱子述之。臣心北阙知。客夏请训时，即承以此语谆谕。悬楣资触目，日诵五纮诗。"时次儿丁辰由内阁衙门请假南来省视，欢聚署中，即令其襄同校阅，遂亦拟作一首，则又别出机杼，与恭儿所作乃异曲同工，因并录之。诗云："经训兼庭训，翘瞻四字楣。家常原节俭，正直备箴规。度本随心制，用'节以制度'语。纯凭与众宜。用'俭吾从众'语。蒿邪须判别，用邢峙论邪蒿事。蓬植自扶持。用'蓬生麻中，不扶自直'语。象齿焚先凛，豚肩陋不辞。政行凭所帅，用'子帅以正，孰敢不正'语。绳在孰能欺？用'绳墨诚陈，不可欺以曲直'语。南国周王化，东瓯太守诗。循陔饶乐事，握管佐委蛇。"

浪迹续谈卷八

悬车

余以六十八岁引疾归田，或让之曰："《礼》言七十致仕，故古人以七十为悬车之年。今君未及年而退，毋乃过急乎？"余曰："《通鉴目录》载韦世康之言曰：'年不待暮，有疾便辞。'《三国志·徐宣传》云：'宣曰：七十有悬车之礼，今已六十八，可以去矣。乃辞疾逊位。'今余之退，不犹行古之道哉？且吾子亦尝深考悬车之义乎？《白虎通·致仕篇》云：'悬车，示不用也。'此当解也。抑余尝读《公羊·桓五年》传疏云：'旧说日在悬舆，一日之暮，人生七十，亦一世之暮，而致其政事于君，故曰悬舆致仕。'《淮南子·天文训》亦云：'日至于悲泉，爰息其马，是谓悬车。'此古义也。大约皆言迟暮宜息之期，初何尝必以七十为限乎！"

黎明

余于逆旅中，见壁上近人所书朱柏庐先生《格言》，首句作"犁明即起"，同行者笑以为误笔。余谓此非误也，今人但知作黎明，而不知古人正作犁明。《史记·吕后纪》注："徐广曰：犁犹比也，诸言犁明者，将明之时。"又作犁旦，《南越传》："犁旦城中皆降伏波。"索隐云："犁，黑也，天未明而尚黑也。"是作犁明正合古义。又今人以早晨为清早，而不知古人但作侵早。杜老《赠崔评事》："天子朝侵早。"贾岛《新居》诗："门尝侵早开。"王建《宫词》："为报诸王侵早入。"翟晴江曰："侵早即凌晨之谓，作清早者非。"然杜老诗"老夫清晨梳白头"，清早即清晨之意，亦未为不可也。

灵　澈　诗

"相逢尽道休官好，林下何曾见一人"，世俗无不知诵此诗者，而率不知为唐诗，且不知为释灵澈诗，且不知此诗为宋庆历中始出。按《集古录》云：世俗相传此二句以为俚谚，庆历中，许元为发连使，因修江岸，得石刻于池阳江水中，始知为释灵澈诗也。

通　用　字

《两般秋雨庵随笔》云："马字之为用不一，然不外记数、象形二义。《礼·投壶》'请为胜者立马'，今俗猜枚之物曰拳马，衡银之物曰法马，赌博之物曰筹马，又以笔画一至九数曰打马，此皆记数之马也。木工以三木相攒而歧其首，横木于上以施斧斤，谓之作马，俗亦称木马。插秧之杌名秧马，《周礼·掌舍》'设梐枑再重'，注：'行马也。'又纸上画神佛像，祭赛后焚之曰甲马，又都会水陆之衡曰马头，又三弦上承弦之物曰弦马，净桶曰马桶，此皆象形之马也。惟檐铁曰铁马，船舱内边门曰马门，则不知何所取义。"余按铁马亦是象形，只乘马者皆从边上，则舟中之边门亦象形也。惟今人面食，必用数碟小菜佐之，其名曰面马，则实不知何所取耳。又头字为用亦不一，俗以在内为里头，在外为外头，在前为前头，在后为后头，在上为上头，在下为下头。或疑外头、下头二字少用，不知"娇声出外头"，李白诗也，"下头应有茯苓神"，曹松诗也，皆语助辞耳。以人体言，眉曰眉头，骆宾王有"眉头画月新"句；鼻曰鼻头，白居易有"聚作鼻头辛"句；舌曰舌头，杜荀鹤有"唤客舌头犹未稳"句；指曰指头，薛涛有"言语殷勤一指头"句。器用之属，如钵头见张祜诗，杷头见东坡诗。地面之属，如田头、市头、步头之称，更不胜枚举矣。又按《归田录》云："打字义本谓考击，故人相殴、物相击皆谓之打，而工造金银器亦谓之打可矣。至于造舟车者曰打船，汲水曰打水，役夫饷饭曰打饭，兵士给衣粮曰打衣粮，从者执伞曰打伞，以糊黏纸曰打黏，以丈尺量地曰打量，举手试眼之昏

明曰打试,名儒硕学语皆如此。遍检字书,了无此义。"《芦浦笔记》
云:"世言打字尚多,不止欧阳公所云也。左藏有打套局,诸库支酒谓
之打发,印文书谓之打印,结算谓之打算,装饰谓之打扮,席地而睡谓
之打铺,收拾为打叠、又曰打迸,畚筑之间有打号,行路曰打包、打轿,
杂谑曰打诨,僧道有打供,又有打睡、打嚏、打话、打点、打合、打听,至
如打面、打饼、打百索、打绦、打帘、打荐、打席、打篱笆之类。"《能改斋
漫录》云:"打字从手从丁,盖以手当其事者。"此说得之矣。按打字古
自音滴耿,不知何时转为丁雅,今时并收入马韵矣。

同　姓　名

　　古今同姓名者,详见梁元帝及明余寅、周应宾所撰《同姓名
录》。近人汪龙庄又有《二十四史同姓名录》,于邵氏《续弘简录·凡例》。
所列九伯颜、十五脱脱外,尚有十一伯颜、十二脱脱,盖元明以后同
姓名者尤夥,悉数难终。今试将本朝大臣内之与前人同姓名者略
举之:如孟津土文安公铎之前,有唐僖宗朝同平章事王铎;王炎子。
钱塘黄文僖公机之前,有宋撰《竹斋诗话》之黄机;字几仲,东阳人。青
阳大宗伯吴襄之前,有吴三桂父吴襄;福建巡抚王恕之前,明已有
两王恕;桐城张文和公廷玉之前,有明撰《理性元雅》之张廷玉;延安
人,万历庚戌进士。高邮王文肃公安国之前,有宋王安石之弟王安国;大
兴朱文正师之前,有明撰《名迹录》之朱珪;字伯盛,昆山人。青浦王侍
郎昶之前,有《三国志》中之王昶;同安李忠毅公长庚之前,有宋撰
《冰壶集》之李长庚;蒲城王文端公鼎之前,有辽作《焚椒录》之王
鼎;当涂黄勤敏师钺之前,有明靖难给事中黄钺。常熟人。其庶僚及
名人,亦复难以枚举也。

自　鸣　钟

　　《枫窗小牍》云:"太平兴国中,蜀人张思训制上浑仪。其制与旧
仪不同,为楼阁数层,高丈余,以木偶为七直人,以直七政,自能撞钟

击鼓。又有十二神，各直一时，至其时即执辰牌循环而出。"此全与今之自鸣钟相似。吾乡福州鼓楼上，旧设十二辰牌，届时自能更换，相传此器是元时福宁陈石堂先生普所制，传流至康熙间，为周栎园方伯取去。则亦中土人所造，巧捷之法，又岂必索之外洋人哉！今闽、广及苏州等处，皆能制自鸣钟，而齐梅麓太守彦槐以精铜制天球全具，界以地平，中用钟表之法，自能报时报刻。以测星象节候，不差毫厘。则虽以西人为之，亦不过如此矣。

龙　泉　窑

龙泉窑出龙泉县，以绿色匀净、裂纹隐隐、有朱砂底者为佳。自析置龙泉入庆元县，窑地遂属庆元，去龙泉几二百里。而今人遇新出之青瓷窑，仍称龙泉，亦可笑也。青瓷窑地在琉田地方，按龙泉旧志载，章生二尝主琉田窑，凡磁出生二窑者，必青莹如玉。今鲜有存者，或一瓶一盘，动博十数金。其兄章生一窑所出之器，浅绿断纹，号"百圾碎"，尤难得。世称其兄之器曰哥窑，称弟之器曰弟窑，或称生二章云。

入学忌偶年

《北史》：李浑弟绘，六岁求入学，家人以偶年拘忌，不许。《北齐书》亦云："绘年六岁，自愿入学，家人偶以年俗忌约而弗许。绘窃其姊笔牍之间，遂通《急就章》。"按史传所云偶者，言偶以年俗忌约而弗许耳，非忌偶年入学也。所云年俗忌者，恰不知何忌耳。余以六岁入学，虽于学无所成，亦不见有所忌。今人五岁入学，既嫌太小，而必抛置此六岁一年，不亦甚可惜哉！

秀　才

秀才二字，始见《管子·小匡篇》："农之子常为农，朴野而不昵，其秀才之能为士者,则足赖也。"杨升庵谓始于赵武灵王"吴越无秀才"之语,考其原文,乃是"秀士",非秀才也。《史记·儒林传》:公孙弘等议,有秀才异等,辄以名闻。是秀才科名所自起。《日知录》云:唐代举秀才者,止十余人。凡贡举,有博议高才、强学待问、无失俊选者,为秀才,其次明经,其次进士。《明实录》云:"洪武十四年六月,诏于国子诸生中选才学优等、聪明俊伟之士,得三十七人,命之博极群书,讲明道德经济之学,以期大用,称之曰老秀才。"则今世学者所恶闻之号也。

柬 面 书 正 字

今人柬面必书"正"字,盖自前代已然。《觚不觚录》云:"故事,投刺通于柬面书一'正'字,虽不知所从来,而承传已久。丙子入朝,见投刺俱不书'正'字,盖为避江陵讳故也。"按今时仍通用之,其有或改书'端'字、'肃'字者,则各自避其家讳耳。闻杭州人言:梁文庄诗正家中,群从柬帖,悉用"肃"字。

署 名 加 制 字

今人居忧服中,有不得已与人通简帖之事,只须于姓名上加"制"字,不必更于名上加粘素纸。惟断不可用"从吉"二字,余于《退庵随笔》中已详言之。而近人多漠不关心,即通人亦有习而不知其非者,或更缩写"从吉"二字作"筈"字,冒禁忘哀,真可为痛哭流涕者也。按"制"字最古,《礼记·丧服四制》,有以恩制、以义制、以节制、以权制。世专于丧言制,盖本于此。至"从吉"二字,始见《晋书·孟陋传》:"陋丧母,毁瘠殆于灭性,不饮酒食肉十有余年。亲族迭劝之,然后从吉。"则不可以为三年内之通称明矣。唐律"不孝"条,居父母丧,释服从吉者,徒三年。今律释服从吉,载于十恶之条,即期丧从吉,亦杖六十。人亦奈何甘犯科条,而徒以能书"筈"字为巧乎!

不 宣 备

《浩然斋视听钞》云："今人答尾云'不宣备'，本《文选》杨修《答临淄侯笺》，末云'造次不能宣备'。"《香祖笔记》云："宋人书问，尊与卑曰'不具'，以卑上尊曰'不备'，朋友交驰曰'不宣'，见《东轩笔录》。今人多不辨，然三字之分别，殊亦未解。"又沈括《补笔谈》云："前世卑者致书于尊，书尾作'敬空'二字，盖示行卑，不敢更有他语，以待尊者之批反耳。"余闻之纪文达师曰："札尾作'谨空'二字者，以所余之纸为率，余纸多者必作'谨空'字，或作'庆余'二字，所以防他人之搀入他语耳。"

横 箸

李义山《杂俎》谓食毕横箸在羹碗上为恶模样，而此风经久未改。徐祯卿《翦胜野闻》云："太祖命唐肃侍膳，食讫横箸致恭。帝问曰：'此何礼也?'肃对曰：'臣少习俗礼。'帝曰：'俗礼可施之天子乎?'坐不敬，谪戍。"按此礼诚不宜施于天子，若今人宴会往往如此，未可厚非，而卑幼之于尊长，尤非此不足以明恭。今时下僚侍食于上官，即食毕亦往往作为未毕之状，以待上官之放箸。此正无于礼者之礼，未可尽斥为恶模样矣。

龙 生 九 子

龙生九子之说，不知始自何书。《升庵外集》云："俗传龙生九子不成龙，各有所好。弘治中，御书小帖以问内阁，李文正据罗玘、镏绩之言具疏以对，今影响记之：一曰赑屃，好负重，今碑下趺是也；二曰螭吻，好望，今屋上兽头是也；三曰蒲牢，好吼，今钟上纽是也；四曰狴犴，有威力，故立于狱门；五曰饕餮，好饮食，故立于鼎盖；六曰蚣蝮，好水，故立于桥柱；七曰睚眦，好杀，故立于刀环；八曰狻猊，好烟火，故立于香炉；九曰椒图，好闭，故立于门铺。"按李文正、陆文裕俱尝记此，其名亦或不同，陆谓出《山海经》、《博物志》，考二书今皆无之。翟晴江谓本镏绩倡其说，但云得于故册面上，疑其权时应命所撰造，故升庵云影响记之也。

猫 衰 犬 旺

吾闽有"猫衰犬旺"之谚，谓人家有猫犬自来，主此兆也。然此语亦自古有之而各不同。娄氏《田家五行》云："凡六畜自来，可占吉凶。谚云：'猪来贫，狗来富，猫儿来，开宝库。'"此与闽语不合。又江盈科《雪涛谈丛》载其邑谚，有"猪来穷来，狗来富来，猫来孝来"，故猪、猫二物皆为人忌，有至必杀之。又《雅俗稽言》云："俗称'猫儿来，带麻布'，又称'猫儿来耗家'。"盖其家多鼠耗，故猫来捕之，因"耗"误为"孝"，又因孝布转为麻布耳。金海住先生云："此等语闻诸长老，谓是已然之效，非将然之祥也。穷则墙坍壁倒，猪自阑入之；富则庖厨狼藉，狗自赴之；开当铺则群鼠所聚，猫自共捕耳。"

酒 色 财

今人率以酒色财气为四戒，莫知其始。按《后汉书》，杨秉尝从容言曰："我有三不惑，酒、财、色也。"王祎《华川卮辞》云："财者，陷身之阱，色者，戕身之斧；酒者，毒肠之药。人能于斯三者致戒焉，灾祸其或寡矣。"是古原止有三戒，不知何时添一气字，殆始于明人。

嫖

今人读嫖为瓢音，《字典》云："俗谓淫邪曰嫖。"故世有"嫖赌饮三般全"之谚。按此字传记中甚少见，惟《汉书·景十三王传》："广川王立为陶望卿歌曰：'背尊章，嫖以忽。'"孟康注："嫖，匹昭反。"金悔住云："'嫖以忽'，犹言飘忽，谓远别父母也。嫖字与嫖姚校尉之'嫖'义同,不关妇人淫邪事。"

嬲

嬲,奴鸟切,古人每用此字。嵇康《与山巨源书》:"足下若嬲之不置。"《隋书·经籍志》序:"释迦之苦行也,诸外道邪人并来嬲恼,以乱其志,而不能得。"《世说·政事》篇有署阁柱云:"阁东有大牛,和峤鞅,裴楷鞦,王济剔嬲不得休。"诗家更多用之。梁吴孜《春闺怨》云:"柳枝皆嬲燕,桑叶复催蚕。"王安石诗云:"细浪嬲雪于娉婷。"韩驹诗云:"弟妹乘羊车,堂中走相嬲。"

见 怪 不 怪

"见怪不怪,其怪自败"。此语起于唐时,亦实有此理,可作座右铭也。《艺文类聚》引《见异录》云:"魏元忠未达时,家贫,独一婢。方炊,有老猿为看火。婢惊白公,公曰:'猿闻我阙仆,为执炊耳。'又尝呼苍头未应,犬代呼之。公曰:'孝顺狗也。'又独坐,有群鼠拱于前。公曰:'汝辈饥求食于我乎?'乃饲之。又一夕夜半,有妇女数人立于床前。公曰:'汝能徙我于堂下乎?'妇人竟舁堂下。曰:'可复徙堂中乎?'群妇舁旧所。曰:'能徙我于街市乎?'群妇再拜而去,曰:'此宽厚长者,可同常人玩之哉!'故语云:'见怪不怪,其怪自败。'"

三 多

今人每以三多为颂祷之词,问其出典,辄以华封三祝应。然华封事见《庄子·天地篇》:"尧观乎华,华封人祝曰:'使圣人寿,使圣人富,使圣人多男子。'"未尝指为三多也。三多事惟见《玉海》,载杨文庄公徽之言曰:"学者当取三多,乃看读多,持论多,著述多也。"此言甚有味。今俗言多福、多寿、多男子,实无所出;华封人但言多男,不可强合。孙志祖《读书脞语》亦辨之,并云:"若尧曰:'多男子则多惧,富则多事,寿则多辱。'则三多并非佳语矣。"

致刘玉坡督部韵珂书

　　道光二十八年戊申之夏,闽浙总督刘玉坡督部由福建巡阅至浙江,将以次按临温州。未到之前一月,有杭州友人飞书告余云:"刘督部近有不满于足下之语,不审何故。"余亦茫然不知所由来。越日,书又来,云:"侧闻足下所刻《归田琐记》中,有诽谤督部之诗,深所不喜,恐温州相见时或费唇舌耳。"余始恍然有悟。伏思君子,居是邦不非其大夫,况诽谤乎?且匿怨而友其人,古人所耻,此事诚不可以隐忍含糊,若无以自明,即无以对友。因寻绎往事,手缮长函,先期遣仆迎投。其辞曰:"忆自乙未,道出武林,匆匆一晤,倾盖投纻,此后遂成神交。继则粤西同官不果,曾蒙颁寄楹帖挂屏,至今奉为墨宝。迨至吴越邻治,当羽书扰攘之际,仅得尺素频通,而不获亲承教诲,然彼此相契之笃,迥异寻常,异姓手足之称,即此时所订也。自执事总制闽浙,日著荩勤,某早以病告归,伏处浦城山邑,常与药饵为缘,亦不敢以寒暄虚文渎尘视听。前岁因家食不给,挈儿辈出,代为谋官作糊口计,继因左支右绌,集脁不成,遂在扬州迁延一年。彼时忽得都中友人信云:'刘玉翁颇有不适于足下。足下与玉翁均是爽直一路人,何以彼此不合?为公乎?抑为私乎?'某始闻之而骇,继谓此旁观拟议之私谈,无足介意。乃昨得杭州友人信,又有齿及此事者,并云甚以拙刻之《归田琐记》为非。是则不能不为执事沥陈之。夫以执事所处之地,诸多棘手,某所深知。特愤时之过,不禁形诸笔墨。然局中之难,局外人不代为设身处地,转从而啧有烦言,本非恕道。某前以病辞官,即不能保人之不相责,今且虑人责之不暇,而敢于责人乎?窃谓拙刻中有《致刘次白中丞》一书,因恨异族之逼处,语颇切直。次白虚中雅怀,并不以为忤,过浦城时,犹蒙访我敝庐,宴谈竟日,极欢而散。岂次白不辨,而执事转为代抱不平乎?无已,则有二诗,乃全为举商一事而发,被举之家,横加疑谤于某,不得已以诗自明。诗意不过谓此事实发自上,非起自下。诗云:'大府风闻曷可当,承流太守亦堂堂。流丸自向瓯臾止，但笑蚍蜉撼树狂。'或执事之不满于某，即为此诗乎？举商之事，是非自有公论，岂一人口舌所能争？惜执事到闽时，某以水陆程途错互，未得促膝细陈，又不便形诸楮笔耳。其第二诗为喜雨而作，则直是赞扬执事之实情。诗云：'侧目骄阳作畅晴，怨咨谁复同舆情。玉清毕竟垂慈易，一洒甘霖起颂声。'盖是时令浦邑者奉行不善，以致大结民怨，谤议沸腾，直至四月杪，执事洞彻根由，立将某令撤任，而民心始定，颂声甫作。旋沛甘霖，玉清垂慈，正谓此也，故不禁欢欣鼓舞道之。'玉清'二字关合台号，且于诗后事注月日以明之，以窃附于诗史之义，浦之人士至今能述之，执事何不一加俯察乎？至卷末覆廖尚书、魏山长一书，则就事论事，抚今追昔，更与执事不相干涉。忆前戊子、己丑间，合省捐修通志，共有数万金，彼时付一故绅主持，如掷卢牝，至今为人口实，皆尚愤愤不平。前捐之数，出于浦城绅富者即不少，此次劝捐信到，正值举商之际，目击逃避者纷纷，实属难于为力，不免切实言之，并非于梓乡义举视之漠然。原书谓奉大府传谕而来，其或即缘此而遂开罪于执事乎？惟是执事芥蒂之端，数者必居一于此，而在某实一无成见。即以目前而论，若果与执事龃龉不合，岂有为子指省捐官，而偏择一龃龉不合之第一大宪，托其宇下，夫即不望其垂青格外，独不畏其遇事吹求乎？则虽至愚者，断不出此矣。究之拙刻，皆信笔直书，实不免有招忌之处。即如前呈之《楹联续话》中，有'两将军难兄难弟，一中丞忧国忧民'二语，经执事作信力劝而删之，此足见执事关爱之深，亦即足征鄙人之倾倒于执事者非一日矣。乃执事不前好之念，而以逆亿相加，则信乎投杼之言，古今动色矣。某获交海内贤豪，不下百十辈，周旋且数十年，从无匿怨而友其人及凶终隙末之事。尚愿执事熟察此信，顿释前疑，且既蒙结为异姓手足，则亲者毋失其为亲，故者无失其为故，所望于执事者，正未有艾也。儿子现权瓯守，仅免赔累，转眼亦即须交卸，补实尚遥遥无期。楚香先生为十九年前山左同官，直至前岁，始得重晤。其待儿子颇厚，现在温州之署，虽系顶委到班，而恐某惮于远行，曾托旁人再三下询，意殊可感。此番转恐以我两人龃龉之故，不无瞻顾于中，尚望执事以前言业经冰释，附函关会，俾得坦然于胸。敢拜下风，所裨不浅，晤教在即，诸容面罄。不宣。"

　　附玉坡督部覆书云："阔别十有余年，并尺书亦多阻隔，近始以校阅之役，班荆道左，备领麈谈，盖已愿慰生平。乃复惠赐锦联洋烟，以示永好之意，而且珍肴叠沛，每饭不忘，佳酿延龄，濒行见贶，故人之有加无已，真令受之者感谢难名。别后登程，犹觉神依左右。回思我两人心性之契合，言论之投机，可一日亦可百年，可自信亦可共信，固非因久不相见，遂为流言所中者。昔读吾兄《归田琐记》诸大作，曾因诗旨渊微，浅识不无误会，迨后子细绅绎，殊觉命意措词，有过誉之情，闻之足以自勉，岂等《谷风》之章刺及朋友耶？交友之道，必兼规劝，即使我兄不满于弟，不妨直言相告，亦奚必托诸歌咏而使之闻之？前事怀疑，本已冰释，嗣在黄岩途次，接读手札，再三捧诵，仰见真情挚意，流露行间，不特我兄之襟怀朗然若揭，即弟之前后衷曲亦无不尽入鉴中。人之相知，贵相知心，至于如此！设使相逢不偶，尺素鲜通，窃恐他人之致书我兄者，尚不止'为公为私'之语一再传来，即蒙我兄相信有素，而谮之者或无端构衅、或借题作文，必使得行其说而后已，则我兄之包涵于弟者，固无已时，而弟之开罪于我兄，正不自知其凡几矣！昔日倾盖如故，今兹白首如新，此中之作合，天也，非人也。青蝇之集，可置勿论。专泐申谢，并布歉忱。即请钧安，伏惟霁鉴。不备。"

浪迹三谈序

　　长乐梁敬叔观察以先中丞公《浪迹三谈》付手民，命智董斠勘。智亲炙公言论，公遇智颇异于众人，观察复命智缀一言，附不朽之名。岁壬寅，公既归田，丙午迄己酉，自浦城移居武林，游吴门及邗江，就养东瓯。丁未冬，《浪迹丛谈》刊成。戊申冬，《续谈》刊成，《三谈》甫得六卷。读是编者，多举宋洪文敏以方公，智窃谓文敏生南宋偏安之代，涉揽不能周中原，交游不能遍四海，典籍且散佚，掌故亦不能求备。公则遭逢盛世，接引贤才，又当《四库全书》告成之后，博探中秘，渔猎靡穷，资见闻之多、广江山之助为何如也，文敏之不若公者一。文敏仅中选词科，授职馆阁，屡知州府，曾以奉使辱命被论罢官。公则由翰苑改部曹，直枢垣，擢郡守，历藩牧，任封圻，官中外数十年，从无一稍干吏议之事。经济文章之交著，宜乎朝野交重而仕学交优矣，文敏之不若公者二。文敏《容斋随笔》五集，固为南宋说部之冠，《随笔》外仅传《夷坚志》、《万首唐人绝句》两书，殊无关学问。公则于四部各有撰述，凡六十余种，已刊行寓内四十余种，皆有益于后之学者。文敏之作《容斋一笔》，首尾十八年，《二笔》十三年，《三笔》五年，其《四笔》之成不费一岁，《五笔》亦阅五年。而公于四年中，但所札记，辄成巨册，文敏之不若公者三。唯《容斋随笔》传入禁林，孝宗称其"曒有好议论"，受知之荣，较为过之。然他日偃武修文，重开四库馆，采访所及，得邀乙览，未可知也。已昔文敏从孙总刊《随笔》五集，何同叔为之序，恨不及识文敏，与其子其孙相从甚久。今智视同叔之于文敏为幸，而欲以蠡测海，以莛撞钟，则又乌乎能！同叔之言曰："可以稽典故，可以广闻见，可以证讹谬，可以膏笔端，实为儒生进学之地。"智第举同叔之推文敏者以推公，同叔之言，盖于公是编为尤当。世之博雅之君子智足以知公者，奉公之绪余尚如是，则推公实突过文敏，信不阿云。咸丰七年丁巳秋九月朔，年家子罗以智谨序。

浪迹三谈卷一

观 弈 轩 杂 录

戏彩亭之右老桂之阴，有精室一间，余日观弈其中，即额为"观弈轩"。恭儿善弈，偶于公余之暇偕朋辈为之，凡遇弈者，多被饶子。余问以弈之原始及弈之故实，则皆曰不能举。因取古今弈事，杂录数十则以示之。行箧无书，不能备也，然大略则已具于此矣。昔《论语》举博弈以譬用心，《孟子》言弈小数，亦必专心致志，弈与学将毋同。窃愿为学弈者发其蒙，并为举弈者进一解焉。道光己酉暮春之月，福州七十五叟退庵老人书于东瓯郡斋。

张华《博物志》云："尧造围棋以教子丹朱。或云舜以子商均愚，故作围棋以教之，其法非智不能也。"按皮日休《原弈》云："不害则败，不诈则亡，不争则失，不伪则乱，是弈之必然也。虽弈秘再出，必用吾意焉。夫尧之仁义礼智，岂能以害诈之心、争伪之道教其子哉？弈之始作，必起自战国纵横者流，岂自尧、舜哉！"

《抱朴子》云："棋子无比者谓之棋圣，故严子卿、马绥明于今有棋圣之名焉。"

《新论·专学篇》云："弈秋，通国之善弈者也。当弈之时，有吹笙过者，倾心听之，将围未围之际，问以弈道，则不知也。"

《通玄集》云："围棋两无胜败曰芇。"按芇有绵、免二音，《说文》："芇，相当也。"今人赌物相抵谓之芇，俗言谓之和。

刘义庆《世说》云："王中郎以围棋为坐隐，支公以围棋为手谈。"按王中郎者，王坦之也。在哀制中，客来，即用方幅为会戏，故曰坐隐。支公者，支遁也。又《群仙传》云："王积薪夜宿村店，闻隔壁围棋。及明视之，则无棋局，问之，乃手谈也。"又按《颜氏家训》云："围棋有手谈、坐隐之目，颇为雅戏。但令人耽愦，废丧实多，不可常也。"

则知此语由来尚矣。

《世说》又云:"王导尝与其子悦围棋争道,导笑曰:'相与有瓜葛,亦得尔耶?'"

胡应麟《笔丛》云:"今围棋十九道,纵横三百六十一路,子亦如之。宋世同此。然汉制十七道,唐局或十八道,不可不知也。"按韦曜《博弈论》云:"枯棋三百。"李善注引邯郸淳《艺经》云:"棋局纵横各十七道,合二百八十九道,白、黑棋子各一百五十枚。"沈存中《笔谈》云:"弈棋古用十七道,与后世法不同。今世棋局各十九道,未详何人所加。"钱竹汀先生云:"尝见宋李逸民《忘忧清乐集》棋谱,首载孙策赐吕范、晋武帝赐王武子两局,皆十九道,疑是后人假托。《艺文类聚》卷七十四载晋蔡洪《围棋赋》云:'算涂授卒,三百惟群。'是晋时犹未加也。"又按柳子厚《柳州山水记》,有"仙弈山,始登者得石枰于上,黑肌而赤脉,十有八道,可弈"云云。是即胡应麟"唐局或十八道"之说所由来。或棋局稍有不同,不可为典据也。

《晋书·谢安传》云:"苻坚入寇,京师震恐,加谢安征讨大都督。安夷然无惧色,遂命驾出别墅,亲朋毕集,方与玄围棋赌别墅。安棋常劣于玄,是日玄惧,便为敌手而又不胜。安遂顾其甥羊昙曰:'以墅乞汝。'遂游涉,至夜乃还,指授将帅,各当其任。既而兄子玄等破苻坚,有驿书至,安方对客围棋。看书竟,便摄于床下,了无喜色,棋如故。客问之,曰:'小儿辈已破贼。'既而还内,过户限,心喜甚,不觉屐齿之折。其矫情镇物如此。"

又《阮简传》云:"阮简为开封令,有劫贼,外白甚严。简方围棋长啸,吏曰:'劫急。'简曰:'局上劫亦甚急。'"按此实不可为训,不得以谢安石藉口也。

又《祖逊传》云:"逊兄祖纳好弈棋,王隐谓之曰:'禹惜寸阴,不闻弈棋。'纳曰:'聊以忘忧耳。'"

《齐书·王谌传》云:"明帝好围棋,置围棋州邑,以建安王休仁为围棋州都大中正,谌与太子右率沈勃、尚书水部郎庾珪之、彭城丞王抗四人为小中正,朝请褚思庄、傅楚之为清定访问。"

《齐书·萧惠基传》云:"当时能棋人,琅邪王抗第一品,吴郡褚思庄、会稽夏赤松并第二品。赤松思速，善于大行，思庄思迟，巧于斗棋。宋文帝世，羊玄保为会稽太守，帝遣思庄入东，与玄保戏，因制局图，还于帝覆之。太祖使思庄与王抗交赌，自食时至日暮，一局未竟。上倦，遣还省，至五更方决。抗睡于局后，思庄达晓不寐。世或云：思庄所以品第致高，缘其用思深久，人不能对也。”

《三国志·王粲传》云：“粲观人围棋，局坏，粲为覆之。棋者不信，以帊盖局，使更以他局为之，用相比较，不误一道。其强记默识如此。”按《北齐书·河南王孝瑜传》亦言覆棋不失一道，似当时有能覆局者便已惊之若神。而今人之稍工弈者，类能覆局，不足为异。良由后世弈诣高于前代，况古棋纵横十七道，今棋纵横十九道，则古易而今难。今人之能覆局，似亦较王粲、孝瑜为精也。

《三国志·费祎传》云：“延熙七年，魏军次于兴势，假祎节，率众往御之。光禄大夫来敏至祎许别，求共围棋。于时羽檄交驰，人马擐甲，严驾已讫，祎与敏留意对戏，色无厌倦。敏曰：‘向聊观试君耳。君信可人，必能办贼者也。’祎至，敌遂退。”

《南史·齐武陵王晔传》云：“晔常破荻为片，纵横以为棋局，指点形胜，遂至名品。尝于武帝前与竟陵王子良围棋，子良大北。及退，豫章文献王曰：‘汝与司徒手谈，当小推让。’答曰：‘晔立身以来，未尝一日妄语。’”

又《羊玄保传》云：“玄保为黄门侍郎，善弈，宋文帝亦好弈。一日，帝召，玄保曰：‘今日上何召我？’其子戏曰：‘金沟清泄，铜池摇扬，既住风景，当得剧棋。’”

《宋书·徐羡之传》云：“羡之颇工弈棋，观戏常若未解，当世倍以此推之。”

《宋书·羊玄保传》云：“玄保入为黄门侍郎，善弈棋，棋品第三。太祖与赌郡，戏胜，以补宣城太守。”

王志坚《表异录》云：“宋明帝好围棋，而诣甚拙。与第一品王抗围棋，依品赌戏。抗饶借帝曰：‘皇帝飞棋，臣抗不能。’帝终不觉也。”

段成式《酉阳杂俎》云：“上与亲王棋，贵妃立于局前观之。上数子将输，贵妃放康国猧子于坐侧，猧子乃上局，局子乱，上大悦。”

《酉阳杂俎》又云："僧一行本不解弈，因会燕公宅，观王积薪棋一局，遂与之敌。笑谓燕公曰：'此但争先耳。若念贫道四句承除语，则人人为国手。'"

《续酉阳杂俎》云："北宋雅禅师建兰若于东都龙门，庭中桐始花，有异蜂声如人吟咏，视之，具体人也。网获其一，置纱笼中。忽数人翔集若相慰状，云：'叱！叱！予与青桐君弈胜，获琅玕纸十幅，君出可为礼。'禅师举笼放之。"

薛用弱《集异记》云："玄宗南狩，百司奔赴行在。翰林善围棋者王积薪从焉。蜀道隘狭，每行旅止息，中道之邮亭人舍多为尊官有力者之所先。积薪栖无所入，因沿溪深处，寓宿于山中孤姥之家。但有妇姑，止给水火。才暝，妇姑皆阖户而休。积薪栖于檐下，夜阑不寐，忽闻堂内姑谓妇曰：'良宵无以适兴，与子围棋一赌，可乎？'妇曰：'诺。'积薪私心奇之，堂内素无灯烛，又妇姑各处东西室，积薪乃附耳门扉。俄闻妇曰：'起东五南九，置子矣。'姑应曰：'东五南十二，置子矣。'妇又曰：'起西八南十，置子矣。'姑又应曰：'西九南十，置子矣。'每置一子，皆良久思维。夜将尽四更，积薪一一密记，其下止三十六。忽闻姑曰：'子已败矣，吾止胜九枰耳。'妇亦甘焉。积薪迟明具衣冠，请问孤姥。曰：'尔可率己之意，而按局置子焉。'积薪即出囊中局，尽平生之秘妙而布置。未及十数，孤姥顾谓妇曰：'是子可教以常势耳。'妇乃指示攻守、杀夺、救应、防拒之法，其意甚略。积薪即更求其说，孤姥笑曰：'止此，亦无敌于人间矣。'积薪虔谢而别，行十数步再诣，则已失向之室闾矣。自是积薪之艺，绝无其伦，即布所记妇姑对敌之势，罄竭心力，较其九枰之胜，终不得也。因名《邓艾开蜀势》，至今围棋有焉，而世人终莫得而解矣。"

《棋天洞览》云："王积薪每出游，必携围棋短具，画纸为局，并棋子盛竹筒中，系于车辕马鬣间。道上虽遇匹夫，亦与对，胜则征饼饵牛酒。"

《棋诀》云："王积薪梦青龙吐《棋经》九部授己，其艺顿精。"

《北梦琐言》云："滑能善弈，忽有一小子自云张青，与能对弈，思甚精敏。能异而诘之，曰：'我非世人，天帝使我召公着棋耳。'能忽奄然。"

《北梦琐言》又云:"蜀简州刺史安重霸,黩货无厌。部民有油客于此,姓邓,能棋,力粗赡。安辄召与对敌,只令立侍,每落一子,俾其退立于西北牖下,俟我算路,然后进之。终日不过十数子而已。邓生倦立见饥,殆不可堪。次日又召。或有讽邓生曰:'此侯好赂,本不为棋,何不献效而自求退?'邓生然之,以金十锭获免,良可笑也。"

干宝《搜神记》云:"贾佩兰说:在宫,每以八月四日出雕房北户,竹下围棋。胜者终年有福,负者终年疾病,取彩缕就北辰星求长命乃免。"

葛洪《西京杂记》云:"杜陵杜夫子善弈棋,为天下第一人。或讥其费日。夫子曰:'精其理者,足以大神圣教。'"

任昉《述异记》云:"信安郡有石室山,晋时王质伐木至,见童子数人,棋而歌。质因听之。童子以一物与质含之,不觉饥。俄顷童子谓曰:'何不去!'质起,视斧柯烂尽。既归,无复时人。"按《松窗百说》云:"人间所以贵慕神仙者,以其快乐无恼、长生久视耳。今斯须便过百年,朝夕已经千载,不知自开辟以来,终得儿局棋也?"

《幽怪录》云:"巴邛人家橘园,有大橘,如三斗盎。剖开,有二叟对弈。一叟曰:'橘中之乐,不减商山,恨不能深根固蒂,为愚人摘下耳。'"

《唐书·李泌传》云:"帝召泌,初至,帝方与燕国公张说观弈。因使说试其能。说请赋方圆动静。泌逡巡曰:'愿闻其说。'说因曰:'方若棋局,圆若棋子。动若棋生,静若棋死。'泌即答口:'方若行义,圆若用智。动若骋才,静若得意。'说因贺帝得奇童。帝大悦,曰:'是子精神要大于身。'"

陶毂《清异录》云:"明皇因对宁王问:'卿近日棋神威力何如?'王奏:'臣凭托陛下圣神,庶或可取。'上喜,呼将方亭侯来。二宫人以玉界局进,遂与王对手。"

唐苏鹗《杜阳杂编》云:"大中中,日本国王子来朝,献宝器、音乐,上设百戏、珍馔以礼焉。王子善围棋,上敕顾师言待诏为对手。王子出楸玉局、冷暖玉棋子,云:'本国之东三万里,有集真岛,岛上有凝霞台，台上有手谈池，池中生玉棋子。不由制度，自然黑白分焉，冬温夏冷，故谓之冷暖玉。又产如楸玉，状类楸木，琢之为棋局，光洁可鉴。'及师言与之敌手，三十三下，胜负未决。师言惧辱君命，而汗手凝思，方敢落指，则谓之'镇神头'，乃是解两征势也。王子瞠目缩臂，已伏不胜。回语鸿胪曰：'待诏第几手耶？'鸿胪诡对曰：'第三手也。'师言实第一国手矣。王子曰：'愿见第一。'曰：'王子胜第三，方得见第二；胜第二，方得见第一。今欲躁见第一，其可得乎？'王子掩局而吁曰：'小国之一，不如大国之三，信矣！'今好事者，尚有《顾师言三十三镇神头图》。"按：今所传范西屏《桃花泉弈谱》首局，即"九五镇神头"，凡四十四变，大抵即顾师言遗诀也。

《郡阁雅谈》云："唐廖凝十岁《咏棋》诗云：'满汀沤不散，一局黑全输。'作者见之云：'必垂名于后。'"

《梨轩曼衍》云："围棋初非人间之事，其始出于巴邛之橘、周穆王之墓，继出于右室，又见于商山，仙家养性乐道之具也。"

《白孔六帖》云："取蜕龙牙一枚临局，自然机变百出，智慧自生。"按，蜕龙牙从何处得之？聊广异闻可也。

《宋史·潘慎修传》云："慎修善弈棋，太宗屡召对弈，因作《弈说》以献。大抵谓棋之道在乎恬默，而取舍为急。仁则能全，义则能守，礼则能变，智则能兼，信则能克。君子知斯五者，庶几可以言棋矣。因举《十要》以明其义，太宗览而称善。"

《宋史·吴越世家》云："上遣中使，赐钱俶文楸棋局、水晶棋子。乃谕旨曰：'朕机务之余，颇曾留意。以卿在假，便可用此以遣日。'"

宋马永卿《嫩真子》云："'玉子纹楸一路饶，偏宜檐竹雨潇潇。赢形暗去春泉涌，猛势横来野火烧。守道还如周伏柱，鏖兵不愧霍嫖姚。得年七十更万日，与子同于局上消。'右杜牧之《赠国手王逢》诗。或云：此真赠国手诗也。棋贪必败，怯又无功，赢形暗去，则不贪也；猛势横来，则不怯也。周伏柱以喻不贪，霍嫖姚以喻不怯，故曰高棋诗也。牧之尝云：'棋于贪勇之际，所得多矣。''七十更万日'者，牧之是时年四十二三，若至七十，犹有万日也。"

姚宽《西溪丛语》云："蔡州□信县，有棋师，闽秀才也。说尝遇一道人善棋，凡对局，率饶人，有诗云：'烂柯真诀妙通神，一局曾经几度春。自出洞来无敌手，得饶人处且饶人。'"

《四库全书简明录》云："宋晏天章撰《玄玄棋经》一卷，凡十三篇，盖以弈通于兵，故仿《孙子》之篇数，于弃取攻守之道，言简而理该。历代国手，无能出其范围。"

刘仲达《鸿书》云："围棋有十诀：一，不得贪胜；二，入界宜缓；三，攻彼顾我；四，弃子争先；五，舍小就大；六，逢危须弃；七，慎勿轻速；八，动须相应；九，彼强自保；十，势孤取和。"

邢居实《拊掌录》云："叶涛好弈棋，王介甫作诗切责之，终不肯已。弈者多废事，不以贵贱，嗜之率皆失业，故人目棋枰为'木野狐'，言其媚惑人如狐也。"

宋何薳《春渚纪闻》云："弈棋古谓之行棋，宋文帝使人赐王景文药，时景文方与客行棋，以函置局下，神色不变，且思行争劫。盖棋战所以为人困者，以其行道穷迫耳。'行'字于棋家亦有深意，不知何时改作著棋。'著'如著帽、著屐，皆训容也，不知于棋有何干涉耳。"

《春渚纪闻》又云："棋待诏刘仲甫，初自江西入都，行次钱塘，舍于逆旅。逆旅主人陈余庆，言仲甫舍馆既定，即出市游，每至夜分扣户而归，初不知为何等人也。一日晨起，忽于邸前悬一帜云：'江南棋客刘仲甫。'并出银盆、酒器等三百星，云以此偿博负也。须臾，观者如堵，即传诸好事。翌日，数土豪集善棋者会城北紫霄宫，且出银如其数，推一棋品最高者，与之对手。始下至五十余子，众视曰：'势似北。'更行百余，其对手者亦韬于自得，责其夸言，曰：'今局势已判，黑当赢筹矣。'仲甫曰：'未也。'更行二十余子，仲甫忽尽敛局子。观者合噪，云：'是欲将抵负耶？'仲甫袖手徐谓观者曰：'仲甫江南人，少好此技，忽似有解，因人推誉，致远国手。年来数为人相迫，欲荐补翰林祗应，而心念钱塘一都会，高人胜士精此者众，棋人谓之一关。仲甫之艺，若幸有一着之胜，则可前进。凡驻此旬日矣，日就棋会，观诸名手对弈，尽见品次矣，故敢出此标示，非狂僭也。如某日某人某白，本大胜，而失应棋着；某日某局，黑本有筹，而误于应劫，却致败局。'凡如此覆十余局，观者皆已愕然心奇之矣。即覆前局，既无差误，指谓众曰：'此局以诸人视之，黑势赢筹，固自灼然；以仲甫观之，则有一要着，白复胜不下十数路也。然仲甫不敢遽下，在席高品，幸精思之。若见此者，即仲甫当携琴累还乡里，不敢复名棋也。'于是众棋极竭心思，务有致胜者，久之不着。已而请仲甫尽着。仲甫即于不当敌处下子。众愈不解。仲甫曰：'此着二十着后方用也。'即就边角合局，果下二十余着，正遇此子，局势大变。及敛子排局，果胜十三路。众观于是始服其精至，尽以所对酒器与之，延款十数日，复厚敛以赆其行。至都，试补翰林祗应，擅名二十余年，无与敌者。"按刘仲甫有《棋诀》一卷，凡四篇，后附《论棋杂说》，则即晏天章棋经之末篇，仲甫为之注耳。

钱希白《南部新书》曰："李讷仆射性卞急，酷尚弈棋，每下子安详，极于宽缓。性躁怒作，家人辈密以弈具陈于前，讷睹便忻然改容，以取其子布算，忘其恚矣。"

《世说补》云："苏养直隐京口，绍兴间，与徐师川同召。养直不起，师川造朝，时便道过养直，留饮甚欢。二公平日对弈，徐高于苏，是日养直拈一子，笑曰：'今日还须让老夫下此一着。'师川有愧色。"

《荆公诗话》云："苏子瞻言：太宗时有贾元侍上棋，太宗饶元三子，元常输一路。太宗和其挟诈，谓曰：'此局复输，当搒汝。'既而满局，不死不生。太宗曰：'更围一局，胜当赐绯，不胜当投泥中。'既而局平，不胜不负。太宗曰：'我饶汝子，是汝不胜。'命抱投之水。乃大呼曰：'臣握中尚有一子。'太宗大笑，赐以绯衣。"

苏东坡《观棋》诗序云："司空表圣有'棋声花院闭'之句。吾尝独游五老峰，入白鹤观，松阴满地，不见一人。古松流水间，惟闻棋声，然后知此句之妙也。"

罗大经《鹤林玉露》云："陆象山少年时，常坐临安市肆观棋，如是者累日。棋工曰：'官人日日来看，必是高手，愿求教一局。'象山曰：'未也。三日后却来。'乃买棋局一副，归而悬之空中，卧而仰视者两日。忽悟曰：'此河图数也。'遂往与棋工对。棋工连负二局，乃起谢曰：'某是临安第一手棋，今官人之棋，饶得某先，天下无敌手矣。'"

蒋正子《山房随笔》云："永嘉余德邻宗文与聂碧窗弈棋，余屡北。

有卖地仙丹者,国手也,余呼之至,绐聂云:'某有仆能棋,欲试数着,但不敢耳。'聂俾对枰,连败数局。余自内以片纸书十字示聂云:'可怜道士碧,不识地仙丹。'聂大笑曰:'吾固疑其不凡。'"

范正敏《遁斋闲览》云:"荆公棋品本不高,每与人对局,未尝致思,随手疾应。觉其势将败便敛局曰:'本图适性忘虑,反至苦思劳神,不如其已。'"

叶梦得《避暑录话》云:"着棋竭力,不过能进其所能,至于不可进,虽一着,终老不能加也。"

《山堂肆考》云:"林和靖每云:'世间事皆能之,惟不能担粪与着棋耳。'"按此语殊过,围棋何可与担粪并论,不得以和靖而为之词。或亦自嫌其棋力之不高,故为此谰语以自解耳。今人目棋品低者,谓之为"臭",殆此语为之滥觞也。

胡应麟《甲乙剩言》云:"余年八龄,即喜对弈。时已从塾师授书,每于常课外必先了竟,且语师曰:'今皆弟子余力,请以事弈。'塾师初亦惩挞禁之,后不复能禁,且于书案下置局布算,天下遂无敌手。"

魏瑛《耕蓝杂录》云:"明太祖智勇天纵,于艺事无所不通,惟于弈棋不耐思索。相传其与人对弈,无论棋品高低,必胜一子。盖每局必先着,辄先于枰之中间孤着一子,此后黑东南则白西北,黑右后则白左前,无不遥遥相对,着着不差。至局终,则辄饶一子也。帝王自有真,非凡手所能拟议矣。"按此事余素不敢信,尝与友人按此法演之,二三十步外即隔阂不能通。友人亦好学深思者,终不得其故。或天贽聪明者,自优为之欤?

《耕蓝杂录》又云:"我朝弈师,以范西屏为最。范名建勋,海昌人,偶骑驴至扬州探亲,路过一棋局,入与对枰,连负两局。局中人责负钱,范曰:'我身边适无钱,但有一驴可抵。'众诺之,即牵驴去,初不知其何许人也。越月余日,而范复至,连胜两局。众议价以钱,范曰:'不须钱,即还我旧驴可矣。'盖范前度适欲舟行他往,无地寄驴,故借棋局喂养,至是则加苗壮矣。于是众始知其为范西屏也,相与爽然。"

《耕蓝杂录》又云:"吾福州乾隆间有薛翁师丹,素称国手。余弱冠即从之学弈,初饶九子,至十年始进至饶两子。今又十年,不能再进半子也。尝私问其命名之义,翁曰:'昔尧以围棋教丹朱,余岂敢言师尧,但窃愿师丹而已。'味翁之言,乃谦逊而实自负也。"按薛翁短小精悍,人甚蕴藉,与先王父天池公相友善,饶先王父弈,在先两之间。先王父对弈,必令余侍旁敛子。偶私叩以弈事,翁曰:"足下若有志学弈,但务学士大夫之棋,不可学市井之棋。今后生小子,偶有一知半解,即自视甚高,一局未终,而鄙倍嚣陵,令人不可向迩,此即所谓市井之棋也。"先王父令余识之。又按,余虽及见薛翁,而未尝一日对弈。至嘉庆间,始偷闲从弈师学弈,一为钟望高,一为林茂敬,皆足与薛翁抗手。钟以学力胜,林以天资胜,而薛则学力与天资并胜者也。此二人者,余视之皆高不可攀,其时与对手者,一为余同年郑成纶,一为云骑尉何文上。郑亦以学力胜,何亦以天资胜,虽视国手尚远,然在士大夫棋品中,亦可谓大雅不群者矣。此外有王登碧者,为福州府署皂役,人颇粗俗,貌亦颠顸,惟与围棋,则甚觉温雅,故曼云兄颇重之。亦著有棋谱数十纸,为人所称。善饮酒,余尝与对弈,辄在鼾睡中。诘其故,则曰:"昨夜伺候本官坐堂,彻晓未睡耳。"昔宋李憨与人弈,皆昏睡,但随手应之,多出人意表。此人正类是,未尝得其一着之差也。余尝叩以弈诀,曰:"士大夫之棋,自有根器,不可如我之下流。但须处处出人头地,不被人笼罩,即得之矣。"呜呼,此亦可谓隐于弈者矣!

方勺《泊宅编》云:"朱正夫致仕家居,杜门谢客。一日,晓容大师自京来谒,公欣然接之。二子行中、久中,秋试不利,皆在侍下,公强使冠带而出。容一见惊起,贺曰:'后举状元也。'睥睨久之,径辞出。后三年,久中谋赴举之资,暮至六和,才泊岸,见容在寺中遥揖。久中归,与之款。是秋二朱至京师,舍开宝塔寺,容寓智海禅刹,行中预荐,惟殿试病作,不能执笔。是时王氏之学,士人未多得,行中独记其诗义最详,因信笔写答,极不如意。卷上,日方午,遂经御览,仁宗良爱之。行中不知也,日与同舍客围棋,每拈子欲下,必骂曰:'贼秃!'盖恨容许之误。有士人通谒,行中方棋,遽使人却之,曰:'此必下第人欲丐出关之资。'士人立于门下,不肯去,行中乃出,延之坐。不暇寒温,揖行中,起附耳曰:'乃梁御药门客,御药特令奉报:足下卷上,已置魁等，他日幸相记。'行中唯唯而入，再执棋子，辄手颤。缘宠辱交战，不能自持也。"

　　范公偁《过庭录》云："旧家多藏异书，兵火之后，无复片纸。尚记有一《黄须传》云：李靖微时，甚穷，寓于北郡一富家。一日，靖窃其家女而遁行，至暮，投一旅舍。饭罢，濯足于门，见一黄须老翁坐于侧，且熟视，神色非常。靖恐富家捕己者，欲避之。见其于身皮篋中，取一人头切食，甚闲暇。靖异之，乃亲就问焉。翁曰：'今天下大乱，汝当平天下。然有一人在汝上，若其人亡，则汝当为王。汝可从我寻之。'靖随翁数程，至汴州，见一大第中数人弈。翁同伫立，云：'不见其人矣！'顷又有一披衣从中出视弈者，盖太宗也。翁警曰：'即此人当之，汝善佐其事。'遂别，饯，留连久之，语靖曰：'此去四十五年，东夷中有一黄须翁杀其君而自立者，即我也。'靖既佐唐平乱，贞观中，东夷果奏一黄须翁杀其君而自立。异哉，异哉！"按此与《虬须客传》相仿佛，疑本一事而误演之。

浪迹三谈卷二

改 元 之 始

改元始于汉文帝之十七年戊寅,称后元年,其后景帝之八年壬辰,称中元年,又七年戊戌,称后元年。至武帝,始以即位之元年称建元元年,后遂或仍或改,以迄于今。《随园随笔》云:"古以虞、芮质成之年,为文王受命改元之年。《史记》:秦惠文君十四年,更为元年。《竹书纪年》,魏惠王有后元年。《商书》:'惟元祀十有二月乙丑朔,伊尹祠于先王。'疑是汤崩不逾年而改元之证。"按改元之制,古亦无一定。唐、虞终三年丧,舜、禹皆行之。而逾年即位者,周也。然汉人亦不甚重之,故列侯皆自称元年,《功臣表》称平阳侯曹参元年,《诸侯王表》称楚王戊二十一年,是侯王亦有改元之制,不以为嫌也。后世惑长生之说,乃缩去其已往之年,而为更新之号,竟有以四字改元、三字改元者,如唐之"天册万岁",魏之"太平真君",梁之"中大通"、"中大同"是矣。

元 号 相 同

《随园随笔》载年号雷同者,"建武"有七,"中兴"有六,"建元"有六,"建平"有八,"天成"有六,"永和"有五,"应天"有五,"太平"有五,"建兴"、"建初"、"正始"俱有四,"建始"、"天祐"、"乾德"、"光天"、"天兴"、"天正"俱有三,其余"元康"、"元和"、"中元"、"永和"、"贞观"、"天宝"俱有二,又指不胜屈矣。按随园所列,尚多未备。如"永兴"有六相同,"甘露"、"永康"、"永安"、"建元"、"建平"皆五相同,"永平"、"太和"、"大安"皆四相同,"嘉平"、"龙兴"、"元兴"、"永宁"、"太宁"、"太定"、"太安"皆三相同,其二相同者,如

"天禧"、"天德"、"天顺"、"天启"、"天玺"、"和平"、"黄龙"、"皇始"、"元康"、"元和"、"元嘉"、"天汉"、"延兴"、"延和"、"天保"、"光天"、"贞元"、"青龙"、"咸康"、"五凤"、"武平"、"武成"、"绍兴"、"承光"、"永初"、"永建"、"永嘉"、"永熙"、"永昌"、"永泰"、"永隆"、"景福"、"凤皇"、"至德"、"至元"、"太始"、"太兴"、"大同"、"大宝"、"大和"、"大德"、"大庆"、"建和"、"建义"、"上元"、"正德"诸号,真指不胜屈也。

易世仍称旧号

《随园随笔》又云:"唐昭宗天复四年改元天祐,李克用仍称天复五年,而哀宗亦称天祐。梁太祖崩于乾化二年,而明年末帝仍称乾化三年。晋高祖建号天福,至重贵已改开运矣,而后汉高祖仍称天福。至于高祖、隐帝俱称乾祐,周祖、世宗、恭帝俱称显德,大抵五代之际,乐于因循也。"

通鉴删纪元

《随园随笔》又云:"《通鉴》遇一年两纪元之事,必硬删其一,如后唐闵帝改元应顺在正月,潞王改元清泰在四月,今但提清泰元年而删去应顺,则闵帝之数月天子无故遭削矣。《史记索隐》讥史迁全没惠帝之六年,而不为之作本纪,亦此类也。"

纪号之变

梁曜北《瞥记》云:"年号自汉武帝始,前此惟纪年而已。嗣后皆仍之,惟北魏废帝、恭帝、周闵帝、金末帝、元明宗、宁宗无年号。而唐肃宗上元二年辛丑九月,去上元号,称元年,以建子月为岁首,以斗所建辰为名,至明年四月复旧。此纪号之一变,旋即殂落,非佳兆矣。"

历 代 年 号

元鼎　元封

郎仁宝《七修类稿》云："上古无年号，不过纪甲子而已。世以为始于汉文帝后元，不知后元应由前有元年，故称后也。如景帝，则又有中元、后元，皆欲延年之意耳。至武帝建元，方为有号之始。而刘氏据《封禅书》得鼎改元，以为年号之起实在元鼎，其前皆有司追补，以足武帝之始。又据元封改元始有明诏为证，而夹漈郑氏亦以为是。予谓既以元封明诏而言，则当以元封为始，又何为'年号之起实在元鼎'？然在'元狩'因得白麟而称，'元光'因见长星而称，又何不可乎？至于元封有诏，偶尔，因是年巡边封禅之后，大颁天下，故曰以十月为元封，不当据此即以为始。若以其前有司补称，则末年复以文、景称后元一、二年，又不可以补其名耶？但光武、建武共该三十三年，至三十一年之时，因封禅后，又加中元二字，犹景帝中元意也。今史即以为改元，明系以中元另起，错矣。观范史于《祭祀志》内，载本年封禅后赦天下之诏曰：'以天下三十二年，为建武中元元年。'尚冠'建武'于首，可知也。大抵一帝止是一号，最为有理，但遇事遇瑞，即屡易之，岂如本朝之高出千古哉！"

永　嘉

后汉冲帝在位一年，改元永嘉，崩，年仅三岁。《学斋占笔》云："淳熙二年，卬州蒲江县上乘院僧得汉碑石，作'永熹'。"以'嘉'为讹。何义门《读书记》又引《左雄传》作永熹为证。按，晋怀帝亦改元永嘉。

建　元

晋康帝名岳，改元建元。或谓庾冰曰："郭璞谶云：'立始之际丘山崩。'立者，建也，始者，元也，丘山，讳也。"冰瞿然，既而叹曰："如有吉凶，岂改易所能救乎？"至是果验。

永　昌

晋中宗元帝小字铜环，以太兴元年即位，五年改元永昌，即崩。初即位，有日夜出之象，及改元永昌，郭璞复以为有二日之象。而齐废帝小字法身，元号亦为永昌，初废为郁陵王，后为萧鸾所弑，在位仅六个月。

兴　宁

《晋书·五行志》云："哀帝隆和初，童谣曰：'升平不满斗，隆和那得久。桓公入石头，陛下徒跣足。'朝廷闻而恶之，改年曰兴宁。人复歌曰：'虽改兴宁，亦复无聊生。'帝寻崩。"

大　亨

大亨乃晋安帝年号，史家以为桓玄伪号，误也。考元兴元年三月，桓玄自为丞相，改元大亨，明年十月始篡位，则大亨乃安帝年号，而史家以此号为桓玄所改，《晋书·安帝纪》并黜之，概用元兴纪年矣。按此号实为桓玄败兆，《晋书》、《隋书·五行志》、《梁书·武陵王纪传》及《容斋续笔》、《玉海》并云，年号大亨，识者谓"一人二月了"之兆。而桓之败，果在元兴三年仲春。五月，帝复位。

天　正

梁豫章王名栋，高祖曾孙，大宝二年八月为侯景所立，十月即为景所废。又高祖子萧纪，大宝三年四月僭号于蜀，明年七月，兵败见杀。史言栋改元天正，纪改年亦与栋暗合，识者曰："'天'字二人，'正'是一止。"各一年而灭。永丰侯扨叹曰："天正在文为一止，其能久乎？"

建始　永始

桓玄，桓温孽子也，晋元兴二年十一月，废安帝，自称楚帝。明年五月，败走江陵，伏诛。梁谏庵曰："初出伪诏，改年建始，右丞王悠之曰：'建始，赵王伦伪号也。'又改永始，复是王莽始执权之岁。其兆号不祥，冥符僭逆如此。"

广　运

后梁帝名琮，在位二年，隋征入朝，废为莒国公。《北史》本传及《隋书·五行志》并云，琮改元广运，识者曰："'運'之为字，軍走也。吾君当为军所走乎？"及入朝京师，江陵父老陨涕曰："吾君其不反矣！"按晋少帝开运亦同，故迁于契丹。

天　保

齐显祖文宣皇帝高氏，名洋，受魏禅，都邺。《北史》云："初，帝践阼，改年天保，识者以字为'一大人只十'，帝其不过十年乎？又谣曰：'马子入石室，三千六百日。'帝以午年生，故曰马子，三千六百日，十年也。帝曾问太山道士：'吾得几年天子？'答曰：'三十年。'帝谓李后曰：'十年十月十日，得非三十乎？吾甚畏之。'及期而崩。"《容斋续笔》云："齐文宣天保为'一大人只十'，果十年而终。梁明帝亦用此，尽二十四年。或蕞尔一邦，非机祥所系也。"

贞　明

梁末帝初名友贞，改名瑱，太祖子，在位十一年，元号贞明。唐兵入，命其将皇甫麟进刃，崩。或析"瑱"字为"一十一十月一八"，果以一十一年至十月九日亡。

德　昌

齐主名延宗，高祖孙。《北齐书》云："延宗以十二月十三日晡时受敕，守并州，明日建尊号，不间日而被围，经宿至食时败。年号德昌，好事者言其得二日云。"

隆　化

齐后主名纬，世祖子，在位十二年，为周师所逼，禅于太子恒，称太上皇帝。及恒禅于任城王阶,称无上皇,寻被执,封温国公,后遇害,年二十三。有隆化年号,时人离合其字曰"降死",竟降周而死。见《隋书·五行志》。

宣　政

周高祖武皇帝名邕,字弥罗突,世宗弟,在位十八年,有宣政年号。《隋书·五行志》云:"宣政改元,萧岿离合其字为'宇文亡日',其年帝崩。"

大　象

周静皇帝名衍,改名阐,宣帝子。在位三年,禅隋,封介国公,寻遇害,年九岁。《隋书·五行志》云:"宣帝禅位,改元大象,萧岿离合其字曰'天子冢',明年帝崩。"

大　业

《隋书》:隋炀帝即位,改年大业。《隋书·五行志》云:"大业改元,识者恶之,曰于字离合为'大苦来'也。寻而天下丧乱,率土遭涂炭之毒焉。"

显　庆

唐高宗年号,《玉海》云或作明庆。《日知录》云:"唐中宗讳显,玄宗讳隆基,故唐人凡追称高宗年号多云明庆,永隆年号多云永崇。"

永　隆

闽王曦初名延羲,晋天福四年立,改号永隆,后为其臣所杀。陶穀《清异录》云:"王曦淫刑不道,黄峻曰:'合非永隆,恐是大昏元年。'"

唐　隆

唐殇帝,中宗子。逊位睿宗,开元二年终,年仅十七。《玉海》云或作唐元、唐安、唐兴,盖开元以后避讳改称。钟渊映《建元考》云:"《唐会要》《唐大诏令》皆书唐隆,实明皇践阼之谶,犹汉安乐之炎兴也。"此刘后主之元号,亦应司马氏之名。

咸　通

唐懿宗名漼,初名温,宣宗子。苏鹗《杜阳杂编》云:"初,宣宗制《秦边陲曲》,云:'海岳宴咸通。'及上垂拱,而年号咸通焉。"按《元和郡县志》,河南县中桥,咸通三年通。志成于元和八年,不及懿宗,实咸亨三年也。因避肃宗讳,改亨为通,遂与懿宗咸通混。

大　和

唐文宗九年,改元大和,或作太和,误也。李德初析大和字为"一人八千口",见张读《宣室志》。

金　统

黄巢自陈符命曰:"唐帝知朕起义,改元广明,以文字言之,唐已无天分矣。'唐'去'丑口'而安'黄',天意令黄在唐下,乃黄家日月也。土德生金,予以金生,宜改年为金统。"

乾　德

宋太祖改元乾德,而前此蜀王衍立,于梁贞明五年亦改元乾德。又辅公祏于唐武德六年称帝于丹阳,即陈故宫居之,国号宋,亦改元乾德。《宋史·太祖本纪》云:"乾德改元,先谕宰相曰:'年号须择前代所未有者。'蜀平,宫人入内,见其镜背志'乾德四年铸',召窦仪诘之。对曰:'此必蜀物,蜀主尝有此号。'乃大喜曰:'宰相须用读书人。'"按宋小说,窦仪或作陶穀,或作卢多逊,当时尚未记有辅公祏也。杨文公《谈苑》、陈鹄《耆旧续闻》,并记江南保大中得石,有"大宋乾德四年",令诸儒参验,乃辅公祏反江东时年号。宋小说又载:乾德初,元丹阳人掘地,获古钱,文曰"乾德通宝",则并国号、年号而同之矣。

太平兴国

宋太宗改元太平兴国，《贵耳集》云：“当时有‘一人六十卒’之谶。”太宗五十九而止。

天圣

宋仁宗年号天圣，《归田录》云：“时章献明肃太后临朝，议者谓撰号取‘二人圣’，悦太后耳。”张端义《贵耳集》亦云，于文取“二圣人”，故当时有“二人口耳”之谶。

明道

宋仁宗改元明道，议者以为“明”字于文为“日月并”，时母后临朝也。见欧阳公《归田录》。《贵耳集》亦云：仁宗、刘后并政，“明道”曰“日月同道”。《宋史·夏国传》：元昊避父德明讳，称宋“明道”为“显道”。顾亭林《日知录》：范文正《与元昊书》，亦改后唐明宗为显宗。

康定

宋仁宗有康定年号，欧阳公《归田录》及《玉海》谓好事者以为康定如谥法。

崇宁

岳珂《愧郯录》及《玉海》并云，神宗改元熙宁，徽宗改元崇宁，皆同刘宋陵名。沈作喆《寓简》、袁文《瓮牖闲评》并谓，年号最忌与前代谥号、陵名相犯，熙宁、崇宁乃南朝章后、宣后二陵名，亦当时大臣不学之过。按《宋书》，武帝胡婕好生文帝，追尊为章太后，陵曰熙宁；文帝沈美人生明帝，追尊为宣太后，陵曰崇宁。又《贵耳集》：“崇宁钱上字，蔡京所书。‘崇’字自山字一笔书，‘宁’字去心。当时谚云：‘有意破崇，无心宁国。’”

重　和

宋徽宗初改元重和，二年正月即改宣和。陆游《老学庵笔记》云：“政和末，议改元，王黼拟用‘重和’。既下诏矣，范致虚间白上曰：‘此契丹号也。’故未几改宣和。然宣和乃契丹宫殿名，犹我之宣德门也。年名实重熙，后避天祚嫌名，乃追谓重和耳。”

宣　和

《玉海》：“宋徽宗宣和之谶，为‘一家有二日’，果徽、钦同帝。”又《说铃·谈往》云：“宣和，契丹宫门名。徽、钦至彼，见额而始悔。”

靖　康

宋钦宗年号。按宋史，高宗初封康王。二帝北迁，康王在济州，耿南仲、汪伯彦等皆劝进，且谓靖康纪元，谓“十二月立康”之兆。《容斋续笔》：“靖康为‘立十二月康’，果在位满岁而高宗中兴。”《玉海》云：“靖康，或谓如谥法。”

建　炎

李心传《朝野杂记》云：“高宗改元建炎，以火德中微故也。苗、刘之乱，以为炎字乃两火。还自海上，改五年为绍兴。”

隆兴改乾道

宋孝宗之二年也。《玉海》云：“隆兴近正隆，而孝宗更之。”又云：“隆兴伪号也，因曾布《日录》而后见。”《容斋续笔》云：“隆兴，嫌与完颜亮正隆相近，故二年即改乾道。”楼钥《攻愧集》云：“《钱端礼行状》：上问改元事。隆兴，故叛臣赵谂尝用，虞公以为载籍所不载，自不必改。公曰：‘改元，大事也。签书王刚中奏此事具见曾布《日录》，不当复用。’”李心传《朝野杂记》云：“王瞻叔为参知政事，言赵谂谋逆，以隆兴纪元。会太常检故实以进，上愕然，遂改乾道。”

寿　昌

辽道宗年号。按《辽史》作"寿隆"，《玉海》无"寿隆"，有"寿昌"。钱大昕《辽史考异》云："洪遵《泉志》载寿昌元宝钱，引李季兴《东北诸蕃枢要》云：'契丹主天祐，年号寿昌。'又引《北辽通书》云：'天祚即位，寿昌七年，改元乾统。'予家藏《易州兴国寺碑》、《安德州灵岩寺碑》、兴中府玉石观音像、《唱和诗碑》，皆署寿昌年号。《东都事略》、《文献通考》皆宋人书，亦称寿昌，无有称寿隆者。可证寿隆乃寿昌之讹。"案《愧郯录》引范成大《揽辔录》，称"寿昌六年"，又朱彝尊《日下旧闻》云："阜成门内白塔寺，建自辽寿昌三年。"并可为证。

大　定

金世宗年号也。《金史》载海陵在扬州，闻帝改元大定，拊髀叹曰："我本欲灭宋后改元大定，岂非天命乎？"出其书示群臣，即预志改元事也。

崇　庆

《金史·五行志》："卫王即位，改元大安。四年，改崇庆。既又改至宁。有人曰：'三元大崇至矣！'俄而有胡沙虎之变。"案俗谓虎为大虫，"大崇至"者，谶言大虫至也。

至　元

《草木子》云："元世祖取《易》'大哉乾元'之义，国号大元，取'至哉坤元'之义，年号至元。"《涌幢小品》称，大明者，以别于小明王也。是元、明两代，皆用二字为号，与"大汉"、"大唐"、"大宋"为臣下尊奉之辞者不同。又李翙《戒庵漫笔》云："明初恶胜国之号，称吴原年、洪武原年。"此亦史所未详。案元世祖于中统之后，改为至元。元顺帝于元统之后，亦改至元，诏曰："惟世祖皇帝，在位长久，天人协和，诸福咸至。祖述之志，良切朕怀，今特改元统仍为至元。"御史李好文言："年号袭旧，于古未闻，袭其旧而不蹈其实，未见其益。"帝不听。

按晋中兴，与惠帝同号建武；魏太武与太宗同号永兴；唐肃宗与高宗同号上元：皆在顺帝之前，何云"于古未闻"耶？

彰圣嘉庆

交阯李乾德于宋熙宁五年立，在位六十一年，纪元二，有"彰圣嘉庆"四字年号。按杭州人有藏泥金罗汉画卷者，署款为"嘉庆丁卯有发僧海仑"。考乾德立于壬子，卒于壬子，丁卯乃乾德十六年，为宋哲宗元祐二年，海仑盖即其国人。其称嘉庆者，单举二字也。魏元号"太平真君"，史止称"真君"；宋、元号"太平兴国"、"大中祥符"，钱文只称"太平"、"祥符"。近有著《历朝纪元录》者，谓乾德年号嘉庆，殊误。

建　文

谢肇淛《五杂俎》云："梁萧正德改元正平，识者笑之。建文之号，亦同御名，惠帝名允炆。不知方、黄诸君，何卤莽乃尔？"案梁末帝名友贞，改名瑱，而年号仍用贞明，汉隐帝名承祐，而年号仍用乾祐；西夏赵仁孝父名乾顺，而年号亦用乾祐：皆不可解。

永　乐

明成祖改元永乐，《五杂俎》云："永乐之号，张遇贤、方腊已再命之，又皆盗贼之靡。何当时诸公失于详考耶？"

正　德

明武宗改元正德，《五杂俎》云："正德同夏乾顺之号，自古以正为号者，多不利，如梁正平、天正，元至正之类，为其文'一而止'也。武皇虽终享天位，而海内多故，青宫无出，统卒移之兴邸。命名之始，可不慎哉！"

泰　昌

明光宗于万历四十八年八月即位，改元泰昌，九月朔崩。《说铃·谈往》云：昌乃"二日"，是天启继之。

崇 祯

吴伟业《绥寇纪略》云:"崇祯时,有人诣通政司投疏,谓年号宜用古字作'祡',盖以山压宗,故不安,从古文作'祣',则宗社安于泰山也。人以为妖言。"

隆 武

明唐王名聿键,太祖子唐定王桱之后。顺治二年五月,南都亡,六月王立于福州,纪元隆武,明年八月卒。吴震方《说铃》云:有无名氏《谈往》一册,云隆武乃"降止"也,一年即败。

通 乾

前代有曾拟定元号而后不用者,如唐高宗之"通乾"。《唐书》本纪:仪凤之三年四月,诏改明年为通乾,十二月罢之。《玉海》云:"以反语不善停。"所谓"反语不善"者,今不得其解。

丰 亨

宋神宗熙宁之末,诏议改元,执政撰三名以进,曰"平成",曰"美成",曰"丰亨"。神宗曰:"'成'字于文一人负戈,'美成'者,犬羊负戈,'亨'字为子不成。不若去'亨'而加'元'。"遂改元丰。见《容斋续笔》及叶梦得《石林燕语》。

风 和

庄季裕《鸡肋编》云:"颍昌府城东北门内多蔬圃,俗呼'菜香门',因更修,见其铁铸字云:'风和二年六月造。'此不知何代纪元,不见载籍。"孙奕《示儿编》"纪元"一条云:"以天纪者有'神雷',以宁纪者有'义宁',不知所出。"

重 熙

《宋史·汪应辰传》:"孝宗内禅,议改元重熙,应辰谓辽兴宗尝以纪年，遂改隆兴。"

龙　兴

前凉张骏时，有黄龙见于揟次之嘉泉。左长史氾韩，言宜因龙兴改号，以彰休征。骏不从。《晋书》及《十六国春秋》并载之。

龙　虎

师颜《伪南迁录》谓鞑有诏与金国，称"龙虎九年"。按孟珙《蒙鞑备录》云："鞑人称年曰兔儿年、曰龙儿年。"其时尚未改年立号也。师颜之语不实，姑记之。

神　爵

《宋书》载宋世祖大明七年十一月，车驾习水军于梁山，有白爵二集华盖。有司奏改神爵元年，诏不许。

纯　熙

宋孝宗乾道九年冬至郊赦，改明年为"纯熙"，已布告天下，后六日改"淳熙"。或谓出处有"告成大武"之语，故不欲用；或谓"纯"旁作"屯"，不宜用也。《容斋续笔》、赵彦卫《云麓漫钞》及《玉海》并载其事。

文　明

《梁书·太宗本纪》云："帝初即位，制年号，将曰'文明'，以外制强臣，谓侯景。盖取《周易》'内文明而外柔顺'之义。恐贼觉，乃改为'大宝'。"

元　庆

唐德宗初拟改年"元庆"，后用李泌之言，改"贞元"，合贞观、开元之名，以取法二祖。见《玉海》。

天　元

唐德宗初拟改年"天元"，后不用。案《玉海》云："天元为周号，而李泌议之。"其实周宣帝自称天元皇帝,非年号也。

乾　统

宋孝宗曾拟用之,后因契丹已用而更议。案楼钥《攻愧集·钱端礼行状》:"上问改元事,御笔欲用'乾统',而北朝曾用之。辽天祚。别拟四号以进,遂改'乾道'。"

炎　兴

《玉海》云:"宋高宗欲用'炎兴',以刘蜀已用而更议。"

大　庆

《唐书·南蛮传》载:唐德宗贞元十一年,兵部侍郎韩愈谏讨西原蛮,请改元"大庆",普赦,不纳。又见《昌黎集·论黄家贼状》。又《玉海》载:"大庆,金国。"而金实无此号。

执 中 靖 国

宋徽宗改年建中靖国,曾肇以唐建中为疑,欲改"建"为"执",宋帝不从。案《宋史·王觌传》:"改元诏下,觌言:'建中之名,虽取皇极,然重袭前代纪号,非是。宜以德宗为戒。'帝曰:'梁末禅位,年号"太平",太宗不忌也。'"

浪迹三谈卷三

八十九十曰耄

《曲礼》云："八十、九十曰耄。七年曰悼。"《释文》本或作"八十曰耄，九十曰耄"，恐后人妄加之。姜西溟《湛园札记》云："先太常谓当是'八十曰耄，九十曰悼'。案文每十年一变称，无缘于八十、九十同称曰耄，而于中忽插以'七年曰悼'，且七年正近幼学之期，称之以悼，何其不祥也。况九节俱是成数，则'七年'之为'九十'无疑，而上句'九十'二字宜删矣。"按《白虎通·考黜篇》引《礼记》此文，正与姜说暗合，是可据也。

太 牢 少 牢

古祭用牲，必牛、羊、豕皆具，曰太牢，而以牛为主。少牢无牛，有羊、豕，而以羊为主。一牲即不得牢名。见《仪礼·少牢馈食礼》疏。《曾子天圆篇》云："诸侯之祭，牲牛，曰太牢；大夫之祭，牲羊，曰少牢。"此以牛为太牢、羊为少牢所自出也。

句　　践

句践事吴，此孟子以前事，然《孟子》中又有宋句践其人。而《战国策》中，又有荆轲游邯郸，见叱于鲁句践事。句践名义，不知所谓，何战国时人争尚此名乎？荆轲见叱于鲁句践，过榆次，又目慑于盖聂，盖二人剑术皆出轲上。轲语燕丹云："吾待客与俱。"得无即句践与聂乎？使轲果虚心与之游，必尽得其术，于入秦之举未必无功。惜皆交臂失之。

韩　　通

《五代史》不为韩通立传,此自是欧公之疏。或谓通之死,在宋已受禅之日,于例不当入《五代史》,符彦卿、李洪信等,功名显于五代,而没在宋初,即不为立传。此史家断限之法宜尔。按符彦卿历仕两朝,没在宋初,自应入《宋史》;若韩通,未尝一日仕宋,其捐躯殉国,为周而死,若不为立传,则无可位置矣。后《宋史》创立《周三臣》之目,首列韩通,以补欧公之阙,此史例所当变通者也。

周 太 祖 柴 后

袁文《瓮牖闲评》云:“魏人柴翁之女,初备唐庄宗掖庭,明宗入洛,遣出。父母往迎之,至鸿沟遇雨甚,逾旬不进。其女曰:‘儿见沟旁邮舍队长黝色花项者,乃极贵人,愿事之。’即郭威周太祖也。竟为皇后。”按《五代史》,周祖即位,后已先卒,“竟为皇后”四字,当云后册封为皇后。但《五代史》家人传不载此事,不知袁氏所据何书。

乣　　字

《金史》有乣字,而字书不载。钱竹汀先生曰:“记曾有小说家书读为管,不知所据。”孙颐谷先生曰:“乣疑紏字之误,盖部落,有乣聚之意。”按《金史·百官志》有诸纠详稳一员,在诸部落节度使之下、诸移里董司之上,纠盖部落之类。《辽史·耶律隆运传》亦有乣详稳。

赤

元代官名多用“赤”字,其官之最尊、断事主生杀者为札鲁火赤;凡内外文武大小掌印办事之官,皆名达鲁花赤;知书通文义者,为必暗赤;佩囊鞬侍左右者,为火儿赤;掌服御事者,为速古儿赤;族贵者,为赛典赤；执贱役者，为玉典赤；兵之勇健矫捷者，为探马赤。此外又有哈剌赤、奥鲁赤、合必赤、温都赤、昔宝赤、怯里马赤，皆当时国语，俱散见各纪传中。今《元史国语解》中，分注甚为详晰。

架 阁 库

今中外官廨皆有架阁库之名，人多不考其始末。按《能改斋漫录》载仁宗朝周湛为江西转运使，以江西民喜讼，多窃去案牍，而州县不能制。湛为立千丈架阁，法以数月为次，严其遗失之罪。朝廷颁诸路为法。此今各衙门设架阁库之缘起乎？

佐 杂 擅 受

《燕翼贻谋录》载："尉职警盗，村乡争斗、惮经州县者，多投尉司，尉司因此置狱，拷掠之苦，往往非法。咸平元年十月己丑，有司申警，悉毁撤之，词诉悉归之县。"按今令申佐杂不准擅受，即此意也。

明史纪事本末

《明史纪事本末》人皆知为谷应泰所撰，而姚际恒《庸言录》云："本海昌一士人所作，后为某以计取之，攘为己有。其事后总论一篇，乃募杭州诸生陆圻所作，每篇酬以十金。"归安郑元庆《今水学略例》云："朱竹垞言谷氏《纪事本末》本徐绩村著。绩村字方虎，德清人，康熙癸丑进士，礼部侍郎。为诸生时，蒙谷识拔，故以此报之。然谷氏以私撰受累，而绩村转得脱。"然与姚说又不同，未知孰是。或云海昌士人名谈迁，亦不知所据。

冠 玉

《史记·陈丞相世家》："绛、灌等咸谗陈平曰：'平虽美丈夫，如冠玉耳,其中未必有也。'"注云:"饰冠以玉,光虽外见,中非所有。"《南史·鲍泉传》帝责泉亦曰:"面如冠玉,还如木偶。"近人多以此二字为美称,若检本书示之,恐非所喜矣。

鹊　　起

六朝人多用鹊起二字为美词。《宋书·谢灵运传》:"初鹊起于富春,果鲸跃于川湄。"《文选》谢玄晖诗:"鹊起登吴山,凤翔陵楚甸。"其意并同。李善注引《庄子》云:"鹊上高城之垝,而巢于高榆之颠,城坏巢折,凌风而起,故君子之居世者,得时则义行,失时则鹊起。"然则鹊起亦非美词矣。

李 瀚 蒙 求

今学童初入蒙塾,必先授以《三字经》、《百家姓》、《千字文》诸书,愚谓此外即应授以李瀚《蒙求》。今通行本皆作李瀚,盖从《通鉴》本。《五代史·四夷附录》亦作李瀚,而《困学纪闻》诸书皆以为李瀚,《五代史》李瀚无传,附见《桑维翰传》中。按《通鉴》,李瀚与兄涛并仕石晋,为翰林学士。"瀚"与"涛"义相近,当是瀚字。郭巨埋儿一事,后儒多议其贼恩,而李瀚《蒙求》但云郭巨将坑,则实未埋也。按《太平御览》引刘向《孝子图》曰:"郭巨分财两弟,己独取母供养,寄住邻宅。妻产男,虑举之则妨供养,乃令妻抱儿,掘地欲埋之。于土中得金一釜,上有铁券云:'赐孝子郭巨。'巨还宅主,宅主不敢受,遂以闻官。官依券题还巨,遂得兼养。"是郭巨之儿不终埋,与《蒙求》之语正合。又《蒙求》载黄香扇枕,而《后汉书·黄香传》却无扇枕事。陶渊明作《孝子传赞》云:"黄香九岁失母,事父竭力,以致孝养,暑月则扇床枕。"王观国《学林》云:"注《蒙求》者引《东观汉记》曰:黄香事母至孝,暑月扇枕。与渊明传言事父互异。"按《后汉书》本传言黄香九岁失母,年十二辟为门下孝子,尽心奉养,则香犹有父在。且《太平御览》引"黄香事亲,暑则扇枕,寒则以身温席"。但云"事亲"而不分别父母,无妨九岁以前母在之时亦扇枕温席也。扇枕世所熟传,温席则鲜有述者。又《蒙求》载子建八斗,按李义山诗亦有"宓妃愁坐芝田馆,用尽陈王八斗才"之句,注家皆引《南史》:"谢灵运曰:'天下才共一石,曹子建独得八斗,我得一斗,自古及今,共得一斗。"今检《南史》,并无此语,亦不知《蒙求》所据何典也。又《蒙求》载萧芝雉随,按《太平御览》引萧广济《孝子传》,此事正作萧芝,但未详何代人。杜少陵《奉萧十二使君》诗:"王凫聊暂出,萧雉只相驯。"亦用此事。而《事文类聚》载萧望之为郎,有雉数十,常随车翔集。按《汉书》萧望之本传并无此事,此《事文类聚》误以萧芝为萧望之耳,当以《蒙求》正之。又《蒙求》载阮简旷达,注家多未详。案《水经·渠水注》引《陈留志》云:"阮简字茂弘,为开封令。县侧有劫贼,外白甚急数,阮方围棋长啸。吏云:'劫急。'阮曰:'局上有劫亦甚急。'"《蒙求》似即本此。今吾乡陈枫阶大令宸书有《李瀚蒙求注》,已梓行,所当家置一本,而吾乡人不甚重之,可怪也。余行箧亦无其书,尚未知所注何如耳。

父 子 同 名

古人命名多不可解,至有父子同名者,尤为匪夷所思。《汉书·王子侯表》,广陵孝王子广平侯名德,其子嗣侯者亦名德。《梁书·林邑传》林邑王范阳迈死,其子咄代立,慕先君之德,复名阳迈。《明史·刘荣传》,有刘江父子同名。《襄阳隋处士罗君墓志》:"君讳靖。父靖,学优不仕。"此皆事之绝奇,不知其何所取义也。

避 家 讳

世传杜子美母名海棠,故全诗不及海棠,此不知所出何典。子美父名闲,见《旧唐书·文苑》本传。或疑本集诗曾两押闲字,一《留夜宴》诗云:"临欢卜夜闲。"一《诸将》诗云:"曾闪朱旗北斗闲。"以为不避家讳。其实非也。有卞氏圈杜诗本,盖出宋时,《夜宴》诗作"留欢上夜关",盖有投辖之意。"卜"字似"上"字,"关"字似"阑"字,因而笔误耳。"北斗闲"作"北斗殷",盖《汉书》有"朱旗绛天"语,朱旗既闪,北斗自赤,应用殷字。惟是时宣祖正讳殷,俗本遂改作闲,全无义理。后此祧庙不讳,则所谓"曾闪朱旗北斗殷"者万无可疑,又何必改字以触讳乎?

梅　花　诗

宋人陈从古字希颜,裒古今梅花诗八百首。其自序云"在汉、晋未之或闻,自宋鲍照以下,仅得十七人,共二十一首。唐诗人最盛,杜少陵十二首,白乐天四首,元微之、韩退之、柳子厚、刘梦得、杜牧之各一首,其余不过一二,如李翰林、韦苏州、孟东野、皮日休诸人则又寂无一篇,至本朝方盛行"云云。今其书未见,此语仅载周必大《二老堂诗话》中。按方虚谷《瀛奎律髓》中"梅花类"亦多至六十余首,皆五、七言律,而唐律亦不过十余首,余皆宋诗。其小序云:"梅见于《书》、《诗》、《周礼》、《礼记》、《大戴礼》、《左氏传》、《管子》、《淮南子》、《山海经》、《尔雅》、《本草》,取其实而已,未以其花为贵也。惟《诗》'山有嘉卉,侯栗侯梅',《大戴礼·夏小正》'正月,梅杏杝桃始华',一言卉,一言华。自《说苑》有一枝梅遗梁臣之事,则梅以花贵,实自战国始。自《荆州记》载陆凯'江南无所有,聊赠一枝春'之句,则以梅花入诗,实自晋时始。沿唐及宋,则梅花诗殆不止千首,而一联一句之佳者无数矣。"梅花诗之源流如此。

豪　歌　协　韵

宋人说部中,有笑闽人作赋协韵云"天道如何,仰之弥高"。盖至今吾乡漳、泉人语音,尚不免此病。然苏子由蜀人也,亦宋人也,而《巫山庙》诗云:"归来无恙无以报,山下麦熟可作醪。神君尊贵岂待我,再拜长跪神所多。"则亦以豪通歌矣。又《严颜庙》诗云:"相传昔者严太守,刻石千载字已讹。严颜平生吾不记,独忆城破节最高。"又云:"吾爱善折张飞豪,乘胜使气可若何。"又云:"我岂畏死如儿曹,所重壮气吞黄河。"皆豪与歌通用也。何以独笑闽人乎？按萧、肴、豪三韵，今人皆独用，惟作古体可以通用，而独与十一尤韵不能相通，奈吾闽人尤韵与萧、肴、豪往往相混，即语音亦然，最为可笑。其实则古人已有相通者，如《毛诗》"役车其休"与"日月其慆"为韵，"如山之苞"与"如川之流"为韵，"与子同袍"与"修我戈矛"为韵，"浸彼苞萧"与"念彼京周"为韵，"驱马悠悠"与"言至于漕"为韵，"惟参与昴"与"抱衾与裯"为韵，"如蛮如髦"与"我是用忧"为韵，"武夫滔滔"与"淮夷来求"为韵，"以谨惛怓"与"以为民忧"为韵，"鼓钟伐鼛"与"淮夷三洲"为韵。宋玉《高唐赋》"正冥楚鸠"与"垂鸡高巢"为韵。《易林》"依宵夜游"与"与君相遭"为韵，"后事未休"与"不得逍遥"为韵，"稷契皋陶"与"微子解囚"为韵，"东家杀牛"与"汗臭腥臊"为韵，"不宜动摇"与"傅母何忧"为韵，"路与县休"与"侯伯恣骄"为韵，"失志怀忧"与"如幽狴牢"为韵，"为穆出郊"与"名曰竖牛"为韵。《急就草》"亡命流"与"槛车胶"为韵。《楚词》"秋风兮飗飗"与"舒芳兮振条"为韵。王逸《九思》"令尹兮謷謷"与"上下兮同流"为韵，"心烦愦兮意无聊"与"严载驾兮出戏游"为韵。《九章》"遂自忍而沉流"与"惜壅君之不昭"为韵。《招隐》"岁莫兮不自聊"与"蟪蛄鸣兮啾啾"为韵，"桂树丛生兮山之幽"与"偃蹇连卷兮枝相缭"为韵。陆云《夏府君诔》"君望斯周"与"戢翼洪条"为韵。刘桢《鲁都赋》"俯仰哮呴"与"丧偶失俦"为韵。刘劭《赵都赋》"鸣籁箫"与"镜清流"为韵。崔骃《反都赋》"散紫苑之饶"与"辨胡亥之丘"为韵。陆机诗"飞沉是收"与"腾光清霄"为韵。韩愈《楚国夫人墓铭》"义以家酬"与"始自郎苗"为韵，《祭穆文》"惟其嬉游"与"草生之朝"为韵，又与"多君子寮"为韵。以上皆见经传及古集，此外尚不可枚举。若以今人为之，鲜不为名流所讥矣。

弔詭

郭频伽为余作《诗钞》序，有"与时弛张而不为弔詭"语，录稿者以"弔詭"为"弟詭"，频伽斥之曰："弟字误也。此余用《庄子》语，不可错写。"按《庄子·应帝王》篇"因以为弔詭，因以为波流"，本作弔詭。

《释文》弟徐音颓，丈回反，盖弟、颓声之转。《列子·黄帝篇》作"茅
靡"，注云"茅靡当为颓靡"，是也。今本《庄子》于弟字偶缺一笔，字书
遂于弓部增"弟"字，始于《正字通》，非也。《类篇》弟字下有徒回反一
音，正本《庄子》。《集韵》十五灰有弟字，"不穷貌，一云逊伏"。宋本
《集韵》并不作弟字。孙颐谷曰："《埤雅》茅靡，言其转徙无定。一作
弟靡，弟读如秭。秭，茅之始生也。"此又一解，然可证无作"弟"字之
理矣。

齐　物　论

《庄子·齐物论》，今人多以"齐物"二字连读，而宋人多以"物论"
二字连读，谓物论之难齐而庄子欲齐之也。案《文选·魏都赋》"万物
可齐于一朝"，刘渊林注云："庄子有齐物之论。"刘琨《答卢谌书》云：
"远慕老、庄之齐物，近嘉阮生之放旷，"皆不以"物论"二字连读。若
《文心雕龙·论说篇》，则直云"庄周《齐物》，以论为名"，尤可证六朝
之旧读矣。近人多尚古而薄今，而不知宋人之读"物论"，尚不如今人
之读"齐物"为有据。且苏诗中亦云"逍遥齐物追庄周"，即宋人亦何
莫不然？

读　离　骚

昔人言"痛饮酒，熟读《离骚》，便成名士"，谓《离骚》之不易读也。
余十一岁随学厦门，先资政公即以此授读，分日为课，每读三百字，凡
八日而竟。及长，从郑苏年师游，师亦令读此。则漫应曰："已读过。"
师愕然曰："汝亦知读此乎？"试以句义，茫然不能应，乃悔所业之未精
而《离骚》之果不易读也。最后始得读吾乡龚海峰先生之《离骚笺》，
则怡然涣然，觉难读者转为易读。忆在浦城作《七十初度》诗，诸孙有
不知"初度"二字者，出《离骚》示之，于是有欣然欲读者。今年就养东
瓯，夏日正长，因督佳、俦二孙于正课之隙，分日读之，乃展转至数句
而不能竟其事。记余在京师时，与伊墨卿谈及《离骚》，墨卿自言少侍

其尊甫云林光禄公,值有谬误事,公怒欲扑责之,门客为之解劝,公因罚令一夜读《离骚》自赎。墨卿自初更朗诵至鸡三鸣,即能背诵,一字不遗云云。回里时,间与林樾亭先生述其事,先生亦言少时为其尊甫山阴公名其茂,曾为山阴令。督责,偕弟香海太史,俱以一夜读《离骚》终篇,黎明背诵,不误一字。此二事恰相似,墨卿、樾亭二先生并非有绝人之禀,而古今人之不相及已如此。然则熟读《离骚》、作名士,顾可易言哉! 王叔师《离骚序》云:“《离骚》之文,依《诗》取予,引类譬喻。故善鸟、香草以配忠贞,恶禽、臭草以比谗佞,灵修、美人以媲于君,宓妃、佚女以譬贤臣,虬龙、鸾凤以托君子,飘风、云霓以为小人。”只用五十余字括之,而二十五篇深情隐恨毕露,此灵均之功臣也。

十　　反

世俗相传老年人有十反,谓不记近事偏记得远事,不能近视而远视转清,哭无泪而笑反有泪,夜多不睡而日中每耽睡,不肯久坐而多好行,不爱食软而喜嚼硬,暖不出、寒即出,少饮酒、多饮茶,儿子不惜而惜孙子,大事不问而絮碎事。盖宋人即有此语,朱新中《鄞州志》载郭功父“老人十拗”云云。余行年七十有四,以病齿不能嚼硬,且饮酒、饮茶不能偏废,只此二事稍异,余则大略相同。周必大《二老堂诗话》云:“予年七十二,目视昏花,耳中时闻风雨声,而实雨却不甚闻。因成一联云:‘夜雨稀闻闻耳雨,春花微见见空花。’”则当去嚼硬、饮茶二事,而以此二事凑成十反也。

儒 林 参 军

张兰渚师巡抚福建时,延余入幕,为代撰奏御文字,又校勘所进遗书四十余部,并分注《御制全史诗》六十四卷,凡三年有余日。迨师移节吴中,而余亦入都补官矣。时戏作一小印曰“儒林参军”,或疑其杜撰不典。按《南史·齐豫章文献王嶷传》:“开馆立学,置儒林参军一人,文学祭酒一人,劝学从事二人。"又《晋书》江统子惇传:"征西将军庾亮请为儒林参军。"正是外僚幕职,或改作羽林将军者误也。余辞出幕后,拟将此印赠林少穆庶常,而少穆旋亦入都供职,遂移赠刘敬舆明经。

唐 人 避 讳

古人避家讳,有绝不可解者。李长吉以父名晋肃,不得举进士,盖此风起于六朝,而唐人因之。《唐律》有一条云:"诸府号官称犯父祖名而冒荣居之。"疏义云:"假有人父祖名'常',不得任太常之官;父祖名'卿',亦不合任卿。"盖其初本避父祖名之本字,后乃并其嫌名而亦避之。《新唐书·贾曾传》:"曾擢中书舍人,以父名言忠,不拜。"《萧复传》:"进复户部尚书、行军长史,以复父名衡,改统军长史。"降至五季,犹沿此习,《五代史·刘昫传》:"太常卿崔居俭当为礼仪使,居俭辞以祖讳蠡。"则不知此律何时始除也。

多 字

近人之多字,无如毛西河先生。按先生名奇龄,又名甡。字两生,又字大可,又字齐于,又字于,又字初晴,又字晚晴,又字老晴,又字秋晴,又字春迟,又字春庄,又字僧弥,又字僧开,皆杂见集中。其取义有不甚可解者,今人但称为西河先生而已。西河者,其郡望,非字也。尝见先生作《李自成传略》,首三句云:"李自成,米脂人,字砲生。"亦足见先生之喜称字矣。

三 字 字

古人一字字者多,三字字者少。王渔洋《池北偶谈》及徐位山《管城硕记》各载数人外,孙颐谷《读书脞录》云:尚有张天锡字公纯嘏,崔宏度字摩诃衍,又兴唐寺主尼法澄字元所得,见开元十年塔铭。神和子姓屈突,名无为,字无不为,见《续博物志》。卢抱经先生云:宋遗民有"千载心"者,亦三字字也。

太上感应篇

《太上感应篇》,隋、唐两志俱不载,惟《晋书·慕容皝载记》:"皝雅好文籍,讲授,学徒甚盛,至千余人。亲造《太上章》以代《急就》。"疑即今之《感应篇》也。《潜丘札记》云:"《太上感应篇》,宋理宗命郑清之作序,自是始大行于世。"

杨扬一姓

杨用修云:羊、阳、杨、扬本一姓。扬子云自以蜀无他杨,其扬字不从木。而杨用修云:吾家子云亦同关西之杨,特子云好奇之过,独自标异尔。孙颐谷云:《汉书·扬雄传》,据其自叙,出于晋之杨侯。而《广韵》"杨"字注:"又姓,出弘农、天水二望,自周杨侯,后并于晋,因为氏也。"其"扬"字注不云又姓,是古人但有从木之杨姓,并无从扌之扬姓矣。杜诗《壮游》云:"以我似班、杨"谓班固、扬雄也。其下又押"心飞扬",则固以子云之姓从木矣,故《夏日杨长宁宅》诗又云:"醉酒扬雄宅。"

葭莩

有代余作应酬答启者,以"葭莩"对"桑梓",自夸其工。余曰:"此不过常用语料,工则未也。"其人艴然,余曰:"此对仗并未妥,何工之有?且君亦知'葭莩'二字所从出乎?《汉书·中山靖王传》'今群臣非葭莩之亲,鸿毛之重。'注:'葭,芦也。莩者,其筒中白皮至薄者也。'以鸿毛为对,则二字非平列可知。前人文字经用者,如蔡邕《让高阳侯表》:'事轻葭莩,功薄蝉翼。'则以'蝉翼'对'葭莩'。魏徵《为李密檄郇王庆文》:'预占磐石,名在葭莩。'则以'磐石'对'葭莩'。温庭筠《书怀》诗：'浪言辉棣萼，何意托葭莩。'则以'棣萼'对'葭莩'。至东坡诗'人生百年寄鬓须，富贵何啻葭中莩'，著一中字，极为明白。乃知前人诗文用事，总未尝不求甚解轻易落笔也。"

古　田　逆　案

少时熟闻里中故老谈古田县逆案，其事在康熙之末，当时尚能举其里居姓氏，今则忘之矣。初起事时，不过数十人，家有面山小楼，常聚群不逞轰饮其中，私造天书宝剑，壮火药预埋于对面山中，盖仿篝火狐鸣故事。夜间火发，群往掘视，翌日即竖旗称号，不半月全家党羽悉就擒获。弃市日，有旧友遇诸途，惊问何往，则曰："我干一小事去。"临刑时，顾其妻子，尚称尊号，不少贬语，极从容，闻之无有不捧腹者。忆读《十六国春秋》，恍惚亦有此事，不知古田人知有此事而仿为之欤？抑不知而与古暗合乎？昨读家曜北《元号略》，亦载一事云："莱芜人王始，以妖术聚众于太山。晋元兴二年四月，自称太平皇帝，号其父固为太上皇，兄林征东将军，弟泰征西将军，南燕慕容镇讨禽之。临刑，或问其父及兄弟所在，始曰：'太上皇帝蒙尘于外，征东、征西乱兵所害。朕躬虽在，复何聊赖？'其妻赵氏怒之曰：'正坐此口，以至于此，奈何复尔！'始曰：'皇后，自古岂有不破之家、不亡之国邪？'行刑者以刀环筑之，仰视曰：'崩即崩矣，终不改帝号。'"此与吾乡所传古田人，口吻一一相肖，聊录之以资剧谈。前后遥遥千百年，古今人真未尝不相及也。

杏　仁

《癸辛杂识》载松雪云："杏仁有大毒，须煮令极熟，中心无白为度，方可食用。生则能杀人。凡煮杏仁汁，若饮犬猫，立死。"又宁都魏际瑞诗《石山人画莲绝句》注："莲身皆药，惟心食之令人烦杂。"按此二味，今医家所常用，而此说则鲜有知者，因亟录之。忆余在吴门时，门下士魏巡检邦鲁_{默深之父}。通医理，而时时劝余饬合家人毋饮杏酪,毋嚼杏仁,盖有见及此者也。

螟　脯

浙东滨海,最重乌贼鱼,腊者行远,其利尤重。尝闻主人呼之为明府,不知其故。或以为腹中有墨,似县官之贪墨,今县官率称明府也,余已笔之于书矣。顷阅《七修类稿》,云乌贼鱼暴干,俗呼"螟脯",乃知此称自前明已然,今人不考,误沿为"明府"耳。

闽　谚

吾乡土谚有最俚俗而无理者,曰"丈母伤寒,炙女婿脚后跟"。而不料杭州亦有此谚,惟"伤寒"作"腹痛"耳。梁山舟先生曰:女婿,"女膝穴"之讹也。见《癸辛杂识续集》"针法"条下。

送　穷　日

《四时宝鉴》云:"高阳氏之子,好衣敝食糜,时号贫子,正月晦日死于巷。世作糜粥敝衣,是日祝于巷,曰'除贫'。故退之《送穷文》曰:'正月乙丑晦。'姚合诗曰:'万户千门看,何人不送穷。'"竟如寒食竞渡之事止于此日也。

水　味

归安孙迟舟先生名承恩,乾隆壬辰,以第二人及第。其从祖屺瞻司空在丰,康熙庚戌亦以第二人及第,里人因目迟舟为"小榜眼"。有《种纸山房诗集》,中有《选温明府之崇安》诗云:"御茶堪配昆仑水,绝品人间或未知。最是官斋清绝地,一瓯啜向退衙时。"自注:"茶味武彝第一,水味黄河第一。"此论不知出何典,抑躬亲品定之欤?

中 郎 有 后

《晋书·羊祜传》:"祜,蔡邕外孙。讨吴有功,将进爵,乞以赐舅子蔡袭。诏封袭为关内侯。"则中郎未尝无嗣。而《蔡克别传》亦云:"克祖睦,蔡邕孙也。"克再传为司徒谟,则中郎后裔,且蕃盛于典午之代,何得云无嗣哉?又《代醉篇》载:"羊祜父道,先娶孔融女,生子发。后娶蔡邕女,生承及祜。适发与承俱病,度不能两存,乃专心养发,承竟病死。"邕女之贤如此,而《后汉书·蔡邕传》无闻,《列女传》止载文姬没胡中生二女、赎归重嫁董祀事,而亦不及羊道之妇。史之漏略如此。

本 纪

何元朗云:"太史公为项羽作本纪,非尊之也。夫所谓纪者,即通历之纪年也。如不立《项羽本纪》,则秦灭之后,汉未得天下之先,数年之历,当属之何人耶?盖本纪之立,为通历,非为项羽也。"王东溆云:"陈承祚《三国志》亦然。三国之中,惟吴之立国最早,在汉献未禅之先,已久与中国抗衡。至吴与蜀并峙,其历年无几,若必以蜀汉为统,是不得详三国之始末矣。况三国并列,不分彼此,其不帝魏之意,固已隐然言外乎!"

送 春 诗

杭州城东有药园,康熙中,毛西河先生会同城诸名士,于立夏前一日集此,作送春诗。橐笔者数十人,多有佳句。末坐钱景舒[杲]年甚少,独集唐句为之,如用王建、杜甫句云:"每度暗来还暗去,暂时相赏莫相违。"又用翁绶、白居易句云:"百年莫惜千回醉,一岁惟残半日春。"先生极赏之,录入《西河丛话》。

浪迹三谈卷四

七十四岁初度诗

余就养东瓯郡斋,适值七十四岁初度。一交七月,恭儿即召菊部于戏彩亭称觞,情文备至,合城宾僚来观礼者秩如也。惟日来雨风间作,虽残暑不侵,而于田禾未免稍损,且逢儿、映儿在京师,丁儿在浦城,敬儿在福州,四女儿亦无一在膝前者,不如甲辰年七十寿辰诸儿女团圞为可乐也。因戏拈六言诗四首以纪之云:"偶然亭名戏彩,谁信此事非虚。_{自戏彩亭成后,至此始连日演剧。}但知及时行乐,遑问此后何如。""二十三科进士,五十八年秀才。海内此人有几? 故乡犹未归来。""六日笙歌杂遝,一天风雨迷离。急呼儿辈撒去,怕听民间怨咨。""望望南北互隔,迢迢道里几千。试问年年此日,何时复似辰年?"

戏 彩 堂 诗

《蓉塘诗话》云:"宋赵岈倅温州时,其父清献公致仕家居,岈以就养,作堂名戏彩。公题诗堂中云:'我憩堂中乐可知,优游逾月竟忘归。老莱不及吾儿少,且着朱衣胜彩衣。'"案此诗今载《清献集》,而温州郡、县志俱未录,未免失之疏矣。近年余亦就养郡斋,恭儿仿其意作戏彩亭,余追步清献韵作诗云:"浪迹清怀只自知,故山在望岂忘归。名流堪笑名心重,尚较朱衣与彩衣。"又按世人但知以一琴一鹤为清献故事,而不知其尚有一白龟一匹马也。《石林诗话》云:"赵清献以清德服一世,平生蓄雷氏琴一张,鹤与白龟各一,所向与之俱。始帅成都,蜀风素侈,公单车就道,以琴、鹤、龟自随。蜀人安其政,治声藉甚。再移蜀,公时老矣,过泗州渡淮前,已放鹤,至是复以龟投淮中,乃入见。帝问曰:'闻卿以匹马入蜀,所携独琴鹤,廉者固如是乎?'公顿首谢。故其诗有云:'马寻旧路知归去,龟放长淮不再来。'自纪其实也。"

和卓海帆相国诗

余与海帆别十四年矣,海帆来信甚勤,每信必有诗索和,老懒都无以应。近复缄寄新作菊花、梅花、秋海棠、水仙四种诗,皆用渔洋《秋柳》韵,与馆阁诸公酬唱者,洋洋洒洒九百言,心甚慕之。惟老境颓唐,吟肠枯涩,随大兵,当大役,实所不能,闲作小诗,以塞雅意,真《左氏传》所谓"御靡旌摩垒而还"也。《咏菊花》云:"相公意不重姚黄,但爱秋容晚节香。更有新诗寄桑苎,海山深处一篱霜。"《咏梅花》云:"铁骨冰心宋广平,中朝事业正和羹。怜余浪迹随方转,一角孤山梦不成。孤山看梅之约,历二冬皆不果。《咏秋海棠》云:"秋花原不比春花,况复幽芳别一家。有色无香浑不语,自应夕秀让朝华。"《咏水仙》云:"得水能仙耐岁寒,余九岁时咏水仙,有'得水能生即水仙'之句,父师皆奖誉之。梅花妙语沁脾肝。来诗有'又与梅兄伴一年'句,绝佳,想当压倒元白矣。小斋亦有彝斋迹,惜不同君并几看。来诗有'子固双钩'之语,因及之。"后接海帆复书,甚赏此诗,以为老手与众自异,则过誉也。

徐信轩观察诗

临川徐信轩观察敬官庄浪县丞时,适余藩牧兰州,延入署中钩稽公事。相聚不及半年,即别去,此后不相见者十二年。丙午夏,余薄游浙江,则君已作守嘉兴,迎晤余于烟雨楼舟次,一倾积愫,又复沟水东西。今年君量移杭州首席,则余已就养东瓯,示复凭尺书往复而已。前月余已《长孙入泮》小诗奉报,承君和诗并叠韵,叙在甘藩廨中聚会之乐,情溢乎词。余因复叠韵寄答,十四年踪迹,此会为不虚矣。太守诗云:"遥望东瓯翠嶂连,即今治谱得真传。朱颜上应昌期瑞,青眼曾邀昔日怜。雅抱随时多著述,清怀到处足林泉。爨材飘泊同流水,愧负知音十四年。"余叠韵答之云:"前诗恰与后诗连,无限深情一纸传。正喜要津腾达易，莫须浪迹老衰怜。离肠客梦缠孤屿，照眼山光忆五泉。_{甘藩署斋正对五泉山，余与君日从事其中。}襟上杭州酒痕在，开樽仁我拜新年。"

长 孙 入 泮 诗

重阳日接福州家书，知长孙侨年得入郡庠，诗以志喜云："开函忽喜笑声连，世业书香又一传。衰老情怀聊自慰，秀才风味最堪怜。况欣犹子同初地，_{时同堂侄祐辰亦同案入县庠。}只惜亡人早及泉。_{清河夫人犹及见此孙。}好语诸孙应学我，回头五十七余年。"忆余于乾隆辛亥年入学，再逾二年，便当重游泮宫矣。因戏及之。案此诗同时和者颇多，而皆以怜字为难韵。惟杨子萱邑侯_炳句云："阿买曾经韩愈赏，客儿应得谢玄怜。"用事新颖。而兰笙十弟句云："孙枝擢秀遥相庆，子舍分荣亦自怜。"盖同案之祐辰，即兰笙长子也。自然工切，皆不为韵脚所缚者。

得 曾 孙 志 喜 诗

己酉元夕，接福州家书，知侨年孙新得一男，叠前泮喜韵纪之云："一堂四代喜相连，千里书来吉语传。不觉眉梨开口笑，遥知头角动人怜。藻芹香里春如海，灯月光中酒似泉。珍重吾家开盛事，_{吾家前此未有四代同堂者，先大父八十二岁归道山时，长孙尚未授室也。}曾门从此乐年年。_{古人称曾祖为'曾门'，见《唐书·孝友传》。}"

贺 林 少 穆 督 部 诗

滇南永昌汉、回不靖，酿成巨案，前人办理，皆不协机宜。自少穆总制滇、黔，剿抚兼施，肤功迅奏，遂膺懋赏，加衔宫保，赏戴花翎。尝与赵蓉舫学使谈及之，为足继鄂西林相国之勋名。蓉舫即滇人，极感颂之，有诗云："谁谓苗顽甘白刃，须知蛮触亦苍生。长卿谕意惟驰檄，诸葛攻心讵耀兵。"皆纪实语，少穆可当之而无愧矣。余僻居东瓯,久之始得阅邸抄,亦寄贺以诗云:"致身贵乘时,立功不择地。官人仰明哲,终获长城利。桓桓宫保公,耿耿壮夫志。东南不得朋,西北且历试。帝曰往汝谐,滇黔作总制。此邦近抢攘,飌和良匪易。惟公媲韩、范,仁者勇兼智。调度固有方,事会巧相值。先几震远迩,胜算自指臂。肤功刻日奏,上赏遂身被。指挥靖风尘,谈笑息羹沸。颂声浃蛮陬,允合止戈义。书生偏知兵,吾侪尽吐气。须知古名臣,即在人间世。前闻某大臣称:林某奏疏虽工,而全不知兵,何能办贼?又有某制府称:我不知书,不知古来所称名臣者何若。今与林某共事,窃谓古之所谓名臣,不过如此。其言皆上达天听,所谓'彼亦一是非,此亦一是非'。也。""比年感吾乡,仕宦颇不振。岂皆君子人,易退而难进。仗君树伟绩,深结九重信。文通复武达,一酒边远齐。万里传好音,群伦悉奋迅。海邦非无贤,零落不堪问。雪山有故帅,极思骥足骋。城中廖、杨、叶,拱手齐孟晋。年华都未衰,各各殷报称。牵连倘弹冠,荣怀有余庆。愧我百无补,浪迹忘老病。迟迟见朝录,豁眼读新命。吾友方腾骧,吾乡伫干运。喜极翻恶然,何时合爪印"。"青宫系国本,古重保傅尊。吾郡二百年,此阶尚乏人。福州乡宦,本朝从无加宫衔者,公骤得太子太保衔,更近来所罕遇也。我公蕴名德,异数超等伦。顾名倘思义,凡情岂所论。愿君即内征,清切依紫宸。二天极谕教,六太资频频。指顾拨席晋,兼倚枢地亲。居高泽愈远,综理化如神。胜于秉节钺,方隅限边垠。否则作使相,三江民望殷。河海漕盐计,一一需陶甄。惟公筹之熟,万汇皆生春。故人方伏处,逖听俱眉轩。扁舟或近便,阔怀伫一伸"。

五 郡 守 诗

道光戊申初冬,浙江大府以各属县催征不力,将绍兴、湖州、温州、台州、金华、严州五太守并奏请摘去顶戴。时恭儿以权温州事,亦与焉,余勉之以诗云:"空中严檄忽飞过,可奈延年《五咏》何。初宦自应居下考,好官要岂在催科。不妨子舍豪情减,但惜吾乡笨伯多。谓台州张松泉太守,此举吾闽人居其二。且祝和甘普丰瑞,大家齐唱萨婆诃。"附录《摘顶记》云:"道光戊申,恭儿权守温州,余就养郡斋者一年矣。是年十一月初旬,忽接省檄,大府以各属县催征新粮不力,将督催之五郡守奏请摘去顶戴,恭儿亦在其中。查温州所属初起钱粮,实俱已批解在途,而尚未到省,故省檄汇入全未破白单内。浙属十一府,以温州为最远,距省千里而遥,水陆屡换,视他属程途尤为艰折,迟到自非无因。而催科政拙,咎无可辞,此大府裁成愧厉之盛心,应善体之。且所属之玩视,正可借此助其激催之势,亦未始于事无裨。不日奉到谕旨批回,即当钦遵办理。金曰外省故事,凡奉文摘顶者,在外郡县率多有名无实,惟进省谒见大府,则须实行摘去,回署时仍可照常戴用。余笑曰:'摘顶系遵旨之事,既奉旨而不遵行,必俟谒见大府时始暂为之,是视朝廷不如大府也。此岂居官者所宜出此乎?'摘顶而不实摘,外省陋习似此者甚多,余皆曾目击之,然在末秩微员,已属非是,二千石为面承训谕之官,有表率僚属之责,则断不可如此。惟近日知好之通候于余者,率谓此风流罪过,无足介怀,则犹是世俗之情,以余老迈之年不欲见此不如意之事耳。而余则谓即此一事,其可喜处转有数端。少年初宦得缺后,每虑其志高意满,借此小惩大诫,未必不有益于身心,一也。属员疲玩之积习,忽目击本管上官之代人受过,苟有心人,未必漠然全无所动于中,二也。时当献岁新韶,难免有酒食往复之事,今既摘顶,自未便以华筵饷客,更未便赴人盛招,转可谢却应酬,专心案牍,三也。顶带既摘,虽蟒衣貂褂仍可服用,而断难戴无顶之朝冠,则凡遇坛庙大典,都不应厕身其间,暂免星夜奔走之劳,转遂粗官偷闲之计,四也。余官中外数十年,从无一稍干吏议之事,回首未免惶然,今儿辈初入仕途,即为余偿此愧负,自觉心安理得,本不足累我天怀。而爱我者乃鳃鳃以为慰谕,转浅之乎视我矣。惟此案凡五人,而吾闽即有二人,<small>台州张太守。</small>余新有诗纪之云:'不妨子舍豪情减,但惜吾乡笨伯多。'出句以勉恭儿,对句且叹闽人拙官之多,因记其事,并为当官者正告云。"

披 山 洋 盗

温州海洋辽阔,为盗匪出没之区,近日此风尤炽,而舟师所获,不过零星小伙,故无所忌惮,积日滋多。戊申腊月十七日,新获任叶玉田镇戎_{万青},巡海至披山外洋,遇洋盗大船五只,率所属战船悉力攻击,生擒巨盗林蒂等五十余名,又登时击毙及轰沉落水数十名,救释被胁难民数十名,并收获炮械无数。余因过镇署,亲见堂上器械林立,有大炮六位,并重至数百斤,皆从盗船中运来者也。而逖听纵谈者,犹或疑其有所粉饰,吁可叹矣!时恭儿方权温守,本有丁勇随同舟师协捕者,是会适遇粤省商船,即邀其协同攻击,亦生获蔡阿直等十三人。佥曰此温州文武数十年来所仅见之事也,不可以无记。因成二律,约同人共歌咏之云:"横海楼船壮鼓鼙,坎门岁暮羽书驰。力驱敢避掀腾险,逖听犹烦粉饰疑。助顺欻来舟共济,_{适值粤东大伙估船,邀其助击。}倒悬亲解命如丝。_{谓喊救难民数十人。}欣看巨炮充庭满,尽是孙卢队里遗。""频年捕获笑零星,此举真堪播大庭。争望飞章达丹宸,普教重赏被沧溟。先声自慑蛟宫胆,众志能消蜃穴腥。近说渔山渊薮阔,_{渔山为近日群盗萃集之所,在宁波、台州交界海中。}从兹捧海定浇萤"。案是役获盗颇多,为近今所稀有,故闽中大府颇以为疑。余因致书详哉言之,亦冀后来者有所劝云尔。

戏 彩 亭 诗 事

戏彩亭仿戏彩堂而作,不过为岁时觞咏之所。自赵蓉舫学使张之以诗,而赓唱始盛。阮仪征师相复宠之以序,而题赠愈多。余因思辑为《戏彩亭诗事》,以存其概,而远近投寄者一时尚未能齐来,付梓尚需时日。因先录赵学使诗并仪征师相序,先与众共读之,以备缘起云:"揽胜题诗遍浙东,安舆到处兴何穷。宦游最好永嘉郡,颐养直过清献公。藤杖吟云身自健,荔乡隔岭路原通。从来仙福能兼少,况有高文万古风。"跋云:"前辈茝林中丞,就养令嗣敬叔太守权瓯篆署中,人谓与北宋赵清献公就养瓯倅事相类。窃以公封圻硕望,退归后流览山川,著述益富。今官舍近接珂乡,且彩服承欢,同探雁荡、龙湫之胜,君身自有仙骨,绕膝况皆诗人。揆之赵清献之戏彩堂,恐未必如此美备也。因次苏颍滨韵，录呈大教，聊以志倾慕之忱云尔。"余即日依韵和答云："两度趋承越海东，客怀离绪共何穷。最难胜地逢宗匠，无补清时是寓公。胜赏诗连春草后，公两度临瓯，皆在深春之月。健探路未石门通。连日议寻石门旧址，以未得路径，不果往。游山更鼓登临兴，直驾龙湫最上风。公前游雁荡，以阴雨未登大龙湫，愿此游补之。"学使临发之前一日，余召菊部饮饯于戏彩亭，学使复叠前韵相赠云："堂名戏彩纪瓯东，盛会重开兴不穷。贤守承欢过赵倅，高斋投句愧苏公。东坡有《赠赵阅道高斋》诗，并继子由赠戏彩堂句。游山未许云偕访，公去春游雁荡，余以案临台郡先行，未克同往。观瀑今看径可通。去春将至大龙湫，以雨水，自崖而返，今拟补游也。两度招邀聆麈论，且欣弦管坐春风。"跋云："茝林前辈就养东瓯，与赵清献公事相类，而福且过之。因次颍滨韵奉赠，猥承赐和，兼蒙招集戏彩亭。仰仙福之能兼，感情文之交至，用叠前韵赋谢，以志盛会幸逢云尔。"案此诗亦书扇以赠，并蒙集褉帖字留题一联云："山水林亭，自得清趣；管弦觞咏，以娱大年。"次日，余复次韵奉答云："转眼鸿飞西复来，匆匆握晤意何穷。戏场欣看老莱子，是日菊部正演老莱子故事。诗事须追康乐公。学使属同人齐和此诗。将相连茵九斗肃，是日叶容斋总戎亦在座。温郡山形如九斗，因名。云烟落纸百蛮通。学使濒发，尚手挥楹联百十幅分赠宾僚不倦。一亭从此增声价，留与辀轩采越风。"越月，承仪征师相寄序云："宋元丰间，三衢赵岍倅温州，迎其父清献公侍养倅署，构戏彩堂，一时艳称其事，东坡、颍滨二先生并有诗。后七百余年，而福州梁敬叔太守权温篆，其尊甫茝林中丞亦就养郡斋。太守援清献故事，构戏彩亭署中，以为岁时觞咏之所，中丞顾而乐之。道光间，昆明赵蓉舫学使按试东瓯，学使与中丞旧相善，遂以诗相酬答。一时歌咏之欢，宾朋之盛，浙东人士播为美谈。中丞因摭成《戏彩亭诗事》一本寄余，属以数语张之。窃谓中丞之抚吴也，恩惠浃于吾乡，至今熟在人口。其抚粤西五年，控制得宜，桴鼓无警，余曾手制楹联赠之云：'江乡仁惠传荒政，岭表恩威播外夷。'综前后宦绩，其与忠献之帅蜀，将毋同？今敬叔虽初登仕途，才望已不在赵岍下，古今人何尝不相及哉！信乎蓉舫学使之言，恐当日清献之戏彩堂，不能如斯之美备也。余老衰，久不作诗，而乐述其事，因即列其缘起，以复中丞，为当代之服官者劝，且为后之续东瓯志乘者有所考焉。道光己酉春日，扬州八十六老人学愚弟阮元书。"

石　门

永嘉、青田两县并有石门，皆谢客展齿所经。惟永嘉石门最高顶一诗甚著，青田之石门相传为谢客所创辟，而却无诗，或取最高顶一诗镌之石门岩壁者，误也。青田石门之胜在瀑，而最高顶之诗言不及瀑，其为永嘉之作显然。然自谢客后，历千百年，游事绝少，不知何故。余至东瓯年余，亦鲜有谈及此者。己酉暮春，昆明赵蓉舫学使按临过此，因翻志乘得之，始属地方官访其途径。知由瓯江一潮可达山口，有两大石如削开，因名石门。稍进数里，为千石村，村后有古寺，寺后十里始为最高顶。学使以骢征不果往，余心怦然，因于四月十八日，挈恭儿偕张镜蓉邑侯、廖菊屏守备、叶心湖广文、冯芝岩画师，挐舟乘早潮往，竟日而返。作此纪之，云："游山如读书，当进不可止。而况最高顶，昔贤所题拟。谢公登石门，开山或兹始。故蹊与新术，并入云梯峛。中间百千年，寥寥几展齿。寺老山复荒，无人复料理。星轺天上来，健探姑舍是。赵蓉舫学使至，始议游事，迄未果行。吾徒更好游，耳食即仰企。欣联侪侣惬，矧值风日美。短篷压潮雄，轻榔穿云驶。一条瀑离披，千石村迤逦。禅关静无尘，野衲颇知礼。胜朝有老佛，宝墨剩瑰玮。前明惠帝曾栖遁于此，有大书'精严戒律'四大字，上嵌'大明帝胄'一印。不知何人注其下，云'大明帝孙雪经道人书'九字。大地忽逼仄，吊古漫嗟晞。饱餐恰亭午，陟巅尚十里。徒御多畏难，老怀且振靡。笋将屏不前，筇枝镇自倚。连岩猛穷攀，仄径惕旁睨。居然造其极，岂真中有恃。本坡公诗话。遥晞江达海，近睇天连水。九斗拱在下，三州历可指。乃嫌旧诗孱，未尽名迹伟。闲情助吟料，借地杂樽簋。糟香透天关，拇战吓山鬼。罡风催客下，斜阳去人咫。返棹疾如飞，吟笔渴欲泚。当年笑客儿，惜无同怀子。六人惠然集，千载能有几？欲傲松雪翁，谓蓉舫学使。且莫青田比。青田亦有石门，是谢公所辟，而却无诗。他时仁采风，曷可以无纪！"

仙　岩

　　瑞安县之西北四十五里为仙岩,与永嘉接壤,道书称为二十六福地,相传是黄帝修炼之所。宋陈傅良尝读书其中,其名始著。有梅雨潭飞瀑及雷响潭最胜,山口桥亭有朱子题"溪山第一"扁,字尚存。余于嘉庆间薄游东瓯,有客约定游期,为雨所阻不果,忽忽至今四十五年矣。道光丁未冬,重至温郡,即谋游事,又迁延年余,始挈恭儿偕张镜蓉、廖菊屏、叶小湖、冯芝岩质明出城,挐舟前往。穷日之力,始回郡城,于舟中默成五十六字纪之,并索同人和作云:"回头四十五年光,夙愿谁知老竟偿。古帝丹炉云尚护,名贤书舍草犹香。千层潭底晴雷殷,百尺岩头夏瀑凉。漫与道家夸福地,溪山第一信难忘。"

蔷 薇 花 诗

　　三月初八日,廖菊屏守备招同人至官廨看蔷薇花,畅饮而归,口占二截谢之云:"惊心花事渐阑珊,少府夫人锦被团。白香山诗:'少府无妻春寂寞,花开将尔当夫人。'微雨轻阴好珍护,待余垂老雾中看。""闲身却为看花忙,破例开门赴饮乡。畅作海城蓝尾宴,红须绿刺总无伤。储光羲诗有'高处红须'、'低边绿刺'之语,陆鲁望诗有'芳菲虽照日,苦刺欲伤人'之语,因戏用之。"是日郡署适届试文童,余特破例开门而出,亦寻芳者一新样也。

说铃冥报录二则

　　杭州贡生沈自玉,名鼎新,寓淳祐桥相国寺。壬辰夏五月,因病后答拜一友,登吴山过劳,踉跄归卧,即时若气绝者。自玉尔时觉身轻举,如在半空,魂随上下,历境冥渺,四顾茫茫。行百里而遥至一大野,更转道左,见红墙粉界,碧瓦朱门。有一童子前导,再进百步,则殿宇巍崇,延袤数十里。重门洞开,两廊庑俱署十三省,各省各有府,府各有县。其往来奔走者,皆青衣绛袍,手各执簿,杂遝排拥,几不能

前。每到一门,则有数十力士执戈扬盾,拦阻狰狞。细诘之童子,曰:
"此武林善士沈鼎新也。"遂从交戟下俯躬而入。第一门榜曰:"乾坤
一照",见金碧辉煌,异香从空中来。又进一门,其联曰:"轮回生死
地,人鬼去来关。"入内阴森闪赫,不敢仰视。逶巡间,见左首有杭州
府门署,复道逶迤。到大室,见伊旧友王昭平先生,宛如平生。叙寒
温毕,自玉曰:"余今病势至此,恐无生理矣!"王笑曰:"否,否。近奉
玉帝之命,每年五月、十二月内,两次对簿,考核天下善恶诸人。今阎
君查君善行,正要加禄添年,与海内百余人同时旌异。禄寿正长,何
必过虑?"自玉曰:"得免罪足矣,安望其他?"少间,闻鸣鞭震耳,众肃
然曰:"此阎君将升殿时也。"各署中官役悉趋而出,自玉随之出。见
诸阎君垂帘高坐,执牍诸人各趋殿下,高声念云"某省某府某某于某
月某日某处行善事几件;某某于某月某日某处行恶事几件",对簿销
差,阎君即加改抹。约有数时而退。次日考核详明,亦复如是。阶下
油铛火柱,剑树刀山,每置人于中,糜烂殆尽,忽现原身,又受一刑,凄
惨悲号,不忍闻见。又有旗帜鼓吹,迎送不绝。赏罚甚严,历历可畏。
时见陈侍御元倩及家大行鲲庭诸君聚坐一堂,自玉过而见之曰:"诸
台翁如此风节,世所罕俦。"诸翁曰:"如翁慈仁端介,获重阎君,亦世
人所少有也。"时王昭平先生从内出,曰:"弟辈彼时幸尔矢志,少得无
恙,今俱作殿前之副矣。君弃名谢世,亦可谓无忝所生。"皆冠带袍
服,威仪甚都。其时自玉长君逢垣,亦在彼作记室。逢垣言"没时,原
有上帝命集八人,少一人,召我补数"之语。自玉又闻每日考核两省,
须男子查尽,始查女人,今二十五日,则浙江省矣。自玉小冠带袍服,
逐队而前。无何唱自玉名,自玉从众中趋出,见王、陈两先生及家鲲
庭皆旁坐,第六殿阎君向昭平先生辈曰:"此非善士沈鼎新乎?"众曰:
"然。"阎君下行宾礼,坐,赐茶,皆红磁钵,味香烈。阎君曰:"查君一
生孝友贞洁,不淫一男,不破一女,不交一妓,事不亏心,钱不妄取,屡
行阴骘,不求人知。所以君之文与字俱有福于人间。"自玉曰:"鼎新
日恐过戾多端,方自砥悔,有何德能?"阎君笑曰:"正在此议加君寿,
永为众式。"自玉益惶悚不敢当。阎君因以簿示自玉,皆自玉自少至
老行事,无不登记,有一二方便事未向人道,自玉亦忘之久矣,极蒙阎

君赞赏。阎君因曰："君亦知人有一生作恶，反得功名者乎？正以名位不高，则杀身不烈。又有一生作善，反得贫贱者乎？正以功名不牵，则身名自泰。此正赏罚转移的微权，如君勤学一生，区区乡榜屡得屡失，止以明经终者，正泰君之身名耳。总之富贵电光，功名泡影，真中有假，色处皆空，痴人不悟，殊可痛惜！但今赏不胜罚，善不胜恶，奈何？"自玉曰："方今杀运不止，皆因人心不回。人心不回，皆由淫奢无度。想上帝亦无如之何耳。"阎君曰："诚然诚然。君回阳，可向诸人委曲开导，要学做好人，总不出'诸恶莫作，众善奉行'八字。须要念头上做起，善恶果报，昭然不爽，此间丝毫不漏。世人百般装饰，都无用处。君为生人痛加鞭策，勿谓鬼神之可欺也。"自玉曰："敢不承命。"遂辞出。昭平诸先生送自玉就道，时众人闻自玉从榻上连启口曰："我欲到相国寺去。"顷刻已苏，此盖五月十九日至二十五日事也。自玉随拈一偈曰："去时如彼净，来时如此明。何生亦何灭，撒手可间行。"渐即霍然而起。今自玉年七十余，犹行步如飞，精神若少壮云。

又云杭州凌聚吉，名萃征，住新宫桥南首，于崇祯丁丑生一女。癸巳年女十七岁，忽遭奇疾，状若中风，目瞪头旋，食顷始苏，言见一黑面。平复两三月，忽又一发。遍访名医，服药无效。至今乙未四月间，年一十九岁，每发愈重。聚吉俟其发时，谛加审视，觉口中诤诤作声。聚吉与之语，辄忽应答往复，方知为鬼所凭。乃专求治鬼，凡僧、道、巫、觋禳襀醮荐之法，无不毕试，辟邪、镇鬼之药，无不毕投。鬼作语曰："我系前世冤家，向冥禀白而来者也。"至问其冤业所起及何处乡贯，辄答云："久当自知。"迨至五月二十五日，凌女见前黑面之鬼，复押一白面者同来，且言："明日当摄汝魂，六月十三日阴司悬牌赴审。"至明日午后，女方坐稠人中，大呼："二鬼至，已将我魂缚去矣！"遂复晕倒。自此以后，辄见二鬼押持操纵，不可复食睡。每合眼，则二鬼与争辩，聚吉辈与言，鬼便借女口应答，于是方知其为索冤。黑面者言："我扬州人，名倪瑞龙，白面者名袁长儒，与我同里，俱系富室，两相诘讼。"言凌女系扬州察院，姓刘，"彼收我银若干，复毙我命于狱，我被毒药所害，故面黑，含冤至今已六十载，今来索命，无复他求。"问其致讼之由,则云瑞龙有地五十余亩,售与长儒,未经了绝。而长儒得地,即虑反复,便投一大家,云已转卖。瑞龙计穷,无可加贴,由此仇恨,互相讦告。今长儒已绝无嗣,而倪有子尚存,名宗某,其言凿凿可据也。言已,复带凌女游地府,凡人世所云刀山寒冰、剑树铁床、磋磨臼碓、水浸石压等狱,又如鬼门关、望乡台、孟婆庄、破钱山等处,无不遍历。且言奈何桥仅阔八寸,凡入磨坊者,碎磨骨肉,片片作声,悉呼痛楚,即分形变畜如虫蚁之类,苦不可言。大概始则大地如泼墨之黑,久之中又历历可见。又或游善人长者之处,则略有微明,灯烛辉煌,冠裳楚楚。又至一所,则竟如光天开朗,池中或开红白莲花,香气袭人,堂户皆金碧,云是最善者之处也。又殿侧大厅院一所,即阎君宾馆,中有乡绅二百余人,冠带峨峨。女至其中,或有相拱揖者,言面甚善,云是昔同年同寅辈,一时忘其姓字。又有当生人道未得空缺者,此类最多,总聚处亦无善恶诸相。又三党亲戚中,或有见者,或不见者,或有与言者,或不与言者。又见母氏高年白发,倪瑞龙诋之云:"此一个老婆子!"凌女又怒云:"汝部民应称太夫人,鬼子敢尔耶!"聚吉闻之,总疑怪诞难信,然又念报冤之说,世亦尝有,计惟诉之本府城隍,求其别白是非。于是以六月初一日,虔往投词,大意谓果系真冤,杀人者死,负人者偿,夫复何辞。假令妖狐野魅,故托妄言,扰害无辜,则神听聪明,立赐处决。兼令凌女拜祷观音大士,日诵三千声,求其解冤释结。直至初八日下午,女果见二公差至,云城隍出牌。初九日下午又来,言明日五鼓候审。而袁长儒者,如有恐栗之状。至初十日五鼓,差人果押二鬼至,同凌女魂赴城隍审理。候开门升堂,三人进跪堂下,瑞龙先言:"伊在扬州作宦,既受我赃,复害我命。"凌女因言:"据说我受汝赃,但我既为官,岂能躬自诣狱来害汝命? 是谁持药,药是何物? 须还明白。"瑞龙语塞。城隍因言:"汝辩有理,人命何与汝事。但不应贪污受赇。汝既为官,私取民财,难免罪过。"因指瑞龙言:"汝作鬼六十年,真害汝命者不知,却去告伊。念汝丧命,姑责五板。"因指袁长儒令说,长儒已自股栗,诿言不知。城隍怒,令夹,见吏卒上夹,鬼便自招云:尚有下毒家人。放夹,责三十大板。审讫,城隍分付:"我衙门不定罪,十三日仍听殿里审去。"如是

遂出。自始至苏，约半时顷，此则六月初十日五鼓审勘事也。城隍纱
貂锦袍，灯烛香案，殿上诸吏，俱带外郎帽办事，阶下俱是隶卒拱立，
堂陛宽厂，殊非人间庙宇也。至凌女每对簿，则仍方巾葛衣朱履，有
所禀诉，即与倪、袁二犯同跽，禀毕即站立左旁，其体与齐民迥别。又
审后瑞龙来凌家，虽若愤懑，然强梁稍沮，即其同长儒索酒食纸钱，辞
亦稍衰矣。至十二日晚，二鬼又至，言明日巳时三殿阎王挂审，遂守
定不去。至次早，聚吉用好语劝解，且许其审毕送女复还，仍予银钱，
兼设酒食。鬼诺之。迨至辰刻，见冥司二差至，凌女向卧床第，至此
忽自起立，索换衣衫，与家人作别，甚惨。言已就瞑。聚吉按视脉息，
但迟极，不竟断绝，手足冷而心头微暖。又少顷，闻言"此路晒甚热"，
盖其苏时，正赤日将中也。俄又言："汝等定要吃饭去。"言毕欠伸而
苏。因言方去见者，是三殿阎王，侧立司善恶二判官，阶下俱小鬼狱
卒，狰狞可怖，牛头马面守门。始闻唱名黑面者名倪瑞龙，次唱女名
刘某，按聚吉自注其名，不便显列，又云号玉台。又次唱袁长儒，则白面者。阎王
廷讯，二判持簿查阅。瑞龙与女争辩，亦如对城隍时语。一判大声指
凌女言曰："人命不干汝事，但汝得银不少，不放汝回。"凌女惶恐乞
生，言我虽有罪，但今世父母生我一十九岁，未曾孝养，愿且放回。阎
王因言："汝尚孝，我放汝回去，但此去做好人，寿命可延。如或不改，
仍来受罪。"倪瑞龙令其投托苦人家，以在生作恶，仍责以戒训。其袁
长儒不责，令收监受罪十年。仍令二鬼送还，凌女遂从床起，急令烧
送纸钱羹饭，以赠其去。又从前焰口数坛超度二鬼，无甚应响，惟集
庆隐崖禅师年已七十有九，戒律精严，至是将施食，时凌女未嫁之夫
有江聿修者，雅不信鬼，颇怀腹诽。女即于房中云："汝家何故令外姓
人骂我？"问之果然。又云："今日施食极诚，法师极有道力，故寒林亲
身自来。但我辈既尔长往，刘公必须一送。"女因靓妆冒雨出中堂，坐
视焰口，若无病者。而江君亲见寒林黑面吐火形见，惊怖虔拜。自是
之后，二鬼绝迹，凌女沈疴如失去。凌女嫁后孕凡二次，以丁酉十二月夭亡。按
聚吉自序云："凡纪籍所载前生宿世因缘果报之说，闻之熟矣，以是为
释氏之苦心警世之权语，儒者所不道也。岂知今日近出己身，耳闻目
见，曾非影响，姓名俱有对证，虽欲不信，不可得也。故不敢隐，谨述

其事如左。"又云:"予女自乙未五月二十五日至六月十三日,计十八日,粒米不进,目睫不交,当其去也,则僵卧竟如死人。及其苏醒,安居如常,始终曾无一语模糊其间。幽冥警策之语甚多,笔不尽载,要不敢增饰一字,以堕妄语之戒也。因思世人,或有恃其势位、负其才力者,少得尺寸,广作不良,伤心刺骨,无所不至。岂知现世所不报者,即再世之后、重泉之下,尚有含冤隐毒,愿得而甘心焉者,昭其姓名,揭其行事,不能掩覆也。因将前后始末备载之,或亦冥冥之中,唤群蒙而肃官箴之意云。"

浪迹三谈卷五

酒　　品

随园老人性不近酒,而自称能深知酒味。其称绍兴酒如清官循吏,不参一毫造作,而其味方真,又如名士耆英长留人间,阅尽世故,而其质愈厚。故绍兴酒不过五年者不可饮,搀水者亦不能过五年。此真深知绍兴酒之言矣。是则品天下酒者,自宜以绍兴为第一。而《食单》所列酒名,则首为金坛于酒,次以德州卢酒,仍不免标榜达官之故态;又次以四川郫筒酒,则又未免依附古人之陋习。据称郫筒酒清冽彻底,饮之如梨汁蔗浆,不知其为酒。然则竟饮梨汁蔗浆可矣,又奚烦饮酒乎?大凡酒以水为质,而必借他物以出之,又必变他物之本味以成为酒之精英。即如酿米为酒,而但求饮之者如饭汁粥汤,不知其为酒,可乎?西北口外马乳、蒲桃,置于暖处,每日用箸纵横搅之,数日味如酸浆,力可敌酒,名曰"七格"。然则随园所饮之郫筒酒,得无即此物乎?

惠　　泉　　酒

随园称惠泉酒用天下第二泉所作,自是佳品,而被市井人苟且为之,遂至浇淳散朴,殊为可惜。据云有佳者,恰未饮过。余记得三十许岁时,曾从徐望钦同年家饮所藏陈年惠泉酒,绝美。初不知何酒,据云其叔父十年前从无锡带回者,盖酒底本佳,历年复久,宜其超凡入圣矣。此后官大江南北者十余年,往来九龙山下者廿余次,不能一再遇之。然究竟领略一次,足以傲随园矣。

兰　陵　酒

唐诗称"兰陵美酒郁金香，玉碗盛来琥珀光"，今常州实无此酒。随园老人自夸饮过兰陵美酒，或偶遇之，而必属之相国刘文定公家，则又是标榜达官故态矣。余谓必求琥珀光者，惟浦城之红酒足以当之。似此色香味俱佳，再得藏至五年以外者，当妙绝天下矣。语详《浪迹续谈》第四卷。此则随园老人所不及知也。

千　日　酒

左太冲《魏都赋》云："醇酎中山，流湎千日。"《博物志》亦载刘玄石千日酒事，皆沿误也。《周礼》"酒正"注云："清酒，今中山冬酿，接夏而成。"疏云："昔酒为久，冬酿接春，清酒久于昔酒。"是酒名千日者，极言其酿日之久，后人乃附会为一醉千日之说耳。酒贵久酿，亦贵重酿。忆余在兰州时，为齐礼堂提军招饮，席半别出一酒尝之，色如清水，味微甘香，余不知其名。礼堂曰："此蒙古人所酿蒲桃酒也，其名为'阿尔气'。"余微嫌其薄，礼堂曰："此其初酿也。若略加酸乳，入锅重蒸之，名'阿尔占'，则味较浓。三酿者为'和尔占'，四酿者为'德普舒尔'，五酿者为'沾普舒尔'，六酿者为'薰舒尔'。多一酿，则色加浓而味益厚，香益洌，以足下之量，饮至一钟，无不沾醉矣。"盖田园中所出之物，无不可以酿酒，而蒲桃之性尤与酒相宜。余在兰州所食之蒲桃，至长不过二寸余，尝闻口外人说：吐鲁番之蒲桃，长至三四寸，可以切为四瓣。则以此酿酒，其性有不酿厚者哉！

烧　酒

凡酒皆愈陈愈贵，烧酒亦然。随园言烧酒乃人中之光棍，县中之酷吏，打碣台非光棍不可，除盗贼非酷吏不可，驱风寒、消积滞非烧酒不可。烧酒若藏至十年，则酒色变绿，上口转甜，亦犹光棍变为良民，便无火气，殊可交也，但不可使泄气耳。

挽　水　酒

酒之挽水，可以法分之，惟挽过多，如六分酒四分水，便无法可施。若七分酒三分水，只须于严冬日将酒坛用薄纸封好，夜中露天庋之，次早将坛打开，其上必结薄冰一层。将冰去尽，则所存者皆酒矣。余官京师时，每夜辄用大碗将此法施之，则次日所饮无非醇酒也。

绍　兴　酒

绍兴酒之梗概，已于《续谈》中详之。昨魏默深州牧询余绍兴酒始于何时，余无以应，惟记得梁元帝《金楼子》云："银瓶贮山阴甜酒，时复进之。"则知六代以前此酒已盛行矣。彼时即名为甜酒，其醇美可知。若今时所造，则或过而辣，或不及而淡，断不能以甜酒二字概之。闻彼处初制时，即有路酒、家酒之分，路酒者可以行远者也，家酒则只供家常之用，而美恶分焉矣。

女　儿　酒

相传绍兴富家养女，甫弥月，必开酿好酒数坛，直至此女出门，即以此酒陪嫁，余已载其说于《浪迹续谈》中。近闻杭人言是男家所酿，直至娶妇时以此酒为纳币之需，故谓之女儿酒，则其说微有不同。嗣阅《格致镜原》所引《投荒杂录》云："南人有女数岁，即大酿酒，既漉，候冬陂池水竭时，寘酒罂，密固其上，瘗于陂中，至春涨水满不复发矣。候女将嫁，因决陂水，取供贺客，谓之女酒。味绝美，居常不可致也。"似即世所传女儿酒矣。惟绍兴旧志载有豆酒、薏苡酒、地黄酒、鲫鱼酒诸名，而豆酒之名最著。其法以绿豆为曲，统名之曰老酒。又有名萧酿者，萧山县金井为徐氏园，邑人酿酒多汲此水，是以萧酿与越酿并重。《名酒记》云："越州蓬莱酒,盖即今之绍兴酒。"今人鲜有能举其名者矣。

火 腿

今人馈送食物单中,有火腿者,率开"兰薰"几肘。初笑其造作不典,而不知其名乃自古有之。赵学敏《本草纲目拾遗》云:"兰薰,俗名火腿,出金华,六属皆有,出东阳、浦江者更佳。有冬腿、春腿之分,前腿、后腿之别。冬腿可久留不坏,春腿交夏即变味,久则蛆腐。"盖金华人多以木甑捞米作饭,其饭汤酝厚,专以饲猪,兼饲豆渣糠屑,或煮粥以食之。夏则兼饲瓜皮菜叶,故肉细而体香。凡茅船渔户所养尤佳,名"船腿",较小于他腿,味更香美,煮食之其香满室。《东阳县志》云:"薰蹄,俗名火腿,其实烟薰,非火也。所醃之盐必台盐,所薰之烟必松烟。又一种名'风蹄',不用盐渍,名曰淡腿,浦江为盛。"陈达夫《药鉴》云:"浦江淡腿,小于盐腿,味颇淡,可以点茶,名茶腿。陈者止血痢、开胃如神。"或传数十条火腿中,必有一条狗腿。盖初醃腿时,非杂以狗腿则不成,故货腿人亦甚珍惜之,不肯与人。偶有得者,则其味尤美。此说不知何所据。余素不吃狗肉,即得之亦不知其味也。按志乘中所载火腿颇详,而此物之缘起则从未有考证,即古今人亦绝无吟咏及之者。惟记亡友吴巢松侍讲诗集中,有《咏花猪肉》五古,甚博雅,惜手边无此书也。

海参鱼翅

《随园食单》言海参、鱼翅皆难烂,大凡明日请客,须先一日煨之,方能融洽柔腻。若海参触鼻,鱼翅跳盘,便成笑语,可谓言之透切。忆官山左时,有幕客赴席回,余戏问肴馔如何。客笑曰:"海参图脱拒捕,鱼翅札伤事主。"合座为之轩渠不已。惟随园谓鱼翅须用鸡汤搀和萝卜丝飘浮碗面,使食者不能辨其为萝卜丝、为鱼翅,此似是欺人语,不必从也。随园又谓某家制鱼翅,不用下刺,单用上半厚根,则亦是前数十年前旧话。近日淮扬富家觞客，无不用根者，谓之肉翅。扬州人最擅长此品，真有沉浸酖郁之概，可谓天下无双，似当日随园无此口福也。

鹿　　尾

《随园食单》谓尹文端公品味，以鹿尾为第一，此固不待尹公而始知之也。特南方人未尝此味者，直不知耳。余入直枢禁，每冬间，辄得饱啖，自关口福。外宦后由清江浦及山左、吴门，亦皆得朵颐，时清河夫人皆随任，并亲手奏刀而薄切之，不烦厨子也。迨擢抚岭西，虽去京师愈远，而本署折弁往来，携带尤易，并可与幕客共尝之。余尝有句云："寒夜何人还细切，春明此味最难忘。"桂林人传为名句。俯仰今昔，不胜感慨系之。自归田以后，徒劳梦想而已。

燕　　窝

随园论味，最薄燕窝，以为但取其贵，则满贮珍珠宝石于碗，岂不更贵。自是快论，而其撰《食单》又云："燕窝贵物，原不轻用，如用之，每碗必须三两。"则不但取其贵，而且取其多，未免自相矛盾矣。今人徒务其名，用三钱或五钱生燕窝铺于碗面，而以肉丝杂物衬之，竟似白发数茎，一撩不见，固形其丑。而必以三两为限，则无与于味之美劣，徒以财力相夸而已。今京师好厨子包办酒席，惟格外取好燕窝一两，重用鸡汤、火腿汤、磨菇汤三种沦之，不必再搀他作料，自然名贵无已。即再加数钱以见丰盛，断无须加至二两。若三两之说行，则徒为厨子生发，为厨下留余，何益于事。至言在广东食冬瓜燕窝，甚佳，则亦不可信。冬瓜无本性，亦无本味，不得谓之以柔配柔、以清配清。近人更以鸽蛋围其碗边，亦取柔配柔、清配清之意，皆于真味不加毫末，更无谓矣。按燕窝一物，美劣悬殊，价值亦异。如广东澳门及吾闽厦门所产，洁白不待言，而其丝之长，至与箸等，只须一两即可充一碗而有余。此须相物为之,如此燕窝必以三两塞一碗,则反讨太多之厌矣。

黄　　羊

余在兰州,饱食黄羊,所谓迤北八珍也。金谓口外之黄羊,则更肥美。元杨允孚《滦京杂诗》云:"北陲异品是黄羊。"即此。其状绝不类羊,而与獐相似。许圭塘诗"无魂亦似獐",亦即此。惟獐角大而黄羊角小,又其尾短而根白色为差异。戴侗《六书故》直以黄羊为獐,误矣。按汉阴子方祀灶用黄羊,窃谓阴是贫家,祀灶安得此异品?考《尔雅·释畜》"羳羊黄腹",阴所祀当是羳羊,而邵二云先生《尔雅正义》直以今之黄羊当之,恐误。《周礼疏》:"《尔雅》:'在野曰兽,在家曰畜。'"黄羊其可畜乎?

靖　远　鱼

甘肃靖远县,黄河边瘠区也。冬季黄河中所出小鱼,长不过三寸,县官取而腊之,岁底则以分饷省中各大吏及同官院司,每署二百尾,道署、府署,每署百尾,余以次而杀,岁以为常。省中每以此为献岁美品,余循例收之,惟某制府独峻却焉。越日,余偶留制府晚餐,出此佐酒,制府食之而美,而誉不容口,并诘所从来。次日即遣家丁向余索此鱼。余合署食之已过半矣,乃以剩余五十尾献之。当时从县志中翻出其名,今久忘之,但呼为靖远鱼云。

黄　河　鲤

黄河鲤鱼,足以压倒鳞族。然非亲到黄河边活烹而啖之,不知其果美也。余以擢桂抚,入觐京师,至潼关,即欲渡河,城中同官皆出迎,争留作晨餐。余曰:"今日出门,甫行二十里,不须早食,拟再行二十里,方及前驿午餐为宜。"费鹤江观察曰:"缘此间河鲤最佳,为他处所不及，且烹制亦最得法，不可虚过耳。"余乃从所请，入候馆，食之果佳，当为生平口福第一，至今不忘。吾乡惟鲫鱼可与之敌，而嫌其多刺，故当逊一筹也。京师酒馆中醋溜活鲤亦极佳，然风味尚不及潼关，殆以距黄河稍远耳。《随园食单》中独遗此味，实不可解。潼关固随园行縢所未到，而京中之活鲤，岂亦不足系其怀来乎？

土　参

距温州府城数十里，为永嘉场滨海斥卤地。出一物，似鳆鱼，无头无足，色青，而质亦较嫩。或云即小鲍鱼，又似无刺之小海参。据土人云：其腹中具腑脏，须尽剔去。制食脆美，土人名之曰土参，以比之海参也。适与朋好作饤饾会，人各二味，重复者有罚。廖菊屏出此品，则不但从未入口，并从未闻名。署中多滨海客，携归示之，亦各不能识，其物当为《海错志》所不收也。

波　棱　菜

波棱菜亦呼波菜，菜之至无味者也，而偏入《随园食单》，亦不可解。以余从不下箸，故家厨中亦鲜购此物。自官京师入枢直，官厨乃顿顿有此。余以素不食，置之不论，而枢直前辈有由外省大僚入觐者，往往留饭直庐中，则无不询及此菜者，如姚亮甫、康兰皋二先生，尤喜食之，谓此乃枢直中一佳品。相传数十年如是，及余同辈，无知此者，惟程春庐大理尚能述其说。盖删尽旁枝，专留肥干，加以浓油，复多用上好干虾米炒之，其美处乃非常菜可比，余自是始得味而喜食之。偶还家，索之厨下，则其无味如故。盖既不用浓油，又无多好虾米，且以为常菜忽之，撷之不精，瀹之不净，又何能发其精英乎！前明说部中载成祖微行民间，食黄面豆腐干及此菜而甘之，询其名，店佣以"金砖白玉板"、"红嘴绿鹦哥"对，白玉板谓腐干，绿鹦哥即此菜。而《随园食单》中于"波菜"条下，谓杭人名此为"金镶白玉板"，自是偶误。以杭人述语，不应如此舛讹也。

蕨　菜

陶雲汀先生最喜食蕨菜，或云其干者即吉祥菜。余亦喜食之。忆与同官吴门时，每饭必具，而烹制尚未得其法。《随园食单》谓用蕨菜不可爱惜，须尽去其枝叶，单取直根洗净煨烂，再用鸡肉汤或煨或炒，自别有风味。按《食物本草》云："此味甘滑，令人消阳道，眼昏腹胀。"非良物也。陶公嗜此，未必不受其累。又此物不可生食，《搜神记》载郗鉴镇丹徒，二月出猎，有甲士折一枝食之，觉心中淡淡，成疾，后吐出一小蛇，悬屋前，渐干成蕨。此生食之患，不可不知。

白　菜

北方白菜，以安肃县所出为最。闻县境每冬必产大菜一本，大可专车，俗名之曰菜王，必驰以首供玉食，然后各园以次摘取。山左所产犹佳，迤南则其味递减。惟吾乡浦城所产，尚具体而微，广西柳州所出，亦略与北地相仿。近吾乡永福亦产此，俗呼为"永福白"，较胜于浦城。去冬余薄游温州，有以山东白菜相馈者，皆以永福白充数。盖福州由海舶来者，南风三日即至，而天津、山东之海舶，向不入瓯江也。此菜以吴红生太守所制为最著，同人皆赏其菜中尚带辣味，而不知其暗搀生萝卜耳。

瓢　儿　菜

瓢儿菜惟江西与南京有之，其质与北方白菜相似，而风味各别。近人烹制多不得法，即《随园食单》盛称干炒菜心之佳，亦未尽其味也。余在京师，与同年作消寒会，惟南昌黄俊民观察煨此独美，与煨白菜略同。自出京后，此味遂成广陵散矣。

芥　蓝　菜

芥蓝菜本闽产蔬品中之最佳者，而他省无之。然吾乡人仕宦所至，率多于廨中隙地种植。近闻京官宅中亦多种此，他省人亦喜食之。按《群芳谱》载："擘蓝，一名芥蓝，芥属。南方人谓之芥蓝，叶可擘食，故北人谓之擘蓝。叶大于菘，根大于芥薹，苗大于白芥，子大于蔓菁，花淡黄色。"余就养东瓯，曾从吾乡人吴云峰乞得数根，种于后圃，每觞客辄出此佐食，众以为美。或曰此即《鹿鸣》诗所谓蒿也，未知然否。《群芳谱》引苏诗云："芥蓝如菌蕈。"亦未知即此物否。客中无书，俱无以考之。

食　单　四　约

郎仁宝曰："食为人生大计，况年老者尤所宜讲。尝见一书云：'食烂则易咀嚼，热则不失香味。'余更为益二语云：'洁则动其食兴，少则不致餍饫。'尽之矣。"忆余藩牧吴中时，韩桂舲尚书与石琢堂廉访、朱兰坡侍讲举消寒会，有食单四约，云早、少、烂、热，即与前人之论恰合。洁字所不待言，而早字尤与老年为宜也。是时韩与石皆大年，善颐养，约同人各以诗纪之。余诗云："振衣难俟日高春，速客盘筵礼数恭。朝气最佳宜燕衎，寒庖能俭亦从容。午餐迟笑雷鸣腹，卯饮清如雪饫胸。触我春明旧时梦，禁庐会食正晨钟。早。""百年不厌腐儒餐，方丈能无愧此官。五簋好遵先辈约，万钱休议古人单。艰难食货应加节，真率宾朋易尽欢。愿与吴侬返淳朴，岂徒物命慎摧残。少。""无烦砺齿要和脾，老去都存软饱思。莫等熊蹯滋口实，何妨羊胃混时宜。调和烹饪皆归礼，歌咏燔炰本入诗。仙诀也须凭火候，漫夸煮石便忘饥。烂。""大都作法不宜凉，何况尊生服食方。悦口本无嫌炙手，平心刚好称披肠。残杯世界春常驻，冷灶门风客共忘。独有名场惭矞矞，年来肝肺已如霜。韩文'不为矞矞热'，杜诗'回首肝肺热'。热。"时吴棣华同年亦有作，与余诗皆为吴民传诵。

鲥　鱼

廖菊屏守备连日招客看花,皆郡署中同人也。余适新获江鲥一尾,即以赠之,俾佐一筋,并叠前韵索和云:"莫嫌一尾到珊珊,助尔欢场锦簇团。此物由来关宦味,卅年世态静中看。""眼福还兼口福忙,醉乡胜否黑甜乡？嘉鱼名卉偏多刺,莫怪题诗易感伤。"忆自卅余年外宦后,凡遇鲥鱼,率皆属吏争先呈献,即同人往复投赠,亦取自官中而已足,从未破费囊中一钱。辞官以来乃反是,故前诗三、四句戏及之。又蔷薇多刺,鲥鱼亦多刺,二物巧值一时,故后诗三、四句戏及之。

瓯江海味杂诗

余就养东瓯已逾年,所尝海味殆遍,实皆乡味也,以久宦于外,乃久不得尝耳。昔朱竹垞先生客永嘉数日,有《海味杂咏》十六首。余曷敢比竹垞,而口腹之好同之。因亦随物缀以小诗,而名号各殊,并各赘数言为小引,俾观者有所考焉。

王瓜鱼　此鱼以四月王瓜生时出,吾乡因呼为王瓜,亦称瓜鱼。而他乡人多呼为黄瓜鱼,因复称为黄鱼,皆误也。其实古名石首鱼。"瓜鱼乃常馔,甘美而清真。长年有如此,何烦梦鲈莼瓯江长年有此,即吾闽亦不能也"。

鳗鱼　此海鳗也,瓯人多不敢食,小者间以充馔,稍大即鲞之,故大鲜鳗颇难得也。"河鳗我所戒,河鳗即白鳝,吾乡呼为壮鳗,近年始与黄鳝同入戒单云。海鳗我所嗜。瓯人戒鲜食,咄哉不知味"。

鲥鱼　鲥鱼冬出者愈美,吾乡间亦有之。昔人谓鲥鱼以夏时出而名,疏矣。余今岁于重阳前,对菊花置酒赏之,足增诗事矣。"蒸鲥赏牡丹,吾乡每以四时土物与四季名花一一相配,置酒赏之,为韵事。如鲥鱼配牡丹,荔枝配荷花,蟹配菊花,蛎配梅花也。吾乡乐事仅。奇哉菊花天,兼有持螯韵"。

带鱼　此与吾乡同,而阔且厚者颇难得。"带鱼如带长,我但求其宽。烹制倘如鲥,美堪佐春盘此鱼家人率以常馔忽之,余尝为友人留饮,以白糟猪脂,同蒸鲥法治之,乃美不可言"。

鱟鱼　鱟鱼俗名锅盖鱼,肖其形也。其美全在肝,他乡人鲜知味者,此间厨子亦剔去之。"鳞族乃无鳞,厥形亦可吓。谁知美在肝,不减河豚白肝金黄色,其味酷似河豚白,其性亦略相同。余尝呼为鱟鱼黄,恰可对河豚白也"。

鲙残鱼　吾闽长乐、福清有之,别有土名,有声无辞,莫能译以上纸也。此间乃呼为龙头鱼。"鲙残名最古,《方言》莫能收。冰肌复玉质,如何称龙头《正字通》有此名,吾乡干者亦名龙头鲖"。

鲨　瓯人多不敢食,嫌其形也。烹法亦难,厨子多为之束手。"鲨帆如便面,离奇形可憎。烹制亦实难,安得天厨星鲨尾最佳,然烹制实难得好手"。

蛎　此吾乡所谓石蛎,滨海皆有之,总不及长乐所产之丰美,而其味则略同,入秋即登市也。"蛎房海之美,当冠加恩簿。吴航与新溪,甲乙未易谱蛎房自以吾长乐县海墙所种为最美,而《天中记》称乐清县新溪口有蛎屿,方圆四十亩,四面皆蛎,其味偏美。余至温州匝年,并未得尝,以问乐清尹蔡琪,亦莫能答也"。

蛏　此与吾闽同,而其质较小。忆小住扬州时,杨竹圃亲家由盐城寄惠玉箸蛏,食之绝美。今一海相通,而此味渺不可得矣。"蛏味次于蛎,佐馔亦所宜。独惜水晶人,继见竟无期在扬州时,以玉箸蛏分饷吴笏庵京兆,承和诗,以'白角衫裹水晶人'为比"。

蚶　瓯江多蚶,入秋即登市,但丰美不及奉化所产耳。"瓯江颇多蚶,登盘甫新秋。但不及奉化,饱餐敢多求"。

石蚨　郭景纯《江赋》云:"石蚨应候而扬葩。"注引《南越志》云:"石蚨,形如龟脚,得春雨则生。"江淹赋云一名紫蒨,《平阳县志》云一名仙掌,皆肖其形也。"石蚨即龟脚,其形似笔架。粗皮裹妍肉,难免厨子诧上层如笔,下层皮甚粗,剥之则内肉绝白而嫩。温州厨子不谙制法,诡言海中所无,强之,始购于市也"。

蟳　蟳为海蟹,蟹为湖蟹,蟳性甘平,蟹性峭冷,人人知之。而瓯人群呼蟳为蟳蜅,且变其声为"蟳蟭",则殊可笑也。"蟳乃海中蟹,其性殊甘平。沿讹称蟛蜞，坡公语可凭坡公尝言：读山谷诗文，如食蟛蜞，令人发风动气。今食蟳者，殊无此患。又吕亢《蟹图记》称，蟹有十二种，一曰蟛蜞，两螯大而有细毛，八足亦有微毛。今蟳二螯八足，皆极红润无毛，是蟳与蟛蜞迥为二种，不能强合，特著之以正告瓯人云"。

　　蟢　蟢与蟳相似，亦产于海，而性独冷，其味亦少逊于蟳。若以椒盐拌之为腥，则殊可口。"蟢亦海蟹族，性异美复减。腥盘加椒盐，风味转不浅可以酒醉，可以糟醃，加之椒末，不嫌其冷"。

　　蛇血　此真蛇血也，闽、瓯海中皆有之。若吾乡所谓蛇血，则海蜇之腹下红肉，与此迥别。此物鲜者未得见，腊之可以行远，外人不知为何物矣。"水母且有血，《食单》所未详。瓯俗亦珍此，令人梦江乡"。

　　乌贼　即墨鱼，浙东滨海最尚此，腊以行远，其利尤重。其味亦较鲜食者为佳。"乌贼即乌鲗，吾乡称墨鱼。沿讹作明府，县官亦何辜瓯人呼此为明府，初不知其故，或以为《腹中》有墨，比县官之贪墨者，以县官率称明府也。余已于《丛谈》中辨之。顷阅《七修类稿》云：'乌贼鱼曝干，俗呼螟脯。'乃知此称前明已然。今人不考，但循其声讹为明府耳"。

浪迹三谈卷六

收铜器议

前因银少钱贵，公私交困，因请变通钱法，以裕国便民，专折上陈。昨奉到硃批，交部议奏，而部中准驳尚未奉有明文。伏思钱法为济时急需，而铜政实为钱法根本，铜之来路不充，而日勤鼓铸之事，铜之去路不禁，而徒严盗铸之条，非拔本塞源之计也。夫以甚有用之铜，而听其为民间私家不急之物，古人所谓"货恶其弃于地"者，莫此为甚。大约风气之华靡，以渐而开，由今追溯四五十年以前，铜之为用尚少，比年则铜器充斥，而东南数省为尤甚。如一暖手足之炉，虽小户亦家有数具，一闺阁之镜，乃径宽至一二尺、重至一二十斤，一盥盆、一炭盆、一壶、一镬，动重数斤，又如大小钲铙与鼓相配而鸣者，为岁首戏乐之具，从前惟富户乃有之，近则中小户亦多有之。举此三数端，则其余可以概见。皆由豪家相尚，踵事增华，所谓作无益害有益也。而于省会之铜器店以百计，郡城以数十计，县城亦不下数家，至究其铜所由来，并非经商贩运，间有以废铜易钱者，亦千百中之一二耳。然则其铜何自而得乎？则皆销毁制钱而为之也。近日市中行用，不见有顺治、康熙、雍正三朝之钱，即乾隆、嘉庆亦甚寥寥矣，非皆毁而为器之故乎？然则居今日而议钱法，舍禁民间铜器，其流不得而塞，即其源无由而清。然徒禁之而抑令呈缴，甚至不缴则从而搜括之，则滋扰之弊，亦不可不预为之防。且常用之物，骤为厉禁，亦无以服小民之心。窃以为宜令牧令设局公堂，以渐收买之，十里以内限一月，十里以外限两月，皆输缴净尽，每斤给以价银一钱五分，如是则民不扰而浮议亦不起。虽然，山僻小县库中附贮之项，皆别有所抵，征地丁，则随征随解，安得余银以为收铜之资，窃又以为宜从权变通，准其开常平仓，或即照银价以谷给民，或出粜得钱以给之，随时变通，民亦可以无扰,总在奉行之得人耳。收铜既净,即以原物统归省城总局,然后酌量分别铸造,不过数月,便可集事。但铸造磨砻必极工致,而米炭工资必照时价给发,使炉匠有以养身家,然后行之可久。如现在各直省钱局之价,皆照康熙年间旧定者给发,其中赔贴太甚,则其弊更不可言矣。钱既铸成,令当商每家领去,使民行用,而兵丁口粮及各工程杂款,皆以此种钱给之。即百姓持此钱以完钱粮,亦一例收之,然后免其疑贰,可以畅行而无碍矣。

古人用尸之意

舒白香_{梦兰}论古人祭必用尸之深意,以为可以维持宗法而固其国本。其义甚创,而其理实精。盖恐正言之,而愚妄之夫未必深信,于是设为尸,以服其祖宗之服,居其祖宗之位,无论其为臣、为子、为诸孙,一旦为尸,则皆以祖宗事之,神之所凭,即吾所当拜,何敢以齿德傲也。习见乎此而不之怪,则其国其家,一旦有孩提嗣爵、宗嫡世禄诸大礼,凡诸尊贵,谁敢不从,亦谁敢不敬。其神明式凭之重,又过于一祭之尸,尸尚受拜而不辞,我且拜之而有素,何况于继体为后,正位设朝。祖宗之灵俨如在上,伯叔诸舅敢异议乎?举朝上下,但知有祖宗社稷神灵所凭依之人,无论其贤愚长幼,皆当敬事,如先王、先公、先大夫无可疑者,而名分定矣,群心服矣,逆志销矣,国本有不固者乎!然究其推明义例于无事之时,维持宗法于不言之表,实赖有尸祭之法,潜移默化其强宗尊属不驯之气及奸雄贵戚僭乱之心于平居祭祖拜尸之日,而习焉不觉,此圣人之道、先王之礼,所以微妙深远,而未可以小儒俗学躁心而轻议者也。

应　　变

前明王端毅公恕,老而好学。在留都,一日出,有狂夫向公呼万岁,公入部,延僚属告之。娄驾部曰:“昔张乖崖守蜀,三军呼万岁,乖崖应之甚善。”公曰:“且止勿言。”即退私宅,戒阍人谢宾客勿通,静坐思数策。明早以语驾部，驾部不答。公乃问曰："当时乖崖何以处之?"曰："亚下马，亦呼万岁。"公喟然叹曰："吾辈安能及古人! 彼仓猝应变而有余，吾终日思之而不得。"

嚏

《诗》"愿言则嚏"，笺曰："愿，思也。"今俗人嚏云"人道我"，此古之遗语也。故汉有《嚏耳鸣杂占》十六卷。东坡《元日》诗"晓来频嚏为何人"，康进之《负荆曲》"打嚏耳朵热，一定有人说"，皆本此。又《法苑珠林》"世尊嚏，诸比丘咒愿言长寿。时有居士嚏，佛令比丘亦咒言长寿。"《燕北录》："戎主太后嚏喷，近位臣僚齐声呼'治夔离'，犹汉呼万岁。"今俗传小儿喷嚏，亦呼"百岁"及"大吉"以解之，则亦皆有所本也。

猫

朱竹垞咏猫事词，征引极博，然有二事未曾引用者。元好问《游天坛杂诗》注："仙猫洞，土人传燕家鸡犬升天，猫独不去。"又魏禧《画猫记》云："俗传二危合画猫，鼠辄避去，盖宿与日并值危也。"

烛营

《淮南子·精神训》："子求脊管高于窍，烛营指天。"高诱注："脊管，下窍也。烛，阴华。营，其窍也。"佛家名阴为马藏，《观佛三昧经》云："时耶输陀罗，及五百侍女，或作是念：太子生世，多诸奇特，惟有一事，于我有疑。采女众中，有一女子，名修曼陀，白妃言太子是神人也，奉事历年，不见其根，况有世事。复有一女，名曰净意，白言大家：我事太子，经十八年，未见太子有便利患，况复诸余。尔时诸女，各各异说，皆谓太子，是不能男。太子昼寝，皆闻诸女欲见太子阴马藏相，尔时太子，于其根处出莲花，其色红白，上下二三花相连，花中忽有身根,如童子形,又忽如丈夫形。诸女见已,不胜喜悦。现此时,罗睺罗母,见彼身根,华华相次,如天劫贝,一一华上,乃有无数大身菩萨,手执白华,围绕身根,此名菩萨阴马藏相。又佛告阿难:我初成道,在熙连河测,有五尼犍,共领七百五十弟子,来至我所,以其身根,绕身七匝,铺草而坐,即作此语:‘我无欲故,身根如此,如自在天。’尔时世尊,告诸尼犍:‘汝等不知如来身分,若欲见之,随意观之。’尔时世尊,从空而下,即于地上,化作四海,中有须弥山,佛在山,正身仰卧,放金色光,晃映诸天。徐出马藏,绕山七匝,如金莲华。尼犍见已,大惊心伏。佛梵行相,乃至如此,不可思议。”云云。此真梵夹中奇文,所谓“不可思议”者也。

神　童　对

《七修类稿》载金茂之言:“云、贵间人绝不知诗,偶遇一秀才试之以对,时值暮春,曰‘马踏红尘风力软’,果无能对者。余偶思古诗‘鸡鸣紫陌曙光寒’岂非天生对乎?又有‘乾坤圣世空搔首’句,久未有对,或对以‘云雨巫山枉断肠’。又课徒云:‘人间自古无仙骨,池上于今有凤毛。’皆旧诗今对,天生而成。”余谓此等出句,本非成语,安知非先拈对句,而强就之乎?又载何仲默入场时,最少,其兄背以进之。御史出一对云:“弟骑兄作马。”遂应曰:“子证父攘羊。”又阁老袁元峰十岁时,县审里役于清道观,随父至观,县唤问:“何家儿,曾习对乎?”时有双鹤飞鸣,县曰:“三清殿上飞双鹤。”袁应声曰:“五色云中驾六龙。”复语之曰:“投子四方开六面。”袁应声曰:“丈夫一德贯三才。”此庶可为神童对乎!

王　荆　公　诗

“周公恐惧流言日,王莽谦恭下士时。假使当时身便死,一生真伪有谁知?”诸书引者,皆以为王荆公之诗。郎仁宝曰:“《临川集》不载此诗,不知究属何人?以格律论之,亦必宋人耳。”按此是白香山诗。郎氏偶失考则可,必以格律定为宋诗,则未免武断也。

笪

《广韵》:"笪,音亶。"《集韵》:"笪,音妲。"盖上、入两音。《博雅》:"击也。亦姓。"国初有笪重光,镇江人。余侨居浦城时,权浦令者为西江笪慕韩,余尝询其姓源,据云此字似于古无考,"余姓盖自东汉以后始有之。相传王莽欲绝汉后,时宗室皆逃避四方,易姓自匿。捕务方急,有一宗室夜漏跟跄出城,达旦而倦卧于竹林之下,遂易姓为笪。后事平而出,即以此字著代"云云。此笪令自述其先,当不误也。陆游《南唐书·卢文进传》:"文进在金陵,为客言,昔陷契丹,尝猎于郊,遇昼晦如夜,星纬灿然,大骇。偶得一胡人问之,曰:'此之谓笪日,何足异? 顷自当复。'良久果如其言,日方午也。"《南部新书》亦载此事,作"笪却日"。按卢文进为契丹平州刺史,今之永平府,即辽上京临潢府,今为奉天之锦州,亦不闻有所谓笪日者,或地脉渐转,异气渐消,古有今无之事往往如此耳。《唐书·突厥传》言突厥盛夏而霜,五日并出,以为灾异也。然今塞北苦寒之地,盛夏而霜,固无足异,即三日、五日并出,亦时时有之。盖寒气逼天,凝为此状,非日出也。

新齐谐摘录

偶阅随园老人《新齐谐》,即《子不语》。佳年、侪年二孙每请余絮谈其事。因闲摘其最可喜者数条告之,不但资博闻之益,且可备不时之需云尔。

"毗骞国王"一条云:"《南史》载毗骞国王头长三尺,万古不死。谢济世《西域记》云毗骞王生于汉章帝二年,本朝称董喀尔寺呼尔托托,康熙时曾命使者至其国见之。王头如桶,颈如鹅,俱长三尺,张目直视,语不可辨。其子孙皆生死如常,惟王不死。事载康熙《天文大成》。"

"黑牡丹"一条云:"福建惠安县有青山大王庙,庙之阶下所种皆黑牡丹花,开时数百朵,皆向大王神像而开。若移动神像,则花亦转面向之。不知果否,俟得惠安人问之。"

"彭祖举柩"一条云:"彭祖卒于夏六月三日,其举柩者曰社儿等六十人皆陈死,就葬于西山下。其六十人墓至今犹在,号曰'社儿墩'。彭祖墓在何地,俟考。"

"黑眚畏盐"一条云:"诸城王宪荣言:其地殷家庄多古圹,圹中有怪物,仅黑气一团,高可丈许。每夜出昼隐。其出也,遇人于途,隔一矢地辄作啸,声如霹雳,令人心震胆落,惟见者问者则罔觉也。啸毕以黑气障人,至腥秽,人辄晕绝。里人相戒为畏途,昏暮无行者。有盐贩某,醉中忘戒,误蹑其地,前怪忽突出遮道。某以木挑格之,若无所损,不知为计,急取盐撒之,物渐逡巡退缩入地。因取筹中盐悉倾其处而去。晓往踪迹,见所弃盐堆积地上,悉作红色,旁有血点,腥秽难闻。此后此怪遂绝。"按盐、米皆可驱邪,今人尚习其说。

"僵尸畏枣核"一条云:"尤明府佩莲言:河南某地多野厝棺,常有僵尸挟人。土人有法治之:凡被尸挟者,把握至紧,爪甲入人肤,终不可脱。用枣核七个钉入尸脊背穴,上手随松出。如新死尸奔,名曰'走影',乃感阳气触动而然,人被挟者,亦可以此法治之。"

"人皮鼓"一条云:"北固山佛院有人皮鼓,盖嘉靖时汤都督名宽者,戮海寇王艮之皮所鞔。其声比他鼓稍不扬,盖人皮视牛革理厚而坚不如故也。"按余曾游北固山,寻狼石及大镬,不可得,无暇访鼓矣。

"缢鬼畏魄字"一条云:"凡遇缢鬼者,但以左手两指写一'魄'字,指之入地,彼一人即不能出矣。"

"鸡毛烟辟蛇"一条云:"李金什言:鸡毛烧烟,一切毒蛇闻其气即死,凡蛟虺亦然,无能免者。盖蛟虺与蛇皆属阴,鸡本南方积阳之象,性属火,为至阳,故至阴之类触之,无不立毙。此《阴符经》所谓'小大之制,在气不在形'耳。"按余官广西,习闻此事,然烧以驱之足矣,必尽绝之,似亦不必也。

"灵符"一条云:"万近蓬言:胡中丞宝琛病剧时,忽语家人曰:'明日慎闭吾户,不唤勿入也。'明日将暮,夫人疑之,自窗隙窥。见房内设二桌,南北相向,南向桌上有一人,头大如十石瓮,目灼灼翕动。

中丞北向与相对,桌上列纸笔,方握管,似与问答,第见口动,亦不闻声。夫人大惊,排闼入。中丞掷笔而起曰:'汝败吾事矣! 不然,可得尚延岁月。然此亦天数也。速备吾身后事,三日后当死。'已而果然。究不知此大头属何神怪? 时张六乾在座,曰:'此名灵符,文昌宫宿也。凡有文名才德者,喜往依护。昔朱子注《四书》,每见之,而文思日进。复能招之来、麾之去,遇疑义辄与剖晰。中丞盖欲召之来以祈禄命,不意为妇女所败也。'予因询其出何书,曰:'朱子集中序上载其事。'因记之。"

"治肺痈"一条云:"蒋秀君精医理,遇一红袍鬼,问曰:'君是名医,敢问肺痈可治乎,不可治乎?'曰:'可治。'曰:'治用何药?'曰:'白术。'红袍鬼大哭曰:'然则我当初误死也。'"

"水鬼"一条云:"赵衣吉云:鬼有气息,水死之鬼羊臊气,岸死之鬼纸灰气,人闻此二气,皆须避之。又云:河水鬼最畏'嚚'字,如舟中忽闻羊臊气,则急写一'嚚'字,可以远害。"

"牛生麒麟"一条云:"乾隆四年,芜湖民间牛生麒麟,三日而死。剖其腹,不见肠胃,中实如蟹。有人云康熙《南巡盛典》曾载此事。"

"王谦光"一条云:"王谦光者,温州府诸生也。家贫不能自活,客于通洋经纪之家。习见从洋者利不赀,谦光亦累赀数十金同往。初至日本,获利数十倍。继又往,人众货多,飓风骤作,飘忽不知所之。见有山处,趋往泊之,触焦石沉舟,溺死者过半,缘岸而登者三十余人。山无生产,人迹绝至,虽不葬鱼腹中,恐亦难免为山中饿鬼。众皆长恸,昼行夜伏,拾草木之实,聊以充饥。及风雨晦明,山妖木魅,千奇万怪,来侮狎人,死者又十之七八。一日,走入空谷中,有石窟如室,可蔽风雨。傍有草甚香,掘其根食之,饥渴顿已,神气清爽,识者曰:'此人参也。'如是者三月余,诸人皆食此草,相视各见颜色光彩,如孩童时。常登山望海,忽有小艇数十,见人在山,泊舟来问。知中国人,遂载以往,皆朝鲜徼外巡拦也。闻之国王,蒙召见,问及履历,谦光曰:'系生员。'王笑曰:'道不行,乘桴浮于海耶?'因以浮海为题,命谦光赋之。谦光援笔而就曰:'久困经生业,乘槎学使星。不因风浪险,那得到王庭。'王善之,馆待如礼。尝得召见,屡启王欲归之意。

又三年,始具舟资,送谦光并及诸人回家,王赐甚厚。谦光在彼国,见诸臣僚赋诗高会,无不招致,临行,赆钱颇多。及至家,计五年余矣。先是谦光在朝鲜时,一夕梦至其家,见僧数甚众,设资冥道场,其妻哭甚哀。有子衰绖以临,谦光亦哭而寤。因思不归,家人疑死设荐固矣,但我无子,巍然衰绖者为何?诚梦境之不可解也,但为酸鼻而已。又年余抵家,几筵俨然,衰绖傍设,夫妇相持悲喜。询其妻作佛事招魂,正梦回之夕。又问衰绖为何人之服,云房侄入继之服也。因言梦回时亦曾见之,更为惨然。"按此条当补入《东瓯杂记》,可续采郡、县志中。

鹅　血　治　噎

尝闻武昌小南门外献花寺僧自究病噎,百药不效,临殁谓其徒曰:"我毒罹此患,胸臆必有物为祟,逝后剖去殓我,我感之入地矣。"其徒如教,得一骨如簪,取置经案,久相传示。阅岁,适有戎帅寓寺,从者杀鹅,未缢其喉,偶见此骨,取以挑刺,鹅血喷发,而骨遂消减。后自究之徒亦病噎,因悟鹅血可治,数饮遂愈。遍以此方授人,无不验者,书之以备世之一助。

都　天　庙　联

过京口日,闻都天庙会甚盛,盖数十年来所未有。因停棹两日,凭篷窗纵观之。至邗上,为云台师述之。及师为言甲辰年新修庙时,乡人请制楹联,因手书付之曰:"颜许同名,唐代人伦维气类;李韩论定,熙朝庙貌屹江淮。"当时奸臣曾劝睢阳以天道,公骂曰:"汝不识人伦,焉知天道!"此人伦二字所本。语颇况著,且"人伦"、"庙貌"二字皆双声也。按此当补入《楹联续话》,谨先记于此。又按《说铃》载睢阳灵异一事,并附录之:"黄州南门外安国寺旧有睢阳张公祠,正德初,太守卢濬遍毁神祠,误暴公于烈日中。太守一舆卒目不识丁,神附其口,骂曰:'尔以我为何人,敢尔肆傲耶?'命具楮墨,走笔书云:

'皇天生我兮男儿,君王用我兮熊罴。力拔山兮风雷,气贯日兮虹霓。月正明兮拔枪挢剑,星未落兮击鼓掀旗。捣贼室兮焚寨,脔贼肉兮充饥。食马草兮既尽,杀妻妾兮心悲。誓与死战兮身披铁甲,愿为厉鬼兮手执金锤。亦莫指我为张仪,亦莫指我为张飞。是张巡兮在世,与许远而同时。在东岳兮押案,都统事兮阴司。侍蓬莱兮殿直,任酆都兮狱推。景佑真君兮人间封爵,忠烈大夫兮天上官资。漫濡毫而染翰,俾世人兮皆知。'太守睹此灵异,惭愧惶惧,具牲醴鼓乐,拜而异神归座焉。"

不作诗久矣迩来为友人所促辞不获已因得诗三十首姑附于此

五月念三日阮云台师招同毕韫斋茂才泛舟湖上饭于长春桥楼归舆率成

溯洄邗上旧农桑,楼下旧扁。雅爱清游寂寞乡。二客恰宜伴坡老,一湖早已属知章。舫中画本资欣赏,适携旧书画数事同观。市外盘飧许饱尝。我本公门杂桃李,长春花柳共成行。师于楼下湖塘新种花树甚夥。

云台师招同王望湖阮慎斋孟玉生偕僧树庵游双树庵看竹并听僧小支弹琴叠前韵

洗眼精蓝话宿桑,相逢都在水云乡。寻花乍入长春地,看竹还歌有斐章。古调闲中欣静契,清斋午后快同尝。谷人往矣伊人妙,珍重笼纱墨数行。

前诗正录就而吾师以诗飞示谨次韵奉呈

梧竹诗情久寂寥,钧天复与振风箫。苔痕恰好连双树,玉生与建隆僧双号树庵。茶话何烦配一蕉。几有春游过僻地,直须云卧到深宵。笏庵近在安家巷,画理真堪永夕朝。适吴笏庵祭酒以《邗江寄寓图》卷属题,卷中景正连及虹桥以西双树庵一带。

题吴笏庵祭酒清鹏邗江寄寓画卷即次自题韵

君本家钱唐,乃停广陵棹。我亦榕海族,他乡有何好。异涂而同趋,随地可娱老。古来贤豪人,如此正不少。不辞蜗室陋,讵烦鹊枝绕。登堂殊惯惯,入画非草草。坐床纷吟笺,插架余史稿。末病资延年,清课学起早。_{见君自题诗。}居然寓公重,莫笑酒户小。居士惭我忙,安家为君祷。

为沈饴原题虹桥修禊画卷

二百年来又此图,竹西韵事古谁如。风流继起东阳沈,待续他年画舫书。

已把闲身入画图,近来耆旧果谁如。寿星都在南河下,欲傲新城老尚书。_{外人以仪征师相曁公及鄙人为南河下三老。}

喜雨简云湖都转

广陵使者久宜民,牲璧关心最有神。侧耳灌坛才肃令,阿香早已走飙轮。

三日为霖信不差,滂沱声里杂欢哗。南河庇客犹飞舞,何况邗江十万家。

但快祛炎见尚低,三农从此洽群谿。放晴试上平山望,何处新秧不插齐。

游宦何如听雨眠,三家村里好相邻。荷衣云阵真堪恃,亟献新诗祝有年。

右原招同罗茗香饮福茨堂

快雨新回百卉芳,佳辰恰值闰端阳。重来旧雨寻樽酒,喜有文章聚草堂。逋客回头浑似梦,腐儒促膝话偏长。竹西歌次古时乐,争似高斋文字祥。

答 吴 笏 庵

我昔号退庵,正持急流棹。金言退即安,芝南语亦好。时贤但知进,勇进遂忘老。仕止各有宜,此道识者少。树立半茫昧,利禄自缠绕。报国真区区,劳人何草草。用兹径情行,避人起疏稿。恋栈非所甘,悬车岂为早。仗公忖我心,进退系不小。陈义信卓阔,贻诗胜颂祷。

再 叠 前 韵

既辞宦路辙,合理穷海棹。如何舍吾土,翻爱他乡好。横流不能安,奔波敢辞老。卉服杂乡里,此事古所少。横江一叶来,旧路三叉绕。访旧已寥寥,寄庑殊草草。矜持几古物,凌杂半旧稿。不烦筋力礼,且适起睡早。屡承杜律细,爱乞晋楷小。来往成风流,笑谢王孙祷。

笏庵诗札往来称谓过于谦抑非克承当叠前韵奉教

忆同上林柯,夙共人海棹。岑苔匪自今,孔李本世好。维时丈人行,巍巍蓬池老。鸿文我能熟,名德世所少。幸随大阮后,许向函丈绕。试律荷绳削,钞胥杂行草。先叔父九山公曾携余谒尊甫于京邸,以所作试帖就正,《承批点极》详。至今理残箧,尚存旧时稿。乾隆末有九家试帖之刻,有正味斋《芳草堂芝香阁》三卷稿,皆余手录。撰杖喜犹及,登朝惜不早。觎缕与君听,幸勿再谦小。西江贤使君,同此齐心祷。

题许莲史西湖钓游图

我昨游西湖,浃旬兴未已。无端来邗江,但向画中企。君本湖上客,钓游忆乡里。我亦恋名区,一椽屡佽揣。君家大阮贤,尊甫尤我喜。助我成卜居,清波隔尺咫。三桥连六桥,西家即西子。与君作比邻,伴君狎烟水。高秋君重归,彩笔灿生蕊。正当鱼龙变,非为鲈鲙美。挐舟许我随,引觞报君许。伫成第三图,醉倒桂香里。

题包松溪棣园图

人生恣意在丘壑,底用豪名慕卫霍。有山可垒池可凿,闭户观书便卓荦。何况耽耽盛楼阁,满眼金迷复彩错。二分明月此一角,南河名胜画舫拓。永叔荷花魏公药,千载风流春有脚。卜居我忆寄庑昨,隔墙先听鸣皋鹤。名园果冠绿杨郭,何必缁尘涸京洛。浪游幸许芳邻托,日日从君泥杯杓。

为小支和尚题建隆寺图

竹西讲忠义,似梅香破腊。古寺抱冬心,千载不萧飒。支公爱神骏,怀古如响答。冷缘与俗判,胜践招我踏。阐幽合名流,好事仗老衲。咄哉淮海浊,鄙词委尘劫。珍兹图画传,敬仝香火接。隔邻桃花岭,贞风共猎猎。

金 衙 庄

武林第一此园林,我到纷来旧感心。相府潭潭兼旷奥,侯门鼎鼎半萧森。天成夏木千章绕,地接城濠一水深。三十年来重易主,可堪回首痛人琴。初为章文简公旧宅,后属严小农河帅,皆余旧知也。

立秋日偕黄右原比部罗茗香茂才孟玉生山人游建隆寺寻李招讨遗趾

建隆寺想建隆年,廿四桥头一角偏。城北林园同此寂,竹西歌吹果谁贤。寻诗客冷浑忘暑,怀古情深不话禅。愧我留题无俊语,仝将秋菊荐寒泉。

题金亚伯廷尉大江泛月图

月光如水水如天,天堑茫茫未有边。谁识澄清无限思,扁舟一老独芒然。

尚忆冲湖夜渡忙,松寥东指几帆樯。清时何敢谈形胜,读画因君一慨慷。

为金亚伯廷尉题其先代三十六陂春水图

甫登豸华堂,旋游珠湖滨。君家世德远,累叶钟名臣。珠湖有遗爱,卅六陂犹新。沐泽复泳勤,永作江南春。我昔吏淮浦,深感河伯仁。无端陈堰开，殃及下河民。治黄不治淮，昏垫难具陈。焉能起名贤，硕画堪遵循。田庐方待命，畚筑须躬亲。至今颂遗爱，召埭同嶙峋。

题杨飞泉太守鹤书清夜焚香小照用李春湖侍郎韵

早岁欣连袪，声华满士林。他乡重握手，宦海共盟心。桂岭千觞会，余抚桂林时，君奉差过访，大醉数日而去。桐山万里阴。君随任子侹并醇谨。识君清夜意，慎矣四知箴。

又题杨飞泉太守桐叶坐题诗小照用苏鳌石廷尉韵

观场回首卅余年，异地相逢亦夙缘。何必画图方省识，题诗老守正飘然。

佛自西来海自东，诚求冥漠本相通。新晴助我游湖兴，一路灵山颂碧翁。杭州城苦雨已久，时方迎天竺大士入城，余告中丞须祷天后，群以为然。越日果畅晴，送大士还山，时余亲见之。

舟泊吴门董琴南观察招同朱兰坡同年高复堂观察翔麟杨芸士明经集慕园兰坡叠前唱和韵二律因次答并约同人和作

横流何地设柴荆，垂老奔波岂性情。到处栖迟思寄庑，无端傀垒便谈兵。邮签深愧频烦报，三吴旧治，所过尚烦驿史探迎。园户应为剥啄惊。难得五君继高咏，襟期都向酒杯倾。

第一名园翰墨林，能无知古又知今。欣闻梨枣新编富，兰坡所辑《国朝文钞》闻已开雕。肯听丹铅旧学沉。琴南以新刻王西庄先生《蛾术编》见赠。软语依然谈艺乐，狂歌同此济时忧。灵岩清旷穷窿奥，拟共秋来一再临。

固莲溪都护以重修西湖灵峰寺碑文见示作此以当赞叹

北山幽绝厌西湖，一角精蓝菀不枯。灵杰讵徒关气运，胜区原要伟人扶。

再传名德岂寻常，一片贞珉万丈芒。正是涌泉须慧日，旃庵伫望指吾乡。吾乡鼓山涌泉近日不振，甚望都护莅闽，如修灵峰故事也。

题周半樵西园葺居册

易简高人乐有余，长才也复恋闲居。知君嗜好酸咸外，拓室应添善本书。

随方寄庑正遑然，老笔输君句似仙。数笏西园如果得，也应好手倩龙眠。

福州急足至儿辈附寄土物各系以诗

忽闻香气出邮筒，习习先生两腋风。龙井龙湫齐压倒，归心已绕幔亭东。丁儿寄武彝茶。

蚘蜞风味少人知，水稻菁英土脉滋。梦到乡关六月景，千畦潮退雨来时。敬儿寄蚘蜞干。

蔽天错认作飞蝗，谁信龙身有虱藏。谈笑不遑王景略，只应把酒话江乡。侨孙寄龙虱。

历代笔记小说大观总目

汉魏六朝

西京杂记（外五种） ［汉］刘歆 等撰　王根林 校点

博物志（外七种） ［晋］张华 等撰　王根林 等校点

拾遗记（外三种） ［前秦］王嘉 等撰　王根林 等校点

搜神记·搜神后记 ［晋］干宝 陶潜 撰　曹光甫 王根林 校点

世说新语 ［南朝宋］刘义庆 撰 ［梁］刘孝标注　王根林 标点

唐五代

朝野佥载·云溪友议 ［唐］张鷟 范摅 撰　恒鹤 阳羡生 校点

教坊记（外七种） ［唐］崔令钦 等撰　曹中孚 等校点

大唐新语（外五种） ［唐］刘肃 等撰　恒鹤 等校点

玄怪录·续玄怪录 ［唐］牛僧孺 李复言 撰　田松青 校点

次柳氏旧闻（外七种） ［唐］李德裕 等撰　丁如明 等校点

酉阳杂俎 ［唐］段成式 撰　曹中孚 校点

宣室志·裴铏传奇 ［唐］张读 裴铏 撰　萧逸 田松青 校点

唐摭言 ［五代］王定保 撰　阳羡生 校点

开元天宝遗事（外七种） ［五代］王仁裕 等撰　丁如明 等校点

北梦琐言 ［五代］孙光宪 撰　林艾园 校点

宋元

清异录·江淮异人录 ［宋］陶穀 吴淑 撰　孔一 校点

稽神录·暌车志 ［宋］徐铉 郭彖 撰　傅成 李梦生 校点

贾氏谭录·涑水记闻　［宋］张洎 司马光 撰　孔一 王根林 校点

南部新书·茅亭客话　［宋］钱易 黄休复 撰　尚成 李梦生 校点

杨文公谈苑·后山谈丛　［宋］杨亿口述、黄鉴笔录、宋庠整理　陈
　　师道 撰　李裕民 李伟国 校点

归田录(外五种)　［宋］欧阳修 等撰　韩谷 等校点

春明退朝录(外四种)　［宋］宋敏求 等撰　尚成 等校点

青琐高议　［宋］刘斧 撰　施林良 校点

渑水燕谈录·西塘集耆旧续闻　［宋］王辟之 陈鹄 撰　韩谷 郑世刚
　　校点

梦溪笔谈　［宋］沈括 撰　施适 校点

麈史·侯鲭录　［宋］王得臣 赵令畤 撰　俞宗宪 傅成 校点

湘山野录 续录·玉壶清话　［宋］文莹 撰　黄益元 校点

青箱杂记·春渚纪闻　［宋］吴处厚 何薳 撰　尚成 钟振振 校点

邵氏闻见录·邵氏闻见后录　［宋］邵伯温 邵博 撰　王根林 校点

冷斋夜话·梁溪漫志　［宋］惠洪 费衮 撰　李保民 金圆 校点

容斋随笔　［宋］洪迈 撰　穆公 校点

萍洲可谈·老学庵笔记　［宋］朱彧 陆游 撰　李伟国 高克勤 校点

石林燕语·避暑录话　［宋］叶梦得 撰　田松青 徐时仪 校点

东轩笔录·嬾真子录　［宋］魏泰 马永卿 撰　田松青 校点

中吴纪闻·曲洧旧闻　［宋］龚明之 朱弁 撰　孙菊园 王根林 校点

铁围山丛谈·独醒杂志　［宋］蔡絛 曾敏行 撰　李梦生 朱杰人 校点

挥麈录　［宋］王明清 撰　田松青 校点

投辖录·玉照新志　［宋］王明清 撰　朱菊如 汪新森 校点

鸡肋编·贵耳集　［宋］庄绰 张端义 撰　李保民 校点

宾退录·却扫编　［宋］赵与时 徐度 撰　傅成 尚成 校点

桯史·默记　［宋］岳珂 王铚 撰　黄益元 孔一 校点

燕翼诒谋录·墨庄漫录　［宋］王栐 张邦基 撰　孔一 丁如明 校点

枫窗小牍·清波杂志　［宋］袁褧 周辉 撰　尚成 秦克 校点

四朝闻见录·随隐漫录　［宋］叶少翁 陈世崇 撰　尚成 郭明道 校点

鹤林玉露　［宋］罗大经 撰　孙雪霄 校点

困学纪闻 ［宋］王应麟 撰　栾保群 田松青 校点

齐东野语 ［宋］周密 撰　黄益元 校点

癸辛杂识 ［宋］周密 撰　王根林 校点

归潜志·乐郊私语 ［金］刘祁　［元］姚桐寿 撰　黄益元 李梦生 校点

山居新语·至正直记 ［元］杨瑀 孔齐 撰　李梦生 庄葳 郭群一 校点

南村辍耕录 ［元］陶宗仪 撰　李梦生 校点

明代

草木子(外三种) ［明］叶子奇 等撰　吴东昆 等校点

双槐岁钞 ［明］黄瑜 撰　王岚 校点

菽园杂记 ［明］陆容 撰　李健莉 校点

庚巳编·今言类编 ［明］陆粲 郑晓 撰　马镛 杨晓波 校点

四友斋丛说 ［明］何良俊 撰　李剑雄 校点

客座赘语 ［明］顾起元 撰　孔一 校点

五杂组 ［明］谢肇淛 撰　傅成 校点

万历野获编 ［明］沈德符 撰　杨万里 校点

涌幢小品 ［明］朱国祯 撰　王根林 校点

清代

筠廊偶笔 二笔·在园杂志 ［清］宋荦 刘廷玑 撰　蒋文仙 吴法源 校点

虞初新志 ［清］张潮 辑　王根林 校点

坚瓠集 ［清］褚人获 辑撰　李梦生 校点

柳南随笔 续笔 ［清］王应奎 撰　以柔 校点

子不语 ［清］袁枚 撰　申孟 甘林 校点

阅微草堂笔记 ［清］纪昀 撰　汪贤度 校点

茶余客话 ［清］阮葵生 撰　李保民 校点